TRIPLE PEINE

FRANÇOISE RUDETZKI

Triple peine

CALMANN-LÉVY

À Deborah,
à William,
à ma famille,
aux victimes.

« [...] seul le silence est la vraie mort. »

Jean-Paul KAUFFMANN.

« Ceux qui vivent sont ceux qui luttent. »

Victor HUGO, *Les Châtiments*.

Merci du fond du cœur à Patrice Trapier à qui ce livre doit beaucoup. Sa patience, sa sensibilité et son écoute m'ont été indispensables pour aller au bout de ce voyage parfois douloureux dans la mémoire.

Avant-propos

J'ai longtemps repoussé le moment d'écrire. On m'en fit plusieurs fois la proposition mais je ne me sentais pas prête. Je n'aime pas, le mot est faible, regarder derrière moi. Exhumer le passé me paraissait au-dessus de mes forces. L'action, seule, me permet de vivre. M'occuper des autres, organiser, faire avancer des projets... J'étais déjà ainsi avant l'attentat, ce trait de caractère n'a fait que s'amplifier.

Il y a quelques mois pourtant, j'ai pensé qu'il était temps.

Le 23 décembre 1983, une bombe placée dans une galerie du Palais-Royal a brisé mes jambes. À mon réveil, j'ai été prise dans un tourbillon. Je me suis battue pour vivre, pour remarcher. L'impossibilité d'obtenir une réparation m'a fait comprendre la détresse qui s'emparait des victimes du terrorisme. J'ai créé S.O.S. Attentats. Depuis vingt ans, je ne me suis pas arrêtée un instant. Aujourd'hui, je ressens le besoin de souffler, de réfléchir à la suite de ce combat. J'ai envie de traquer mes souvenirs, d'enquêter sur ce passé que j'ai longtemps fui.

À ceux qui ont subi le terrorisme dans leur chair ou

celle de leurs proches, je dis toujours qu'il est vain d'essayer d'oublier. On peut déménager, changer d'emploi, refaire sa vie, mais on ne peut fuir le souvenir de l'attentat et tout ce qu'il a tué en vous. Il faut tenter d'assumer, affronter ce qui peut l'être. Ce conseil de bon sens, prodigué à tous, je ne suis pas certaine de me l'être appliqué à moi-même. C'est pourquoi j'ai décidé d'écrire.

Raconter sa vie, s'exposer autrement qu'en étant la porte-parole d'une association. Écrire ses malheurs, ses doutes, ses combats. Passer du « nous » au « je ». Ne rien laisser dans l'ombre... Ma pudeur en souffrira, c'est certain. En même temps, si je commence ce travail, je me suis promis de ne pas le faire à moitié.

Il y a unc chosc difficilc à comprendre pour ceux qui n'ont pas vécu la brutalité d'un attentat : si vous avez la chance de survivre à la puissance meurtrière de la bombe, la somme de toutes vos meurtrissures est infiniment supérieure aux seules blessures de votre corps. Les ravages sont psychologiques, nerveux, relationnels, existentiels. Ils atteignent directement vos proches, famille, amis, jusqu'à provoquer des conflits, des séparations. Des suicides ne sont pas rares. C'est pourquoi j'ai tant de mal à supporter cette réflexion maintes fois entendue : l'attentat n'a pas fait de victimes, il n'y a que des blessés... Lâche soulagement.

En fouillant dans ma mémoire, c'est ce cortège de dommages que je veux faire resurgir. Peut-être ai-je encore l'illusion de m'en délivrer. Mais, surtout, si je peux faire comprendre l'intensité de certains calvaires, si je peux faire toucher du doigt la complexité des deuils et des réparations à mettre en œuvre, si je peux inspirer non pas la pitié que j'abhorre mais un sentiment de solidarité, je n'aurai pas perdu mon temps.

Quand je songe aux vingt années écoulées, j'ai parfois l'impression que, à quelques-uns, nous avons soulevé des montagnes. Dans ce pays éminemment conservateur, sauf dans les périodes de convulsion, nous avons fait changer des lois et des habitudes, permettant à la France d'être dotée d'un système de protection des victimes du terrorisme unique au monde. Nous avons bataillé pour en étendre les avantages à d'autres catégories de la population. Nous avons traité près de deux mille dossiers, la plupart du temps à la place des pouvoirs publics. Nous avons affronté des hommes politiques hypocrites ou amnésiques, des chefs d'État étrangers, organisateurs ou complices du terrorisme. Nous avons investi les prétoires, autrefois interdits aux civils pris en otages dans ces conflits souterrains qui se règlent à coups de bombes. Nous avons initié des études épidémiologiques qui ont permis de découvrir des aspects insoupçonnés de la souffrance des survivants. Ces travaux ont permis la mise en place de cellules médico-psychologiques, pas seulement pour les attentats mais pour tous les types de catastrophes. S.O.S. Attentats, petite association de victimes, d'amis fidèles, de militants dévoués, vient d'être reconnue organisation non gouvernementale auprès de l'ONU.

Pendant ces vingt années de combat solitaire où nous étions parfois considérés comme un lobby d'intérêts corporatistes, j'ai rencontré bien des hommes politiques qui estimaient que le terrorisme était une affaire marginale, voire dépassée. Je bataillais, je tentais d'argumenter, je pressentais qu'ils se trompaient lourdement. Mais jamais je n'aurais imaginé qu'au XXIe siècle le terrorisme deviendrait une question aussi centrale. Il aura fallu la tragédie du 11 septembre 2001. J'aurais tellement préféré que mes craintes fussent infondées.

Tous ces nouveaux convertis qui, hier, méprisaient nos demandes et, aujourd'hui, n'ont plus que le mot « terrorisme » à la bouche, j'aimerais qu'ils retrouvent la mémoire et un peu de modestie. Le terrorisme est certes une guerre. Je me suis beaucoup battue pour faire admettre ce point de vue, aujourd'hui banal. Mais c'est une guerre d'une forme très particulière qui exige des ripostes intelligentes et réfléchies et n'autorise pas à s'affranchir des règles du droit.

Une société qui subit des actes de guerre a le devoir d'accompagner ses victimes. Derrière les morts et les blessés de chaque attentat commis dans notre pays, c'est toujours la République française qui est visée. Prendre en compte leur souffrance individuelle n'est donc qu'un juste retour des choses, une question de conscience collective.

Les mentalités ont évolué. Autrefois, nous étions des gêneurs, les témoins des failles de la sécurité de notre pays. Aujourd'hui, on commence à comprendre l'importance de notre point de vue. Souvent, j'interviens dans des écoles de police, des séminaires de militaires ou de magistrats. Ceux qui luttent contre le crime le plus lâche qui soit savent à quel point nous pouvons être un soutien précieux. Nos témoignages, notre souvenir, nos expériences de survivants... mais aussi notre poids quand les hommes politiques, souvent pour des raisons inavouables, veulent étouffer les enquêtes antiterroristes. À mes yeux, c'est notre principale victoire, avoir réussi à sortir du statut d'assisté pour devenir une véritable force.

Gilles Boulouque l'avait compris. Il n'est guère de moments où je ne pense à lui. Ce juge, subtil et courageux, a été le premier à prendre en considération la cause des victimes. Il savait à quel point sa recherche obstinée de la vérité était essentielle à la cicatrisation de nos blessures. Son intelligence, son humanité profonde furent un bonheur pour nous tous. Sa disparition nous a laissés face à un grand vide.

Parfois, je crains que le caractère exceptionnel de notre démarche, « pour les victimes, par les victimes », ne finisse par se dissoudre. Qu'une parenthèse se referme. Combien de fois ai-je entendu : « Laissez faire les professionnels. » Je sais l'apport irremplaçable des juristes, des psychothérapeutes, des travailleurs sociaux, des médecins. À l'association, nous collaborons avec eux. Je sais aussi que nous, victimes, avons une expérience unique à faire partager. Le danger serait que nous prenions les chemins de l'individualisme, que nous cédions au piège d'indignes marchandages financiers qui prétendraient tout effacer. Au cœur de notre combat, il y a une exigence d'éthique et de vérité qu'il faut absolument préserver. C'est notre force, notre bien le plus précieux.

L'attentat

Avant d'entrer dans le restaurant, je suis restée un instant immobile, devant le péristyle de Joinville. J'aurais aimé aller contempler les galeries et le jardin du Palais-Royal, rêver au temps passé, quand une foule de Parisiens venait s'y promener, jouer aux dames et aux échecs, parler affaires ou politique. J'aurais songé à Bonaparte qui retrouvait Joséphine sous les épais tilleuls. Ou à Victor Hugo qui calmait son angoisse en dînant avec Sainte-Beuve pendant que le Théâtre-Français, tout proche, donnait *Hernani* pour la première fois. J'aurais aimé m'approcher des grilles du jardin, contempler l'arrière du théâtre du Palais-Royal, mais nous étions déjà en retard. Maurice m'avait laissée devant le Grand Véfour, le temps pour lui de trouver une place où garer la voiture.

J'ai poussé une porte, un maître d'hôtel vieille France a écarté un rideau et m'a accueillie d'un sourire charmant en s'inclinant légèrement. Puis il m'a conduite jusqu'à notre table, la numéro 4. Au-dessus de la banquette, une plaque de cuivre indiquait qu'il s'agissait de la table « Alexandre Dumas père ». Je me suis assise et j'ai contemplé la salle, éblouie. Les murs et le plafond étaient couverts de peintures dorées aux motifs floraux datant du XVIIIe siècle. Sur des colonnes étaient accrochées sous verre des allégories des quatre saisons, où des femmes dénudées, les cheveux ceints d'antiques bandeaux, profitaient des fruits de la nature. Un tapis épais reprenait ces motifs de l'abondance. Des lustres et des candélabres éclairaient la salle d'une lumière douce. L'atmosphère était parfaitement romantique, délicieusement surannée. J'étais heureuse, ravie de fêter là mes dix ans de mariage.

Nous étions le vendredi 23 décembre 1983, une des journées les plus importantes de mon existence. Le matin, une pluie froide s'était abattue sur Paris. Pour la plupart des gens, cela n'avait pas grande importance. Les veilles de réveillon, il y a tant à faire qu'on ne se préoccupe pas de la météo. Et puis l'approche des fêtes embellit tout. Je ne crois pas avoir jamais partagé ce sentiment d'euphorie qui envahit tant de personnes avant Noël. Il faut dire que mes parents possédaient un petit atelier de confection, les fins d'année étaient pour eux des moments de grande activité. Avec mon frère William, nous avions toujours droit à des cadeaux mais je ne me souviens pas, dans mon enfance, d'un seul sapin de Noël. D'origine juive polonaise, nos parents avaient adopté toutes les habitudes de leur pays d'accueil, ils étaient français à part plus qu'entière. Toutes sauf le sapin de Noël.

J'ai tenu moi-même une boutique de vêtements, tout comme mon mari. Pendant ces périodes, nous n'avions pas beaucoup de temps à consacrer à la famille, si bien que nous avions pris l'habitude d'envoyer notre fille aux sports d'hiver. Deborah avait neuf ans, elle avait hérité de notre amour du sport. Elle skiait déjà magnifiquement, elle faisait de la compétition. Avec elle, nous fêtions Noël avant ou après, selon les dates de vacances. Je l'accompagnais au train où elle retrouvait ses camarades de colo puis je fonçais, tête baissée, pour cette série de journées exténuantes.

Maurice, mon mari, dirigeait l'entreprise familiale de son père, un important commerce de prêt-à-porter situé près de la République. Je l'ai épaulé plusieurs années avant de prendre la direction d'une boutique plus modeste, rue Caumartin. Huit personnes travaillaient avec moi, nous vendions des vêtements pour femmes et enfants. La société s'appelait Acta, je ne me rappelle plus exactement pourquoi j'avais choisi ce nom. Sans doute me faisait-il penser à l'action.

Le vendredi 23 au matin, j'étais partie travailler très tôt. Ces jours-là, je ne passais pas par la boutique, je filais directement dans le Sentier faire des « réassorts ». C'était l'époque de l'année où l'on manquait toujours de modèles, et j'avais prévu que, le vendredi et le samedi, nous serions dévalisés. Ma boutique, située dans une rue piétonnière entre le Printemps et les Galeries Lafayette, était prise d'assaut à l'heure du déjeuner et dans l'après-midi, à la sortie des bureaux. Une robe à acheter pour le réveillon, un foulard à offrir...

Le vendredi soir, avec Maurice, nous avions tout de même prévu de nous offrir une sortie en amoureux pour fêter nos dix ans de mariage. Nous savions que le lendemain il ne serait pas question de réveillon, alors nous voulions faire la fête avant l'heure.

Dix ans de mariage... Quand j'y pense, ces années ont tellement filé. J'ai rencontré Maurice à Assas, où nous étions étudiants, moi en droit, lui en sciences économiques. Dans la journée, je travaillais comme juriste contractuelle au ministère de l'Industrie. Le soir, je préparais un DESS de droit privé, un autre de sciences politiques. Maurice jonglait entre ses études et la boutique de son père.

Sans le savoir, nous louions chacun un studio à un couple d'amis communs, dans le même immeuble, près du Jardin des Plantes, rue Poliveau. Nos appartements étaient situés l'un au-dessus de l'autre mais, pendant une année, nos relations s'étaient limitées à des prêts de sel et de poivre quand les commerces étaient fermés. Puis nous avions commencé à échanger des livres, et nous nous étions découvert une complicité intellectuelle. La politique, les sciences humaines, le droit et l'économie nous passionnaient tous deux. Maurice avait longtemps pratiqué la boxe, il était champion de France universitaire et il terminait la rédaction d'un « Que sais-je ? » sur le sujet pour les Presses universitaires de France. Il avait eu la délicatesse, malgré mon ignorance de ce sport, de me faire relire des passages de son manuscrit avant de le livrer. J'avais été impressionnée par ses connaissances historiques et sociologiques, son écriture simple mais très aboutie. Je n'aurais jamais imaginé que ce genre de manuel puisse être écrit par un auteur de vingt-sept ans.

En 1972, j'avais dû déménager, l'amie à qui je louais voulant récupérer son appartement. Je ne m'étais éloignée que de quelques rues. Un soir, j'ai téléphoné à Maurice, je devais lui rendre deux livres qu'il m'avait prêtés. Je suis arrivée vers vingt heures, la discussion s'est prolongée fort tard, je ne suis plus jamais repartie.

Après un été passé dans l'île de Santorin en Grèce, nous avons décidé d'avoir un enfant. J'ai très vite été enceinte de Deborah et nous nous sommes mariés. Notre génération n'était pas très attachée à ce lien officiel. L'amour nous paraissait une affaire bien trop sérieuse et intime, fragile et complexe, pour être scellée sur des papiers officiels. Enfin, nous avons fini par faire comme les autres. Pour Deborah, pour nos parents, peut-être. Cette officialisation n'avait rien entamé de notre profonde complicité.

La vie nous avait happés sans nous prévenir. De toute façon, j'ai toujours aimé vivre sans m'arrêter. Dix ans que nous étions mariés, douze ans que nous nous aimions. Je me souviens d'une existence simple, joyeuse, la plupart du temps trépidante. J'étais très heureuse, je n'en avais pas toujours forcément conscience. Tout allait de soi. Parfois, je me dis qu'il aura fallu l'attentat pour que je mesure très précisément à quel point j'ai été comblée pendant ces douze années.

Ces derniers mois, j'avais reçu les visites régulières d'un inspecteur des impôts. J'avais la conscience tranquille, il pouvait plonger tant qu'il voulait dans les comptes d'Acta, tout était parfaitement en ordre. Ceci dit, on ne subit pas un contrôle fiscal sans s'inquiéter, à un moment ou à un autre. En début de semaine, Maurice avait croisé par hasard le polyvalent qui lui avait certifié, avec le sourire, que ses vérifications me concernant étaient terminées.

— Je vais envoyer à votre femme une notification

de non-redressement, lui avait-il précisé, ce que Maurice m'avait aussitôt annoncé par téléphone.

J'étais ravie, fière de ma bonne gestion, un peu soulagée aussi. Raison de plus pour fêter avec faste notre anniversaire de mariage.

Avec Maurice, nous avons toujours aimé dîner dans de grands restaurants. Le goût de la cuisine raffinée, des cadres qui sortent de l'ordinaire... C'était l'un de nos plaisirs, fort rares à Paris où le temps nous était compté et les tarifs pratiqués par les grandes maisons trop élevés à nos yeux. Mais dès que nous partions en province, nous faisions de fréquentes haltes et même quelques détours pour une bonne table. Sur la route de la Côte d'Azur ou des Alpes, nous les avons presque tous faits : les frères Troisgros à Roanne, Bocuse à Lyon, Blanc à Vonnas, Pic à Valence ; plus tard, nous connaîtrions Loiseau à Saulieu, Michel Bras à Laguiole. Je n'ai jamais aimé les bijoux, un repas inoubliable m'a toujours paru un merveilleux cadeau.

Cette fois, nous avions décidé de nous offrir le Grand Véfour. Pendant l'été, ma tante Yaël nous avait invités dans le fameux restaurant de Raymond Oliver. Le cadre nous avait paru tellement charmant que nous nous étions promis d'y dîner en tête à tête. Avant que la nouvelle cuisine n'emporte tout sur son passage, Raymond Oliver avait été le plus fameux des cuisiniers français. Il avait racheté le Véfour en 1948, collectionné pendant plus de trente ans les trois-étoiles. Il était le premier chef star, dispensant ses conseils à la télévision, exportant sa renommée jusqu'en Asie. Les célébrités se pressaient dans cet ancien bistrot, l'un des plus anciens de Paris (Colette et Cocteau, Guitry,

Giraudoux, Aragon et Triolet, Sartre et Beauvoir, Malraux, la Callas...).

Maurice avait voulu réserver plusieurs semaines à l'avance. Comme toujours sans donner son nom, bien trop compliqué à épeler, surtout par téléphone. Rudetzki ? Avec un *z* ou un *s* ? Un *i* ou un *y* ? Le *t* avant ou après ? Il disait « Maurice », cela suffisait amplement. Mais avant qu'il n'indique notre heure d'arrivée, on lui avait répondu que, malheureusement, le restaurant était complet ce soir-là. Nous avions décidé de nous rabattre sur un cuisinier qui arrivait de La Rochelle et dont les plats à base de poissons, de fruits de mer et de foie gras commençaient à faire parler d'eux. Situé place des Invalides, Le Divellec n'offrait pas un cadre aussi enchanteur, mais il en aurait fallu bien plus pour nous contrarier.

Le vendredi 23, au début de l'après-midi, un employé du Grand Véfour appela Maurice. Un groupe venait de se décommander, et, si nous le désirions toujours, une table nous attendait. Tout se conjuguait à merveille. Le temps d'annuler la réservation du Divellec, nous nous étions retrouvés à la maison ; j'avais enfilé un tailleur noir que j'aimais particulièrement. Nous avions débouché une bouteille de champagne, bu deux coupes avant de filer en direction du Palais-Royal.

Maurice a réussi à trouver une place pour la voiture. Il me rejoint, s'assied sur la banquette, à ma droite. D'ordinaire, nous préférons nous faire face afin de mieux profiter de la conversation. Son intelligence m'a toujours subjuguée et j'adore ses regards. Quand il parle, ses yeux s'enflamment, son éloquence, son humour lui confèrent un grand charme, j'apprécie autant de l'entendre que de le regarder parler.

Nous aimons échanger nos idées. Nous ne sommes pas toujours d'accord, nos forts caractères s'affrontent parfois, mais la confrontation est toujours l'occasion pour l'un, souvent pour les deux, d'évoluer, d'apprendre. Et nos points de vue se rapprochent la plupart du temps.

La curiosité a été l'un des moteurs de notre couple. Même si nous faisions profession du commerce, nos horizons étaient plus larges que les colonnes de chiffres et la recherche des nouvelles tendances de coloris et de tissus. D'ailleurs, je n'ai jamais pensé, un seul instant, tenir une boutique toute ma vie. J'ai compris, dès le premier choc pétrolier de 1973, que nous sortions de la civilisation du plein-emploi. Que dans une existence il faudrait constamment se former, compléter ses connaissances et, pourquoi pas, changer de métier.

Maurice s'est assis à mes côtés pour mieux admirer le jeu des immenses miroirs qui nous font face. Je sens son corps qui frôle ma hanche, sa jambe qui épouse la mienne. Il se tourne vers moi, se penche presque pour me regarder ; j'ai les yeux qui brillent. Je lui désigne la porte de secours qui nous sépare du jardin du Palais-Royal. D'épais rideaux de velours rouge nous empêchent d'apercevoir le parc. Pour la balade, on verra après le repas.

Le maître d'hôtel nous pose quelques questions. Il nous propose l'apéritif, que nous refusons, puis nous suggère de lui faire confiance. Il nous composera un assortiment de quatre ou cinq mets. Il a compris que nous sommes assez gourmands. Je lui demande une faveur :

— Pouvez-vous partager tous nos plats en deux portions égales ?

C'est une habitude que nous avons prise avec Maurice à chacune de nos escapades, goûter tout ce que mange l'autre. Je ne sais si c'est une manie de gourmet ou d'amoureux, en tout cas le maître d'hôtel couvre ma requête d'un sourire complice.

Je ne me rappelle plus ce que l'on nous a servi, ce soir-là. La plupart de mes souvenirs se sont envolés au moment où la bombe a explosé. Le champagne avant d'aller dîner, c'est Maurice qui m'en a parlé, bien après. À sa sortie de l'hôpital, il a retrouvé, sur la table de la salle à manger, nos deux coupes, un reste de champagne, chaud, éventé. Je ne peux m'empêcher d'éprouver un frisson quand je pense à cette image, ce précieux breuvage qui a perdu ses bulles, son charme, sa légèreté. Le souvenir du tailleur noir, je le dois à mon père qui est allé le récupérer au restaurant, après l'attentat, avec mes chaussures. Le tailleur était en lambeaux, il l'a jeté. C'est ridicule mais j'ai eu beaucoup de mal à me consoler de sa perte. Du Véfour, il ne m'a rapporté que mes escarpins et mon imperméable fourré. Quand j'ai pu, je l'ai fait nettoyer, puis je l'ai glissé dans ma penderie, protégé par un plastique. Depuis vingt ans, je n'y ai jamais retouché.

Quant aux plats qui ont composé notre repas, ni Maurice, ni le personnel du restaurant que j'ai interrogé ne s'en souvenaient. Il devait y avoir du foie gras, Raymond Oliver n'en était pas avare. Je doute par contre que nous ayons commandé sa grande spécialité, la timbale Bontout composée de macaronis, foie gras, homard, ris de veau et crête de coq. Non, j'imagine que nous avons dû goûter aux côtes d'agneau garnies avec des tranches de rognons de veau escalopées. Ou bien au pigeon Rainier désossé et farci au foie gras. En tout cas, le repas a dû être fameux. Et plantureux. L'obsession de la minceur n'était pas encore à l'ordre du jour. Nous devions être légèrement ivres de tout ce que nous avions bu et mangé. Heureux et amoureux.

À ma gauche, à la table « Victor Hugo », un couple avait terminé de dîner. Le maître d'hôtel les a aidés à sortir en approchant leur table de l'issue de secours. Le rideau rouge qui masquait la galerie de Beaujolais s'est écarté, pas assez néanmoins pour que quelqu'un songe à jeter un regard vers l'extérieur. De toute façon, il n'était que 22 h 15 ; à cette heure, la bombe n'avait sans doute pas encore été posée.

Pour le dessert, Henri Dubourgnon et l'un de ses chefs de rang, Martial Rambaud, m'ont assurée que Maurice avait commandé une tarte fine aux pommes et miel, et moi le fameux soufflé au chocolat dont l'intérieur est si moelleux qu'on croirait une mousse. Comme ce soufflé réclame un peu de préparation, ils nous ont proposé un peu de fromage pour patienter. Il était plus de 22 h 40 quand on nous a servi les desserts. Je n'avais aucune envie que cette soirée se termine, j'aurais aimé prolonger cette nuit indéfiniment ; la journée du lendemain serait l'une des plus épuisantes de l'année.

Je vais m'efforcer d'être la plus précise possible, ce n'est pas facile, mais nécessaire. Je crois que c'est le bruit que j'ai perçu en premier. Un énorme bruit sourd, d'une telle force que l'esprit a du mal à le concevoir. Une seconde auparavant, tout semblait flotter autour de moi. Nos silhouettes, portées par la flamme des bougies, tremblaient dans les grands miroirs. Les plus animées des conversations parvenaient jusqu'à moi complètement assourdies. Et soudain, ce fracas. Presque en même temps, je ressens un grand souffle qui vient de ma gauche et je suis soulevée de terre.

Je suis allongée et je crie : « Mes jambes ! » Une fois, je crois. C'est resté gravé dans mon esprit. Je tente de me soulever pour apercevoir ces jambes qui me font tellement souffrir. J'ai l'impression que toutes les deux sont touchées mais l'une surtout, la gauche, me fait horriblement mal. J'essaie désespérément de me redresser. Sans succès. Il y a déjà du monde autour de moi, des gens qui m'empêchent de faire le moindre mouvement. À toutes ces réactions, je commence à réaliser que ma blessure est sérieuse.

Et je parle de mon frère, William, mon cadet de cinq ans. Il est médecin.

— Il faut appeler mon frère, il faut appeler William. J'ai besoin de lui.

Je me souviens d'avoir rassemblé ce qui me restait de forces pour échapper au vertige qui s'emparait de moi. Surtout rester consciente, au moins le temps qu'on prévienne mon frère... Je me méfie des médecins en général, de ceux que je ne connais pas en particulier. Il n'y a que William qui peut s'occuper de moi. C'est mon défaut, je fais difficilement confiance. Mais c'est mon frère, je l'aime, je veux qu'il soit là. Un pompier s'approche, je lui dis : « William », et je parviens à me souvenir de son numéro de téléphone. Je ne sais si le pompier a eu le temps de noter le numéro, s'il avait simplement un stylo, un morceau de papier.

De toute façon, il y a Maurice. Je le revois debout, au-dessus de moi. Il a les bras et le visage qui saignent. Son costume est déchiré, mais son visage est rassurant. Il se penche vers moi, il me regarde et je perçois son angoisse malgré le vertige qui brouille ma vue. Il me demande :

— Est-ce que ça va aller ?

Depuis, j'ai souvent pensé à cette phrase. Je ne sais si c'était une question, un encouragement ou une supplique. Tout à la fois, sans doute. Il veut me rassurer, il veut que je le rassure. Nous avons vécu ainsi depuis notre première rencontre. Dans un mutuel encouragement.

Il ne veut pas que je le laisse. Je sens pourtant que je suis en train de partir. Avec le peu de forces qui me reste, je parviens à lui répondre :

— Oui.

Oui, ça va aller. Oui, je vais lutter, autant que je peux. Oui, je ne vais pas vous abandonner, toi et Deborah. Dix ans, douze ans même, ce serait trop bête...

Maurice continue à me fixer, je sens son regard m'envelopper avec une intensité rare. M'a-t-il déjà regardée ainsi ? Il répète :

— Ça va aller ? Tu vas tenir le coup ?

Je veux lui répondre « oui ». Je sens son inquiétude, je sens que c'est grave, j'ai presque oublié la douleur, elle est pourtant en train de me submerger. Il faut tenir un instant encore. Pour lui. Je le regarde, mes lèvres bougent à peine, son visage est à quelques centimètres du mien. Je réussis à lui murmurer :

— Je te le promets.

Et je m'évanouis.

Ceux qui m'ont sauvée

Il y a quelques mois, j'ai reçu un message d'un pompier de Chamalières. En 1983, Christian Monfouga avait vingt-deux ans, il était caporal à la caserne Saint-Honoré, c'est lui qui a dirigé les premiers secours au Grand Véfour. Il a été très marqué par cet attentat. Pendant des années, il n'a pas osé en parler, puis il a fini par chercher des documents. L'Agence France-Presse lui a fourni des photos parues à l'époque dans les journaux. Sur l'une d'entre elles, on me voit sur un brancard, des couvertures et des serviettes posées sur le torse. Des médecins du Samu sont en train de me placer dans la bouche un tuyau de ventilation, pendant qu'à l'arrière-plan un sapeur-pompier tient précautionneusement la transfusion posée dans mon bras gauche.

Dès que Christian Monfouga a eu accès à Internet, il s'est branché, il a tapé mon nom, il est tombé sur le site de S.O.S. Attentats, et il m'a envoyé un message très émouvant. En le lisant, je me suis interrogée sur ce qui s'était passé au Grand Véfour, ce soir-là. Ce que je n'avais pas vu avant et après mon évanouissement. Ce que je n'ai jamais su. Ce que j'ai oublié. Il faut dire que le choc et les calmants prescrits pour atténuer la douleur ont eu sur moi des pouvoirs amnésiques. Rien d'étonnant que mon entreprise de remémoration soit lente et parfois désordonnée. Je voudrais tenter, cette fois, d'y mettre un peu d'ordre en racontant les événements dans leur déroulement. J'ai interrogé pour cela tous ceux qui m'ont assistée ce soir-là, tous ceux qui m'ont sauvée.

Quelques minutes avant l'attentat, le 23 décembre 1983, une partie du personnel a senti une odeur nauséabonde très puissante et s'est empressée d'en chercher la cause, sans qu'aucun des clients s'en aperçoive. Placée près de l'entrée, la dame qui tenait le vestiaire a eu l'impression que ces émanations provenaient de l'extérieur, sous le passage de Beaujolais. Le sommelier est sorti inspecter une bouche d'aération mais il n'a pas poussé ses recherches jusqu'à la galerie de Beaujolais, où il aurait découvert le paquet laissé par les terroristes. Avec énormément de chance, il aurait pu réussir à neutraliser l'engin. Plus vraisemblablement, il aurait couru un danger mortel. Un commis de salle s'est approché de la machine à café. Il croyait qu'un fil électrique était en train de se consumer, à cause d'un court-circuit. Il n'en était rien. Craignant une fuite de gaz, le maître d'hôtel, Henri Dubourgnon, est descendu au sous-sol où se trouvent les cuisines, les vestiaires du personnel et la cave à vin. Les mêmes effluves s'y faisaient sentir, encore plus puissants. Le chef-cuisinier, Alain Labrousse, l'a rassuré. Ses réchauds étaient éteints, les derniers plats en passe d'être expédiés. Le gaz n'était pas en cause. Ils se sont alors dirigés vers la douche des employés. Souvent, des remontées d'égouts passaient par la bonde. Cette fois, ce n'était pas le cas. Le chef et le maître d'hôtel ont pensé aux poubelles, à un mégot mal éteint qui aurait provoqué un début de combustion. Rien de ce côté-là non plus. Près de la cave à vin qui communique par une bouche d'aération avec la galerie de Beaujolais, les odeurs se faisaient plus fortes, âcres et soufrées. N'ayant rien découvert, Dubourgnon et Labrousse ont commencé à remonter le petit escalier étroit vers la salle. C'est alors que la bombe a explosé.

Il faut savoir qu'un attentat provoque un instant de sidération. Quelques secondes de silence, de stupéfaction avant que les cris, l'épouvante ne commencent. On n'arrive pas à y croire, c'est trop puissant, trop brutal. Le maître d'hôtel, par exemple, était persuadé que l'explosion provenait des arcades, à l'extérieur du restaurant. En un sens, il avait raison. La bombe avait bien été posée sous la galerie de Beaujolais, sur le seuil de l'issue de secours. Mais l'effet de souffle s'est fait puissamment sentir à l'intérieur de la salle. Cette odeur que le personnel a pourchassée pendant trois ou quatre minutes provenait de la mèche lente de l'engin explosif. Les émanations de poudre noire ont reflué par le système d'aération qui communique avec le sous-sol, les cuisines et l'entrée principale.

Au moment où un événement aussi brutal se produit, chacun fixe son esprit sur une pensée précise. Même si son chef avait certifié qu'il ne s'agissait pas d'une fuite de gaz, un employé de cuisine n'a rien eu de plus pressé que d'éteindre l'arrivée de gaz dans les cuisines. Un employé de salle se tenait près du buffet des desserts. Il a eu le temps de percevoir une lueur avant d'être projeté plusieurs mètres en avant, vers le milieu de la pièce, entre des tables rondes. Il a réalisé que des éclats de verre lui avaient blessé la main et le poignet.

Qu'à cet instant une pensée vous occupe peut être salutaire. Parce que subir une telle violence est très bouleversant, même si l'on en ressort physiquement indemne. Chacun conserve dans son esprit, pour des mois, voire des années, une image, un son, une impression cruelle : la détonation énorme, sèche et sourde ; l'effet de souffle ; le nuage noir qui a aussitôt envahi la salle de restaurant, que sais-je encore ? Un garçon de salle a perçu le cliquetis des grands miroirs qui se brisaient et du verre qui tombait, en « une pluie nourrie », selon son expression. Le sommelier était encore à l'extérieur du restaurant en quête de ces mauvaises odeurs. Les morceaux de verre tombaient aussi dans le passage de Beaujolais, il a été légèrement blessé à la jambe droite. La dame qui tenait le vestiaire a ressenti une très forte douleur au dos et à la tête.

Chacun voulait sortir de cet enfer, réaction absolument naturelle et même nécessaire. Fuir un lieu devenu dangereux, obscur et étouffant à cause de l'épaisseur des fumées toxiques, se prémunir de l'éventualité d'une seconde bombe, spécialité de certains groupes terroristes. Maurice a fait deux ou trois pas vers la sortie comme tout le monde puis il s'est retourné, persuadé que j'étais derrière lui. Je suis bouleversée par cette image. Je l'imagine, se tournant vers moi, comme il le faisait régulièrement s'il avait pris un peu d'avance quand nous marchions. Ce genre de prévenance, chez un homme, m'a toujours séduite. Pendant douze ans, il m'a trouvée du regard quand il se retournait. Cette fois, je ne le suivais pas.

Il m'a cherchée un instant puis il a fini par m'apercevoir, à travers ce brouillard noir ; j'étais allongée sous les vestiges de la double porte de secours. Il est aussitôt revenu vers moi, accompagné d'un homme en blanc, très vague souvenir qui me revient maintenant que j'écris : il s'agissait du chef, Yves Labrousse, qui officiait en cuisine depuis que Raymond Oliver, malade, âgé, avait pris un peu de distance avec l'établissement. Labrousse et Maurice ont commencé à soulever les chambranles de la porte, avec difficulté. Malgré l'explosion du verre très épais datant du XIXe siècle, ce qui restait de l'armature de cette porte en bois et en métal, large d'un mètre cinquante, haute de deux mètres cinquante, pesait son poids.

Ce soir-là, le chef de rang Martial Rambaud avait quitté son service plus tôt, après nous avoir servi les fromages. Il avait une course à faire pour l'anniversaire de son fils. En roulant vers les Champs-Élysées et le drugstore encore ouvert, il a entendu la nouvelle de l'attentat sur son autoradio et a aussitôt fait demi-tour. Dans les décombres, il a aidé ses collègues et les pompiers à déblayer. Quand il a levé la tête pour regarder si les peintures anciennes avaient résisté à la bombe, il a vu la tarte aux pommes fines de Maurice collée au plafond. Nous n'avions pas eu le temps d'entamer notre dessert.

Comme de nombreux jeunes hommes de sa génération, Yves Labrousse a fait la guerre d'Algérie. Engagé dans les chasseurs alpins, le futur cuisinier a appris, au gré des engagements meurtriers et des situations dramatiques, tous les gestes de survie. Constatant que je saignais abondamment, il a rassemblé des serviettes et appuyé avec ce garrot de tissu sur mon artère fémorale, à l'intérieur de ma cuisse gauche. En cinq à dix minutes seulement, on peut, à cet endroit, se vider de tout son sang. Cinq à dix minutes, c'est le temps qu'ont mis les pompiers pour arriver jusqu'au restaurant, à travers les petites rues embouteillées du quartier du Palais-Royal. Le chef du Grand Véfour, Yves Labrousse, est le premier d'une longue série de personnes à m'avoir rendu cette vie qui était bien près de me quitter.

En préparant ce livre, j'ai examiné avec soin les dizaines de photos prises par la police judiciaire, les pompiers et le Samu, le soir après l'attentat et le lendemain matin. C'est évidemment un spectacle désolant. Dans le passage de Beaujolais et sous le péristyle de Joinville, un épais tapis de plâtre, de verre, de bois, de fer jonche le sol. Une lanterne a été décapitée, le plafond de la galerie, à quatre mètres de hauteur, a été très endommagé, les lattes de bois ont été mises à nu. Dans le restaurant, on voit des gravats en tous sens, du plâtre, des éclats de verre, des morceaux de porcelaine et de bois, des débris métalliques. Un semblant de rangement a été fait, les pompiers ont procédé à des premiers travaux de déblaiement pour assurer la sécurité du lieu : des tables sont empilées les unes sur les autres, les pieds des chaises sont enchevêtrés, certaines sont disloquées. Plusieurs barres métalliques se sont détachées de la double porte. Devant elle, la bombe a creusé un cratère de cinquante centimètres de diamètre et de vingt-cinq centimètres de profondeur. Deux épaisses plaques de fonte surmontaient le regard. Elles sont posées près des banquettes du restaurant, la chaleur intense de l'engin les a largement déformées, déchiquetées sur les bords, et a même troué l'une d'entre elles. Entre la penderie près de l'entrée du restaurant et la cabine téléphonique installée dans une chaise à porteurs, un tas de linge de maison jonche le sol, des serviettes, des nappes tachées de sang, des annuaires et un lot de cravates qui devaient servir à dépanner les clients imprévoyants.

La banquette où je dînais est en partie détruite, les coussins de velours rouge gisent, affaissés sur le sol. Les deux panneaux de la porte ont été posés là. Il y a des taches de sang sur une table où la vaisselle a été renversée, des verres cassés et un vase échoué avec ses fleurs éparpillées. Au pied de cette banquette, une autre tache, bien plus large, a été soulignée en pointillés par les enquêteurs : elle mesure un mètre de diamètre. C'est mon sang, séché, noirci, incrusté dans la profondeur de cet épais tapis aux motifs anciens confectionné dans une savonnerie du quartier de la Glacière. Je croyais que je tremblerais en examinant ces photos. C'est pourquoi, pendant vingt ans, je m'étais bien gardée de les sortir de leur dossier. En fait, elles m'ont laissée sans réaction, insensible, comme si ce n'était pas moi, mon sang, ma chair, une partie de ma vie perdue dans ce restaurant. Je suis émue, en revanche, en lisant que le commissaire Cavin a retrouvé dans cet amas de linge ensanglanté la veste et la jupe noires de mon tailleur. Dans son rapport, il note même la marque du vêtement, « Samantha, 60, rue de Rennes, Saint-Germain ». Sans lui, je ne m'en serais jamais souvenue. Il a aussi découvert mes chaussures vernies noires à haut talon, l'une près de la banquette, l'autre sous une table, de l'autre côté de la salle, et une boucle d'oreille fantaisie en métal blanc, de forme ovale, dont le souvenir m'a complètement échappé.

La vision du lieu me donne une impression de contraste : d'un côté, il règne un très grand désordre, bien inhabituel dans un tel restaurant ; en même temps, il n'y a que très peu de traces d'une destruction massive. Les plafonds peints ont à peine souffert de la bombe, certaines appliques ont été descellées du mur mais aucun des lustres n'a été détruit, pas plus que leurs ampoules. Et, comme souvent dans un spectacle de désolation, des images paraissent miraculeuses : au milieu de ce désordre, plusieurs dessertes sont intactes avec leurs piles d'assiettes en porcelaine précieuse, leurs couverts en argent, leurs verres en cristal. En revanche, les ingénieurs du laboratoire scientifique de la police ont trouvé, en de multiples points de la salle, des boulons, des écrous, présentant des traces d'écrasement. Les policiers sont persuadés qu'ils avaient été placés à l'intérieur de la bombe afin d'en accentuer la puissance destructrice.

Mon corps n'a pas seulement été brisé, ma jambe arrachée par des éléments de la porte projetés à très grande vitesse, j'ai aussi été criblée par des centaines de morceaux de verre, de fer et de porcelaine qui ne me quitteront plus jamais. Quelquefois, certains d'entre eux bougent. Une rougeur sur la peau me signale alors que l'un d'eux est prêt à être expulsé par mon organisme. Parfois, ils sortent d'eux-mêmes, sans difficultés. Parfois, il faut m'inciser. Mais la plupart restent bien sagement dans ma chair. Sur mes radios, on voit distinctement ces centaines de petits points blancs autour de mes os, ces centaines de traces de l'attentat qui m'empêchent de passer certains examens, comme les IRM. Tous les six mois, à peu près, l'un d'entre eux me cause une très forte infection, il faut que je me mette sous antibiotique et, parfois même, sous perfusion. Mon frère, dans son langage médical, m'a expliqué qu'il s'agissait de réveils septicémiques, les kystes qui entourent ces fragments bougent, éclatent parfois et laissent échapper un peu de pus qui, au contact de mon sang, déclenche une décharge infectieuse.

Avant le Grand Véfour, Christian Monfouga n'était jamais intervenu sur un attentat. Il a ensuite été dépêché sur deux autres actions terroristes, pendant un festival du cinéma juif et dans des bureaux de l'administration pénitentiaire, tellement proches de sa caserne qu'il a entendu le bruit de l'explosion avant l'alerte. À chaque fois, il a été habité par une sensation très particulière. En progressant au milieu de ces fumées noires, de ces débris répandus de toutes parts, ce pompier a plongé dans une atmosphère de guerre. Une bombe qui explose, la crainte qu'une réplique suive... C'est aussi le récit de nombreux témoins, ces tressaillements permanents à chaque fois qu'ils entendent un bruit strident. Une sirène de police ou d'ambulance, un coup de frein, de klaxon, et tous sont persuadés qu'un autre attentat vient de se produire.

Quand il est entré dans le restaurant, le sapeur-pompier a été frappé par un sentiment inédit, très différent de celui qu'il ressentait lors des incendies ou même des explosions de gaz. Il a senti la présence d'un ennemi qui s'était évanoui avant l'explosion mais dont la marque était particulièrement visible à travers les dégâts, la souffrance, ces traces de haine tellement présentes.

En cinq années d'exercice du feu et de sauvetages divers dans la capitale, ce pompier s'est retrouvé dans plusieurs situations extrêmes. Il a passé ses jeunes années à vivre sur les nerfs, trois jours de rang sans dormir plus de deux heures par nuit. Il était habité par le défi, les poussées régulières d'adrénaline quand il faut monter au feu, sauver des victimes, récupérer des corps sans vie. Une fois, particulièrement, Christian Monfouga a risqué sa vie. Il était à la caserne de Montmartre, les étages supérieurs d'un immeuble de Pigalle étaient en feu, des explosions se faisaient régulièrement entendre, il fallait intervenir sans tarder. Mais pour accéder à l'escalier, il devait passer un obstacle de taille. Dans le corridor, deux câbles électriques de vingt mille volts chacun, décrochés par le sinistre, se balançaient dans le vide, et provoquaient, à chaque fois qu'ils se rencontraient, des explosions et des éclairs bleutés. Il fallut vaincre ce danger avant de s'attaquer au feu.

Christian Monfouga a vécu toutes ces situations, des explosions, des accidents de toutes sortes, de graves incendies dont parfois l'origine criminelle ne faisait aucun doute, mais jamais il n'a connu l'émotion ressentie au Grand Véfour. Jamais il n'a vu des visages aussi graves, jamais il n'a rencontré de personnes aussi accablées. Il m'a expliqué pourquoi, ce jour-là, il avait eu le sentiment d'intervenir sur le théâtre d'un acte de guerre.

J'étais couchée sur le sol, au pied de la banquette, au milieu des décombres. Mes souvenirs ne sont constitués que de bribes ou de vides ; Christian Monfouga m'affirme, lui, que j'étais parfaitement consciente et très calme. L'apparence était vraiment trompeuse. Ce jour-là, Christian Monfouga était chef d'équipe. Il était chargé d'entrer en premier sur les lieux et d'intervenir sur le cas le plus grave. Trois ou quatre personnes m'entouraient, dont mon mari. Le pompier s'est agenouillé pendant que deux de ses collègues me présentaient un masque à oxygène. Christian Monfouga a rapidement constaté que ma jambe gauche était dans un état très grave. Il a réalisé que « mon genou avait explosé », c'est son expression, qu'une partie de mes os était à nu. Concentré sur son intervention, il n'a pas cherché à en savoir plus, pas regardé le bas de ma jambe, complètement entamée par la blessure.

Yves Labrousse lui a expliqué qu'il avait opéré un point de compression sur mon artère fémorale. Christian Monfouga a pris le relais. J'avais tout de même déjà perdu près de la moitié de mon sang.

Pendant plus d'une demi-heure, le pompier est resté dans cette position dont il m'a assuré que, à la fin, elle commençait à lui procurer des crampes à l'épaule malgré l'impressionnant entraînement physique des pompiers de Paris. Il était à quelques centimètres de moi, comme s'il me veillait. Il me certifie que mon visage était serein. Je ne me plaignais pas, j'attendais patiemment l'arrivée des médecins, il était persuadé que je ne souffrais pas, le pauvre, s'il avait su... Il était très inquiet que je veuille me relever et que je voie ma jambe et l'étendue du carnage, il m'a donc recommandé de ne pas bouger.

— Restez couchée, c'est beaucoup mieux.

Il m'a raconté que j'avais suivi tous ses conseils. Pendant les moments où je n'avais pas le masque à oxygène, je ne parlais pratiquement pas sauf pour demander qu'on prévienne mon frère et pour donner son numéro de téléphone. Je me souviens aussi d'avoir indiqué mon groupe sanguin, O+, qui présente la particularité d'être donneur universel mais receveur unique.

À un certain moment, avant l'arrivée du Samu, le pompier s'est aperçu qu'un homme restait immobile, près de moi, un peu en retrait. Malgré les nombreuses déchirures de son costume bleu, ses plaies au visage, à la cuisse, à la main et à l'avant-bras droits, Maurice se tenait très droit, conservant malgré les circonstances une allure très digne, le regard perdu au loin. Tout en continuant à appuyer sur mon artère, le pompier s'est retourné vers lui :

— Vous êtes son mari ?

Sans quitter le point très lointain dans lequel son regard était noyé depuis de longues minutes, Maurice a répondu, un « oui » bref, assez sec. Malgré toute la maîtrise dont mon mari est capable, cette réponse irritée laissa un instant deviner son angoisse. S'il en avait dit plus, peut-être aurait-il craqué, peut-être alors se seraient révélés ses tremblements intérieurs. Maurice était en état de choc, prostré, submergé par la brutalité de l'attentat, par la gravité de ce que je subissais sous ses yeux.

Cette vision a rappelé à Christian Monfouga le visage d'une femme secourue, à la station de métro Concorde. Elle avait reçu sur le visage des projections d'acide nitrique qu'un passager transportait. Elle était assise, incapable d'exprimer ni souffrance, ni sentiment, le regard lointain. Comme si l'esprit, sous le choc, se mettait soudain en veille pour tenter de se préserver...

De tout cela, je ne prendrai conscience que bien plus tard. En réalité, maintenant, en écrivant ce livre. La gravité de mes blessures a occulté la souffrance de mon mari. Elle était indéniable même si elle n'était pas très visible. D'une certaine manière, il a été plus atteint que moi. Ses oreilles, par exemple. J'étais pourtant plus proche de la bombe que lui, mais mes tympans ont résisté à la détonation alors que les siens ont souffert. Il subit encore de très pénibles bourdonnements d'oreilles qui, souvent, entraînent des vertiges, des troubles de l'humeur et du comportement, des états dépressifs.

Ce soir-là, nous sommes douze à avoir été blessés. Un étudiant japonais, qui dînait avec son amie, a eu un tendon du bras sectionné. Il a été soigné à l'hôpital Ambroise-Paré à Boulogne. Maurice s'est retrouvé à l'hôpital Tarnier, après être passé par les urgences de Cochin. Un employé de salle a eu trois points de suture, à l'Hôtel-Dieu. D'autres ont été placés en observation. Tous ces soins ont été parfaitement exécutés, mais si on avait appliqué les règles aujourd'hui en vigueur grâce au combat de S.O.S. Attentats, on aurait détecté des troubles cachés. Toutes les personnes présentes, même non blessées, auraient rencontré un psychologue pour évacuer l'énorme stress qu'elles venaient de subir. On aurait soigné les lésions aux tympans qui perdurent si elles ne sont pas traitées dans les trois jours.

Frappé par son mutisme, Christian Monfouga n'a plus osé parler à mon mari. Il a continué à presser mon artère tout en essayant de me rassurer d'un regard bienveillant et l'équipe du Samu est arrivée. Comme ils le disent dans leur jargon, ils m'ont « préparée » au transport à l'hôpital. Pendant que le pompier continuait son point de compression, les médecins m'ont placée sous perfusion, puis ils m'ont fait une piqûre pour m'endormir afin que je supporte le mieux possible le transport jusqu'à l'hôpital de la Pitié-Salpêtrière.

Je me suis réveillée, j'étais dans un lit d'hôpital. Mon frère William était à mon chevet. Cela m'a fait plaisir, je l'avais tellement réclamé au restaurant, après l'attentat. Il a attendu que l'équipe de réanimation et de chirurgie fasse une première évaluation de mes blessures avant de pouvoir discuter avec eux. Il était alors en fin d'internat au service de néphrologie, il connaissait la plupart des médecins de la Pitié. Je suppose que ce qu'ils lui ont dit ne devait pas inciter à l'optimisme. Il a d'abord regardé ma jambe, très attentivement. Puis il m'a parlé, calmement, comme toujours.

— Qu'est-ce qui va se passer maintenant ? ai-je demandé.

— Ta jambe est très abîmée. Ce n'est pas certain qu'on puisse la sauver.

Dans toute sa carrière, il n'a jamais voulu s'écarter

de la vérité, surtout avec sa famille. Je lui en sais gré. Sans cette franchise, j'aurais couru le risque qu'on m'ampute sans me demander mon avis. Je ne sais pas quelle tête j'ai fait en entendant cette sombre perspective. Mon frère m'a raconté que j'avais l'air très fatiguée mais que j'étais parfaitement consciente. Il a perçu ma surprise, mon inquiétude à l'évocation de ma jambe. Il a aussitôt atténué son propos.

— Il faut qu'on fasse un bilan en t'endormant sur la table d'opération, ce sera plus précis.

— Ce n'est pas possible !

William se souvient de l'expression de révolte qui a accompagné ce cri. Il m'avait fallu quelques secondes pour comprendre que je risquais de perdre ma jambe.

— Ce n'est pas possible. Il faut que tu fasses quelque chose. Promets-moi. Il faut que tu fasses ton possible. Je ne veux pas être amputée.

Mon frère m'a toujours dit que j'ai une grande force de conviction à laquelle il est difficile de résister, surtout dans un moment comme celui-là. Je ne m'en rends pas compte, évidemment. En tout cas, William a acquiescé et m'a aussitôt demandé :

— Et si ta vie est en danger... Qu'est-ce qu'il faut qu'on fasse ?

La réponse que je lui ai faite me stupéfie encore mais je ne peux que le croire. Son esprit scientifique ne l'a jamais autorisé au moindre travestissement de la réalité. Il paraît que je lui ai dit :

— Même s'il n'y a qu'un pour cent de chance de la sauver, il faut la sauver.

Un pour cent... J'en frémis. Quel poids ai-je fait peser sur les épaules de mon frère cadet ! Quelle responsabilité ! J'ai placé ma vie entre ses mains. Un pour cent... J'ai décidé d'aller aux frontières de la vie et de la mort et je lui ai demandé d'avaliser, d'aider, d'accompagner ce trajet sur des crêtes dangereuses. Je ne l'ai jamais assez remercié pour tous les risques qu'il a pris.

Il m'a regardée intensément et a prononcé la phrase que j'attendais.

— OK. Je te promets, on va sauver ta jambe. Cette nuit, ils n'y toucheront pas, on la préserve. On verra plus tard.

Une nuit de gagnée, cela me suffisait. Je lui ai tout de même demandé à nouveau :

— Tu crois que je remarcherai ?

William m'a souri comme pour me rassurer puis il m'a laissée entre les mains des chirurgiens. Il a couru aux urgences de Cochin où Maurice avait été admis avant d'être transféré à Tarnier. Il ne lui a rien caché quant à la gravité de mes blessures. Je ne sais comment mon mari a réagi en entendant que sa femme perdrait peut-être sa jambe gauche, il ne m'en a jamais parlé. Il a seulement dit à William que ses brûlures ce n'était rien, et qu'il fallait qu'il retourne au plus vite à mes côtés.

— Mais, tu sais, elle est entre les mains des chirurgiens. Je ne pourrai pas la voir avant plusieurs heures. Rassure-toi, je les connais bien. C'est le meilleur service de Paris.

Plusieurs équipes se sont relayées auprès de moi. Des orthopédistes ont réduit et fixé les fractures de mes deux jambes à l'aide de broches, de fixateurs externes, et « paré » les plaies, les chairs contusionnées. « Paré », c'est le terme que j'ai lu dans les comptes rendus opératoires, exactement comme une viande que l'on prépare avant la cuisson. Pendant qu'ils opéraient, un médecin de la réanimation de la Pitié, un des centres les plus performants en la matière, m'a transfusé quatre culots de globules rouges, du plasma, des sucres, du sel. La transfusion et l'intervention orthopédique ont duré à peu près cinq heures. Pendant ce temps, le docteur Petitjean attendait pour réaliser l'opération décisive qui allait sauver ma jambe gauche, rétablir la circulation sanguine.

Épuisé par plusieurs journées d'opérations non-stop, il s'était endormi. Quand ses confrères l'ont réveillé et qu'il a pris connaissance de l'heure, il a sursauté. Cinq heures du matin étaient passées. L'équipe orthopédique avait eu beaucoup trop de travail. Ma jambe droite avait subi de vilaines fractures et la gauche n'était qu'un champ de ruines. Le genou était en miettes. Quant à la partie inférieure, entre le genou et le mollet, elle était complètement arrachée : les os bien évidemment mais aussi les nerfs, les chairs, la peau et l'artère.

Si le docteur Petitjean ne s'était pas endormi, peut-être serait-il intervenu auprès de ses confrères pour commencer son opération plus tôt. Plus on prive un membre de vascularisation, plus on risque la nécrose des tissus, ce qui est évidemment très grave pour les reins, le cœur ou le cerveau. Dans mon cas, cela aurait pu entraîner de lourdes conséquences pour mon pied. C'est un miracle : il n'a pas souffert de ces nombreuses heures sans apport sanguin.

Le docteur Petitjean a réussi le pontage entre l'artère

fémorale et l'artère tibiale postérieure en prélevant la veine saphène interne sur toute la hauteur de ma cuisse droite. Cette veine a résisté à la transplantation. Bien qu'il ne réussisse pas à chaque fois, ce geste chirurgical est assez courant. Ce qui l'est moins, c'est le contexte dans lequel ce chirurgien est intervenu. Pour la première fois, il opérait une jambe happée par une bombe, il pratiquait la chirurgie de guerre. Christian Petitjean m'en a reparlé à plusieurs reprises. À chaque fois, l'émotion dans sa voix avait peu à voir avec l'insensibilité apparente des chirurgiens.

Le jour s'était levé quand les médecins m'ont laissée prendre un peu de repos.

Vivre

Combien de temps ai-je été inconsciente ? Quelques heures ? Quelques jours, plus probablement. Un ou deux, sans doute. Avant de retrouver mes esprits, de réaliser que j'étais sur un lit d'hôpital, le corps enserré dans un sarcophage, les deux jambes harnachées dans des gouttières attachées à un système de poulies, j'ai longtemps flotté dans une semi-conscience. Mon corps était tellement gorgé de produits divers, morphine, calmants, antidouleurs... Je ne savais pas encore que toute cette chimie m'accompagnerait jusqu'à la fin de mes jours. Moi qui ai toujours détesté avaler le moindre médicament, comment aurais-je pu imaginer que mon organisme aurait besoin de tous ces auxiliaires pour pallier ses faiblesses ?

Progressivement, j'ai commencé à m'habituer à mon nouvel environnement. D'abord la lumière blafarde des néons. Était-ce mon regard qui me jouait des tours ? Cela ressemblait à un univers indéfini, entre la vie et la mort. Peut-être mes yeux avaient-ils été touchés par l'explosion. Et puis, une odeur a commencé à me tourmenter. Une odeur qui m'était jusqu'alors inconnue. Une odeur forte, agressive qui me piquait le nez, la gorge, les yeux.

Ah ! si j'avais pu me replier sous les couvertures, m'endormir à nouveau, retourner en arrière, imaginer que la fête au Véfour n'avait pas été aussi brutalement interrompue ! Ne plus être aveuglée par ces éclairages, ne plus être assaillie par ces violentes bouffées de mort ! Si j'avais pu me retrouver vendredi 23 au matin, quand je partais travailler. Je me rappelle, je courais jusqu'au métro. Annuler la fête, rester chez soi tranquillement. Qu'avait-on besoin d'aller jusqu'au Palais-Royal ? À la maison, il y avait du champagne, des œufs, une salade, cela aurait suffi à notre bonheur.

Mais j'ai promis à Maurice de lutter, de résister à la tentation de m'endormir, de ne surtout pas me laisser engloutir par ces chimères. J'ai promis, c'est bête, mais il m'a toujours semblé qu'il était impératif, quoi qu'il en coûte, de tenir ses promesses. J'ai été élevée ainsi.

Essayer de conserver les yeux ouverts, ce devrait être un bon début. Tenter de garder une image stable. Lutter contre le délire. Sans que j'y puisse rien, mon regard est attiré par les murs qui m'entourent. Des murs blancs ou gris ou beiges, je n'ai plus la notion des couleurs. Des murs sales, en tout cas. Comme j'aimerais retrouver la quiétude de mon appartement, la clarté de ma chambre donnant sur une cour arborée et fleurie. Pour m'occuper, je promène mon regard sur le mur, de bas en haut. Je m'applique. À chaque fois, je commence par fixer la cloison, à la hauteur de mon lit. Plus bas je ne vois rien, du fait de mon immobilisation. Je procède avec méthode, je remonte très doucement, mes yeux suivent la paroi. À chaque fois, je suis interrompue prématurément. Je n'ai pas le temps d'atteindre le plafond, le mur s'arrête avant. Je recommence, une fois, dix fois, cent fois. Rien à faire. J'ai le sentiment que ce n'est plus moi qui commande l'opération, c'est le mur qui attire mon regard, qui m'hypnotise pour mieux se dérober au dernier moment. J'aimerais tellement que ma chambre soit comme toutes les autres, avec des murs joints, stables, qui ne se gondolent pas. J'ai tellement besoin d'être rassurée. Comment sortir de ces délires ?

J'ai eu le temps, depuis, lors de mes fréquents séjours dans les hôpitaux, de trouver l'origine de cette odeur qui n'a cessé de m'obséder. Je la fuyais et la recherchais en même temps. Ce n'était pas celle des hôpitaux, habituellement composée de détergents et d'antiseptiques. Non, ces émanations étaient plus puissantes, plus âcres. J'ai fini par comprendre. Le service réanimation de la Pitié-Salpêtrière était une grande salle commune, divisée par des cloisons mobiles qui ne montaient pas jusqu'au plafond. Par l'ouverture, une trentaine de centimètres environ, les odeurs des autres patients se mélangeaient. Durant les sept semaines que j'ai passées dans ce service, d'autres que moi n'ont pas survécu. Ce n'était pas ma propre mort qui m'assaillait mais la leur. Et surtout les produits que l'on répandait dans le box des disparus. Sous le plafond commun flottaient de terribles fantômes.

De toute façon, je n'avais pas besoin de ces odeurs pour sentir que la mort était tout près de moi, qu'elle m'entourait, prête à m'emporter. Je m'en souviens à quelques détails. Dès qu'on a laissé mes proches venir me voir, mon mari, mon frère, mes parents, ma belle-mère, je m'accrochais à eux avec une énergie désespérée. De toutes mes forces, je luttais pour garder les yeux ouverts. Je faisais l'effort d'enregistrer la moindre de leurs paroles. J'essayais même de prononcer quelques mots, sans doute peu compréhensibles, mais l'essentiel était que mes lèvres bougent, expriment des sons. Tout cela me maintenait en vie, j'en étais persuadée. Je me rappelle aussi, je leur faisais signe de s'approcher de moi, j'empoignais leur main et je serrais fort, le plus fort possible, tout le temps où ils étaient là. Je ne voulais pas qu'ils s'en aillent. Tant qu'ils restaient avec moi, j'avais l'impression que rien ne pouvait m'arriver. Je tenais mes cauchemars en lisière. Tant que j'étais rivée aux miens, j'étais indestructible.

Seule, j'étais en proie aux pires supplices. Sept semaines de fortes fièvres. Dès que mes yeux se fermaient, j'étais emportée dans un tourbillon de crépuscules. Je ne cessais de parcourir de longs tunnels obscurs que je quittais par instants pour tomber dans d'immenses trous noirs dont je ne devinais jamais la fin. Ce mouvement perpétuel me terrifiait, j'avais l'impression que mon estomac se soulevait, j'étais emportée par un mal des ténèbres.

Je ne remercierai jamais assez Sylvie Legrain, une amie de mon frère, la marraine de son fils. William était interne au service de néphrologie de son père, le professeur Marcel Legrain, l'un des hommes qui ont révolutionné la médecine en France. Médecin elle-même, Sylvie est venue à plusieurs reprises me veiller pendant ces premières semaines. Une fois, j'étais happée par un cauchemar. J'avais l'impression de lutter en mobilisant mes dernières forces. J'étais progressivement engloutie par la nuit. Je la sentais m'envelopper, l'obscurité me vampirisait. J'avais froid, j'avais chaud, je chavirais. On me transportait pour m'enterrer. Soudain, j'ai senti une présence, une main qui se tendait, m'attrapait, me retenait au bord du précipice. Le vertige a commencé à disparaître. J'étais à nouveau allongée, immobile, protégée. J'ai ouvert un œil avec peine, découvert près de moi une petite femme, blonde, les cheveux bouclés. Les yeux de Sylvie me lançaient des éclairs de vie. Sa main avait suffi pour me sortir d'un trou noir. J'aurais aimé qu'elle ne me quitte plus.

Des médecins m'ont expliqué que ces malaises provenaient très vraisemblablement d'une réaction à la morphine. Il y a deux étés, je souffrais énormément de mon genou droit et de mes deux jambes. Pour me soulager, on m'a prescrit des patchs de morphine, les mêmes nausées sont revenues. J'ai arraché le patch, les douleurs étaient nettement préférables à cette sensation de malaise.

J'ai passé sept semaines aux prises avec cette épouvante. Le délire galopant, les cauchemars, l'impuissance, le sentiment de vulnérabilité... Un soir – mais peut-être est-ce une nuit ou bien un matin, je n'ai plus aucune notion du temps –, je souffre terriblement. Je n'avais jamais imaginé qu'on puisse souffrir à ce point. J'appelle à l'aide, je ne saurais dire comment, en criant, en appuyant sur une alarme ? Peut-être n'étais-je pas sortie de ma nuit noire. En tout cas, personne ne vient à ma rescousse. J'entends pourtant des bruits, au début indistincts. Et puis, on parle fort, il y a des cris et des rires. Étaient-ce les souvenirs de ma vie d'avant la bombe ? Soudain, un son différent me fait sursauter.

Comme une petite détonation sèche. Puis une seconde. Jusqu'au bout de ma vie, les bruits secs, brefs et puissants me donneront des coups au cœur. Mais là, il ne s'agit pas d'une explosion. Des rires redoublent. C'est la nuit du réveillon de la Saint-Sylvestre, les infirmières débouchent des bouteilles de champagne. Je les entends s'amuser, s'embrasser. Cela dure une éternité avant que l'une d'entre elles ne vienne me voir, me donner de quoi calmer ma douleur.

Il paraît que l'on s'arrange pour installer les patients les plus en danger non loin du bureau des infirmières. Pas seulement pour mieux les surveiller. Afin qu'ils ne cessent jamais d'entendre que la vie continue, même au plus profond de leur coma.

Plus tard, j'ai su que, ce 31 décembre, on m'avait prélevé dans la journée un long morceau de muscle dans le dos, le grand dorsal, qui va de l'omoplate au bassin, pour en couvrir la jambe gauche, à la place des muscles et tendons touchés par des infections diverses. Depuis mon entrée à l'hôpital et les premières réparations de fortune, le souci des médecins était de me préserver d'une septicémie galopante. Au milieu de ce bouillon de culture infectieux, ils avaient implanté des tissus sains, avec le faible espoir que les anticorps réussiraient à reprendre le dessus. L'opération était risquée, pratiquement inédite.

J'ai aussi appris que, pendant cette nuit et mon délire post-opératoire, deux attentats avaient été commis à Tain-L'Hermitage et à Marseille, vraisemblablement à l'instigation du mercenaire international Carlos. Gare Saint-Charles, Roland Perriollat, l'un des futurs compagnons de S.O.S. Attentats, eut le bras droit arraché, une jambe endommagée. Il avait une cinquantaine d'années, était ingénieur-géologue, et attendait son fils Yann, qui rejoignait sa famille pour le réveillon de la Saint-Sylvestre.

Après mon retour à la maison, j'étais encore en chaise roulante, un dentiste qui habitait notre immeuble est venu me voir. Il était le fils du chef de service des urgences-réanimation de la Pitié. Si je voulais récupérer les photos de mes jambes, son père les tenait à ma disposition. Certaines avaient été prises juste après l'attentat, et d'autres à chaque étape de leur reconstruction. J'ai accepté sans savoir exactement pourquoi. J'allais avoir un choc.

Entre le genou et la cheville, ma jambe gauche était réduite aux deux tiers. Les os, la peau, la chair avaient été broyés par l'explosion. Seul un reste de tissus sanguinolents reliait mon pied à la partie supérieure de la jambe. Jamais l'expression « ne plus tenir que par un fil » ne m'a semblé aussi exacte. Un rapport médical décrit ce désastre avec des mots plus techniques : « Une perte de substance cutanée, musculaire, osseuse, vasculaire et nerveuse, intéressant les deux tiers moyens de la jambe... » Ma jambe droite, elle, était moins touchée mais tout de même... : « perte de substance de la face interne de la jambe, avec fracture comminutive largement ouverte du tibia et du péroné ».

Pendant quelques semaines, mon corps a été le siège de terribles infections. Une septicémie a failli m'emporter plusieurs fois... Des bactéries terrifiantes, staphylocoques, pyocyanique, un germe qui attaque sous l'os et dont j'ignorais tout auparavant, m'affaiblissaient considérablement. Malgré des doses massives d'antibiotiques, les médecins assistaient, impuissants, à la partie terrifiante qui se jouait entre les microbes et mes défenses immunitaires. Chaque jour, d'inquiétantes analyses indiquaient les avancées respectives de chaque camp, le plus souvent à mon détriment. Plusieurs fois, je ne saurais dire combien, on dut m'endormir pour m'opérer, curer ou même retirer les muscles infectés, nettoyer, refermer. Plusieurs fois, on dut me transfuser. Pendant une dizaine de jours après l'attentat, j'ai perdu plusieurs litres de sang. Mes jambes n'étaient que plaies ouvertes. Malgré les réparations de fortune, mon système veineux était totalement perméable. L'hémorragie continuait, goutte à goutte, inexorable. Pendant plusieurs semaines, mon état général s'est dégradé, je ne réussissais pas à reprendre le dessus.

Je ne devais plus avoir figure humaine. Ma fille est venue me voir dans mon petit box de réanimation. Une autorisation exceptionnelle. Elle était rentrée des sports d'hiver et ma belle-mère, « mamy Alice » comme on l'appelle à la maison, l'avait complètement prise en charge. Mais au bout de quelques semaines, Deborah me réclamait avec de plus en plus d'insistance. Tel un vaillant petit soldat, elle continuait à travailler merveilleusement à l'école, elle était toujours aussi sage. Mais la nuit, elle faisait des cauchemars. Les médecins ont accepté d'enfreindre les règles d'hygiène. Les infirmières avaient tout préparé, recouvert de draps toutes les parties endommagées de mon corps. Seul mon visage émergeait.

Ma petite fille est entrée dans la chambre, elle s'est

approchée de mon lit, lentement. J'attendais un sourire, un peu de joie. Elle s'est interrompue puis elle a commencé à reculer sans venir jusqu'à moi. J'ai longtemps cru qu'elle ne m'avait pas reconnue. Elle m'a expliqué récemment qu'elle avait été terrifiée par mon visage très amaigri, la cicatrice qui ornait mon front, tous les fils et tuyaux qui me reliaient à des machines.

Tous les matins, une équipe de blouses blanches envahissait ma chambre. Un chirurgien semblait les commander. Il parlait à voix basse à ses médecins, ses internes, ses assistants, réclamait leur avis. Je n'entendais pas leur conversation mais j'étais déjà épouvantée. Ensuite, il s'avançait vers moi et c'était l'horreur.

— Il va falloir vous couper la jambe.

Je me souviens nettement de la brutalité de cette expression, le monde médical n'a pas le temps de passer par des périphrases ; l'amputation, c'est bon pour la littérature administrative.

Couper la jambe ? Tout en moi disait « non ».

— Mais, mon petit, il faut accepter, vous êtes en train de mettre votre vie en danger. Vous ne vous rendez pas compte du risque que vous prenez. Vous n'avez pas tous les éléments pour juger, les infections ne cessent de gagner du terrain, il faut faire quelque chose.

Chaque matin, c'était le même discours. Dès que la porte s'ouvrait, j'étais remplie d'effroi. Comment pourrais-je résister plus longtemps ? À la limite, ce n'était plus la menace mortelle qui m'importait. Je voulais juste garder ma jambe, pas question de les laisser me la couper. C'est un défi que je me répétais sans cesse, un refus que je ne cessais d'opposer à ces grands savants qui me regardaient de haut. Comme une enfant qui s'oppose à la sagesse des adultes. Je continuais à dire « non ». Non, non et non... vous ne couperez pas ma jambe.

Pourquoi avoir refusé ? J'avais l'impression que cela faisait partie intégrante de la promesse que j'avais faite à Maurice, allongée sur le tapis du Grand Véfour. Oui, je tiendrai le coup, je vivrai, mais à cette seule condition : intacte. Je me battrai, pour conserver cette jambe gauche défaillante. Au début, ce fut un réflexe vital, assez paradoxal puisqu'il entraîna mon affaiblissement, la prolifération des infections, jusqu'à me mettre en grand danger. L'existence prend parfois des chemins compliqués. C'est peut-être en refusant de me séparer de ma jambe et de son foyer de septicémie que j'ai survécu. En tout cas, chaque matin, je mobilisais toute mon énergie pour repousser les offres du chirurgien. Je faisais « non » de la tête, sans être capable de m'expliquer.

— Je ne prends pas de décision sans mon mari et mon frère. Revenez cet après-midi, quand ils seront là.

Voilà, j'avais tout dit. Je me retranchais derrière ceux que j'aimais. Avec eux, sinon rien. William et Maurice ont sans doute eu des conversations avec ces médecins, loin de mon box de réanimation. En tout cas, ils ont respecté ma volonté. Jamais ils n'ont tenté de me convaincre d'accepter ce geste chirurgical irréversible.

Je craignais que les chirurgiens ne profitent de mon sommeil pour m'amputer. Dès que je sombrais dans cet état semi-comateux, que je rejoignais mes longs tunnels noirs, j'imaginais qu'ils allaient chercher leurs bistouris, qu'ils me descendaient au bloc et qu'ils coupaient dans ce qui me restait de chair ferme. Je rêvais que je n'avais plus qu'une partie de ma jambe gauche, un morceau de cuisse qui se terminait au-dessus du genou. À chaque fois, je me réveillais en sursaut, je vérifiais que j'étais entière.

Après tout, ils avaient sûrement raison, c'étaient de grands médecins et je ne doutais pas de leur compétence. Le professeur Roy-Camille, leur patron, faisait autorité dans le milieu. Sans mon frère, ils ne m'auraient jamais demandé mon avis, ils m'auraient amputée au tout début de mon hospitalisation.

Il n'y avait qu'un ennui, j'avais la faiblesse de tenir à ma jambe. Un caprice de femme, peut-être. Je ne pouvais m'imaginer, le soir, partageant l'intimité de Maurice, avec une jambe et demie seulement. Je ne me voyais pas retirer ma prothèse avant de me mettre au lit. Et le matin, après la douche, l'enfiler à nouveau.

J'ai bien compris, plus tard, que c'eût été nettement plus simple, que je me serais épargné bien des souffrances en acceptant l'amputation. Mais c'était tout simplement impossible, inenvisageable. C'était mon image de femme qui était en jeu. Je me souvenais de Maurice, de notre amour, de son goût pour les femmes aux belles jambes, ses compliments, ses élans. Non, je résisterais tant que je pourrais.

— Revenez cet après-midi, on en discutera avec mon mari.

Combien de fois ai-je répété cette phrase ?

Maurice et William ont soutenu mon combat, appuyé ma volonté auprès des médecins de la Pitié.

— Il faut la forcer, elle ne mesure pas le risque encouru, disaient les médecins.

Mon frère m'a dit récemment la bataille qu'il a dû mener, les doutes qu'il a éprouvés. Il se souvenait de mon désir :

— Il faut tenir bon. Même avec un pour cent de chances de survie.

Pendant mes épisodes infectieux, il a dû affronter l'ensemble des médecins de la Pitié, qui prenaient cette décision pour une folie pure. Seul un chirurgien, Thierry Judet, a soutenu mon frère. Malgré toutes les opérations effectuées afin d'évacuer les tissus infectés, des poussées septicémiques pyocyaniques et un streptocoque très virulent, l'érysipèle, me causaient de très fortes fièvres. J'avais tous les jours entre 40 et 41 degrés. Les réanimateurs estimaient que j'étais en grand danger, que ne pas amputer était un non-sens médical. William doutait, Judet l'encourageait, l'assurant même, sans rire, qu'il y a de bonnes et de mauvaises fièvres. Je ne sais par quel miracle mes reins, mon cœur ou mon cerveau n'ont pas été gravement affectés par ces offensives infectieuses.

Les réanimateurs ont décidé de ne plus laisser faire.

— Si vous persistez dans votre folie, c'est sans nous, ont-ils dit à mon frère. On veut être dégagés de toute responsabilité concernant votre sœur.

William, une nouvelle fois, a consulté Judet. Puis il est allé trouver le responsable de la réanimation, le docteur Rouby.

— D'accord, je dégage ta responsabilité, a-t-il assuré à son aîné.

Fallait-il qu'il m'aime et qu'il me fasse confiance

pour que lui, jeune interne, prenne ainsi le relais de médecins expérimentés et unanimes à une exception près.

William signa ce texte : « C'est en connaissance de cause et en dégageant la responsabilité de l'équipe de réanimation que l'amputation a été refusée. » Chaque jour, il dut renouveler cette décharge.

Au bout de quatre ou cinq semaines, les infections ont commencé à refluer. Elles n'avaient pas encore abdiqué, elles étaient seulement moins agressives. Chacune de leurs offensives ne menaçait plus directement ma vie.

Un jour, Thierry Judet est venu à mon chevet. Il était seul. Depuis quelque temps, je n'avais plus de nouvelles de l'équipe du matin qui me recommandait l'amputation. J'avais gagné un premier combat. Thierry Judet est un chirurgien-orthopédiste de grande valeur. Il dirige aujourd'hui le service traumatologie de l'hôpital Raymond-Poincaré de Garches, établissement qui accueille les accidentés les plus gravement touchés. Aussitôt que je l'ai vu, j'ai eu confiance en lui. Sa manière de parler simplement, sa rapidité à penser, dire, agir, sa poignée de main franche me donnaient l'impression d'une grande force. J'ai su qu'en dehors de la médecine il avait deux passions : la menuiserie et le monde maritime. Une année, il consacra ses vacances à battre un record du monde de traversée de l'Atlantique à la rame.

Certains dimanches, il venait prendre de mes nouvelles avec son fils de quelques mois dans les bras. Je ne pouvais m'empêcher de penser que peut-être, après lui, la filiation continuerait : il était fils et neveu de chirurgiens, son propre fils aurait déjà une partie de son destin écrit. Un peu plus tard, en 1985, après un tremblement de terre au Mexique, il est parti pour opérer, soigner au milieu des décombres. J'ai trouvé cette attitude admirable. En même temps, son départ m'a désorientée. Je n'étais pas encore très vaillante, je craignais que mon sauveur ne se soit trop éloigné, qu'il ne revienne pas.

En cette fin d'hiver 1984, Thierry Judet m'a demandé si j'étais toujours prête à me battre pour conserver ma jambe gauche. Je ne pouvais qu'acquiescer.

— Vous savez que cela sera beaucoup plus long et douloureux que si l'on vous amputait ?

J'ai dû faire « oui » de la tête, comme une gosse à qui l'on finit par céder après l'avoir sermonnée. Alors, il a commencé à m'expliquer le chemin que nous allions emprunter tous les deux.

— On va prendre de l'os de votre jambe droite pour tenter de reconstruire la gauche. Ce sera compliqué, ce n'est pas certain que ça réussisse, vous allez souffrir, vous serez découragée par moments, c'est très aléatoire, beaucoup plus douloureux qu'une amputation, mais si vous êtes toujours d'accord, on peut essayer.

À nouveau, j'ai fait « oui ». Oui, mille fois oui.

Je ne savais pas encore que cette voie longue et compliquée mobiliserait une dizaine d'années de ma vie.

La douleur

Après sept semaines, j'ai pu quitter le service de réanimation, disposer d'une chambre pour moi seule, avec des murs qui rejoignent le plafond, une pièce bien fermée. Ma vie n'était certes plus en danger, mais pourtant les médecins considéraient qu'il fallait toujours me surveiller de près. Par une paroi de verre, ma chambre donnait sur la salle des infirmières et des surveillantes. J'étais admise au service des soins intensifs. Une dénomination qu'il fallait prendre au pied de la lettre.

Chaque matin, on devait refaire les pansements qui entouraient mes jambes. La droite, moins touchée, n'était pas celle qui me faisait le moins mal. En réanimation, je subissais déjà cette séance quotidienne de pansements à changer, mais, cette fois, Thierry Judet vint m'annoncer qu'on ne pourrait plus m'endormir, car mon corps ne supporterait pas l'absorption de nouvelles doses d'anesthésiques. J'ai cru lire dans son regard comme la confirmation de ce qu'il m'avait annoncé, il y a peu, la promesse d'un long parcours, douloureux et incertain.

— Êtes-vous prête à affronter la douleur ? m'a-t-il demandé.

Une fois de plus, j'ai fait « oui » de la tête, n'osant clamer plus haut mon acceptation.

Je n'avais pourtant aucune notion de ce qu'est la douleur physique. En juin 1974, pour la naissance de Deborah, mon gynécologue, un vieux monsieur, m'avait proposé d'accoucher à l'aide d'une péridurale. N'étant ni religieuse, ni masochiste, j'avais beaucoup apprécié de ne pas enfanter dans la douleur.

Avec ces fameux pansements, j'allais apprendre ce que souffrir veut dire. Après avoir passé toutes ces épreuves, Thierry Judet m'expliquerait qu'il avait un grand respect pour la médecine de guerre et ceux qui la pratiquaient. Masses musculaires arrachées, nerfs sectionnés, os non pas cassés mais broyés... J'imagine que lui aussi a dû souffrir au moment de nettoyer mes plaies ouvertes, quand le moindre de ses gestes arrachait des cris, quand toute fausse manœuvre, un centimètre de trop dans un sens ou dans un autre, provoquait une souffrance inutile.

Comment trouver les mots pour décrire l'intensité de la douleur ? Disons qu'à chaque pansement, c'est-à-dire chaque matin, pour chacune des jambes, je mordais mes draps pour ne pas hurler et aussi pour concentrer mon esprit sur un effort intense qui fasse diversion. Ce n'est pas une image. Je mordais le tissu au point que mes mâchoires finissaient par me faire mal.

Heureusement, j'ai longtemps pratiqué le yoga. La respiration ventrale me permettait de mieux supporter les souffrances que ces pansements provoquaient chez moi. Je concentrais toute mon attention sur mes poumons et mon ventre, je tentais de ressentir le spasme de ma respiration, sollicitant pour cela toutes les forces que mon esprit pouvait mobiliser. Ce n'était pas une simple opération de distraction, l'intensité de la douleur n'aurait pas permis de seulement chercher à penser à autre chose. Non, je plaçais tout mon organisme dans une sorte d'apnée, je cherchais à respirer aussi profondément que possible afin d'un peu distancier la souffrance que me causait le nettoyage des chairs à vif.

Je n'ai revécu une douleur comparable qu'une seule fois. C'était une année plus tard, quand on me fit des greffes de peau. On avait râpé sur vingt-cinq centimètres de ma cuisse droite des lambeaux de peau afin de les utiliser pour recouvrir mon mollet gauche. Le temps que l'épiderme prélevé repousse, des pansements en tulle gras recouvraient ma cuisse. Une infirmière maladroite s'approcha trop près de ma cuisse, sa blouse colla à mon pansement. La détacher ne prit qu'un instant mais ce fut une horreur. Des jours durant, la souffrance éprouvée ne me quitta pas.

Je vis, depuis, avec la douleur. Chaque jour, chaque minute, mes jambes, mon dos, les muscles, les nerfs, tout me fait mal. De manière constante. Le plus difficile à supporter, ce sont les douleurs du nerf que l'on m'a greffé à la jambe gauche. Les crises d'inflammation surviennent surtout au printemps et à l'automne, mais elles peuvent aussi se manifester à d'autres moments. Elles se traduisent par des décharges électriques intenses qui me font sursauter malgré moi. Je les masque du mieux que je peux mais certaines personnes, dans des réunions, des rencontres officielles, peuvent s'en étonner. Ce nerf provoque aussi d'épouvantables brûlures ; j'ai l'impression alors d'avoir la chair à vif, comme les premiers jours après l'attentat.

En dehors de ces « crises de nerfs », mes genoux et

mes jambes me font mal de manière lancinante. Il y a quelques mois, j'aurais écrit que ces douleurs, je les acceptais plutôt correctement. Je n'ai pas de mérite, je suis ainsi faite que je les supporte relativement bien. Je ne sais comment l'expliquer, peut-être même cela ne s'explique-t-il pas. J'ai toujours eu une certaine résistance physique, je suis dure au mal. Je l'ai découvert avec toutes ces années, ces dizaines d'interventions chirurgicales. Thierry Judet m'avait d'ailleurs prévenue qu'il ne tentait cette reconstruction des jambes que parce que j'étais très sportive, parfaitement en forme, capable de supporter ces épreuves.

Je commence tout de même à fatiguer. Peut-être est-ce l'usure prématurée d'un organisme qui a beaucoup donné. Il faut surtout dire que toutes ces opérations de reconstruction de mes jambes ont profondément déséquilibré mon corps, tous ces lambeaux de muscles, de peau, d'os, de nerfs, pris un peu partout pour me refaire une jambe gauche, ont fini par provoquer un épouvantable mal de dos qu'aucun médicament ne soulage vraiment.

Je n'étais pas au bout de mes peines et Thierry Judet, qui veillait sur moi avec un soin particulier, s'inquiéta. Il en parla à mon mari, il craignait que je déprime, que je me laisse aller. Il paraît que ce genre de réaction à contretemps n'est pas rare, quand le pronostic vital est enfin assuré. Il me retrouvait certains matins prostrée, la tête enfouie dans les couvertures. Mon visage semblait de plus en plus fatigué. Judet pensait que je m'isolais du monde, que je sombrais. Maurice a fini par me confier les inquiétudes de mon chirurgien. Je n'ai eu aucun mal à le rassurer. La vérité, c'est que je dormais très mal. L'obscurité totale m'a toujours été nécessaire pour sommeiller paisiblement. Or, la fenêtre vitrée des infirmières de garde laissait passer la lumière. J'entendais toute la nuit des bruits divers. Toutes les huit heures, on venait me faire des piqûres contre la phlébite. À cet instant de ma vie, peut-être, j'aurais eu besoin de dormir plus, malgré tous les gouffres noirs qui peuplaient mes assoupissements. Mais je ne réussissais pas à récupérer. Il m'aurait fallu, tout au moins, un masque et des boules Quies.

Il en est ainsi : le 23 décembre 1983, j'ai perdu le sommeil, vraisemblablement pour toujours. J'oublie assez facilement la douleur pendant la journée. L'action me permet de tout accepter. Mais la nuit, elle m'est insupportable. C'est le moment où ma résistance a des failles, où je maudis le monde, la terre entière, de ne pouvoir bénéficier d'un jour, d'une heure, d'un instant où je serais seule, débarrassée de cette compagne envahissante qu'est la souffrance. Il n'y a que les somnifères pour me procurer quelques heures de repos. Sauf qu'il en faut toujours plus pour continuer à ressentir le même bienfait. Ou bien changer sans cesse de molécule.

Et puis, je ne suis plus certaine en couchant tout cela sur le papier que seules mes souffrances expliquent ma perte de sommeil. Pendant les deux mois qui ont suivi l'attentat, j'ai tellement eu peur de mourir que fermer les yeux était déjà céder un peu à la tentation de partir. Renoncer à la promesse que j'avais faite à Maurice, et à travers lui à Deborah et à tous les miens. Ce serment de tenir, je ne l'ai jamais oublié, pas un seul instant. Il m'en a peut-être coûté le sommeil.

Le soir de l'attentat, quelqu'un a prévenu mes parents, peut-être la police ou le personnel du restaurant. Après le coup de téléphone, ils se sont regardés tous les deux, Maurice et Sarah. Ils n'ont pas cru à cette nouvelle. Non pas qu'ils étaient négligents, peu soucieux l'un et l'autre de leurs enfants. Bien au contraire. Non, simplement, ils ont décidé de ne pas y croire, de penser que c'était une blague, une mauvaise plaisanterie. Impossible à croire parce que insupportable. Ils ne l'ont pas cru mais ils ont tout de même appelé mon frère, William, qui s'est précipité à l'hôpital. On ne saurait être trop prudent.

Quand ma mère est venue à mon chevet, plus tard, ce fut pour verser toutes les larmes de son corps. Elle prenait une chaise, pas très loin de mon lit, s'asseyait, me parlait un peu et puis elle commençait à pleurer. Silencieusement mais sans pouvoir s'arrêter. Des heures à pleurer, c'était assez impressionnant. En même temps, je n'étais pas tellement surprise. Pendant mon enfance, j'avais toujours vu ma mère triste, mélancolique. Mais à ce point...

Thierry Judet lui expliqua qu'une telle tristesse ne pouvait m'aider à franchir les épreuves qui m'attendaient. Que mon moral était essentiel à ma guérison. Que si elle ne réussissait à s'empêcher de pleurer, et même, si elle ne pouvait mieux masquer sa peine, le plus simple était sans doute qu'elle s'abstienne de venir, au moins dans un premier temps ; ou alors qu'elle espace ses très fréquentes visites. Maurice et

William ont parfois été obligés de la faire sortir de ma chambre. J'avais l'impression que rien ne pourrait tarir son chagrin. La tête baissée, elle s'avançait et se reculait sur sa chaise, balançant son corps dans d'interminables bercements. Elle se mouchait, tentait de retenir ses sanglots mais rien n'y faisait. Et ce n'était pas le choc initial : longtemps après, quand elle me rendait visite au centre de rééducation, elle pleurait pareillement. Plusieurs fois, cela m'a irritée. Je souffrais tellement, il fallait encore que je console ma propre mère. Quand j'y repense, je n'éprouve, bien entendu, plus la moindre colère, je comprends mieux d'où venaient ces déluges de larmes.

Mon père, lui, ne pleurait pas. En tout cas, pas en ma présence. À vrai dire, je l'ai toujours connu souriant, enjoué, d'humeur égale, bon vivant. Un heureux caractère qui déployait une énergie considérable pour compenser les vagues à l'âme de ma mère. À mon chevet, il a continué à tout faire pour me distraire de ma douleur. Il donnait le change, il se forçait. Mais des regards croisés me reviennent à l'esprit. J'ai surpris chez lui un air que je ne lui connaissais pas. Un mélange de bonté attendrie, d'attention et de profonde mélancolie. Avec moi, il était aux petits soins comme jamais. Je sentais qu'il aurait fait n'importe quoi pour apaiser ma douleur et même un peu plus pour supprimer ce qui m'était arrivé. Malgré toute cette sollicitude, je le sentais anéanti. Je surprenais parfois ses yeux s'attardant sur mes jambes en partie détruites, emprisonnées. Et son regard s'évadait alors loin, très loin de cette chambre d'hôpital.

Mes parents et grands-parents sont des juifs originaires de Pologne. Mon père est né en 1920 à Lukow, une petite ville provinciale entre Varsovie et la célèbre frontière de Brest-Litovsk. Ma mère a vu le jour, une année plus tard, à Lodz, une cité située plus à l'ouest. Au début des années trente, comme des milliers de Polonais, ils ont fui l'antisémitisme, les pogroms. La France leur a tendu les bras. D'abord à mes grands-pères, qui ont trouvé du travail et rapidement fait venir leur famille. C'est à Paris, entre République et Hôtel-de-Ville, que leur a été offert ce nouveau départ dans la vie.

Mon père avait douze ans, il ne parlait évidemment pas français. Un an et demi plus tard, il réussissait brillamment son certificat d'études qui, à l'époque, était loin d'être une formalité. Dans un autre contexte, il aurait sûrement fait un brillant instituteur, un de ces hussards de la République attachés à inculquer partout le savoir commun. Mais il fallait sans tarder rapporter de l'argent à la maison. À quinze ans, il était tailleur, comme son père. Le travail, le culte du travail qu'ils m'ont communiqué, c'était d'abord un instrument de survie.

Je reconstitue cette histoire par bribes, mes parents n'ayant jamais souhaité s'étendre devant moi sur leur jeunesse. Ils ont préféré tenter de tout oublier. Et, en premier lieu, la Pologne d'où ils venaient. Rien qu'entendre parler de ce pays mettait ma mère dans une colère froide. Du jour où elle a posé le pied en France, elle n'a plus prononcé un seul mot en polonais. J'ai été imprégnée par cette amnésie, je n'ai d'ailleurs jamais visité le pays de mes parents.

Français. Juifs mais avant tout Français. C'est comme si on leur avait fait un cadeau inespéré. Comme s'ils étaient nés dans ce quadrilatère du centre de Paris, comme si c'était là qu'ils avaient toujours travaillé, dans ces ateliers de confection. C'est là, en tout cas, que mes parents se sont rencontrés, qu'ils se sont aimés. Pour eux, la France ne fut pas un asile commode, une terre de passage. Ils n'ont pas tardé à faire souche. Avec tous leurs camarades ashkénazes, ils appartiendraient bientôt à ces bataillons de Parigots, porteurs d'une culture française dont on aurait juré qu'elle les imprégnait depuis des générations. Français à part entière, même un peu plus que cela. Mon père, en deux années de primaire, avait appris une langue, l'histoire d'un pays, une culture politique tellement particulière, généreuse et rebelle.

Il faut se souvenir de cette moitié du siècle passé. L'intégration était une chance qu'on n'aurait pas laissée passer. On avait envie de faire partie de cette communauté française, d'y prendre toute sa place. Plus que les campagnes, la capitale et son activité incessante accéléraient les intégrations. La République n'avait pas commencé à se dissoudre dans ces particularismes, ces bribes de communauté. Mes parents étaient fiers d'être devenus français, ils avaient à cœur de s'en montrer dignes. Jamais ils n'imaginaient que leur errance pourrait les conduire ailleurs, ils avaient trouvé leur place sur cette terre. Ils feraient tout pour oublier qu'ils avaient vécu, un jour, avec des Polaks. Un mot qui leur paraissait être la pire des insultes.

Il y eut pourtant 1939 et ce qui s'ensuivit. Comme si la tragédie les avait talonnés puis rattrapés. Après la mort de ma mère, j'ai retrouvé des lettres de mon père, écrites à cette époque, rangées dans une boîte à chaussures cachée dans un placard. J'avais toujours respecté le désir de silence, la volonté d'oubli de mes parents. Ces dernières années, pourtant, je tournais autour, je n'osais ouvrir cette boîte aux secrets. Il aura fallu ce livre pour que je finisse par fouiner dans ces papiers poussiéreux, lire, déchiffrer plutôt. Je n'y ai trouvé aucun secret honteux. Juste une histoire que mes parents voulaient à tout prix chasser de leur mémoire.

Mon père a servi dans l'armée française, dans cette « drôle de guerre » qui se termina par une défaite rapide et brutale. Au moins, cette fois, ce ne serait pas les tranchées. Puis il est parti pendant la débâcle, je ne sais dans quelles circonstances, avec son père et l'un de ses frères. Ils ont quitté Paris à pied, marché près d'une semaine en direction de Blois. Cette grande panique collective a fini par s'estomper. Les Allemands étaient entrés dans Paris. La vie, comme toujours, reprenait ses droits. Du moins partiellement. On n'en était pas encore aux grandes heures de la déportation française. Mon père a décidé de rebrousser chemin. Mon grand-père, plus tout jeune, souffrait terriblement. Paris-Blois aller-retour. Entre deux et trois cents kilomètres. Sur le chemin du retour, mon grand-père est resté se reposer quelque temps à Vernon.

Dans une de ses lettres, mon père écrit : « Une aventure qui restera à jamais gravée dans ma mémoire et qui n'aurait jamais dû commencer. »

Il y eut pire. Trois de mes grands-parents, trois tantes et un oncle sont morts dans les camps de concentration nazis. Tous arrêtés par la police française. C'est étrange d'appeler grands-parents, tantes et oncle des personnes qu'on n'a jamais connues.

Wolf, mon grand-père maternel, est parti le premier, dès 1941. Plusieurs dimanches de suite, ma tante et ma grand-mère sont allées à sa recherche : elles prenaient le train de banlieue jusqu'à Drancy, faisaient le tour du camp pour tenter de retrouver leur cher père et mari. Elles ont réussi à l'apercevoir, une fois, au bout du jour. Quelle image cruelle ont-elles conservée de ces instants ? Lui, immobile au milieu d'autres prisonniers, en attente d'un voyage sans retour pour son pays natal. Elles se sont approchées mais, aussitôt, il fallait se dissimuler, marcher quelques mètres, séparés par les barbelés, comme si l'on ne se connaissait pas. Qu'a-t-il pu se passer alors ? Ont-ils pu, malgré la surveillance, échanger des mots, des regards ?

Je me demande comment j'aurais réagi à leur place. En conservant le silence, pour toujours, en essayant de noyer l'innommable au plus profond de moi ? Peut-être. En tout cas, je suis certaine que toute ma vie, chaque dimanche, j'aurais songé à cet atroce voyage vers Drancy, au chagrin quand il fallait rentrer à Paris et qu'on savait, parce qu'on sait tout dans ces moments-là, qu'on ne reverrait jamais son père. Que ces secondes étaient les dernières. Que, désormais, le bonheur et le malheur seraient irrémédiablement liés.

Je ne crois pas que j'aurais aimé qu'il y ait beaucoup de dimanches dans ma vie.

Dans le même appartement du faubourg du Temple, après Wolf, trois sœurs de ma mère, Jacqueline, Anna et Ida, ont été arrêtées pendant la rafle du Vél' d'Hiv, le 16 juillet 1942. Puis ce fut le tour de ma grand-mère Fajglia, en 1943. Ma mère et sa petite sœur, Dora, ont échappé par miracle à la Shoah. Comment survit-on à la tristesse, à la culpabilité, quand un hasard vous a conduit à ne pas vous trouver dans l'appartement au moment où les vôtres ont été emportés ? Je comprends mieux les larmes, je comprends mieux le silence.

Quand je suis née, en 1948, mes parents m'ont prénommée Françoise, une seule voyelle d'écart, on ne pouvait dire avec plus de clarté leur volonté inentamée d'être français. La guerre ne serait qu'une tragique parenthèse dont le souvenir se résumerait à quelques signes discrets. Je m'appellerais Françoise, un prénom en F comme Fajglia. Et mon frère, William, W comme Wolf. Pour le reste, il fallait oublier. Tout oublier.

En me contemplant sur mon lit d'hôpital, prisonnière de mes attelles, mon père voyait les cauchemars resurgir. Avant que la famille ne se réfugie en zone libre, une sœur de mon père, Betty, a échappé par miracle à la rafle du Vél' d'Hiv. La concierge du 8, rue des Francs-Bourgeois a eu le temps de la prévenir de l'arrivée de la police française. Elle a pu se cacher dans l'appartement voisin d'un marchand de tissus. Elle est restée là, immobile, coincée entre les stocks de tissus et une fenêtre donnant sur le porche de l'immeuble. Elle a vu les policiers arriver, repartir avec des prisonniers, des voisins, des connaissances, des amis peut-être. Heureusement, il n'y avait personne à ce moment-là dans l'atelier familial.

Je suis une fille de rescapés. Ils ont réussi à rejoindre la zone libre pour se réfugier à Limoges. Ma mère, pour s'enfuir, portait le tailleur blanc que mon père lui avait coupé pour leur mariage. Au moment de passer la ligne de démarcation, elle s'est cachée dans la cuve à eau de la locomotive, avec la complicité de cheminots résistants, j'imagine. Bientôt, de toute façon, il n'y aurait plus de zone libre.

À Limoges, toute la famille de mon père disposait de faux papiers remarquablement imités. C'est ma tante Betty qui les fabriquait. Les hommes avaient droit au jeu complet : carte d'alimentation, carte d'identité et livret militaire. Simon, le frère de mon père, avait choisi de rejoindre un groupe de résistants ; il a été arrêté près de Toulouse, expédié à Compiègne puis envoyé en déportation à Dachau, le 18 mai 1944, trois semaines avant le débarquement en Normandie. Il est mort dans ce camp de Bavière le 21 janvier 1945, si près de la Libération. Gaston, le père de mon père, jouait aux cartes avec des amis juifs, à Limoges. Contrairement à mon grand-père, ses camarades n'avaient que des faux papiers grossièrement imités. La police a demandé à tout le groupe de baisser pantalon et caleçon. Mon grand-père a été envoyé à Drancy puis à Auschwitz par le convoi numéro 66. Le remarquable travail de faussaire de Betty n'avait servi à rien. Gaston a été reconnu comme juif de la façon la plus humiliante qui soit.

Ce sont les recherches de Serge Klarsfeld qui nous ont permis de connaître ce tragique détail : pendant le trajet, des déportés ont sauté du train. Gaston a refusé, il était persuadé de rejoindre un camp de travail et pas un camp de la mort. De Drancy, il avait réussi à envoyer une lettre : « Je vous écris ces quelques mots pour vous faire savoir que nous partons pour une destination inconnue. »

Ma grand-mère maternelle, Laja, a été arrêtée à Limoges à cause de ses faux papiers, mais elle a échappé à la déportation. Elle a fait un an de prison à Pau, puis elle s'est retrouvée dans l'Indre où elle devait travailler dans un hôpital tenu par des bonnes sœurs. La mère supérieure avait compris qu'elle était juive, elle la protégeait mais l'humiliait en l'obligeant à se lever chaque matin à six heures afin d'assister à la messe. Chaque jour, Laja devait demander pardon au nom de ses ancêtres pour avoir tué le Christ. Je ne sais ce qui lui passait par la tête pendant ces prières, mais elle a eu la vie sauve.

Betty, elle aussi, a fini par se faire prendre. Pendant qu'elle était contrôlée par la police, quelqu'un l'a reconnue et nommée par son vrai nom qui ne correspondait pas à celui des faux papiers. Elle a été arrêtée puis relâchée le 3 juillet 1944.

Mes parents, bientôt rejoints par ma tante Dora, ont réussi à trouver refuge dans un petit village du Tarn-et-Garonne, Port-de-Pennes. Et quand mon père a été arrêté en compagnie de jeunes gens du village, ce fut comme Français. On lui demanda où il était né. Je ne sais pourquoi, il répondit :

— Lukow.

C'était le nom de sa ville en Pologne. Les gendarmes s'étonnèrent, il insista :

— Lukow dans le Tarn-et-Garonne.

Tout cela me paraît fou mais il échappa au camp de concentration et fut seulement expédié avec ses camarades dans un camp de Haute-Silésie, en Prusse, dans le cadre du Service du travail obligatoire. Un moindre mal.

J'ai tellement de questions restées sans réponse. Comment ma tante Dora, âgée de douze ans, resta-t-elle cachée dans des écoles privées juives à Paris avant de rejoindre ma mère dans le Sud-Ouest ? Après s'être dissimulée dans les tissus du voisin, comment Betty s'y prit-elle pour rejoindre Limoges ? Et Yaël, la petite sœur, comment fut-elle acceptée dans une école, au Blanc, dans l'Indre ? Comment Laja et Betty échappèrent-elles à la déportation après leur arrestation ? Pourquoi les gendarmes acceptèrent-ils de croire qu'il y avait un « Lucove » dans le Tarn-et-Garonne ? Dans quel camp d'extermination les trois sœurs de ma mère, Jacqueline, Anna et Ida, ont-elles péri ?

Plus le temps passe, plus j'ai envie de connaître le moindre détail. Peut-être à cause de ce regard de mon père à mon chevet, au service des soins intensifs. J'en suis maintenant persuadée, mon attentat fut son échec. Sa peine n'était pas seulement causée par mes blessures, mais aussi par les souvenirs qui sont revenus le hanter.

Le pacte d'après-guerre de mes parents consista à nous construire une nouvelle vie. Loin des persécutions de leur enfance en Pologne, loin du génocide de leur jeunesse... Une existence protégée dans cette France civilisée, malgré quatre années d'égarement. Ce projet, il est le bien commun d'une grande partie de la société française des années cinquante et soixante. Refermer la parenthèse, recommencer, reconstruire pour éloigner le spectre de la barbarie, c'était aussi l'idée du général de Gaulle. C'est ce projet qui a fondé la complète intégration des familles d'Europe de l'Est. La démocratie, les droits de l'homme, la protection, la tolérance, tout cela avait un sens pour ceux qui ont touché de si près l'ignominie. Mes parents ont voulu nous bâtir une trajectoire à l'abri des tourments qui les avaient assaillis. Des études, un statut social protecteur, une vie bien française.

Quand mon père m'a vue, avec mes blessures, il a considéré qu'il avait échoué dans sa mission.

Loin de moi l'idée de comparer le terrorisme et la barbarie nazie, bien entendu, mais je sais que les yeux de mon père, eux, exprimaient un lien. Le malheur qui me frappait faisait remonter chez lui des blessures enfouies. Ce regard, au début, je n'y ai pas prêté attention outre mesure. Les grands malades sont par définition égoïstes, ils ont trop à faire avec eux-mêmes. Aujourd'hui, il me hante. C'est pour ce regard, aussi, que j'ai décidé de ne jamais me laisser abattre. C'est pour ce regard que, aujourd'hui, j'écris.

« Plus de bruit que de mal » ?

Quand Thierry Judet m'a apporté l'article, j'ai cru voir un sourire éclairer son visage. C'était assez rare pour que cela m'ait surprise. Non pas que cet homme jeune et séduisant ait eu le profil sévère de certains professeurs qui se relayaient à mon chevet, traînant dans leur sillage des classes entières d'étudiants en médecine. Mon cas intéressait, plusieurs des interventions tentées par Judet et Gilbert étaient des premières médicales. Je m'en serais bien passée.

Non, Judet était un homme généreux mais il était aussi chirurgien, donc pressé, efficace, ne perdant pas de temps dans d'inutiles considérations psychologiques. Je le comprenais très bien, il était là pour me soigner, pas pour faire du sentiment. J'étais hospitalisée dans la clinique Jouvenet qui appartenait à son père et à son oncle. Il venait de réussir une opération importante, il avait prélevé le péroné de ma jambe droite pour en faire un tibia sur ma jambe gauche. Une intervention complexe qui n'avait jamais été réalisée chez un adulte, auparavant. Nous étions en novembre 1984. L'année avait été fort rude, Thierry Judet n'avait pas eu tort de me prédire un long et douloureux combat.

Fin mars, Judet m'avait permis de rentrer chez moi pour me reposer. Il fallait que je récupère de ces trois mois à la Pitié, que je voie ma fille, que je m'occupe d'elle, que je la câline, que nous reprenions nos lectures communes. Il m'avait donc fait hospitaliser à domicile. Je trônais dans le salon de notre appartement, rue Daru. Le lit médicalisé était si imposant qu'on n'avait pu le faire entrer dans une chambre. Une infirmière venait deux fois par jour me prodiguer des soins, refaire mes pansements et soigner mes escarres. Ma belle-mère, qui avait été infirmière, me frottait les talons afin de faire circuler le sang. J'avais prodigieusement mal mais retrouver ma fille était un bonheur immense.

En mai, Thierry Judet avait prélevé des morceaux d'os de mes hanches pour les transférer sur ma jambe droite. Cette jambe sur laquelle reposaient tant d'espoirs – aujourd'hui encore, elle me porte bien plus que la gauche – devait être consolidée avant qu'on ne reconstruise l'autre. Un mois plus tard, Alain Gilbert m'hospitalisait à la clinique Oudinot. Il devait greffer sur ma jambe gauche trente centimètres du nerf saphène de ma jambe droite. Ce nerf, qui n'est pas moteur comme le nerf sciatique, permettrait à mon pied de retrouver un peu de sensibilité. L'opération était très délicate, sujette à de fréquents rejets.

Ce grand spécialiste des opérations chirurgicales sous microscope n'était pas seulement un adepte des techniques les plus modernes. Il possédait aussi des savoirs ancestraux, ceux que le progrès éradique par sa propre suffisance, ou ceux que notre civilisation occidentale n'a jamais connus. Le docteur Gilbert s'était rendu en Chine, il avait étudié les techniques millénaires de ses confrères. Pour éviter tout rejet du nerf greffé, les médecins chinois utilisaient des sangsues. Tenue par des sœurs, la clinique Oudinot avait été choisie pour son élevage de ces vers qui se fixent sur la peau et sucent le sang par l'intermédiaire de leurs ventouses.

Avant l'opération, Gilbert m'avait présenté le pot grouillant d'une centaine de ces petites bestioles de un à deux centimètres.

— S'il y a un risque de rejet, m'avait-il expliqué, je poserai quelques-unes de ces sangsues sur votre jambe, elles pomperont les surplus de sang, ce sera comme si je vous faisais une saignée.

D'ordinaire, j'exige qu'on m'explique ce qu'on va me faire, qu'on me tienne au courant du moindre détail, je déteste me trouver dans une position infantilisante. Pour le coup, j'aurais bien fait une exception. J'étais totalement effrayée, je me disais qu'il n'était pas question qu'on applique ces sangsues sur ma jambe. En même temps, je mesurais combien cette terreur était idiote. J'avais déjà été opérée une trentaine de fois, je n'allais pas me laisser terroriser par des petites bêtes insignifiantes qui, au demeurant, ne me voulaient que du bien. Finalement, la greffe se passa du mieux possible, Gilbert n'eut pas à recourir à ses sangsues préférées. Et ma jambe gauche commença à revivre quelque peu.

Les chirurgiens m'avaient ensuite accordé quelques congés. Nous étions partis tous les quatre, Maurice, Deborah, mamy Alice et moi, dans le nord de la France, au Touquet, où nous avions l'habitude de louer une maison au mois de juillet. Cette fois, nous avions préféré l'hôtel. On m'avait confectionné une chaise roulante avec un plateau pour que mes deux jambes restent bien immobilisées en position horizontale. Chaque jour, Maurice me sortait, il poussait ma chaise sur la grande promenade de plusieurs kilomètres qui fait face à la mer du Nord.

J'aurais pu souffrir de la situation, avoir honte de me montrer dans cet état d'infirmité. J'avais tellement mal vécu l'enfermement depuis six mois que ces journées me procurèrent un plaisir intense. Je ne supportais plus les atmosphères confinées, le manque de grand air, les odeurs de l'hôpital, l'absence de perspectives larges, d'horizons à contempler. Tout m'avait manqué, le ciel, le soleil, les nuages, la lune et le vent... Je me souviens d'un livre d'Alphonse Boudard qui compare l'hôpital à une prison. Je ne connais pas l'enfermement carcéral mais l'hôpital m'était devenu un enfer.

Ces premières vacances, peu importe qu'elles aient été passées sur cet attelage bizarre, poussé par Maurice, parfois par Deborah. Je n'ai jamais autant respiré de ma vie. Aspirer chaque bouffée d'oxygène du grand large, remplie d'iode. Ne plus ingurgiter cet air de l'hôpital dont j'avais imaginé, un jour de mauvaise humeur, qu'un fonctionnaire l'avait défini par circulaire administrative avec la quantité exacte de chaque produit chimique à injecter dans le système d'air conditionné.

Le retour dans une chambre d'hôpital, à l'automne, faillit me rendre neurasthénique. Même s'il s'agissait, cette fois, d'une clinique privée, d'une chambre individuelle parfaitement agréable, ce retour en arrière me tourmentait. Je ne réussissais pas à oublier mes malheurs. Je n'allumais pour ainsi dire jamais la télévision. Il faut dire que j'avais du mal à concentrer mon attention. Je ne lisais pas, ce qui ne me ressemble guère. Quelqu'un m'avait offert un appareil à cassettes sur lequel j'écoutais le roman de Marguerite Duras, *Les Petits Chevaux de Tarquinia,* lu par je ne sais plus quelle actrice. Il y est question de vacances en Italie, sous une chaleur accablante, un soleil de plomb, pas très loin d'une mer souvent présente dans l'œuvre de Duras. Des parents recherchent dans la montagne les restes de leur fils qui a sauté sur une mine de la dernière guerre. Je ne sais si la personne qui m'a offert cette œuvre avait songé à ma situation. De toute façon, je n'étais pas capable de faire de rapprochement avec « ma » bombe. Je ressentais juste le manque de soleil, mon médicament favori. Je m'ennuyais ou je sombrais, selon les jours, selon les heures.

C'était d'autant plus ennuyeux que le remplacement du tibia gauche était l'opération décisive qui me permettrait de peut-être remarcher un jour. Il s'agissait de prélever cet os secondaire dont ma jambe droite pouvait se passer pour en faire l'os principal, « le tibia » de ma jambe gauche, et ce au prix de quelques consolidations qui ne manqueraient pas d'être épiques. Thierry Judet n'avait accepté de repousser la perspective de l'amputation qu'en raison de mon excellente forme physique avant l'attentat. Il comptait sur mon dynamisme pour réussir dans cette voie périlleuse et il me voyait décliner.

Cette fois, ce n'était pas le manque de sommeil. Il

ne s'agissait pas non plus d'une dépression, épisode très commun chez les victimes d'attentat. Je subissais juste un coup de blues, passager mais massif. J'étais saturée d'hôpital, je ne voyais pas la fin des épreuves. L'opération de greffe osseuse d'octobre avait connu des complications. Une nouvelle intervention avait été nécessaire, le péroné transplanté s'étant déplacé après la greffe.

Sur mon lit de la clinique Jouvenet, je repensais à la beauté des ciels du Touquet pendant l'été. Je songeais aussi à la pointe qui me perçait le cœur à chaque fois que mon regard se posait sur des joggers ou des couples qui jouaient au tennis. Je n'avais, je n'ai toujours pas fait le deuil de mes jambes. De ces jambes de sportive qui plaisaient tant à mon mari.

Ce jour-là, Thierry Judet n'est pas entré dans ma chambre comme d'habitude. Il a ouvert la porte plus lentement, il s'est avancé vers mon lit en me regardant fixement. Comme s'il me lançait un défi. Comme s'il comptait bien que je prenne très au sérieux tout ce qu'il allait me dire.

— Françoise, je viens de lire un article, c'est proprement scandaleux. J'espère que vous allez réagir.

Et il m'a tendu un exemplaire du *Figaro Magazine* qui datait du 20 octobre 1984. Le journal traînait dans sa salle de consultations depuis quelques jours déjà.

Je n'ai pas mis longtemps avant de trouver l'article en question. C'était la première fois que j'étais replongée dans cette affaire. Mes jambes m'avaient tant mobilisée que j'avais passé neuf mois dans une bulle, oubliant presque que c'était un attentat qui avait frappé le restaurant. Un attentat jamais revendiqué.

Le journaliste se félicitait de la réouverture si rapide du lieu et des travaux de réfection splendides et si « rondement menés ». L'attentat était expédié en quelques lignes, comme un accident sur lequel il serait inconvenant de s'appesantir. Le reporter parlait d'une explosion qui « réveilla tout le quartier. Une bombe placée pour faire exploser le Grand Véfour fit plus de bruit que de mal ».

« Plus de bruit que de mal. » J'en fus abasourdie. Je relus plusieurs fois ces lignes. Je préfère ne pas nommer ce journaliste, on me dit qu'il est depuis décédé, paix à son âme. S'il était un spécialiste du grand luxe, comme l'article semble l'indiquer, cela me confirme que cette existence de plaisirs gratuits, d'invitations permanentes pour des reportages de complaisance, fait perdre de vue toute décence, tout rapport équitable avec la réalité. Plutôt que de le croire cynique, je préfère penser que cet homme n'a pas mesuré ce qu'il écrivait. Je préfère croire qu'il a été abusé, qu'on lui avait seulement indiqué, au Grand Véfour, qu'il n'y avait eu que des blessés. Mon Dieu, que des blessés, fort heureusement !

Pauvre journaliste qui ne s'était pas renseigné par lui-même, qui n'avait pas lu un semblant de documentation... Quand on visite les hôtels et les restaurants de grand luxe, on ne va tout de même pas se salir les mains avec des dossiers de faits divers. Les brochures luxueuses fournies par les établissements suffisent amplement. J'en tremblais de colère. « Plus de bruit que de mal. » Mais voyons... Le coupable dans tout cela, c'était bien celui qui avait renseigné le journaliste, le propriétaire de l'enseigne.

On m'avait dit que Raymond Oliver avait passé la main, pas très longtemps après l'attentat, et que le groupe Taittinger avait pris la suite. De l'un comme de l'autre, je n'avais jamais reçu la moindre nouvelle. J'ai su bien après que les seuls gestes de compassion avaient été le fait de leurs employés. Le directeur de l'établissement, François Mesnage, et son maître d'hôtel, Henri Dubourgnon, m'avaient fait porter deux bouquets de fleurs, dont l'un avait été offert par le complice d'Yves Saint Laurent, Pierre Bergé, un amoureux du Véfour.

Une femme gisant sur un lit d'hôpital depuis près d'un an, j'imagine que l'image n'était pas une bonne publicité. Mieux valait la gommer de la photo, et s'en tenir à la splendide réfection. Avec, pour appuyer le propos, des jeux de mots d'un goût douteux... « Le Grand Véfour avait traversé sans dommages la Révolution et trois guerres avant qu'un attentat, l'an dernier, n'y fasse des dégâts. Et n'incite son propriétaire à restaurer... ce lieu privilégié de la Restauration [...]. Le petit canon du Palais-Royal ne tonne plus depuis la guerre pour annoncer midi mais voilà un peu plus d'un an, une explosion réveilla tout le quartier et mit en émoi jusqu'aux gardiens de la Banque de France toute proche. Une bombe placée pour faire exploser le Grand Véfour fit plus de bruit que de mal. Les dégâts étaient tout de même assez importants pour que Jean Taittinger, le nouveau propriétaire, appelle les techniciens à la rescousse. »

Il n'en fallait pas plus pour me piquer au vif. Thierry Judet avait réussi son coup. Je pris une feuille de papier et, de rage, j'écrivis à Louis Pauwels, le directeur du *Figaro Magazine*. Je lui parlai des souffrances et des séquelles de mon mari, puis de mes deux jambes écrasées. « J'ai vécu ces trois mois avec la menace permanente de l'amputation, qui d'ailleurs a été annoncée par la presse... J'ai subi à ce jour, où je suis encore hospitalisée, vingt-huit interventions sous anesthésie générale, une dizaine d'autres est à prévoir dans les deux années à venir. Si l'on peut résumer cette lutte de chaque jour depuis plus de dix mois en écrivant que cela “fit plus de bruit que de mal”, c'est un point de vue que je ne peux et ne veux partager. »

Louis Pauwels me fit parvenir, assez rapidement, un petit mot manuscrit : « Madame, la phrase de notre collaborateur était malheureuse, et nous avons reçu à ce propos une lettre d'un médecin dont nous donnons un extrait dans la rubrique “courrier” de notre prochain numéro. De même, nous ferons écho à votre lettre dans notre numéro du 24 (novembre). J'y ai moi-même veillé, car cette phrase m'avait échappé et j'ai été honteux et furieux de ce manque à la vérité et à la charité. Je compatis, madame, à vos douleurs d'innocente victime et vous assure de notre sympathie en vous présentant les excuses de notre journal. »

Cet incident m'a fait comprendre que, dans notre société, les biens matériels étaient plus importants que la vie, la santé des personnes. Je ne cessai, les semaines qui suivirent, de remâcher cette vérité tout à fait nouvelle pour moi. Inacceptable aussi.

Un souvenir me revint alors. L'été 1983, quelques mois avant que la bombe du Grand Véfour ne m'atteigne, j'étais partie en vacances en Israël avec Maurice et Deborah. Nous avions pris l'avion quelques jours après que le groupe arménien, l'Asala, eut posé une bombe contre le comptoir d'enregistrement 61 de la Turkish Airlines. Tout était encore détruit et des panneaux de bois tentaient de cacher le désastre qui avait ravagé le hall d'embarquement d'Orly-Sud.

En Israël, nous avions passé trois semaines de rêve qui m'avaient rappelé mes vacances, adolescente, quand je travaillais dans des kibboutz à la cueillette des fruits, que je me levais à quatre heures du matin afin de faire la cuisine pour l'ensemble de mes camarades avant d'aller apprendre l'hébreu. Malgré ma judéité, je ne considère pas Israël comme une nation à part. C'est donc en touristes que nous étions arrivés, tous les trois, dans ce superbe pays. Nous nous étions baignés à Eilat, nous avions visité Jérusalem, le lac de Tibériade et le mont Sinaï, nous avions campé dans le désert du Neguev. Nous étions rentrés en France, de merveilleux souvenirs en tête. Avec les grands restaurants, les voyages étaient un autre de nos plaisirs.

Au retour, à Orly, une image m'avait frappée. Nous étions au milieu du mois d'août, l'aéroport avait été entièrement reconstruit, flambant neuf. J'avais alors songé à notre départ, trois semaines plus tôt, aux traces de l'attentat si vite effacées. J'avais été surprise par la rapidité des travaux. Choquée ? Non, bien sûr. J'étais comme la majorité de la population, persuadée que le terrorisme est une chose horrible qui n'arrive qu'aux autres. Je n'avais aucune idée précise sur la question, je ne savais d'ailleurs pas exactement ce que voulaient les poseurs de la bombe. Ni combien de personnes avaient péri, combien avaient été blessées par cet attentat. Je ne savais rien, j'avais juste noté la réfection rapide comme quelque chose d'assez étonnant.

C'est l'article du *Figaro Magazine* qui m'a remis cette image en tête. Les biens matériels plutôt que les vies humaines ! J'ai posé des questions. Le 15 juillet 1983, huit personnes sont mortes à Orly-Sud, une soixantaine ont été blessées. « Plus de bruit que de mal » ? Parmi elles, Isabelle Pabion, qui avait alors trente ans. Elle s'était offert deux semaines de vacances en Turquie, deux semaines de randonnée. Elle avait une grande passion pour la marche. Elle ne se payait pas des vacances de milliardaire, elle n'était complice de rien du tout. Quoi qu'on pense du conflit turco-arménien, du génocide du début du XXe siècle, je ne vois pas ce que l'on peut reprocher à une femme qui s'en va accomplir l'acte le plus naturel qui soit, marcher dans les provinces magnifiques de l'Est anatolien.

La bombe a épargné son beau visage. Placés dans un chariot, quatre cents grammes de plastique et trois bouteilles de gaz ont explosé derrière elle. Une grande partie de son dos, ses bras, ses jambes, ses fesses ont été brûlés au troisième degré. Ses deux tympans ont éclaté. On l'a opérée plusieurs fois mais l'oreille interne était touchée, elle a perdu le sens de l'équilibre et elle ne cesse d'entendre des sifflements et des bourdonnements. Pendant des mois, son dos n'a été qu'une immense plaie. Elle a connu l'horreur des bains pour grands brûlés, des draps dont il faut se décoller, de la peau qui pluche comme du papier à cigarettes, des ongles qui tombent, des fibrosités qui gênent les articulations. Elle a connu tout cela et pourtant, à l'hôpital Percy spécialisé dans les grands brûlés, un médecin lui a dit qu'elle était « le cas sur mille » qui s'en sortait aussi bien.

Je ne savais pas encore qu'elle serait l'une des plus chères amies de S.O.S. Attentats. Je ne savais pas encore que les brûlures étaient parmi les blessures qui font le plus souffrir. Je ne savais pas encore qu'à chaque fois que la tristesse m'emporterait, je penserais à son sourire extraordinaire, à sa fabuleuse énergie, à ses leçons de courage. Chère Isabelle, merci. Rien qu'en pensant à votre sourire, je me dis que S.O.S. Attentats n'a pas été créée en vain.

Handicapée

J'ai compris au printemps 1984 que mon existence ne serait plus jamais la même. Auparavant, l'horizon des chambres d'hôpital, à la Pitié, ne m'avait pas laissé le loisir d'intégrer cette donnée. Je suis pourtant passée par tous les stades de la dégradante infantilisation que traversent les hospitalisés au long cours. Mon extrême pudeur en souffrit évidemment. J'ai lu récemment des extraits d'un livre de la journaliste Christine Clerc [1] qui m'ont rappelé de nombreux souvenirs.

J'ai connu l'humiliation de devoir sonner, appeler à l'aide pour satisfaire mes besoins naturels. J'ai connu l'attente et les sphincters qui se relâchent avant qu'une infirmière débordée ait pu venir. J'ai connu les affres du bassin froid qu'on vous glisse sous les reins et, juste après, du nettoyage hâtif qu'on vous inflige. J'ai connu les toilettes du matin, deux infirmières avec un gant chacune et une petite cuvette, la première pour le haut du corps, la seconde pour une toilette plus intime. J'ai connu et détesté les regards à cet instant. J'ai connu le rinçage sommaire avec une eau savonneuse, la sensation de la peau qui sèche et se tend sous l'effet persistant du savon. J'ai connu la sale impression de devenir

1. *Cent jours à l'hôpital,* Paris, Plon, 1994.

un objet sous l'effet de mains étrangères pressées. J'ai connu pendant des semaines l'écœurement de la nourriture par sondes, ce liquide beigeasse constamment malaxé et qui goutte en permanence dans votre estomac, l'irritation du nez, de la gorge, de l'œsophage transpercés par le câble en plastique, l'attente désespérée d'être délivrée de cet instrument de torture, la négociation avec les médecins :

— On vous le retire si vous nous promettez de vous alimenter correctement.

— Correctement, ça veut dire quoi ?

— Que vous vous engagiez à manger tout ce qu'on vous sert.

J'ai connu l'incapacité à avaler la nourriture de l'hôpital, fade, froide, trop cuite. J'ai connu mon corps trop épuisé pour éprouver le moindre appétit mais j'avais promis, il fallait que je tienne. J'ai connu les bouchées que, à force de mâcher, on transforme en carton sans parvenir à les avaler, et la culpabilité devant l'infirmière en chef qui inspecte l'assiette à peine entamée. J'ai aussi connu la joie d'avoir trouvé, en Alice, une adorable belle-mère ayant toujours une solution pour tout. Avant chaque repas, elle arrivait avec un cabas rempli d'aliments frais pleins de saveurs et de vitamines, des avocats, des fruits juteux, du fromage. Pour faire cuire ma viande, elle charmait ses anciennes collègues afin de disposer de leur réchaud. J'ai connu tout cela, peines, désespoirs et moments d'infimes bonheurs. Mais la bataille médicale, la lutte contre la douleur rendaient cette régression presque secondaire.

Il aura donc fallu que je sorte de la Pitié, que je me retrouve à Menucourt, dans le Val-d'Oise, au centre de rééducation de la Châtaigneraie pour que je me voie telle que j'étais devenue, rétrécie dans ma latitude d'action, amoindrie dans l'exercice de ma volonté, dans l'étendue de mes désirs. Handicapée ! Je ne savais pas pour combien de temps mais je m'étais promis de tout faire pour élargir ces frontières soudaines. J'avais d'abord refusé l'amputation de ma jambe, j'allais me battre pour en retrouver l'usage le plus complet. Cette bagarre m'aura servi d'horizon pendant des mois, elle aura rempli mon quotidien, m'aura permis de ne pas m'apitoyer sur moi-même.

Ce furent des moments curieux. J'étais plutôt heureuse puisque j'avais quitté, momentanément, mon lit d'hôpital, que je me battais pour recouvrer une partie de mes moyens, que je refaisais des exercices physiques, activité tout à fait indispensable à mon équilibre. Mais à travers ces efforts, et aussi en regardant les autres pensionnaires de ce centre, j'ai compris la gravité, l'irréversibilité de certaines de mes blessures. J'ai mesuré ma part de handicap.

Menucourt accueille toutes sortes de personnes abîmées par la vie, des motards, des champions de course automobile, beaucoup de sportifs de haut niveau. La rééducation y est très intense. Fort heureusement, c'est ce que j'attendais. Je voulais qu'on m'inflige les exercices les plus difficiles. Comme toujours, j'étais pressée. J'avais l'illusion que je pourrais accélérer les étapes de ma reconstruction. En tout cas, j'avais l'intention de m'épuiser à la tâche.

L'année suivante, quand j'ai dû apprendre à poser

mes deux pieds par terre, on m'a envoyée à Hyères, dans un centre de rééducation qui dépendait d'une mutuelle d'enseignants. Je ne disposais que de trois semaines, un peu plus que le temps des colonies de Deborah que je ne voulais pas laisser seule trop longtemps. Je voulais ressortir en ayant fait le plus de progrès possible. J'ai passé trois semaines à pester contre la trop grande tranquillité de ce centre où la bibliothèque était deux fois plus grande que la salle d'exercices physiques. On me faisait de la kiné dans une piscine d'eau salée, travail particulièrement épuisant. J'étais d'accord, je réclamais même de doubler les séances, matin et après-midi.

— Mais non, madame, c'est impossible. C'est le matin ou l'après-midi, vous devez choisir.

Quand on ne me donne aucune explication rationnelle, que le règlement tient lieu de raison, j'ai envie d'envoyer tout le monde au diable. Je me suis efforcée d'être un peu plus diplomate et j'ai finalement réussi à faire de la rééducation aquatique deux fois par jour. Dans le centre, c'était la révolution.

À Menucourt, on m'avait habituée à un rythme soutenu. Je m'étais jetée à corps perdu dans les exercices que me faisait faire Lydia, ma kinésithérapeute. D'abord des massages et de la musculation. À l'automne, lors de mon second séjour à la Châtaigneraie, avant que l'on ne transfère mon péroné d'une jambe à l'autre, j'ai beaucoup travaillé la marche sur la jambe droite, avec deux béquilles afin de bien protéger la gauche. J'ai même réussi à franchir quelques marches, exploit dont je n'étais pas peu fière. Le soir, j'étais éreintée mais heureuse, presque apaisée par cet épuisement. Ce que je vivais là fait partie des plus grandes fatigues que j'aie jamais endurées, mais le soir, quand j'étais dans ma chambre, que j'ouvrais la fenêtre et que l'air du splendide parc m'envahissait, j'oubliais presque toutes mes souffrances.

Pratiquer une activité physique intense me manquait terriblement. Enfant, je n'ai pas eu le privilège de faire beaucoup de sport. Dans les familles comme la mienne, on pensait avant tout, quasiment exclusivement, au travail, à l'école, au métier envisagé, éventuellement à bien se marier. Le sport ? Pour une fille, cela paraissait vraiment superflu. Enfant, nous passions des vacances merveilleuses, nous mettions le cap sur la Côte d'Azur par la nationale 7, nous roulions de nuit dans la traction avant de mon père, puis dans sa DS. Ces voyages m'ont laissé des souvenirs fabuleux. Le matin, nous mangions des croissants sur une terrasse à Saint-Raphaël. Il faut se représenter ce que c'était, pour une petite Parisienne, dans les années cinquante, que d'entendre le chant des cigales, d'admirer cette nature exubérante, ces cactus, ces eucalyptus, de sentir les odeurs de pins. C'était comme découvrir un pays étranger. J'en ai conservé pour toute la vie le goût du soleil, des bains de mer. Mais l'activité physique n'était pas une distraction prévue dans le programme des vacances. D'une manière générale, d'ailleurs, le sport n'avait pas envahi la société comme aujourd'hui. Il était réservé à quelques milieux limités. Entre quelques baignades fort sages, nous nous promenions, nous visitions des musées, admirions des panoramas. Il ne s'agissait pas de baisser la garde, il fallait continuer à se cultiver, même pendant l'été. En colonie de vacances, mon petit frère avait le droit de pratiquer le ski, moi, j'étais cantonnée au patinage sur glace. Pas de « sports de garçons », édictait ma mère. Dans leur désir d'intégration, mes parents copiaient les règles strictes de la vie bourgeoise. Une jeune fille se mettait sous cloche jusqu'à sa majorité. Ce n'était pas une brimade, juste un respect des convenances.

Entre la rue des Francs-Bourgeois où se situait l'atelier familial et la rue de Sévigné où nous vivions et où j'allais à l'école, ma vie était assez confinée. Dès que j'ai pu m'échapper du cocon familial, prendre un studio au Quartier latin, je me suis jetée avec voracité sur les activités sportives. Je sentais que mon corps et mon esprit en avaient terriblement besoin. Ski et tennis, principalement. Avec Maurice, malgré nos semaines de travail démesurées, nous trouvions toujours le temps pour une partie de tennis. C'était en général le lundi soir, après le travail, entre vingt et une et vingt-trois heures, à Aubervilliers. Une heure de cours, une heure de jeu avec des amis. J'ai toujours joué contre des hommes, j'adorais frapper la balle presque aussi fort qu'eux. J'adorais sentir tout mon corps répondre parfaitement aux sollicitations, les chevilles souples pour être bien sur les appuis, et ce mouvement de rotation qui fait les beaux coups droits, mollets, genoux, cuisses, hanches, épaules qui tournent pour donner l'impulsion à la balle. Et le bras qui suit, qui vient de très loin et qui va très loin pour accompagner le mouvement de la raquette. « Finis ton geste. » Combien de fois ai-je entendu cette phrase ? Elle me manque.

Au Touquet, chaque été, avant l'attentat, c'étaient des heures et des heures de tennis. Après être sortie du court totalement épuisée, je ressentais un sentiment de plénitude tellement rare. À Menucourt, je songeais à cela : plus jamais je ne vivrai ces moments ; plus jamais je ne jouerai au tennis ; plus jamais je ne dévalerai à ski des pentes enneigées. Peut-être remarcherais-je, Judet me l'avait promis, mais au prix de quelle souffrance ! Marcher vite, courir à en perdre haleine, sentir ce passage où les poumons ont moins besoin d'oxygène, le cœur moins besoin de sang, cet état quasi second où l'on a l'impression que le corps vole avant de reprendre lentement son souffle normal. C'était merveilleux, c'est terminé. Aujourd'hui encore, ce manque, cette tristesse, ne m'ont pas vraiment quittée. Vingt ans après, je n'ai toujours pas fait le deuil de mes jambes de jeune femme.

À Menucourt, Lydia m'a énormément fait travailler la musculation du haut du corps ; elle m'a appris à rouler ma chaise à la seule force de mes bras. Je me souviens de mon éreintement, les premières fois, pour franchir dix mètres. J'étais encore très affaiblie, épuisée par chacun des exercices. Elle m'a appris à me transférer seule, du lit à la chaise roulante, de la chaise aux toilettes. Cet apprentissage des transferts m'aura incroyablement endurci le buste, seule condition pour suppléer des jambes défaillantes.

Dans le même temps, Anne, l'ergothérapeute, m'enseignait l'art de vivre dans un appartement spécialement aménagé. On n'imagine pas, dans le monde des valides, tous les obstacles que la vie domestique peut placer sur le chemin d'une chaise roulante. Tourner sur soi-même, pivoter, faire des demi-tours, des quarts de tour, tout cela exige un coup de main pas évident. Dans les appartements anciens comme celui que j'habitais rue Daru, le passage étroit des portes implique de rouler de biais et même de heurter le chambranle, pratiquement de rebondir sur chacun des montants des ouvertures, manœuvre que l'on ne réussit certainement pas du premier coup. Anne avait confectionné ma chaise roulante avec une planche pour que ma jambe gauche reste allongée. Je n'y aurais pas pensé sans elle mais le simple fait d'ouvrir une porte, quand vous êtes toujours précédée d'une jambe raide et dépliée, n'est pas chose aisée. Elle m'a conseillé d'attacher à chaque poignée de longues cordes que je pouvais attraper pour les abaisser. Elle m'a aussi appris à faire la cuisine assise, à me mouvoir dans une salle de bains spéciale où tout est abaissé, à me déplacer en me soulevant à l'aide de barres.

Durant ces semaines à Menucourt, j'ai beaucoup cuisiné. Anne m'a fait comprendre que m'occuper les mains me permettrait de moins souffrir des jambes ; l'esprit peut oublier la souffrance à condition qu'on lui donne de quoi se distraire. Certains cousaient, faisaient du point de croix, moi, j'ai surtout cuisiné. C'est une passion qui me vient de loin, sans que je sache d'ailleurs très bien en déterminer les origines. Les repas, à la maison, étaient très importants mais la cuisine fort simple, sans recherche particulière. L'automne à Menucourt, certains patients rapportaient des champignons cueillis dans le parc. Avec d'autres, je les cuisinais. Je faisais aussi des gâteaux et des mousses au chocolat. Il m'a juste fallu apprendre à cuisiner assise.

Entre-temps, je m'essoufflais dans mes exercices de kinésithérapie. J'ai surtout appris à me déplacer avec mes béquilles, exercice qui peut paraître aisé mais qui en réalité demande une sérieuse préparation. Dans la salle collective, chacun se livrait à fond. Il y avait des tapis roulants, des vélos qui m'étaient malheureusement inaccessibles, des appareillages compliqués. J'ai côtoyé des gens bien plus atteints que moi, des tétraplégiques, des grands brûlés, je n'avais pas le droit de me plaindre.

Chaque week-end, j'éprouvais le bonheur de rentrer chez moi. L'ambulancier me portait jusqu'au premier étage, l'ascenseur s'étant révélé trop exigu. Je n'ai jamais ressenti de honte quand on a dû me porter pour franchir des escaliers. Ou quand Maurice ou ma fille Deborah poussaient ma chaise roulante. J'ai beaucoup d'amour-propre, mais il faut croire qu'il n'est pas placé à cet endroit. J'avais tellement souffert d'être cloîtrée dans ces chambres de cliniques et d'hôpitaux que mon besoin de bouger atténuait ma honte.

À la maison, la dépendance me paraissait plus acceptable qu'à l'hôpital. Maurice ou ma chère belle-mère, Alice, me nettoyaient. Combien de fois ai-je rêvé d'une douche, moi qui adore sentir l'eau couler sur mon corps ? Combien de fois ai-je rêvé d'un bon bain bien chaud dans lequel j'aurais pu m'endormir ? Il me faudrait attendre des années avant de pouvoir aménager ma salle de bains et de retrouver cette hygiène, mais aussi ce plaisir qui m'est quasiment indispensable. Avant l'attentat, j'étais un ouragan dans une maison. Je ne détestais pas les travaux ménagers, j'adorais cuisiner, ranger, trouver de nouvelles idées pour aménager l'appartement. Tout à coup, je devrais rester immobile, contempler ces pièces dans lesquelles je ne pouvais me déplacer qu'à grand-peine. Il m'a fallu du temps pour retrouver mon dynamisme, un rôle dans cette maison.

Dans mon lit médicalisé ou dans ma chaise roulante, j'ai fini par réaliser que j'étais toujours dans une situation d'infériorité par rapport aux autres. C'est tout bête mais je devais, en permanence, lever la tête, tendre le cou, regarder vers le haut pour parler, échanger avec tous ceux qui m'entouraient. J'ai mal supporté cette position humiliante. C'est pour cela que j'ai voulu sauter certaines étapes de la rééducation, que je me suis épuisée à la tâche pour remarcher. Je n'ai eu de cesse de redevenir une personne adulte, disposant de la plus grande indépendance possible.

Ceci dit, tous ceux qui prenaient soin de moi ont été d'une telle délicatesse, d'une telle attention à mon égard, d'une pudeur, d'une discrétion sans faille, que le poids de ces épreuves a été le moins pénible possible. Quand je repense aux heures passées par mamy Alice à me masser les talons et les pieds, quand je revois la douceur de ses regards compréhensifs, de ses sourires bienveillants, je pense à tous ceux qui, vivant la même épreuve, n'ont pas eu la chance de bénéficier d'un tel entourage. Malgré tout, la souffrance due à une immobilisation aussi brutale était inévitable.

La première fois que j'ai été placée dans une chaise roulante, j'ai pensé à Larry, mon cousin américain. Dans les années cinquante, Yaël, la plus jeune des sœurs de mon père, est partie vivre à New York où l'ONU l'avait embauchée. Yaël a eu un enfant, le jeune Larry qui, à l'âge de huit ans, a développé une maladie très rare, la dystonie musculaire, qui provoque un resserrement de la colonne vertébrale continu et irréversible et qui cause d'atroces souffrances, des spasmes de type Parkinson, d'où la nécessité de vivre dans une chaise roulante. À partir des années soixante, je suis fréquemment allée à New York visiter ma grand-mère et ma tante, et j'ai passé de longs moments avec Larry. J'étais émerveillée de tout ce qu'il faisait, malgré son handicap. Il partait, seul, dans la ville, assis dans sa chaise, se déplaçait à la seule force de ses bras. Il prenait le bus, franchissait les trottoirs. Il allait rendre visite à ses amis, suivait ses cours au Lycée français puis à la fac de droit, participait régulièrement aux réunions du Parti démocrate dont il était membre. Dans l'appartement, il avait sa salle de bains aménagée. Ma tante ne le prenait en charge que pour la cuisine.

La vie handicapée est un bien trop grand malheur pour qu'on y ajoute du mépris ou des obstacles matériels. New York est une ville aux trottoirs larges, relativement planes où, très souvent, nous nous promenions l'un à côté de l'autre ; je marchais, il roulait sans aucune aide. Pas de regards en biais, cela paraissait naturel à tout le monde. À chacune de nos promenades, nous croisions d'autres fauteuils en balade. Tous les deux ans, ma tante et son fils venaient nous voir à Paris. Je prenais du temps pour lui faire visiter cette ville qu'il aimait tant, on allait beaucoup sur les quais de la Seine, à l'assaut des bouquinistes. J'ai pris conscience dès cet instant que Paris n'était pas une ville pour handicapés. Il était inconcevable qu'il roule seul, il fallait que je le pousse pour pouvoir franchir tous les obstacles, passer les trottoirs rarement abaissés, et même quand un bateau de sortie de garage se présentait, une voiture, à tous les coups, en obstruait le passage. Quand j'ai voulu l'emmener au musée du Louvre, la plupart des salles nous ont été interdites, faute d'accessibilité.

En 1986, après les premières grosses opérations, j'ai éprouvé un désir frénétique d'aller partout dans Paris. J'ai vérifié, dans mon corps et dans ma chair, ce que j'avais découvert avec Larry. Ce à quoi je ne faisais pas assez attention quand j'étais parfaitement valide. On ne croise pas de handicapés, dans Paris, ou alors très rarement. Contrairement à New York ou même à Montréal où l'autre sœur de mon père, Betty, vit depuis des années. Ces deux villes sont faites pour tout le monde, gens normaux ou pas. Petits ou gros, nains, obèses, valides ou en chaise roulante, non seulement personne ne se retourne sur vous, quelle que soit votre apparence, mais surtout ces villes sont organisées pour les personnes handicapées. J'ai lu quelque part que le pianiste de jazz Michel Petrucciani, souffrant de la maladie des os de verre qui lui donnait l'apparence d'une personne naine, aimait se promener dans New York, avec sa petite taille et son corps difforme, en marcel et sandales grecques. Personne ne se retournait sur lui. À Paris, c'eût été une émeute.

Que font les Parisiens handicapés ? Restent-ils chez eux ? Sont-ils cloîtrés ? Notre regard hostile, l'absence d'installations accueillantes ajoutent à leur handicap le malheur de ne pouvoir circuler. Le mal est dans nos têtes. Il n'y a qu'à l'école que l'on peut commencer à combattre notre désir effréné de normalité. Quelle terreur se cache en nous pour que nous ayons à ce point peur de celui qui n'est pas en tous points conforme à nous ? Il est urgent que nous changions. J'espère que le jour où les jeunes handicapés seront massivement scolarisés, au milieu des autres, notre regard commencera à se modifier. Dès lors, le problème des infrastructures se réglera à une vitesse incomparable par rapport à nos très lents progrès actuels.

Sans doute ne me serais-je pas posé toutes ces questions si je ne m'étais pas retrouvée bloquée dans mon fauteuil. Mais je voulais me promener dans Paris, c'était mon désir le plus cher. D'abord au parc Monceau tout proche. Mais bien vite, j'ai eu envie d'autre chose que de ces promenades pour malades, j'ai eu envie de retrouver ma ville que, depuis des mois, j'avais abandonnée. J'aime Paris, le béton, les monuments, la circulation (enfin jusqu'à une certaine limite), j'aime cette ville, m'y promener, m'y perdre, flâner, lever la tête, ce que nous ne faisons pratiquement plus, laissant ce luxe aux touristes.

Les problèmes commencèrent avec les trottoirs. Souvent, ils décrivent une pente latérale, imperceptible pour le piéton mais terriblement déstabilisante pour qui est en train de mouvoir son poids ajouté à celui du fauteuil. Et les obstacles se multiplient dans des rues très souvent étroites : des plots et des piquets pour empêcher les voitures de mal se garer, par exemple. Même s'ils ont disparu depuis les années soixante-dix, encore qu'une mode rétro les réintroduise dans les centres-ville, les pavés sont une calamité pour une personne handicapée. Je n'ai cessé, les premières fois, de penser à Larry quand je ressentais, à travers les roues de mon fauteuil, les soubresauts dus à l'irrégularité du revêtement. Même quand le trottoir est abaissé, franchir le ou les centimètres de la petite dénivellation n'est pas une épreuve de tout repos. Et je ne parle pas des crottes de chiens, omniprésentes à Paris, qu'il faut savoir éviter.

Mon désir le plus cher, au printemps 86, c'était tout simplement d'aller faire mes courses. Cela peut paraître ridicule mais, pendant ces semaines d'hôpital, j'avais souvent pensé à ce moment, quand je pourrais me rendre dans un supermarché, parcourir les rayons, découvrir de nouveaux produits, des paquets avec de nouvelles formes, de nouvelles couleurs, choisir une marque de lessive, des gadgets inutiles, que sais-je encore ? J'avais tellement de retard, c'était comme si j'avais quitté la France pendant une année. J'ai observé ce phénomène quand je rentre de voyage : tout attire mon regard, de nouvelles publicités, des affiches pour de nouveaux films, de nouveaux concerts... Alors là, une année !

Il me semblait qu'aller dans un magasin était une bonne manière de me remettre dans le coup, d'être en prise directe avec la vie. Quand je travaillais pour ma boutique, Acta, je n'avais pas de temps pour les courses. Maurice, non plus. La plupart du temps, nous nous faisions livrer et je ne peux pas dire que fréquenter les hypermarchés m'était indispensable, loin de là. Là, c'était devenu mon désir le plus cher.

Un après-midi, après les soins, j'ai demandé à Maurice de me conduire près de la gare Montparnasse, au magasin Inno. J'étais folle de joie, comme une gamine. Ce n'était pas acheter qui comptait mais voir, respirer, regarder. Nous traversons Paris, Maurice trouve une place de parking, il déplie ma chaise roulante. Nous nous approchons de l'entrée du magasin et, là, nous tombons sur un escalator. Je n'avais pas réalisé que le supermarché était situé en sous-sol. Pour s'y rendre, il faut obligatoirement emprunter les escaliers roulants. Avec ma chaise renforcée d'une planche de bois à l'avant, c'est totalement exclu.

Avec Maurice, nous nous regardons, il a l'air sincèrement désolé, nous allons devoir rentrer. Chercher un autre supermarché ? Je n'abdique pas comme ça. Je sens la colère monter en moi, c'est bon signe. Il n'y a pas d'ascenseur ? Comment ça, pas d'ascenseur ? Je regarde Maurice plus intensément, il se demande ce que je vais encore inventer. Je l'ai souvent torturé avec mes idées saugrenues, mais quand je veux quelque chose, il en faut beaucoup pour que je renonce. Pas question d'aller ailleurs.

— Maurice, on va trouver le responsable.

Un jeune homme arrive, un peu gêné.

— Monsieur, je veux faire mes courses dans votre magasin.

Il ne sait que me répondre, s'incline un peu, regarde l'escalator pour évaluer si, par hasard, ma chaise roulante ne pourrait pas passer par là, en s'y prenant avec soin. Non, vraiment pas.

— Monsieur, si je comprends bien, vous n'avez pas d'ascenseur. Vous n'avez pas pensé au cas de personnes handicapées comme moi ?

Que voulez-vous répondre à cela ? Le responsable se tait.

— Et pourtant, je crois bien que vos marchandises n'arrivent pas par cet escalator. Il doit y avoir un autre accès.

Je m'acharne, il rougit.

— Oui, bien entendu, nous recevons les livraisons par le monte-charge.

— À défaut d'ascenseur, je m'en contenterai.

Il faut encore batailler. Cet appareil n'est pas prévu pour transporter des personnes, surtout pas des clients. Il pourrait y avoir un problème d'assurance.

— Et puis, j'ai bien peur que cela ne soit pas très propre, continue le responsable.

— Ça m'est égal.

Le responsable nous a accompagnés jusqu'au monte-charge effectivement peu ragoûtant. Je suis ravie d'avoir réussi à descendre jusqu'au premier sous-sol, à me faire admettre là où tout le monde allait, mais triste aussi d'avoir dû autant batailler pour cela.

J'ai compris ce jour-là que je devrais me battre pour aller là où je le désirais, pour franchir tous les obstacles de ces lieux pratiquement interdits aux personnes handicapées comme moi. Cette bataille des monte-charge, je l'ai menée tant de fois. Moi qui adore le cinéma, qui ai grandi dans les ciné-clubs, avec la nouvelle vague, époustouflée par *À bout de souffle* ou *Pierrot le fou*, j'avais le désir d'y retourner. J'ai traqué les salles accessibles, soit par ascenseurs, soit de plain-pied. L'Escurial dans le XIIIe arrondissement, deux salles sur les Champs, près de la galerie Point Show... Mon premier film, après l'attentat, fut cette merveille de Milos Forman, *Amadeus*, qui ravit autant mon goût du cinéma que celui de la musique de Mozart. J'ai aussi réussi à dénicher le monte-charge qui sert à livrer les toiles au Grand Palais, plutôt que d'avoir à franchir son grand escalier à double révolution. Salle Pleyel, où j'avais auparavant un abonnement, j'ai dû pister le chemin des instruments, à leur arrivée rue Daru, à l'arrière de la salle.

À chaque fois, cela surprenait tous ceux à qui je demandais ce privilège : pouvoir accéder à leur salle. Il fallait qu'ils aient bien peu de considération pour le genre humain, sinon ils se seraient précipités, ils auraient eu honte de n'avoir rien prévu, d'interdire leur salle à une catégorie de la population. Il fallait argumenter, se battre, combattre, négocier. Rien n'est facile dans la vie handicapée. Mais ceux qui vous comprennent, qui soulagent votre fardeau, sont des éclats de bonheur.

Lors d'un de ses séjours en France, j'ai emmené Larry à Menucourt rencontrer Anne, mon ergothérapeute. Elle a aménagé sa chaise parfaitement inconfortable, qui le blessait en permanence et lui provoquait des escarres. Elle lui a installé des coussins de mousse recouverts d'un jersey de coton antitranspiration. Lui qui n'avait que la peau sur les os mais qu'une folle énergie poussait à beaucoup se déplacer, il avait les avant-bras, les coudes et les mains irrités jusqu'au sang. Il faut dire que chez lui, la seule position qui soulageait la souffrance de son dos, c'était de vivre allongé par terre. Pour chaque déplacement, même de quelques centimètres, ses coudes et ses bras étaient aux avant-postes. Anne lui a confectionné des grips en cuir antitranspirants pour se protéger. C'est fou ce que cette attention m'a touchée.

Larry a aussi rencontré des kinésithérapeutes du centre qui n'ont pas compris pourquoi il ne se soumettait pas à des exercices en piscine, notamment la physiothérapie, qui aurait soulagé ses douleurs et repoussé l'échéance de la déformation de sa colonne. Jamais, en France, on ne l'aurait laissé sans soins, mais, aux États-Unis, le recours aux médicaments est censé être la réponse à tous les maux. Après la mort de ma tante, Larry a vécu seul quelques années. Mais le spectre d'une prochaine dépendance, son refus de rentrer dans une maison spécialisée, l'ont conduit à abréger ses souffrances. J'ai beaucoup pleuré mon cousin. J'ai compris que la vie handicapée ne connaissait aucun paradis, ni d'un côté de l'Atlantique, ni de l'autre.

La loi du silence

En 1985, Patrick Poivre d'Arvor ne présentait plus de journal télévisé. Cela a dû être assez rare durant les vingt dernières années. Mais comme ce boulimique ne peut rester sans rien faire, il animait sur la deuxième chaîne une émission de médiation, au service des particuliers. Une lectrice du *Figaro Magazine*, scandalisée par l'expression « plus de bruit que de mal », avait signalé mon cas à la rédaction de l'émission. Quand PPDA me téléphona pour me proposer de traiter l'affaire du « Grand Véfour », je n'y vis aucune objection, bien au contraire. Au téléphone, le présentateur m'assura qu'il se faisait fort de convaincre Jean Taittinger, le nouveau propriétaire du restaurant, de s'expliquer avec moi devant des caméras. J'étais sceptique, mais sa certitude m'ébranla quelque peu. Après tout, qui peut contrarier la volonté d'une star de la télé ?

Pendant l'été, Jacqueline Alexandre, une ancienne speakerine reconvertie dans le journalisme, vint m'interviewer à la maison. Je n'ai jamais revu ces images, ma première intervention à la télévision... Je ne sais de quoi mon visage avait l'air à l'écran, mais je sortais de plusieurs mois particulièrement éprouvants sur le plan médical.

Le péroné greffé qui devait servir de tibia à ma jambe gauche nécessitait un traitement énergique, afin qu'il se consolide. En février, Thierry Judet m'avait retiré les broches de fixation externe pour les remplacer par les fixateurs inventés par le grand orthopédiste soviétique, le docteur Gavril Abramovich Ilizarov : un système de fixation externe qui permet de corriger les graves malformations des os, voire même de les agrandir dans le cas de déficit osseux massif chez les enfants. L'appareil, très spectaculaire, se présentait sous la forme de cercles métalliques entourant la jambe, prolongés par un système de broches et de tiges télescopiques vissées dans le péroné gauche qui me servait désormais de tibia droit. Les cercles sont reliés entre eux et, par un jeu de vis que l'on resserre régulièrement, on imprime à l'os une tension progressive qui lui permet soit de grandir, soit de s'épaissir. J'avais trois cercles à la jambe gauche. Je passais ma vie avec de longues jupes très amples pour tenter de dissimuler ces instruments. En avril, l'une de ces broches s'était surinfectée, il avait fallu m'endormir et m'opérer à nouveau sous anesthésie générale.

J'avais compté. En dix-huit mois, j'en étais à trente et une anesthésies générales. Et pendant ce temps, pas un mot des Taittinger. Pas un message de sympathie. Pas un bouquet de fleurs. Je n'incrimine pas Raymond Oliver, le pauvre homme avait soixante-quinze ans, il était malade. Mais les Taittinger, cette famille champenoise dont j'aurais pensé qu'elle avait du savoir-vivre ? Je lisais pourtant plusieurs articles consacrés à leur empire. L'un d'entre eux vantait « l'art de vivre dans les étoiles » des Taittinger. Jean, le chef de famille, avait été député-maire de Reims pendant près de vingt ans et ministre de la Justice. Outre la production de champagne, il possédait un groupe d'hôtellerie-restauration qui comprenait quelques fleurons comme le Martinez à Cannes, le Plaza à Nice, le Grand Hôtel de Marseille, le Concorde-Lafayette et le Crillon à Paris. J'en oublie certainement. Le frère de Jean, Pierre-Christian, était vice-président du Sénat et maire du XVIe arrondissement de Paris.

Passe qu'ils n'aient pas eu l'élégance d'un geste, d'un message d'encouragement. Mais j'avais, depuis un an, tenté à plusieurs reprises d'entrer en contact avec eux. J'avais besoin de réponses précises sur les possibilités d'indemnisation. Même si mon mari gagnait très correctement sa vie, j'avais tout de même subi un important préjudice. J'avais dû démissionner de mon poste de PDG d'Acta et revendre mes parts. Je savais que je ne travaillerais plus, du moins pas avant des années, et plus jamais dans le commerce. Surtout, j'avais perdu toute indépendance. Nous devions employer quelqu'un pour s'occuper de moi, me laver, m'habiller, faire les courses, préparer les repas. J'étais totalement assistée. Chaque geste était devenu pour moi une épreuve. Et je ne parle pas de ma vie de couple malmenée, de ma fille privée de sa mère pendant des mois.

Je voulais connaître les clauses d'assurance du Grand Véfour afin de savoir quels étaient mes droits. La démarche était des plus banales. Il avait pourtant fallu que j'insiste. Pour toute réponse, j'avais reçu des courriers d'avocats, ce qui m'avait particulièrement choquée. Des avocats, parmi les plus fameux de la capitale, qui me faisaient la leçon sur le thème : pas de vagues. Restez tranquille, pas de scandale et tout se passera bien. « Nous vous indemniserons car nous sommes responsables. » Même si cette dernière affirmation me laissait un espoir, j'étais humiliée par ces injonctions, ce rappel aux règles imprescriptibles : on ne brise pas la loi du silence. Je n'étais plus victime, je me sentais coupable. De quoi ? De réclamer un dû, une réparation ? Si vous êtes gentille, vous aurez droit à une aumône. Pourquoi n'avaient-ils pas employé le talent fort grassement rémunéré de leurs hommes de loi pour tenter de faire avancer l'enquête sur l'attentat ? Après tout, n'avions-nous pas le même intérêt à connaître la vérité ? Pour faire pression sur le juge d'instruction, ils avaient certainement plus de moyens que moi dont l'horizon était borné par une chaise roulante et des lits médicalisés. N'étions-nous pas dans le même camp ? J'arrivais à en douter.

Le 28 novembre 1984, j'avais reçu un nouveau courrier, cette fois du directeur juridique du groupe Taittinger, qui me demandait d'évaluer les préjudices subis. Je lui fis parvenir les conclusions des expertises qui avaient établi une invalidité de plus de 85 %.

Pour toute réponse, un nouveau courrier m'avertit que, finalement, il n'y avait rien à espérer de ce côté-là. La Société lilloise d'assurances et de réassurances avait prévenu que « la bombe était placée à l'extérieur. Donc, il n'y a pas de faute ou présomption de faute de la part du restaurateur. Donc, sa responsabilité n'est pas engagée ». On m'avait pourtant certifié qu'une assurance antiterroriste avait été contractée, peu de temps avant l'attentat, ce qui n'avait d'ailleurs cessé de m'intriguer. Une modification du contrat d'assurance, juste avant qu'une bombe soit posée devant le restaurant... Cela ne pouvait qu'alimenter mes interrogations. Pour le reste, je ne devais compter sur rien. La clause antiterroriste de l'assurance ne concernait, une fois encore, que les biens matériels.

J'avais donc écrit à nouveau à Jean et à Pierre-Christian Taittinger en des termes francs et directs : « Traitez-moi comme votre outil de travail, ni plus ni moins. Remettez-moi en état. » Le second Taittinger, toujours dans la carrière politique, avait trouvé habile de m'envoyer un courrier. Enfin ! « Chère madame. J'ai été très sensible à votre lettre et tiens à vous dire toute ma sympathie dans l'affreuse épreuve que vous avez subie. C'est à la suite de l'attentat que notre société s'est intéressée au Grand Véfour. Bien volontiers, j'ai transmis votre courrier à mon frère, Jean Taittinger, président de la chaîne Concorde et du Grand Véfour... »

Le grand frère, ayant quitté la carrière politique, ne s'était sans doute pas senti tenu de me manifester ce témoignage de courtoisie minimum. J'avais tout de même attendu un an et demi pour recevoir la première marque d'attention d'un membre de la famille Taittinger. Ce faisant, ces quelques lignes protocolaires ne firent qu'accentuer mon trouble. Cet ancien président du conseil municipal de Paris voulait-il dire par là que l'attentat avait permis à sa famille de flairer une bonne affaire ?

Cette phrase m'intriguait : quiconque connaît un peu le monde de la grande restauration ne peut croire un instant que l'idée d'acquérir le Grand Véfour leur était venue entre Noël et le jour de l'An, grâce à la bombe. On n'achète pas une telle maison en deux semaines. Des confidences du personnel du restaurant m'ont convaincue qu'il s'agit là au mieux d'une erreur, au pire d'un mensonge. La vente du Grand Véfour a été réalisée le 5 janvier 1984 dans un cabinet d'affaires de l'avenue de Friedland. En réalité, les premières réunions avec des banquiers champenois s'étaient déroulées pendant l'été 1983, six mois avant l'attentat. L'un des dirigeants de la société du Louvre, propriétaire des établissements de la famille Taittinger, avait dîné au Grand Véfour la veille de l'attentat pour constater par lui-même l'état de la maison. Depuis des semaines, tous les proches du restaurant, dont le directeur du théâtre du Palais-Royal voisin, étaient au courant de l'imminence d'une transaction.

Pourquoi, dès lors, m'avoir fait croire le contraire ? Pourquoi ne pas m'avoir tout de suite renvoyée vers l'ancien propriétaire, Raymond Oliver, en arguant, après tout à bon droit, que les Taittinger n'étaient pas propriétaires au moment des faits ? Pourquoi s'être sentis responsables, m'avoir fait transmettre des promesses pour ensuite ne pas les tenir ?

Quelques jours avant l'attentat du Grand Véfour, un autre restaurant, L'Orée du Bois, avait été lui aussi victime d'une bombe. On s'était demandé s'il ne s'agissait pas d'une affaire crapuleuse. Conjugué aux atermoiements des propriétaires du Grand Véfour, tout cela avait fini par me convaincre que l'origine de l'explosion du Palais-Royal n'était pas claire. Je n'osais aller plus loin, avancer des idées de racket, de prime à l'assurance. Je gardais mes doutes pour moi mais j'étais atrocement choquée. J'avais dû prendre un avocat, puis un deuxième, pour tenter d'avancer dans ces démarches. Un juge, Yves Corneloup, était pourtant chargé d'instruire l'enquête judiciaire sur l'attentat du Grand Véfour. À quelques questions simples, comme la date de la transaction ou celle de la modification du contrat d'assurances, il ne m'a jamais apporté la moindre réponse. Il aura fallu que j'enquête par moi-même pour lever mes doutes.

Tout cela, je l'expliquai devant la caméra de Jacqueline Alexandre, assise dans ma chaise roulante placée le plus discrètement possible derrière une table. Mon affaire fut diffusée à l'antenne entre celle de deux sœurs agricultrices dans l'Isère menacées d'expropriation, et celle d'un particulier qui s'opposait à l'administration française à propos de la démolition d'un blockhaus de la dernière guerre dans son jardin. Les journalistes d'*À nous 2* ne se contentaient pas d'enregistrer les plaintes les plus diverses. Ils enquêtaient, rapprochaient les points de vue des protagonistes, et un service juridique apportait son éclairage sur les différents litiges.

Patrick Poivre d'Arvor s'était fait fort d'imposer à Jean Taittinger ou à un membre de la famille de venir s'expliquer sur son plateau, mieux, de nous mettre en présence. Il n'obtint pas plus de succès que moi dans cette entreprise, ce qui me déçut mais ne me surprit guère. Ses journalistes avaient réussi à contacter le directeur juridique du groupe qui déclina toute responsabilité, avouant tout de même que cette affaire était « assez moche ». Pas assez, en tout cas, pour causer un cas de conscience aux Taittinger. Les responsables de l'assurance m'avaient suggéré, par l'intermédiaire d'Antenne 2, de me retourner vers l'État qui n'avait pas assuré son devoir de maintien de l'ordre. Pourtant, le conseiller juridique de l'émission avait exhumé un article de loi selon lequel « un restaurateur est tenu de restituer ses clients debout quand ils sont entrés chez lui debout ». Selon lui, cet article avait donné lieu à cinquante cas de jurisprudence.

Les journalistes d'Antenne 2 avaient téléphoné six fois au directeur juridique pour lui faire part de cette découverte. À chaque fois, il était occupé, sorti, en réunion ou je ne sais quoi. La septième fois, la secrétaire du directeur avait été autorisée à lire au journaliste une déclaration brève et solennelle : « Il a été décidé en conseil d'administration qu'on ne vous répondrait pas. »

Patrick Poivre d'Arvor avait alors proposé à Jean Taittinger de visionner l'enregistrement de mes propos et d'y réagir. Demande très officielle qui s'était heurtée au silence le plus absolu. Par l'intermédiaire de relations communes, il avait à nouveau proposé une rencontre. Pas de réaction. Les responsables d'*À nous 2* avaient alors expédié une lettre recommandée au siège du groupe Taittinger. Silence radio. Même mutisme après la visite d'un huissier.

Pendant l'enregistrement de l'émission, j'interpellai les Taittinger : « Je vous demande de m'indemniser de la même façon que vous avez traité votre restaurant. Vous avez, en dix-huit jours, effectué des travaux somptueux qui vous permettent, au dire de tout le monde, d'avoir aujourd'hui le plus beau restaurant au monde.

Et moi, dix-huit mois après, je suis dans une chaise roulante et vous refusez de me répondre. »

Je ne déteste rien tant que me battre contre le silence et la lâcheté. Plus le temps passait, plus ma colère montait. Cela dépassait largement mon cas personnel. Je pensais souvent aux autres victimes d'attentats, aux parents de personnes décédées, aux blessés, à toutes celles et à tous ceux que je ne connaissais pas mais dont je me sentais de plus en plus proche. Comment faisaient-ils pour obtenir une vérité, tellement importante pour entamer leur deuil ? Et ceux qui n'avaient pas les moyens financiers de vivre sans travailler... comment s'y prenaient-ils pour se soigner ? Quelle réparation, quelles indemnités ? Et ceux qui n'avaient pas suivi d'études de droit, comment s'y retrouvaient-ils dans ce maquis administratif ? Je savais que j'étais culturellement et socialement privilégiée. J'avais accès aux médias. Après l'émission d'Antenne 2, plusieurs journaux s'étaient fait l'écho de l'attitude des dirigeants du restaurant. *Le Canard Enchaîné* avait même titré un article : « Le Grand Vautour ». Si, malgré tous ces appuis, je n'arrivais qu'à me heurter à un mur indestructible, comment faisaient les autres ?

Je pensais aux victimes de l'attentat du drugstore Saint-Germain, en 1974, attribué à Carlos, qui voulait aider des camarades en pleine prise d'otages aux Pays-Bas. Je suis abonnée au *Monde* depuis la fin des années soixante. Je me souviens d'avoir lu des articles sur cette affaire. Le terrorisme ? J'en avais, comme tout le monde, une vision abstraite. Je pensais à l'action, aux motivations, au dilemme : permettre au commando preneur d'otages de s'enfuir ou non. Je voyais le point de vue des gouvernants, les implications diplomatiques, juridiques, géopolitiques. Mais les victimes, y avais-je jamais vraiment songé ? Y en avait-il eu ? Combien ? Et le groupe Publicis ? Qu'avait-il fait pour elles ? La grenade visait l'établissement, pas des personnes précisément. Elles avaient été blessées parce qu'elles étaient clientes du drugstore. Publicis leur devait bien une réparation, n'est-ce pas ? Tout cela agitait mon esprit. Et, rue des Rosiers, ce commando qui avait mitraillé le restaurant juif Goldenberg où mes parents allaient se servir, certains dimanches ? Et la rue Copernic ? Et la rue Marbeuf ? On aurait été au temps d'Internet, j'aurais passé mes journées à chercher des archives, des articles de presse pour tout savoir de ces attentats et de leurs conséquences.

C'est pendant ces semaines que S.O.S. Attentats est née. À cause de cette colère, de ce sentiment qu'une injustice fondamentale régissait notre société, que le bien matériel était supérieur à la vie humaine, que les victimes gênaient, qu'à la limite on les préférait mortes que vivantes, en tout cas muettes plutôt que revendiquant la parole et la réparation.

Je partageais mon temps entre les séjours à l'hôpital, les rechutes dans la reconstruction de ma jambe gauche et les échanges de courriers, les coups de téléphone sans réponse pour démêler cette affaire d'indemnisation. J'ai alors reçu un courrier de la Caisse régionale d'assurance-maladie de l'Île-de-France. Celle-ci m'annonçait le versement d'une pension mais, en même temps, elle m'avertissait que cette indemnité serait diminuée des sommes correspondant aux soins engagés sur ma personne depuis le 23 décembre 1983. La créance des organismes sociaux était estimée entre 2 et 3 millions de francs, montant qui correspondait à un an d'hôpital, sept semaines de réanimation, trente-deux anesthésies générales... Autant dire que je ne toucherais aucune pension.

Plusieurs journaux se firent l'écho, dans des termes peu amènes, de cette dette réclamée par la Sécurité sociale. Celle-ci, en date du 1er décembre, c'est-à-dire avec une célérité peu commune pour une administration française, m'écrivit à nouveau pour m'expliquer que je n'avais rien compris à la démarche entreprise. Derrière un langage savant que mes études de droit ne m'avaient pas permis d'intégralement déchiffrer, il ressortait que je n'avais plus rien à payer. C'était une erreur, disaient les responsables de la Sécu, une mauvaise interprétation de ma part, leur réclamation n'était que de pure forme. Mais le courrier de la direction générale faisait allusion, par deux fois, aux articles de presse parus sur cette affaire. Je n'avais peut-être rien compris mais, si la presse n'avait pas été alertée, je doute que la Sécurité sociale aurait renoncé aussi rapidement à sa créance. Qu'en était-il de ceux qui ne pouvaient faire entendre leur voix dans les journaux ?

Je commençais à trouver que cela faisait beaucoup : pas de pension ; une indemnité qui, selon la loi Badinter, ne pourrait excéder dans les textes 250 000 francs mais qui, dans les faits, s'élevait à 60 000 francs et ne me serait pas versée avant plusieurs années, pas avant que toutes les autres voies de recours n'aient été épuisées. Je réfléchissais, j'interrogeais autour de moi, ma famille à New York, ma tante au Canada... Si j'avais été victime d'un accident de la route, mon affaire aurait déjà été quasiment réglée. Il n'y avait qu'en France que les victimes d'attentats étaient moins bien traitées que les autres. Il y avait forcément quelque chose à faire.

L'association

Il est plus de six heures du soir ce samedi 7 décembre 1985, mais aux Galeries Lafayette, c'est encore la cohue. Claudie Ragy est venue avec son mari acheter un service de table pour le mariage de leur fils aîné. Marie-Jo Bouvot travaille exceptionnellement, la direction ayant mobilisé plus de personnel en prévision des premières courses de Noël. Marie-Valentine Perrot fait des études, qu'elle finance grâce à des petits boulots. Marie-Jo Grandjean, elle, a l'habitude de travailler jour et nuit. Veuve depuis quelque temps, elle a trois enfants à la maison ; ils sont déjà grands mais, tout de même, il faut bien faire vivre la famille. La journée, comme l'autre Marie-Jo et Marie-Valentine, elle travaille au sous-sol des Galeries, au service « arts de la table ». Le soir elle file, aussi vite qu'elle peut, pour prendre son emploi de vestiaire à l'Opéra-Comique.

Le samedi 7 décembre 1985, Marie-Jo Grandjean n'a pas assuré son service à l'Opéra-Comique. Une puissante charge de C4 a explosé au sous-sol des Galeries Lafayette. Presque en même temps, une autre bombe de même nature a provoqué le même carnage au sous-sol du Printemps. Claudie, Marie-Valentine, les deux Marie-Jo et tant d'autres ont été brûlés au visage, aux bras, aux mains, aux jambes... En tout, ils seront cinquante blessés.

Ce jour-là, j'apprends la nouvelle en allumant mon poste de télévision pour regarder le journal de vingt heures. Je ne sais pas encore que ce double attentat est une répétition, le point de départ d'une campagne terroriste de très grande ampleur qui va frapper Paris pendant dix mois. Je ne sais pas encore que Claudie, Marie-Valentine, les deux Marie-Jo vont bientôt rejoindre le combat de S.O.S. Attentats, qu'elles seront des complices, des militantes dévouées. Je ne sais rien d'elles mais, avant même qu'elles m'aient contactée, j'ai l'impression de les connaître.

En entendant les premières informations rassemblées par les journalistes, en voyant ces images de fumée, de gravats, de brancards, de blessés transportés, en entendant ces sirènes hurlantes, ces cris de terreur, je reçois un coup dans la poitrine. J'ai les mains moites ; des bouffées de chaleur et une angoisse m'envahissent. C'est la première fois, depuis le 23 décembre 1983, que je vis un attentat « en direct ». Toutes les autres actions terroristes ont échappé à mon attention, accaparée par mes soins ou ma rééducation.

Cette fois, tout me rapproche des victimes. La période de l'année est comparable à celle de l'attentat du Grand Véfour. Les grands magasins et un restaurant de luxe m'apparaissent des cibles analogues. Je pense aussitôt à la douleur que ressentent les grands brûlés. C'est la plus intolérable qui soit.

Depuis le début de l'automne et mes démêlés avec les Taittinger, j'ai décidé de créer une association de défense des victimes du terrorisme. J'en ai beaucoup parlé avec Maurice qui m'a soutenue dans ce projet. Je me souviens aussi d'une conversation, dans ma chambre de l'hôpital Tenon. Thierry Judet m'avait retiré les trois grands cercles d'acier qui entouraient ma jambe gauche pour les remplacer par un plâtre. Il était temps, maintenant, de retirer cette coque qui enserrait et protégeait ma jambe. J'étais ravie et effrayée à la fois, persuadée que cette jambe miraculée ne pourrait se passer de la solide armature qui l'entourait depuis le printemps. Trop tôt, trop faible, trop fragile. Je me sentais comme un homard qui perd sa carapace le temps d'une mue.

Depuis quelques minutes, je serinais l'infirmier chargé de manipuler ma jambe.

— Faites attention, je n'ai plus de tibia...

— Je sais, madame.

— Mais on vous a prévenu ? Le péroné qu'on m'a transplanté est très fin.

— Mais oui, madame.

L'infirmier prenait mes supplications avec philosophie. Trop peut-être. Il devait entendre tellement de personnes douillettes se plaindre chaque jour... C'était bien ma chance.

— Cela ne fait qu'un an, continuai-je. Enfin un peu plus d'un an. Mais l'os n'a pas eu le temps de se consolider, j'en suis persuadée.

— Rassurez-vous, madame. Tout ira bien.

— Oui, mais faites vraiment attention.

Il n'était pourtant pas question pour l'instant de poser cette jambe gauche à terre, juste de la débarrasser du plâtre qui devait être remplacé par une coque de résine amovible. Avec précaution, comme je l'en avais supplié, l'infirmier tenait ma jambe en équilibre entre ses deux mains. Chacun de ses gestes était infiniment lent. Il commença à découper le plâtre avec des ciseaux spéciaux. Quand il eut terminé sa découpe, ma nervosité s'était encore accentuée. Il prit les deux morceaux disjoints du plâtre et commença à les écarter en forçant un peu. Cet effort suffit pour provoquer un infime mouvement. J'entendis un petit « clac », un bruit sec, presque imperceptible, comme lorsqu'on brise une allumette. L'infirmier n'avait rien entendu mais, lorsqu'il me regarda, il comprit.

— Madame, ça ne va pas ?

Pendant quelques secondes, j'eus du mal à lui répondre.

— Vous avez mal ? Que se passe-t-il ?

Mal, non. Je ne sentais rien. Malgré la transplantation d'un nerf dix-huit mois plus tôt, pour me redonner un peu de sensibilité au pied, je ne sentais presque rien. Mais je savais que mon péroné avait cassé. Je me sentais oppressée. L'infirmier comprit aussitôt et réclama de l'aide.

Je ne sais s'il avait commis une erreur, sans doute aurait-il dû découper davantage mon plâtre afin de le retirer sans trop forcer. Mon chirurgien m'assura que l'incident n'était révélateur que d'une chose : il fallait encore patienter, l'os n'était pas assez consolidé. La transplantation du péroné était le point crucial de la reconstruction que Thierry Judet avait accepté de tenter : il fallait que ce petit os devienne presque aussi solide qu'un tibia afin que je puisse poser le pied par terre.

Patienter. Toujours patienter. Recommencer les exercices, la rééducation. Ce genre de régression a été tellement fréquent dans mon parcours. À chaque fois que l'on espérait un progrès, c'était un retour en arrière. Il fallait repasser par les étapes de rééducation déjà franchies. C'en devenait désespérant. Chaque impondérable se traduisait, au minimum, par six mois de perdus. À un moment, je n'en pouvais plus.

J'étais donc affublée de mon nouveau plâtre. Il y avait autour de moi Maurice, sa mère, Alice, et mon frère, William. Je ne sais plus comment la conversation s'est engagée mais j'ai commencé à expliquer à mon frère et ma belle-mère mon intention de créer une association, de ne pas m'en tenir à mon cas individuel mais de tenter de fédérer tous ceux, toutes celles qui connaissaient une situation similaire, et que j'imaginais plus grave que la mienne. De ce point de vue, je ne serais pas déçue. Je voulais faire changer la loi, obtenir des indemnisations plus conséquentes et surtout plus rapides. Je me souviens de l'enthousiasme de mon frère. Je le regardais surprise, enchantée de sa réaction.

— Tu vois, là, tu entres dans le domaine de la santé publique.

Dans sa bouche, c'était le plus beau compliment. La santé publique, c'est la passion de mon frère. Il aurait pu faire une brillante carrière de clinicien. Il a découvert l'épidémiologie au cours de ses deux années de coopération au Canada. Il a continué en France, développant ce secteur dans des directions nouvelles et inédites, contribuant à faire rattraper en partie le retard accumulé sur nos voisins européens. Il a particulièrement travaillé sur les conséquences de la pollution sur les populations urbaines.

— Tu vas poser le problème de l'impact des attentats dans la société. C'est essentiel.

Je me demande si ses encouragements n'étaient pas aussi dus à sa grande peur que je me focalise, toute ma vie, sur l'horrible malheur qui m'était arrivé, sur l'incroyable mépris des propriétaires du restaurant, et que je finisse par ressasser et par m'aigrir. Il fallait que je dépasse mon propre cas, mon frère avait raison.

Maurice et Alice écoutaient, approuvant la démarche. Alice est une personne formidable, d'une énergie fantastique, qui cherche toujours à prendre en charge le sort des autres. Créer une association pour améliorer la vie des victimes d'attentats, elle ne pouvait qu'y souscrire.

— Et vous savez, ajoutai-je, quand nous aurons gagné sur les indemnités financières, on continuera l'association pour s'occuper du moral des victimes.

J'avais utilisé le « on » sans douter que les miens, mon mari, mon frère, ma belle-mère, ma fille plus tard, me soutiendraient dans ce combat.

Dès les premières semaines de l'automne 1985, les appels lancés dans la presse rencontrèrent un écho. Le téléphone commença à sonner. Des victimes d'attentats passés me contactaient, me racontaient leur histoire, la souffrance, l'absence de réparations et me proposaient leur aide. À chaque fois, je vérifiais ce que j'avais pressenti. Chaque cas, pratiquement, prouvait que l'absence de protection des victimes d'attentats était un pur scandale.

Roland Perriollat, par exemple. Le 31 décembre 1983, quand j'étais moi-même entre la vie et la mort à la Pitié, ce quinquagénaire a été victime avec d'autres (cinq morts, cinquante blessés) de l'attentat de la gare Saint-Charles à Marseille. Son bras arraché, sa jambe très mal en point. Il a passé quatorze mois à l'hôpital. Greffes osseuses et cutanées. Complications cardiaques. Dépression nerveuse. Sa femme est désespérée. Son fils s'accuse d'avoir ruiné la vie de son père. Quand la bombe a explosé, Roland Perriollat venait le chercher à la gare pour passer le réveillon de fin d'année.

Fin 1985, cela fait bientôt deux ans que l'attentat s'est produit. Roland Perriollat touche 1 500 francs par mois de son employeur mais cet apport prend fin dans les semaines qui viennent. Étant donné que, le jour de l'attentat, il ne disposait pas d'un ticket de train mais seulement de quai, la SNCF assure qu'elle ne peut rien pour lui. La société de chemins de fer n'a eu qu'un seul geste, une boîte de chocolats qui a eu le don d'humilier les Perriollat. Comme indemnisation, l'État lui a promis 20 000 francs, à titre provisoire, avant que ses blessures ne soient consolidées. Mais il faut attendre pour toucher cette maigre somme. Attendre, toujours attendre. Devoir se battre, réclamer, buter sur l'hostilité.

Roland Perriollat n'en peut plus de ne pas travailler, de se sentir inutile, handicapé. Il a demandé à bénéficier d'un emploi adapté, à mi-temps. Son employeur avait accepté mais la direction des Affaires sanitaires et sociales des Bouches-du-Rhône a refusé qu'il reprenne son travail. Ou alors, il perdait tous ses droits sociaux, il se plaçait en dehors de la loi. Roland Perriollat déprime, se sent coupable de ne pas retrouver son entrain d'avant, de gâcher la vie des siens. Les angoisses, la dépression, les cauchemars sont devenus le lot commun de toute la famille. Faute d'avoir été entendus et raisonnablement indemnisés, le mari et la femme ont l'impression d'embêter tout le monde avec leur histoire.

Ils me téléphonent, montent à Paris pour me rencontrer. Je me souviens de sourires timides quand je leur ai parlé de tout ce que nous allions faire ensemble. L'espoir ne pouvait être franc et massif, ils en avaient tellement vu, tellement enduré. Deux années à se battre seuls, dans l'indifférence générale. Comme s'il était fautif, coupable de s'être trouvé là où une bombe explosait.

Les Perriollat ont accompagné S.O.S. Attentats autant qu'ils l'ont pu. Roland a fini par être indemnisé correctement. Il y a quelques années, il a mis fin à ses jours. Les dégâts physiques et psychologiques causés par l'explosion lui étaient sans doute insupportables ; une indemnisation juste et rapide n'aurait peut-être rien changé à l'affaire. Mais je suis persuadée que ces années d'incompréhension, d'humiliation, ont été pour lui d'une souffrance extrême, aggravant le choc initial. Pour Roland Perriollat, le combat, les victoires de S.O.S. Attentats sont arrivés trop tard.

Le moral d'Isabelle Pabion n'avait en rien été entamé par l'attentat dont elle avait été victime, dans un hall d'Orly-Sud, pendant l'été 1983. Quelques mois plus tard, elle avait même assisté au procès des terroristes arméniens de l'Asala, et affronté sans difficultés le regard du chef du commando, Varoujian Garbidjian. C'est le corps d'Isabelle Pabion qui était en lambeaux, brûlé à 70 %. En trois ans, elle en avait passé des épreuves : les épouvantables bains d'eau de Javel, la peau morte qu'on épluche ; les greffes cutanées ; les opérations des oreilles ; les mois de cure pour simplement réapprendre à marcher, à étendre ses bras.

Pour retrouver figure humaine, les grands brûlés doivent porter pendant au moins deux années des vêtements compressifs, sortes de combinaisons de plongée, qui appuient fortement sur la peau de façon à aplatir les callosités, les boursouflures de l'épiderme, les bourrelets rouges, permettant ainsi aux tissus de se régénérer. Chacun de ces vêtements coûtait à l'époque 5 000 francs, et les gants pour les soins, 1 900 francs. Deux ans et demi après l'attentat, elle devait toujours se passer des crèmes totalement indispensables pour effacer les séquelles des brûlures, crèmes considérées comme des produits de luxe, et par conséquent non remboursées. Chaque mois, cela lui revenait à plus de 1 000 francs. Elle n'avait pourtant touché que 15 000 francs d'indemnisation. Et la Sécurité sociale lui réclamait 350 000 francs pour les frais d'hospitalisation.

À chaque récit, j'étais consternée, révoltée. Je me disais qu'il fallait faire preuve d'un courage exceptionnel, s'entourer des avocats les plus brillants, pour ne pas sombrer corps et biens dans cet infernal parcours du combattant. Isabelle Pabion n'avait pas lâché prise, question de caractère. Au contraire, elle me parlait d'autres victimes, encore plus détruites qu'elle.

Le 15 juillet 1983, à Orly, comme Isabelle Pabion, Éliane Carmé, une jeune Toulousaine d'une trentaine d'années, a été victime de la bombe de l'Asala. En plus des brûlures qui couvraient les trois quarts de son corps, elle a été quasiment paralysée par la rupture de son nerf sciatique. Ses tympans ont été détruits. Son compagnon l'a quittée. Elle ne travaillait plus. Elle était angoissée, solitaire, dépressive. Avant de rejoindre l'association, Éliane Carmé s'était pourtant battue. Elle avait pris un avocat, s'était retournée contre Aéroports de Paris qui s'affirmaient dégagés de toute responsabilité puisque l'attentat s'était produit à l'intérieur de l'aéroport. Et Turkish Airlines ? Manque de chance, Éliane n'avait pas encore été enregistrée quand la bombe avait éclaté. Aucune indemnité à attendre de ce côté. Et l'État ? Pendant vingt mois, elle n'avait reçu aucune nouvelle. Apprenant son existence grâce à son avocat, elle s'adressa à la commission d'indemnisation des victimes qui lui alloua une provision de 15 000 francs. Quelle misère !

En 1983, Robert Badinter a décidé de réformer la loi de 1977 sur l'indemnisation des victimes d'agressions en créant auprès de chaque tribunal de grande instance une commission d'indemnisation des victimes. Mais on ne pouvait s'adresser à cette commission qu'en dernier recours, quand toutes les autres possibilités d'indemnisation avaient échoué. Le passage devant la commission, les expertises, les délais pour voir évoluer les blessures, tout cela prenait des années. Et pour finir, le plafond était fixé à 250 000 francs. Cela peut paraître une somme importante pour l'époque ; en fait, c'était absolument dérisoire. De plus, pour toucher cet argent, il aurait fallu être devenu totalement impotent. Jamais la commission n'avait accordé d'indemnisations dépassant 60 000 francs.

J'avais calculé que, dans mon cas, cela aurait représenté 400 francs par mois. Comment aurais-je pu vivre avec cette somme si je n'avais pas eu la chance d'avoir un mari qui reprenne son travail après l'attentat ? Si j'avais été seule ? 400 francs par mois ! Par contre, si j'avais été victime non pas d'un attentat mais d'un accident de la route, vu mes 85 % d'invalidité permanente, mon âge, les activités professionnelles que j'avais dû abandonner, j'aurais reçu entre 2 et 4 millions de francs. Comment était-il possible qu'en France, au XXe siècle, les victimes d'attentats ou même d'agressions soient plus mal traitées que celles qui avaient été blessées dans un accident de la route ?

Comme l'avocat d'Éliane Carmé, Me Roland Bembaron, était bagarreur et pas seulement intéressé par ses honoraires, il ne s'était pas contenté des maigres sommes que, en son incommensurable générosité, le tribunal avait allouées à sa cliente. Puisque les trois Arméniens auteurs de l'attentat n'étaient pas solvables, l'avocat s'était retourné vers le ministère de l'Intérieur qui disposait d'un fonds spécial. Rien à faire de ce côté-là. L'avocat avait alors déposé un référé, en s'appuyant sur l'article 92 de la loi du 7 janvier 1983 qui stipule que l'État est responsable de la sécurité des citoyens en cas de rassemblements et d'attroupements. L'argument était d'autant plus motivé que Garbidjian et ses complices étaient surveillés depuis un bon moment par les forces de police, et que cette filature avait été abandonnée juste avant l'attentat pour cause de 14-Juillet. Les policiers connaissaient si bien les terroristes qu'ils les avaient arrêtés quelques heures seulement après l'explosion, ce qui, dans les affaires de terrorisme, est rarissime.

Débouté de son référé malgré la jurisprudence, l'avocat continua le combat. Bien d'autres auraient abandonné depuis longtemps. Relançant sans cesse le ministère de l'Intérieur, il réussit à arracher 75 000 francs pour sa cliente, à titre exceptionnel. Cela prouvait bien qu'il fallait harceler les autorités pour espérer un petit quelque chose.

J'en étais de plus en plus persuadée : il fallait changer la loi et les habitudes. Obliger les établissements publics (une gare ou un aéroport par exemple) à contracter des assurances qui s'appliquent non seulement aux biens matériels mais aussi aux dommages corporels. Relever ce plafond de 250 000 francs, tellement ridicule, et même abolir toute limite. Revoir toute cette procédure tellement longue. Il fallait que la victime n'ait plus besoin de quémander, d'arracher mais qu'elle reçoive un dû. Il y avait tellement de choses à faire...

J'avais à cette époque un grand agenda rouge vif. J'y notais les heures des premières réunions mais aussi les rendez-vous quotidiens avec l'infirmière et le kinésithérapeute. Les matinées étaient souvent consacrées aux soins. L'infirmière nettoyait chaque jour les fixateurs externes qui s'infectaient régulièrement et me causaient de fortes fièvres. Il fallait aussi continuer les massages contre les escarres causées par le frottement des draps. Toutes les huit heures, on me faisait une piqûre contre la phlébite. Le kiné, lui, passait deux heures à me faire travailler. Il remusclait ma jambe droite par des exercices épuisants : par exemple, il comprimait mon quadriceps et je devais m'opposer à cette poussée en le contractant le plus possible. J'habitais au premier étage. L'escalier était notre terrain privilégié d'exercice. Avec son aide, et celle des béquilles pour que mon pied gauche ne repose pas par terre, il me fallait franchir plusieurs marches sur la seule jambe droite. Combien de montées et de descentes avons-nous totalisées ?

L'après-midi, avec Maurice quand il ne travaillait pas et les premières victimes qui nous avaient rejoints, nous nous rassemblions autour de la grande table ronde en verre de la salle à manger. Nous répondions aux lettres, nous rédigions des dizaines de courriers adressés à toutes sortes de personnalités. Les premières fois, malgré toute l'habileté de Maurice dans l'exercice de l'écriture, nous avons déchiré de nombreux brouillons avant de nous mettre d'accord sur un texte type tapé à la machine à écrire et qui commençait par ces mots : « Sachant votre sens de l'équité, je me permets de m'adresser à vous... » J'exposais mes démêlés avec les Taittinger avant d'élargir le problème à « la façon dont la société s'organise face au terrorisme ».

Pendant tout le mois de novembre, nous n'avons pas reçu une seule réponse. Un journaliste m'a rapporté que dans les milieux politiques, on considérait le terrorisme comme un phénomène marginal, éphémère, qui ne méritait d'être traité qu'au cas par cas, et sûrement pas dans un cadre législatif global. Un peu plus tard, quand je commencerai à rencontrer directement des hommes politiques, certains auront le front de m'expliquer que le terrorisme était une donnée dépassée dont nous vivions les derniers développements. Quelle cécité !

Deux jours avant les attentats de décembre dans les grands magasins, nous avions expédié un courrier à Jean-Claude Colliard, directeur de cabinet de François Mitterrand, que Maurice avait eu comme chargé de travaux dirigés à la fac. Il fallut le relancer un mois plus tard et, cette fois, nous recevions une réponse ; pas un rendez-vous comme je le souhaitais, mais l'assurance que ce haut responsable de l'Élysée avait alerté le ministère de la Justice sur « la manière dont il était possible d'envisager ce dossier » et qu'il ne tarderait pas à nous tenir au courant des réponses qui lui seraient faites. J'apprendrai rapidement que c'était la formule habituelle du grand commis d'État qui fait étudier la question par ses services avant de se prononcer. De toute façon, cette fois, l'actualité, malheureusement, allait se charger d'accélérer le mouvement, de bousculer tous ces cabinets ministériels qui étudiaient sans fin l'absence de solutions.

Le samedi 7 décembre, plusieurs journalistes me téléphonèrent. Ils voulaient connaître ma réaction au double attentat des grands magasins. Le ballet commença le soir même, il ne s'interrompit pour ainsi dire pas. Dès le lundi, ces enregistrements passaient sur TF1, FR3. Jean-Pierre Elkabbach m'invitait dans son émission du soir, sur Europe 1, *Découvertes*. Et ainsi de suite... Après chacune de ces interventions, de nouvelles victimes qui m'avaient entendue voulaient rejoindre le combat. Des blessés, des survivants d'attentats très anciens, des victimes de la double bombe des grands magasins.

Le mari de Marie-Jo Bouvot me contacta très vite. Sa femme était toute proche de la bombe placée sous une table. Un morceau de bois projeté lui avait transpercé un pied. Un spot s'était détaché du plafond et lui avait enflammé les cheveux et brûlé le visage. Elle avait tenté de se protéger avec ses mains qui avaient été touchées, elles aussi. Marie-Jo qui était esthéticienne avant d'être démonstratrice en art de la table, Marie-Jo tellement coquette, attachée à la beauté de son corps, comment accepterait-elle de vivre avec une peau parcheminée ?

Son cas était si grave qu'après un début de septicémie elle avait été transférée à l'hôpital militaire de Percy. Là, un traitement d'enfer l'attendait. Tous les jours, des bains à l'eau de Javel lui arrachaient des hurlements à faire frémir ceux qui attendaient leur tour.

Depuis le 7 décembre, les deux petites filles de Marie-Jo Bouvot pleuraient. Il n'avait pas été possible de leur cacher l'attentat, le journal télévisé s'était chargé de leur apprendre la nouvelle. Elles étaient persuadées que leur maman était morte. Monsieur Bouvot avait beau avoir enregistré la voix de sa femme et leur avoir fait écouter la cassette, rien n'y faisait. Les petites avaient besoin de vérifier par elles-mêmes, afin de chasser l'horreur de leur tête. Monsieur Bouvot avait alors pris des photos de Marie-Jo mais, comme sa femme avait triplé de volume, les deux enfants ne croyaient toujours pas ce qu'elles voyaient. Il avait donc obtenu une autorisation spéciale pour emmener ses filles à l'hôpital. L'aînée dit que c'était le plus beau cadeau de Noël qu'elle pouvait imaginer mais, aussitôt qu'elle y pensait, elle pleurait.

Monsieur Bouvot avait reçu un appel d'une assistante sociale des Galeries Lafayette qui l'assurait qu'au moindre besoin il ne fallait pas hésiter, qu'il téléphone, qu'il réclame, il obtiendrait satisfaction. Il avait donc contacté la direction du magasin pour savoir quelle pourrait être l'indemnisation pour sa femme, blessée dans le cadre de son travail, qui plus est lors d'une journée exceptionnelle où elle n'aurait pas dû travailler. Il reçut une réponse lui certifiant que, malheureusement, dans le cas de cet attentat, l'assurance ne prenait pas effet.

Monsieur Bouvot était prêt à faire beaucoup pour l'association. Il se trouve qu'il était graphiste. Il m'a rapidement fait cadeau de ce logo, ce A brisé mais solidement protégé par les trois lettres S.O.S. Nous avions longuement hésité sur le nom. S.O.S. était un sigle à la mode. Harlem Désir, Julien Dray et quelques autres venaient de lancer S.O.S. Racisme, mais j'aimais bien cette idée. Ce message en morse exprimait toute l'urgence de la situation, un appel à lancer au grand public. C'était ce que je voulais : puisque les autorités ne bougeaient pas, il fallait prendre l'opinion à témoin.

La création de l'association a été publiée au *Journal officiel* du 26 janvier 1986.

Il y avait urgence. Les blessés des Galeries Lafayette et du Printemps me racontaient leur situation. Marie-Jo Grandjean, qui avait repris trop tôt son travail, souffrait le martyre mais refusait de se plaindre. Marie-

Valentine Perrot portait une cagoule percée d'orifices pour ses yeux, son nez et ses oreilles. Quand elle la retirait, son visage était un parfait résumé de son existence : une moitié intacte comme avant, l'autre moitié brûlée et fripée. Claudie Ragy, pour qui aucune place en chambre stérile n'était disponible en France, avait dû aller jusqu'à Lausanne pour se faire soigner. De retour chez elle, elle découvrit une lettre des Galeries Lafayette. Un message de soutien, de sympathie ? Pas exactement : « Le dernier achat réglé avec votre carte Galeries Lafayette remonte à plus de douze mois, assurait la missive. Auriez-vous des raisons de ne pas être satisfaite de votre carte Galeries Lafayette ? Il a certainement fallu un empêchement majeur pour que vous laissiez passer autant d'offres spéciales et c'est pourquoi votre compte a été maintenu ouvert jusqu'à maintenant. Toutefois, si vous n'utilisez pas votre carte avant le 30 avril prochain, nous devrons malheureusement retirer votre nom de la liste de nos clients privilégiés. Nous en serions profondément désolés. »

Nous informions les journalistes de ce genre de scandale. Nous expédiions des lettres à tous les candidats aux élections législatives de mars 1986 pour attirer leur attention sur notre combat : « L'indemnisation doit être équitable sans plafond limitatif et s'appuyer sur les critères retenus par la loi de 1985 sur les accidents de la route. Dans l'avenir, un système conciliant l'assurance synonyme de responsabilité et la solidarité nationale inscrite dans le préambule de notre Constitution doit être créé. » Nous demandions une réponse avant le 1er mars afin de faire connaître dans la presse la position de chacun.

Tous ceux qui parlaient du terrorisme sur les ondes, à la radio et à la télévision, je les relançais par courrier. Robert Badinter, le garde des Sceaux, qui avait toute mon admiration politique, notamment pour son combat pour l'abolition de la peine de mort, avait déclaré sur Europe 1, au micro de Jean-Pierre Elkabbach, que j'étais « en pourparlers avec le groupe propriétaire du restaurant ». Je lui écrivis aussitôt, lui rappelant que « les Taittinger excluent toute indemnisation à l'amiable. Nous sommes donc bien éloignés des pourparlers que vous avez évoqués sur les ondes. Toutefois si vous étiez en possession d'informations que j'ignore, je vous serais reconnaissante de bien vouloir les porter à ma connaissance »...

J'avais cherché à joindre Henri Emmanuelli, ministre du Budget. Son secrétariat m'avait assuré qu'il était dans sa circonscription. Il valait mieux écrire. Je lui envoyai ce courrier : « Les membres de notre association estiment qu'il faut tout d'abord redéfinir la notion même d'attentat ou d'acte de violence et ensuite créer un système d'indemnisation qui tienne compte tant du préjudice corporel que du préjudice matériel. »

Début février 1986, les attentats recommencèrent : sept blessés à la galerie du Claridge (3 février) ; quatre blessés à la librairie Gibert Jeune (4 février) ; quinze blessés à la Fnac Forum des Halles (5 février). Les appels se faisaient de plus en plus fréquents. Je me souviens de ce vieux téléphone allongé de couleur crème, l'un des premiers à touches. Les appareils sans fil n'existaient pas encore, nous avions acheté un câble de dix mètres pour que les communications puissent me suivre un peu partout dans l'appartement. Le courrier s'amoncelait. Nous avions ouvert une boîte postale, rue du Louvre. Le responsable de la poste m'ayant reconnue, il m'avait proposé de récupérer celle de *France Soir* qui venait de déménager. Elle présentait l'avantage d'être grande et de se mémoriser facilement, c'était la boîte postale numéro 100. Tous les deux jours, Maurice allait récupérer le contenu de la boîte. Chaque mois, c'était des centaines de lettres que nous recevions.

Un soir, le téléphone sonne. Une voix rocailleuse me dit :

— C'est Robert Fabre, le médiateur.

Le nom ne dira rien aux jeunes lecteurs mais, dans les années soixante-dix, le discret pharmacien de Villefranche-de-Rouergue était une personnalité très connue. Président du petit parti des Radicaux de gauche, il avait eu son heure de gloire en signant l'accord de programme commun avec François Mitterrand et Georges Marchais. Se retrouver à la même table que ces deux monstres sacrés de la politique avait beaucoup fait pour sa notoriété. C'était aussi un temps où la politique comptait davantage qu'aujourd'hui. Robert Fabre était un homme aisément reconnaissable pour qui s'intéressait un tant soit peu à la chose publique, ce qui était mon cas. Sa voix chaude du Sud-Ouest était identifiable entre mille.

— Voilà, j'ai repris toutes vos déclarations, me dit-il. À partir de là, j'ai préparé une proposition de loi à soumettre aux députés. Je voudrais vous rencontrer pour vous faire lire ce texte.

Robert Fabre me rendit visite, rue Daru. Nous passâmes une heure et demie très courtoise, c'était un homme des plus charmants. Son texte méritait quelques adaptations mais cela ne faisait rien. Le combat de S.O.S. Attentats marquait ses premiers points.

Changer la loi

Quand Pierre Bellemare est venu me voir, rue Daru, en mars 1986, j'étais plutôt impressionnée. Non pas que j'aie été une fidèle de ses émissions, je n'ai jamais eu ni le temps ni le goût de me planter devant une télévision, même pendant mes mois de convalescence. Je connaissais tout de même le personnage, sa capacité à rassembler de grosses audiences sur des thèmes porteurs, sa voix profonde qui sait émouvoir, sa capacité à tenir un public en haleine. Apparemment, nous, les victimes du terrorisme, étions un thème porteur. Il avait suivi les développements de notre combat, il voulait nous consacrer son émission sur FR3, *Au nom de l'amour*. Un 20 h 30 pour populariser notre lutte ! C'était inespéré.

Pendant les deux heures où nous avons discuté, je n'ai perçu à aucun moment la vedette médiatique que j'imaginais. Il ne monopolisait pas la parole. Il m'écoutait sans trahir le moindre ennui. À chaque cas concret que je lui exposais, à chaque scandale que je lui dénonçais, il réagissait par d'infimes inflexions du visage, quelques mouvements de main, des grommellements. J'avais l'impression que son esprit traduisait en sons et en images ce que je lui racontais. L'émission devait se composer de plusieurs témoignages, parmi les plus forts que nous pourrions lui trouver, qui seraient filmés par ses équipes.

Je me souviens de lui avoir exposé le cas de Philippe Rouault, un jeune coursier qui, le 22 avril 1982, passait rue Marbeuf quand une voiture piégée explosa. Il eut la jambe arrachée au niveau du genou et le reste du corps brûlé. Il rêvait d'une carrière de footballeur, il était doué pour ça. Son rêve a été ruiné en une seconde. Il a été l'un des premiers à nous rejoindre, et j'ai tout de suite remarqué qu'il adorait travailler pour les autres. Bénévole dans sa plus belle expression, heureux de se consacrer à une cause, ravi de donner ses heures sans compter ! À la télé, son témoignage fut marquant. Philippe a une excellente mémoire, que je lui envie, une mémoire du détail. En 2003, il s'est rendu pour témoigner devant le tribunal de Berlin où le lieutenant de Carlos, Johannes Weinrich, était jugé. Cet attentat de la rue Marbeuf, qui fit un mort et soixante-trois blessés, est en effet imputé au groupe du mercenaire vénézuélien.

Un autre témoignage émut infiniment les téléspectateurs d'*Au nom de l'amour*. Dans les années soixante-dix, Marie-France Vilela avait fui le Portugal et le régime du dictateur Salazar. Passionnée par la couture, elle avait réussi à s'intégrer en France, au prix d'un labeur acharné. Dans le VIIIe arrondissement, elle s'était constitué une clientèle fidèle et plutôt aisée. Elle avait trente-neuf ans, elle travaillait la journée, le soir et le week-end. Vers minuit, le 11 août 1982, elle avait terminé sa journée, sortait son chien et profitait de la fraîcheur de la nuit. À l'angle de l'avenue Percier et de la rue de la Baume, une bombe explosa. C'était l'un de ces attentats nocturnes d'Action directe censés n'être que symboliques, mais Marie-France passait par là... La jeune femme perdit son œil gauche et les huit dixièmes du droit. Elle subit de nombreuses opérations qui n'atténuèrent pas ses horribles douleurs. Le chirurgien lui proposa une greffe de la cornée mais il y avait un risque. En cas de rejet, elle deviendrait complètement aveugle. Elle préféra s'accrocher à son minuscule filet de vue, ses deux dixièmes de l'œil droit, plutôt que de plonger dans le noir absolu jusqu'à la fin de ses jours. De toute façon, elle n'avait plus beaucoup de courage pour toutes ces opérations ; son ami l'avait quittée, il est difficile de se battre pour sa santé quand on est seule.

Quand Marie-France est venue me voir, rue Daru, elle avait apporté tous ses papiers pour être certaine que je la croie. Chaque mois, elle percevait 370 francs de la Ville de Paris, plus une allocation d'handicapé de 945 francs, et enfin 3 454 francs par trimestre d'une caisse d'invalidité. Ce qui faisait moins de 2 500 francs par mois alors que son loyer était de 3 500 francs. La Mairie de Paris lui avait versé quatre mois de suite une allocation exceptionnelle de 3 000 francs qui lui permettait de subsister. Quand ces versements se sont interrompus, elle a dû quémander, prendre un avocat. Pour elle, c'était très blessant.

Tous ces témoignages et bien d'autres ont intéressé Pierre Bellemare. Il restait à déterminer ce qu'on allait demander aux téléspectateurs. Le principe de ce programme était de sensibiliser le public à une cause et d'en appeler à sa générosité. Ce n'est pas mon moyen d'action préféré, mais je me disais qu'une émission d'une telle audience ne se refusait pas. En tout cas, pas à l'époque, où nos soutiens étaient plutôt clairsemés.

— Alors, à qui voulez-vous que les gens envoient leurs dons ? m'a demandé Bellemare, après deux heures de discussion.

— Mais à personne. Il n'est pas question de faire appel à des dons.

L'animateur m'a regardée, interloqué.

— Oui, je suis contre la mendicité publique.

C'était pourtant exactement le principe de son émission. Bellemare a réfléchi un instant.

— Alors, que voulez-vous, au juste ?

— Je veux une loi.

— Ça ne se vend pas très bien à l'antenne, une loi, m'a-t-il répondu, très gentiment.

Nous sommes restés tous les deux silencieux, un long moment, puis j'ai fini par proposer :

— Et si on demandait aux gens, au lieu d'expédier de l'argent, qu'ils envoient des cartes postales pour soutenir le vote d'une loi de protection des victimes du terrorisme ?

L'œil de Pierre Bellemare s'est allumé. J'avais visé juste. Cela changerait un peu le principe d'*Au nom de l'amour* mais il n'avait pas l'air contre.

L'émission fonctionna au-delà de toutes nos espérances. Notre cause avançait à grands pas. Quelques semaines plus tôt, avant les élections législatives, le gouvernement socialiste de Laurent Fabius avait déjà remonté le plafond des indemnisations en cas d'agression de 250 000 à 400 000 francs. Aussitôt la victoire de la droite aux élections législatives et la nomination par François Mitterrand de Jacques Chirac comme Premier ministre, une nouvelle vague d'attentats se déclencha. Elle fut plus meurtrière que les précédentes : le 17 mars, une bombe dans le TGV à la hauteur de Brunoy (dix blessés) ; le 20 mars, l'attentat de la galerie Point Show (deux morts, vingt et un blessés). Le sujet du terrorisme ne pouvait plus être éludé. Jacques Chirac décida de promulguer de nouvelles lois en matière de lutte antiterroriste.

Les semaines qui suivirent l'émission, Pierre Bellemare reçut des dizaines de milliers de cartes. Cinq cent mille au total, m'assura-t-il.

— Madame Rudetzki, vos cartes, qu'est-ce que j'en fais ? En tout, on a vingt sacs postaux de cinquante kilos. Vous vous rendez compte ? On ne peut pas garder tout ça à la télé.

Encore une fois, il m'avait prise de court. Que faire de ces sacs ?

— Pour votre loi, continua-t-il, il vous faut un financement ?

— Oui, c'est évidemment le problème. Vous avez raison, il faudrait les porter...

— ... au ministère du Budget, chez Juppé.

Un rendez-vous fut pris par ses soins, dans le courant du mois de mai. Les équipes de télé étaient là, prêtes à filmer Alain Juppé recevant ces monceaux de courrier dans son ministère, rue de Montalembert. Une camionnette de l'émission *Au nom de l'amour* avait livré la tonne de courrier envoyée par des partisans d'une loi pour la protection et l'indemnisation des victimes du terrorisme.

Ce jour-là, je pris un cours de communication politique. Alain Juppé avait beau être un jeune ministre, il savait déjà y faire quand une caméra le filmait. Il me reçut et me certifia qu'au nom du nouveau gouvernement il s'engageait à ce qu'une loi soit étudiée, ainsi que nous le réclamions. Aussitôt sa déclaration terminée, Alain Juppé se tourna vers Pierre Bellemare et lui demanda :

— Ça va ? J'ai fait combien ?

La scripte de l'émission regarda son chronomètre.

— Quatre minutes, c'est ça ? continua Juppé, tout joyeux.

La scripte confirma.

— Alors, c'est pile ce que vous vouliez ? demanda le ministre du Budget.

J'étais époustouflée qu'il soit ainsi capable d'évaluer la durée de son intervention. Pierre Bellemare s'avança, l'air embarrassé.

— En fait, monsieur le ministre, ce n'était pas quatre mais deux minutes qu'il nous fallait. On est désolés.

— Pas de problème.

Alain Juppé recommença son intervention, la gorge aussi nouée que la première fois, le regard compatissant pour les familles des tués et pour les blessés dans les ignobles attentats, une forme moderne de barbarie. Quand il s'arrêta, les deux minutes étaient tout juste écoulées. J'ai compris ce jour-là que les hommes politiques avaient des chronomètres dans la tête.

Je commençais à espérer. Après la rencontre au ministère du Budget, d'autres contacts, avec Charles Pasqua notamment, me faisaient penser que les choses étaient bien engagées. Pendant ces semaines, je fus à nouveau hospitalisée à Tenon. Malgré les Ilizarov puis le plâtre, mon péroné, épais comme un petit doigt, ne forcissait pas assez. Cela faisait maintenant un an et demi que Thierry Judet m'avait fait cette transplantation, quand il décida de passer à la vitesse supérieure. Il me préleva des os au niveau des hanches, dont il se servit pour doubler, sur toute sa longueur, l'épaisseur de mon péroné. Ce genre d'opérations devenait une sorte de routine pour moi. À chaque fois, pourtant, je mettais plusieurs semaines à récupérer un peu d'énergie et à retrouver la capacité à me déplacer sur mes béquilles et ma jambe droite, ou dans ma chaise roulante. Toutes ces interventions m'immobilisaient pendant des jours et des jours, ce qui me faisait rager. Il fallait que je sois disponible pour suivre l'avancée de nos efforts en vue d'obtenir une nouvelle loi.

Quelques jours après ma sortie de l'hôpital, le téléphone crème sonne à la maison. Je réponds. Parfois, c'est Deborah qui s'empare du téléphone avant Maurice ou moi. Elle n'a pas douze ans mais elle parle aux victimes avec tact et compassion, leur annonce qu'il faut patienter, qu'elle va aller chercher sa maman mais que, avec le fauteuil, je ne peux pas arriver dans la seconde. Cette fois, je suis près du téléphone, je décroche.

— Vous êtes Françoise Rudetzki ?

Je confirme. Une voix féminine me fait savoir, sur un ton très assuré, qu'elle travaille à l'Élysée. Et puis, sans prendre le temps d'expliquer quoi que ce soit, la voix m'annonce comme si c'était une parfaite évidence :

— Le président veut vous voir...

Le président veut me voir... Cette demande me tombe dessus comme un ordre divin. La voix exprime d'ailleurs assez nettement l'idée qu'il s'agit d'une injonction. Mais moi, je n'en crois rien. L'Élysée ? Je laisse passer un long silence. Une plaisanterie d'un ami ? Peu probable. Un canular d'un ennemi ? Depuis que l'association a été créée, parmi le flot de courrier et d'appels d'encouragement, je reçois quelques lettres d'insultes et de rares coups de téléphone injurieux, me traitant de « juive anti-arabe » ou autres quolibets plaisants. Il y a aussi cette dame qui appelle à tout moment pour nous prévenir qu'un attentat va se produire. Elle indique l'endroit, l'heure, pratiquement le type d'explosif. D'où tient-elle ses informations ? Mystère. Les premières fois, nous nous sommes inquiétés. Puis, cela nous a amusés. Maintenant, cela devient agaçant. Mais là, l'Élysée. Je ne sais que répondre. Et je m'entends dire, après un long moment :

— Peut-être...

Cette fois, la voix élyséenne a perdu de sa superbe. Elle est aussi interloquée que moi. J'imagine qu'elle ne s'est pas souvent attiré autant d'hésitations à la proposition d'un rendez-vous avec François Mitterrand. Nous ne savons que dire, ni l'une, ni l'autre. Le président veut me voir ? Et moi, qu'est-ce que j'en pense ? Bien sûr, je serais ravie de lui exposer nos revendications mais je déteste perdre le contrôle de la situation, répondre à une sollicitation sans avoir réfléchi un instant avant.

— Pouvez-vous me donner votre numéro de téléphone ?

— Mais bien sûr, chère madame.

— Je vous rappelle, dis-je sur un ton aussi assuré que l'était celui de mon interlocutrice il y a quelques instants.

J'ai laissé passer un bon moment puis j'ai composé le numéro de téléphone qui correspondait effectivement à celui de l'Élysée. La même voix, de plus en plus charmante, m'a demandé quelles étaient mes disponibilités. Quand on est invitée par le président, on est disponible à tout moment, n'est-ce pas ? Nous sommes facilement tombées d'accord sur un jour et une heure.

— Jeudi 29 mai, à quinze heures.

— Parfait.

Le jour dit, j'arrive au rendez-vous avec Maurice, qui a le rôle ingrat de m'assister, de pousser mon fauteuil. On nous introduit dans un salon au rez-de-chaussée. Le président arrive, il nous salue froidement. Comme pour chaque rendez-vous officiel, j'imagine, une nuée de photographes attend. C'est impressionnant et légèrement désagréable. Tous ces flashes qui crépitent, ces journalistes qui se bousculent pour se disputer le bon angle, la meilleure lumière, cela a de quoi faire tourner la tête. Je déteste être prise en photo. Encore plus de me voir après. Surtout, je n'imaginais pas, quand le rendez-vous a été conclu, qu'il y aurait toute cette foule. Je ne m'étais pas préparée à l'affronter. Je pensais qu'il s'agissait d'un rendez-vous de travail pour faire avancer un dossier crucial depuis les vagues d'attentats de décembre, février et mars.

En même temps, je n'ai pas à me plaindre. Cette médiatisation soudaine doit être l'effet de notre bataille de plusieurs mois. L'an dernier, les victimes du terrorisme n'existaient pas. Elles étaient laissées à l'écart. Soudain, le président veut recevoir leur porte-parole, il le fait savoir aux journalistes accrédités à l'Élysée afin de donner le maximum de publicité à la rencontre. Après tout, cette soudaine notoriété est bonne à prendre. On parlera encore plus de S.O.S. Attentats.

François Mitterrand est assis sur le bord d'un canapé, l'air cérémonieux. J'ai l'impression que cette rencontre est une corvée pour lui mais j'imagine qu'il en est ainsi dès qu'il s'agit d'obligations imposées par l'actualité. Il regarde vers le fond de la pièce en attendant que les photographes terminent leur mitraillage. Il n'y a aucune chaleur dans cet accueil mais plutôt un vague ennui protocolaire. Après quelques instants, il décide que cela suffit. D'un geste agacé, le regard cassant, il indique que la séance est terminée. Je comprends qu'il faille mettre un terme à l'exercice des prises de vue mais sa manière de faire me choque. J'ai en face de moi un prince qui congédie ses sujets. Pas une parole, pas un sourire. Le président est hautain, la nuque raide, le menton en avant. Il attend que « ses gens » sortent de son salon.

En repensant à cette image d'un monarque méprisant, j'éprouve un pincement au cœur. Comment peut-on se proclamer de gauche et traiter ainsi ceux qui travaillent ? Je peux paraître naïve mais je croyais qu'un président de gauche avait nécessairement plus de respect et moins de distance compassée avec son entourage. J'ai vite oublié ma déception quand la conversation a commencé.

— Madame Rudetzki, pouvez-vous m'exposer ce que vous souhaitez ?

— Monsieur le président, je voudrais une loi.

J'explique en quelques minutes le vide juridique que ma situation m'a fait découvrir, la nécessité de promulguer une nouvelle loi qui définisse le terrorisme et protège les victimes. Il m'assure que la cohabitation le prive de la maîtrise du calendrier du Parlement, que son pouvoir d'incitation législatif est devenu très faible depuis l'élection de mars. « Que n'a-t-il agi avant ces élections ? » J'évite de lui faire part de cette réflexion.

— Mais sachez, madame, que j'inciterai le gouvernement à présenter un projet de loi.

François Mitterrand est accompagné de l'une de ses collaboratrices, Paule Dayan, la fille d'un des plus fidèles et anciens compagnons du président, Georges Dayan, décédé juste avant l'élection de mai 1981. Paule Dayan est conseillère juridique à l'Élysée. Une conversation s'engage sur les points de détail d'un tel projet de loi. Le président se tait, il préfère s'en tenir aux grandes lignes.

— Disposez-vous d'une liste des victimes des derniers attentats ? me demande Paule Dayan.

Le président se retourne vers elle, lui inflige le même regard consterné que, quelques instants auparavant, avec les photographes. Visiblement, il est excédé que nous en soyons à parler, en sa présence, de questions d'intendance. L'État, qu'elle représente puisqu'elle a l'insigne honneur de travailler pour le président, ne peut tout de même s'abaisser à réclamer à une petite association des renseignements dont sa puissance doit lui permettre de disposer dans l'instant. La collaboratrice regarde ses notes. Ce mépris n'a pas l'air rare.

Vingt minutes plus tard, je ressors sur le perron de l'Élysée. La meute des caméras, appareils photo et petits magnétos des journalistes est toujours là. Autant je me suis habituée depuis l'automne dernier à répondre aux questions quand des journalistes sont venus m'interroger, autant je suis effrayée par cette vingtaine de professionnels qui m'assaillent. Cela ne me conduit pas à excuser l'attitude de François Mitterrand avec les photographes mais, dans mon fauteuil roulant, j'ai un mouvement de recul. Après tout, ils font leur travail. Ils me demandent comment s'est passé l'entretien avec le président de la République, c'est bien le moins. Dorénavant, je saurai que, quand on sort d'un rendez-vous officiel, il faut toujours avoir préparé deux ou trois phrases. Cette fois, je bredouille quelques mots sur le fait que le président « s'est engagé à faire accélérer » les procédures pour l'adoption la plus rapide possible d'une loi sur l'indemnisation des victimes.

Quelques jours après, je reçois à la maison un coup de téléphone.

— C'est Matignon à l'appareil. Le Premier ministre souhaite vous rencontrer, me dit une secrétaire.

— Mais certainement, dis-je d'un air légèrement amusé.

Je viens de réaliser la terrible compétition que se livrent l'Élysée et Matignon par temps de cohabitation. Ce qu'a fait l'un, l'autre n'a le choix que de l'imiter ou le condamner, sous peine de se faire distancer.

J'ouvre mon grand agenda rouge et j'accepte la date que me propose le secrétariat de Jacques Chirac.

Cette fois, il n'y a aucun photographe, aucun caméraman dans la cour de Matignon, et Jacques Chirac nous accueille seul, Maurice et moi, pour l'entretien. Souriant, décontracté, amical comme toujours. C'est devenu une évidence aujourd'hui. À l'époque, seuls ceux qui l'approchaient en dehors des manifestations officielles savaient que son ton cassant et mécanique cachait un homme chaleureux.

— Comment allez-vous ?

Je le regarde, interloquée.

— Comment va votre santé ? insiste-t-il.

C'est le comble. Je ne suis pas venue pour parler de moi mais de la loi. En répondant à cette question, j'ai peur de perdre le temps précieux qui m'est imparti pour la cause des victimes. C'est pourtant un rendez-vous crucial. Contrairement au président, le Premier ministre a toutes les cartes en main pour modifier la législation. Mais Jacques Chirac insiste. Je n'ai pas l'habitude de parler de ma petite personne. Pudeur, évidemment. Il me pose une seconde fois la même question et je sens qu'il a remarqué ma gêne. Je finis par répondre, brièvement, et je réussis à passer au sujet qui m'intéresse. Le seul, la loi. Jacques Chirac m'interrompt.

— Que faisiez-vous, madame, avant l'attentat ?

Sa question me touche. Je la trouve très juste. En général, on ne voit plus les victimes qu'en tant que victimes, comme si elles n'avaient pas existé avant. Elles-mêmes, parfois, ne réussissent plus à sortir de ce statut, certes protecteur mais aussi infantilisant. Le regard des autres nous renvoie sans cesse à cet état de victime. Pour une fois, on me demande qui j'étais avant.

— J'ai fait des études de droit et avec mon mari...

Je regarde brièvement Maurice, qui est à ma droite, en lui souriant.

— ... nous étions dans le commerce. Mais j'ai vendu mon affaire il y a quelques mois.

Cela suffit, j'en reviens à mon sujet de préoccupation. J'évoque les grandes difficultés financières des victimes et je demande à Jacques Chirac s'il pense que l'État est en mesure, si une loi est votée en ce sens, d'indemniser vite et bien.

— Non, madame. Étant donné ce que sont les règles de la comptabilité publique, cela me semble parfaitement impossible.

Devant mon regard déçu, il précise :

— Entre le moment où l'État décide de verser une indemnisation et le moment où le trésorier payeur général se saisira du problème, cela prendra deux mois, au minimum.

— Mais vous savez que de nombreuses victimes ne peuvent faire face à certains soins coûteux.

À son regard attentif et bienveillant, je me dis que je peux, avec lui, entrer dans le concret.

— Par exemple, les vêtements compressifs pour les grands brûlés. La nomenclature de la Sécurité sociale fait qu'ils ne sont pas remboursés. Et certaines victimes n'ont pas les moyens de se les payer...

J'allais ajouter que les greffes de peau sont aussi horriblement chères et que... mais le premier exemple suffit pour qu'il saisisse le problème.

— Madame, nous allons mettre en chantier un projet de loi sur le terrorisme, vous en avez sans doute entendu parler.

J'acquiesce.

— Donc, nous reparlerons des modalités de l'indemnisation des victimes. Mais si vous voulez que les choses ne traînent pas, il faudra imaginer une forme de réparation qui ne passe pas par l'État.

On a souvent écrit qu'une des phrases préférées de Jacques Chirac était que « les promesses n'engagent que ceux qui les écoutent ». J'ai dû me résoudre à croire cette légende. Le garde des Sceaux, Albin Chalandon, avait été chargé, à la fin du printemps, de préparer une loi sur le terrorisme, dont j'appris, peu de temps avant que son examen soit prévu à l'Assemblée, qu'elle serait une « loi de prévention et de répression du terrorisme ». Le mot « réparation » avait été oublié. Quel acte manqué ! Je rencontre les plus hautes autorités de l'État qui, toutes, me donnent leur accord, et au final les victimes sont renvoyées dans leur placard. À croire que leur vision, leur souvenir gênent, culpabilisent le reste de la population.

La question des indemnités était pourtant en débat. Charles Pasqua l'évoquait dans une interview au *Quotidien de Paris* : « Il y a actuellement débat entre les ministères du Budget et de l'Intérieur. Naturellement, nous devons veiller aux abus, car autrement les victimes pourraient se faire sauter elles-mêmes, pour ensuite reconstruire leur maison, mais à cette réserve près, je propose que lorsqu'il y a eu reconnaissance d'un attentat terroriste, l'État assume directement l'indemnisation des dommages physiques et corporels. »

Entre une interview et la réalité, entre un rendez-vous au plus haut niveau, la certitude affichée et le résultat immédiat, j'ai appris que le saut était parfois grand. Il faudrait se battre à nouveau contre ce déni de justice. Cet éternel recommencement me fatigue parfois. J'alerte des journalistes, nous convoquons une conférence de presse à la mairie du Ier arrondissement de Paris, pas loin du Grand Véfour. Deux cents personnes sont présentes mais pas beaucoup de journalistes, le hasard de l'actualité les a détournés de notre rendez-vous. Un détenu célèbre, Michel Vaujour, vient de s'évader de la Santé en hélicoptère. De nombreuses victimes sont présentes, des élus, des représentants des assurances et Paule Dayan, la conseillère de l'Élysée. Les assureurs voulaient, eux, présenter de nouveaux produits, formidables évidemment, pour faire face aux conséquences du terrorisme. J'ai trouvé scandaleux cette prétention à démarcher des clients lors d'une réunion de citoyens et je ne les ai pas laissés faire.

Après plusieurs interventions et interviews, je finis par réussir à rencontrer Robert Pandraud, l'adjoint de Charles Pasqua.

— Oui, je sais, c'est passé à la trappe, me dit-il avec son drôle d'accent, son mélange de franchise et de roublardise.

— Et comment fait-on alors ?

— On va effacer cet oubli en faisant passer un amendement par un député.

Et le ministre de la Sécurité me tend un papier où sont tapés quelques mots qui rétablissent l'engagement du président et du Premier ministre. Sur mes genoux, je griffonne ces lignes pour les amender. Au bout du compte, l'État décide d'indemniser rapidement tous les préjudices physiques, moraux, esthétiques, professionnels des victimes d'attentats des dernières années. Je fais part au ministre de ma discussion avec Jacques Chirac et de son scepticisme quant à une solution d'indemnisation rapide par l'État.

— Effectivement, me confirme Robert Pandraud, l'État est responsable de la sécurité mais il vaudrait mieux, dans le cas présent, en laisser la charge aux assurances. Ne soyez pas choquée, cela sera plus efficace.

— Mais si, je suis choquée. Les assureurs vont faire des bénéfices sur les primes versées dans le cadre du terrorisme. C'est complètement immoral.

Le ministre ne me contredit pas.

— En plus, ce système exclura obligatoirement une partie de la population, les plus pauvres, comme toujours.

— Ne vous inquiétez pas. La proposition de loi pourra être modifiée lors des travaux des assemblées. C'est là qu'il faudra entrer dans les détails techniques.

L'amendement, à l'Assemblée nationale, préconisait un système d'indemnisation par les assurances. Les sénateurs, par contre, penchaient plutôt pour que l'État assume ses responsabilités financières. Il fallut réunir une commission mixte paritaire, pendant l'été, qui nous entendit, Maurice et moi. Je n'avais pu assister aux débats au Palais-Bourbon, à cause de mon fauteuil roulant. Rien n'est fait pour permettre aux handicapés d'accéder aux travées du public, cela m'avait chagrinée. Mais j'avais les moyens, grâce aux journalistes et aux parlementaires, de suivre d'assez près les avancées de la loi.

Lors de la réunion avec les députés et les sénateurs, je leur exposai l'idée qui m'était venue. Je tenais pardessus tout à ce que la collectivité dans son ensemble fasse un geste contre le terrorisme, que la nécessaire mobilisation ne soit pas abandonnée aux intérêts des assureurs privés. Il fallait donc que les Français versent, le plus largement possible, une contribution, dont la collecte serait dévolue aux assureurs, mais qui alimenterait un fonds garanti par l'État. La contribution serait assumée par tous les détenteurs de contrats d'assurance, c'était l'assiette la plus large que j'aie pu trouver. Un Français sur deux acquitte l'impôt alors que neuf Français sur dix contractent un ou plusieurs contrats d'assurance. Au demeurant, cela permettrait un effort financier plus indolore. Les services du ministère des Finances ont procédé à des calculs sur cette base : il suffirait chaque année de 5 francs par contrat d'assurance pour financer largement l'indemnisation des victimes du terrorisme.

Ce fonds, unique au monde, permettrait de verser aux victimes des attentats des provisions dans les plus brefs délais, trois jours s'il le fallait. Non soumis aux règles de la comptabilité publique, le fonds indemniserait sur la base d'une simple requête accompagnée de certificats médicaux. Ensuite, les indemnisations définitives se feraient sans aucun plafond mais sur la base de l'évaluation des préjudices. Ces réparations seraient intégrales pour les préjudices corporels, psychologiques et professionnels. Le système a si bien fonctionné que sur plus de deux mille huit cents dossiers, quelques dizaines de personnes seulement n'ont pas été satisfaites et se sont retournées vers les tribunaux.

J'avais proposé que ce système s'appelle « Fonds de solidarité pour les victimes du terrorisme » mais les parlementaires préférèrent s'en tenir à la formulation déjà choisie pour les accidents de la route : « Fonds de garantie ». Je n'allais pas, en plus, me battre sur la sémantique. L'essentiel était acquis. Restait à définir les bénéficiaires de ces procédures : les Français victimes d'actes de terrorisme en France ou dans n'importe quel pays ? Ce premier point n'a pas posé de problèmes.

Mais cette définition ne me suffisait pas. Plusieurs étrangers avaient été victimes des attentats de février et mars 1986. Les cibles choisies depuis des années (Champs-Élysées, gares, aéroports...) n'épargnaient pas les touristes ou les passagers en transit dans notre pays. Je ne pouvais imaginer que nous excluions de l'indemnisation des personnes au prétexte de leur nationalité. Les bombes ne demandaient pas de papiers d'identité. Cela me semblait être une évidence, mais cette proposition suscita une forte réserve qui me surprit vivement, venant d'un parlementaire de gauche très en vue. Je ne souhaite pas indiquer le nom de ce dernier, la suite de sa carrière me laisse penser qu'il s'agissait d'un égarement. Je note simplement ce détail pour dire que, dès que l'on fréquente la politique un tant soit peu de l'intérieur, on découvre que les clivages sont parfois moins simples que ceux affichés dans les discours officiels. J'ai mis du temps à m'habituer à ces discordances.

Concernant le champ d'application des indemnisations, ses collègues parlementaires firent heureusement preuve de plus de générosité. Il fut décidé que le Fonds ne ferait pas la distinction entre Français et étrangers. J'ajouterais, pour faire bonne mesure, qu'on ne demanderait pas aux étrangers de prouver la légalité de leur séjour dans notre pays. Même des émigrés clandestins bénéficieraient des garanties et des protections, comme les autres.

L'amendement que Christine Bravo, alors journaliste au *Matin de Paris,* nomma un peu rapidement « l'amendement Rudetzki », a donc été adopté, à l'issue des travaux de la commission mixte paritaire, et la loi a été publiée le 9 septembre 1986. Elle comporte un volet répressif très important avec la prolongation de la garde à vue en matière de terrorisme de quarante-huit à quatre-vingt-seize heures, la centralisation de toutes les affaires de terrorisme au tribunal de Paris avec la création d'un parquet central de procureurs spécialisés dans ces affaires, des mesures de prévention et ce volet de réparation, arraché de haute lutte. Certains, à gauche, considérèrent la loi comme liberticide. Ils n'élevèrent pourtant pas trop la voix. La série meurtrière d'attentats n'autorisait pas de critiques fondées et sérieuses. Au final, cette loi fut votée par l'ensemble des groupes politiques, de droite et de gauche, ce qui fit ma fierté. La question du terrorisme sortait de l'affrontement politicien pour devenir une cause nationale qui rassemblait la majorité des citoyens. J'avais l'impression que, en une année seulement, une grande partie du chemin avait été parcourue.

Mon secret

À la fin de 1986, j'ai été invitée au dîner annuel de la Licra, la Ligue internationale contre le racisme et l'antisémitisme. Cette invitation me ravit à plus d'un titre. C'était d'abord une marque de reconnaissance pour S.O.S. Attentats, qui n'avait qu'une année d'existence. Mais des raisons plus personnelles m'attachaient à cette soirée. Dans les années trente, la Ligue, déjà présidée par le très estimable Jean Pierre-Bloch, s'appelait la Lica, Ligue internationale contre l'antisémitisme. Elle joua un rôle non négligeable pour conjurer le danger fasciste en février 1934, quand des associations d'anciens combattants et des groupes factieux tentèrent de s'emparer de l'Assemblée nationale. La Lica était au premier rang pour défendre la République française. Intellectuel et dirigeant politique, Jean Pierre-Bloch savait compter sur trois « gros bras » entièrement dévoués à la cause de la démocratie. Il s'agissait des trois frères Rudetzki, le père et les deux oncles de mon mari. Comme ma famille, ils étaient juifs d'origine polonaise. Comme ma famille, la France les avait accueillis à bras ouverts, au moment où l'antisémitisme salissait leur terre natale. Cela fait partie de ces choses qu'on n'oublie jamais. Quand Jean Pierre-

Bloch me téléphona pour m'inviter, il m'interrogea sur le lien de parenté qui m'unissait aux Rudetzki. Je fus heureuse de lui répondre. Pour S.O.S. Attentats, il ne pouvait y avoir plus beau parrainage.

Ce soir-là, je découvris que les dîners officiels peuvent s'avérer fort utiles quand on a besoin de rencontrer des personnalités qui comptent. C'est après tout le rôle d'une dirigeante d'association que de toujours rechercher des appuis, des contacts, des aides extérieures. De ce point de vue, j'aurais dû être comblée. L'assistance était de tout premier plan, plusieurs ministres et anciens ministres étaient présents, et l'apéritif, comme il convient dans ce genre de soirée, fut consacré à de nombreux conciliabules. J'aurais bien voulu en être, mais ma chaise roulante manquait de souplesse pour manœuvrer au milieu de tous ces groupes. Je restais donc à attendre le début du dîner, un peu en retrait de la table d'honneur, quand l'un des invités s'approcha de moi.

J'avais déjà rencontré Jacques Toubon quelques semaines auparavant. Il était président de la commission des lois de l'Assemblée nationale et je voulais le convaincre de faire étendre de manière rétroactive les dispositions d'indemnisation pour les victimes du terrorisme. La nouvelle loi avait en effet été publiée au *Journal officiel* du 9 septembre 1986. Elle était donc applicable à Paris *intra muros* vingt-quatre heures après, et pour le reste de la France dans un délai de quarante-huit heures. Étrange pays où la loi met une journée pour franchir le boulevard périphérique !

J'avais développé auprès de lui tous les arguments

possibles. En l'état actuel, l'indemnisation concernait toutes les victimes des attentats de septembre 1986, sauf les seize blessés et la famille de Marguerite Thuault, décédée lors de l'attentat de la poste de l'Hôtel de Ville, qui s'était produit le 8 septembre, une journée trop tôt. Je pensais à l'injustice commise envers ce cher monsieur Thuault qui, avec son fils de vingt ans, avait appris la nouvelle de l'attentat en regardant le journal télévisé. Dans son chagrin, cet homme s'était persuadé que sa femme avait été tuée à cause de sa conscience professionnelle : « Elle était tellement maniaque. Elle a dû voir un sac traîner et l'a pris pour le ranger. Ainsi, elle a peut-être sauvé des vies. »

De fil en aiguille, j'avais parlé à Jacques Toubon des attentats de février et de mars 1986 : galerie du Claridge, Gibert Jeune, Fnac des Halles, TGV à Brunoy, galerie Point Show. Mêmes revendications, mêmes mobiles qu'en septembre. On saurait bientôt, grâce aux arrestations opérées par la DST, que c'étaient les mêmes terroristes, inspirés par l'Iran et le Hezbollah libanais, qui avaient perpétré toutes ces actions. Et encore, je lui avais épargné le policier tué et les vingt blessés à la Brigade de répression du banditisme par une bombe supposée appartenir à Action directe. Ou Rachid Saïdi, qui fêtait dans un bar de la rue de Lancry un emploi trouvé quelques heures plus tôt quand une explosion s'était produite. Malgré vingt opérations, il était resté aveugle. Et sa famille, folle d'inquiétude, avait mis des semaines à retrouver sa trace dans un hôpital parisien. L'administration avait égaré ses papiers d'identité.

Comment expliquer à toutes ces familles que parmi

les victimes de ces attentats inspirés par les mêmes motifs et les mêmes commanditaires, de ces bombes posées par les mêmes terroristes, les uns seraient indemnisés, les autres non ? Et encore, si l'on voulait être juste, il aurait fallu ajouter les deux attentats du 7 décembre 1985 aux Galeries Lafayette et au Printemps. Tant de visages, tant de corps brûlés. Tant de victimes qui avaient accompagné S.O.S. Attentats depuis les premiers jours.

— Cela a beau avoir eu lieu en 1985, on sait maintenant que c'était le lancement de la campagne d'attentats iranienne de l'année 1986. Comprenez-moi, ils ne peuvent pas être exclus, cela crée un sentiment d'injustice insupportable, avais-je argumenté.

— Et vous, comprenez-moi, s'était exclamé Jacques Toubon. Ne m'en demandez pas trop.

Nous en étions restés là, je ne savais pas ce que le député RPR comptait faire. Avant le dîner, nous reparlâmes du sujet qui me tenait tant à cœur. J'allais bientôt avoir l'occasion de vérifier que Jacques Toubon était un homme de parole. Il ferait intégrer, dans une loi du 30 décembre 1986, l'indemnisation de toutes les victimes d'actes terroristes à compter du 1er décembre 1985. Lui ne se défilait pas, et je n'avais encore rien vu.

Le dîner commença. J'étais entourée d'anciens ministres, de députés, de sénateurs et de personnalités n'appartenant pas au monde de la politique. On ne comptait pas les Légions d'honneur fièrement exhibées sur les revers de costumes finement coupés, comme mon père m'avait appris à les apprécier. Ces hommes arboraient la mine satisfaite de sexagénaires épaissis par une belle carrière. Ils regardaient leur passé avec admiration et complaisance, leur présent avec la satisfaction des plaisirs éprouvés. Quant à l'avenir, y songeaient-ils seulement ? Il y avait très peu de femmes lors de ce dîner, aucune à part moi à notre table. Jean Pierre-Bloch était assis à une autre table, pas très loin, et m'avait saluée d'un sourire charmant, comme s'il voulait m'encourager.

Je fus d'abord impressionnée par tous ceux qui m'entouraient, avant que le dîner ne dérape et que mon admiration ne se transforme en honte. Nous étions en pleine affaire du sang contaminé et, pendant tout le repas, il n'y en eut que pour le sida. À chaque fois que quelqu'un cherchait à changer de sujet, l'un des convives, invariablement, revenait à ce qui paraissait être une véritable obsession. Il ne s'agissait pas d'une aimable conversation, d'un échange intéressant entre personnes informées, cultivées, intelligentes. Non, j'ai assisté pendant deux heures à une suite de plaisanteries minables, des blagues de corps de garde sur les homosexuels dépravés qui, « avec leur sida », ne récoltaient que ce qu'ils méritaient...

L'affaire du sang contaminé, et bientôt le combat des transfusés, des hémophiles, tout cela prouvait à qui aurait lu ne serait-ce qu'une manchette d'un quotidien, et ce depuis plusieurs semaines, que le sida ne frappait pas uniquement la communauté homosexuelle. Les propos de mes voisins étaient non seulement homophobes et racistes mais aussi totalement démentis par les faits. Je croyais être assise à la table de personnalités plus informées que la moyenne de nos concitoyens, j'avais droit aux plaisanteries éculées d'hommes confortés dans leur choix de vie par la tragédie de ceux auxquels ils avaient sans doute trop peur de ressembler. Combien d'appellations diverses ai-je entendues, ce soir-là, pour désigner les homosexuels ? Je m'en voudrais de citer certaines de leurs réflexions stupides, qui me sont restées en mémoire. J'ai aussi décidé d'oublier les noms de tous mes voisins, à l'exception d'un seul. Il ne servirait à rien de les nommer, cette table était un échantillon très représentatif des élites politiques et culturelles françaises des années quatre-vingt. Mon dégoût, ma colère n'étaient finalement pas provoqués par tel ou tel. C'est la société française qui, à cette époque, face à cette maladie, a produit des réactions de grande intolérance, jusqu'à cette scandaleuse proposition de Jean-Marie Le Pen de créer des « sidatoriums ».

Aucune autre discussion ne pouvait se faire jour. À chaque fois, l'un de ces beaux messieurs revenait à sa marotte. Plus le temps passait, plus le bordeaux remplissait leur verre, servi par des maîtres d'hôtel qui ont pris, une fois pour toutes, l'habitude de ne pas écouter les sottises de ceux qu'ils servent, plus la violence de leurs plaisanteries s'exacerbait. Les remarques se faisaient plus grasses. L'un commençait à s'étouffer en voulant mettre un terme à un fou rire. L'autre ne cessait de répéter que c'était la faute de mai 68 et de tous ces chevelus. Si un psychanalyste avait été présent parmi nous, il s'en serait donné à cœur joie : l'excitation qu'éprouvaient ces hommes n'était-elle pas aussi un trouble aveu de leur propre ambiguïté ?

En tout cas, j'étais consternée. Et muette d'indignation. Seul Jacques Toubon eut le front de s'opposer à ce délire collectif. Il tenta d'expliquer, toujours interrompu par des réflexions de plus en plus graveleuses, que le sujet était grave, qu'on était à la veille d'une très grande catastrophe sanitaire, qui toucherait certainement tous les continents et toutes les catégories de population. Que personne ne pouvait dire avec certitude qu'il était préservé. Il ne réussit qu'à faire redoubler les moqueries, les accusations, les propositions de mises en quarantaine, l'exclusion sans délai de tous ceux qui avaient fauté. Tous les tabous, tous les fantasmes de la civilisation judéo-chrétienne remontaient à la surface. Bientôt, Sodome et Gomorrhe se jouait à notre table. Je fus stupéfaite du calme inflexible que Jacques Toubon opposa à tous ces sarcasmes.

Je bouillais intérieurement. Pendant tout le repas, j'eus envie de hurler, de crier mon dégoût, mon indignation. Je me tournai une ou deux fois vers Jean Pierre-Bloch qui me sourit à nouveau, ignorant l'épreuve que j'endurais. Les absurdités de ces personnes connues et généralement entourées d'une réputation flatteuse exprimaient les tabous, les crispations, les noirceurs de la société française. Je songeais à d'autres époques, personne ne pouvait prétendre que nous étions définitivement débarrassés de tout risque d'exclusion.

Dans la voiture, en rentrant chez moi, je me suis sentie triste, dégoûtée et salie par tout ce que j'avais entendu, cette fête attendue qui s'était transformée en cauchemar. J'ai senti des larmes couler. J'avais honte de m'être tue, de n'avoir pas su répliquer à tous ces notables. Un instant, je me trouvai des circonstances atténuantes : après tout, mon silence pouvait s'expliquer, c'était mon premier dîner officiel, je n'avais pas l'habitude, j'étais intimidée, stupéfaite par tout ce que j'entendais.

C'était vrai mais il n'y avait pas que ça. Je regardais Maurice qui conduisait notre voiture avec calme. Ce n'était pas la peine de me voiler la face. Je savais très bien pourquoi je ne m'étais pas révoltée, il ne s'agissait pas d'une affaire d'expérience. J'en avais parlé plusieurs fois avec mon mari, il ne supportait pas l'idée que je me délivre de mon secret. Se taire, toujours se taire, même avec nos amis les plus proches. Forcer ma nature qui déteste le mensonge et la dissimulation. Toutes ces années, j'ai attendu, longtemps attendu, trop attendu. J'ai attendu que ma fille soit adulte pour qu'elle puisse comprendre sans être traumatisée. J'ai attendu que mes parents ne soient plus de ce monde pour leur épargner cette douleur supplémentaire, après celle de l'attentat. Toutes ces raisons sont de vraies raisons que je ne remets pas en cause aujourd'hui. Elles sont légitimes, estimables. Désormais, elles n'ont plus lieu d'être.

Ce que je n'ai pas osé lancer à tous ces égrillards en smoking, c'est qu'ils avaient en face d'eux la preuve vivante que le sida n'était pas qu'une affaire d'homosexuels ; que cette maladie n'était pas qu'une affaire de contamination sexuelle. J'en étais le témoin, à mon corps défendant. Ce fameux 23 décembre 1983, la bombe n'avait pas seulement brisé mes jambes, elle avait introduit dans mon corps une autre bombe, à déclenchement différé et incertain. Une autre peine, une autre douleur, un autre combat.

Quand je suis arrivée à la Pitié, dans la nuit du 23 au 24 décembre 1983, il a d'abord fallu me transfuser massivement. En 1983, les lots sanguins n'étaient pas encore protégés, chauffés comme ils auraient dû l'être, comme l'étaient certains sangs collectés par des centres à l'étranger. Cette nuit-là, en me sauvant la vie, on m'a inoculé le virus du sida. C'est comme si on avait seulement différé le moment de ma mort. J'insiste, on m'a sauvée, et jamais je ne l'oublierai. Jamais je n'en voudrai aux médecins qui m'ont récupérée ce soir-là. On m'a donné du temps, c'est énorme. Sans la transfusion, j'étais perdue. Mais l'attentat ne m'a pas seulement rendue handicapée, il m'a aussi offert, comme ennemi et compagnon de tous les jours, un virus mortel. Mortel et honteux.

J'ai su très vite que j'avais été contaminée par le virus du sida. J'en avais une certitude absolue qui a beaucoup étonné mes médecins. Je ne suis pourtant pas du genre hypocondriaque, à me croire toujours frappée de maladies imaginaires. Avant le 23 décembre 1983, mon rapport aux médecins s'était limité à très peu de choses. À l'âge de huit ans, j'ai été atteinte d'une primo-infection contractée dans mon école, auprès de la directrice je crois. La tuberculose, dans les années cinquante, était encore une maladie inquiétante, mais dans mon cas c'était relativement bénin. Tout cela m'avait valu six mois en préventorium du côté de Chamonix. J'ouvrais mes fenêtres et j'admirais le Mont-Blanc et le pic de l'aiguille du Midi. Six mois sans école, dans la nature. La pénicilline était le médicament approprié mais, en 1956, on en manquait dans notre pays. Un ami médecin en fit venir des États-Unis et je fus parfaitement soignée. Mes poumons ne conservèrent pas la moindre trace de la maladie, mon esprit non plus.

Avant 1983, j'étais une personne en parfaite santé qui n'entretenait avec la maladie aucun rapport d'aucune sorte. Pourtant je savais, je pressentais que j'avais été contaminée. Dès que je suis sortie de ces premières semaines où j'étais assommée par les calmants, je n'ai pu imaginer que le sang que l'on m'avait transfusé ait été sain. Pourquoi cette certitude ? Difficile à dire. Ce soupçon s'est définitivement ancré en moi au printemps 1984, quand je suis rentrée chez moi la première fois, après l'attentat. Près de mon lit médicalisé placé dans le salon de mon appartement, j'avais la télévision et la radio. Dès que j'allumais l'une ou l'autre, rares étaient les bulletins d'information qui n'évoquaient pas le scandale du sang contaminé. On découvrait alors que le virus n'était pas seulement transmissible par le sexe mais aussi par le sang. Les journalistes consacraient de nombreux sujets aux hémophiles, particulièrement exposés. En entendant ces enquêtes, ces reportages, je me demandais pourquoi on ne parlait pas aussi des transfusés. Il me semblait que le risque était le même. Je pensais à mon cas.

J'ai fait ce lien bien que le médecin qui m'a transfusée, le 23 décembre 1983, ait été dans l'ignorance la plus complète de ce qui allait bientôt être révélé. Des responsables du Centre national de transfusion sanguine ont laissé circuler des lots contaminés pour des raisons bassement mercantiles ou par coupable négligence. Mon dossier médical assure que le plasma frais coagulé qui m'a été transfusé était un produit hautement contaminant. Il était en effet obtenu à partir d'un collectif d'une cinquantaine de donneurs. Mais tout cela, on n'en a pris conscience qu'après. Trop tard.

Souvent, dans mes premiers mois de pérégrinations hospitalières, je disais à mes médecins que, étant persuadée d'avoir été contaminée, j'aimerais autant qu'on me fasse un test. Tous, Thierry Judet et mon frère les premiers, me répondaient que j'avais bien d'autres choses à penser, que les opérations très lourdes que je subissais suffisaient à ma peine, et que, de toute façon, il y avait très peu de risques que cela se soit produit. Je ferais mieux, me disaient-ils, de garder toute mon énergie, mes forces et mon moral pour retrouver l'usage de mes jambes. Après tout, c'est ce que j'avais réclamé à cor et à cri, enfin presque.

Ils avaient raison, j'avais bien d'autres sujets de préoccupation. C'était pourtant devenu une idée fixe. Je suis ainsi, il faut que je sache, même le pire ; je ne peux supporter de rester dans l'incertitude. J'ai l'impression que, de cette façon, je peux me préparer à combattre. En octobre 1984, quand Judet a extrait le péroné de ma jambe droite pour l'implanter sur ma jambe gauche, l'opération était si lourde qu'il fallut à nouveau me transfuser. Cette fois, j'ai exigé un test VIH, qui a été réalisé avant l'opération.

Je suis dans une chambre d'hôpital, à la Pitié-Salpêtrière. Des complications, intervenues après l'opération du péroné réalisée à la clinique Jouvenet, ont nécessité mon transfert dans ce grand hôpital, où j'avais été transportée après l'attentat. Je suis assez déprimée, j'ai compris que je viens encore de perdre plusieurs mois, un an peut-être sur le chemin de ma reconstruction. Marcher. Remarcher, un jour peut-être... Cet objectif qui me tient tant à cœur est sans cesse repoussé. Et tout ce temps perdu signifie autant de souffrances supplémentaires. Je me demande parfois si j'aurais eu le courage de refuser l'amputation en ayant su précisément par quelles épreuves j'allais passer. Mais la question est absurde. L'amputation m'était inacceptable, il n'y a pas à revenir là-dessus.

Thierry Judet a bien perçu les épreuves que je traverse. C'est à cette période qu'il m'a encouragée à me révolter en me fournissant cet article du *Figaro Magazine.* Quelques jours après, je le vois entrer dans ma petite chambre. Dès qu'il pousse la porte, je sens qu'il a quelque chose de spécial à me dire. Lui, toujours pressé, s'avance plus lentement qu'à l'ordinaire. Il me fixe d'un regard étrange, droit et fuyant à la fois. Ses yeux sont moins rieurs, ses gestes plus mesurés. Avant de prononcer le moindre mot, il s'assied sur le bord de mon lit. C'est la première fois. Même pour les choses importantes, la décision de ne pas m'amputer, les nouvelles désagréables des rechutes successives, la volonté de me voir réagir, il est toujours resté debout, parlant vite, brassant l'air de ses mains musclées par la chirurgie, la menuiserie et la rame.

Il reste un long moment silencieux. Je ressens une gêne.

— Françoise...

J'attends la suite qui ne vient pas. Il regarde le plafond de ma chambre. Il a l'air bouleversé. Il fixe le drap de mon lit d'hôpital.

— Françoise, on vient d'avoir les résultats...

Mon cœur se met à battre plus rapidement. Je comprends enfin la raison de sa venue. Enfin, je vais savoir. Enfin, je vais avoir une certitude. Il me regarde, droit dans les yeux.

— ... ils sont positifs.

Quel mot étrange pour dire cette infamie. « Positifs... » Cet instant capital me paraît comparable au moment où la bombe a explosé dans le Grand Véfour. J'éprouve la même difficulté à décrire tous les sentiments qui m'ont traversé l'esprit. Je me souviens d'abord d'une sensation de malaise, une montée d'adrénaline. J'ai du mal à respirer. Je tremble légèrement, j'ai chaud, des gouttes de sueur froide perlent sur mon front, dans mon cou, dans mon dos. J'avais raison, j'aurais préféré me tromper mais, quand même, je n'étais pas folle, je savais.

Je comprends mieux la gêne de Judet. Pendant des mois, je l'ai harcelé, lui et les autres, pour qu'on accepte de me faire le test du sida. Je leur en parlais presque tous les jours. J'avais pratiquement fini par me culpabiliser de ces assauts. Gênée de tellement insister, je voyais dans leurs yeux que j'embêtais tout le monde avec mon histoire. Ils étaient persuadés que je me faisais des idées. Ils me répétaient tous que j'étais ridicule. En fin de compte, c'est moi qui avais raison.

Je n'en veux pas aux médecins de leur scepticisme. Je n'en veux à personne. Je pourrais presque dire que l'annonce de ma séropositivité me rassure, d'une certaine manière. Je ne me suis pas trompée. Ce soupçon, cette crainte qui me taraudaient depuis des mois, toute cette période d'incertitude prend fin. Au moins, je sais. Au moins, je vais pouvoir me battre. Si c'est possible... Pour le reste...

Je ne prononce pas un mot. Je ne sais si mon désarroi s'est deviné sur mon visage. En tout cas, Thierry Judet m'exprime par le regard toute la peine qu'il éprouve pour moi, c'est sincère, cela se passe de discours. Après tout, que peut-il me dire ? Il y a des moments où les mots sont bien dérisoires. Je garde mon calme malgré l'impression d'être au bord de l'évanouissement. Je ne sais pas craquer, c'est un tort, c'est ce qu'on me dit toujours. Avant de quitter la chambre, Judet m'adresse un geste de la main en forme d'encouragement, il veut retrouver les accents volontaires qu'il a toujours eus avec moi. Je souris. Bien sûr que je vais me battre, je ne sais faire que ça.

Quelques jours après l'opération du péroné, il faut me transfuser à nouveau. Cette fois, je sais que je suis atteinte du sida, pas encore malade mais séropositive. Pour moi, la différence n'est qu'une question de sursis. La transfusion, dans ces conditions, est une épreuve terrible. Je suis allongée, les sachets de sang placés en hauteur, accrochés à la perche qu'à l'hôpital on appelle un perroquet – j'ai fini par posséder le vocabulaire médical. Régulièrement, pendant une heure, mon regard est attiré par ce sang qui tombe en gouttelettes dans la perfusion et pénètre dans mes veines. Je suis terrorisée. J'ai été contaminée, un an auparavant, et j'ai le sentiment que ce nouveau sang m'apporte de nouvelles bactéries. Néanmoins, je ne réussis pas à détourner mon regard de ce sac de plasma. J'ai l'impression de voir très clairement ce qui s'est passé, un an plus tôt, quand j'étais inconsciente. Ce sang qui m'a apporté la vie et la mort à la fois. Ce sang qui m'a sauvée et m'a condamnée.

Tout s'est écroulé, une seconde fois. J'ai survécu à l'attentat, je vais mourir. Bien sûr, tout le monde va mourir. Mais moi, je vais mourir vite, très vite. Dans quelques mois, une année, deux ans tout au plus. J'ai peur, terriblement peur. Le sida, dans ces années-là, c'est une promesse de mort certaine et imminente. J'essaie de ne plus regarder la télé mais j'ai conservé tant d'images en tête, ces malades, des hommes pour la plupart, agonisants, ces mourants au visage christique, ces gisants décharnés qui me rappellent les survivants des camps de concentration. Des peaux tachées par la maladie, le sarcome de Kaposi, plissées sur des corps pratiquement abandonnés par la vie. Je me sens seule face au virus. À cette époque, on ne parle absolument pas de femmes atteintes par le sida. Je vais mourir, qui plus est dans des conditions atroces. Je pense à cela à tout moment, jour et nuit. Le matin, surtout, j'ai des bouffées d'angoisse. Je me regarde dans une glace, je m'inspecte, je recherche les signes éventuels de la maladie. On peut rêver meilleure façon de commencer la journée.

Quand je vais trop mal, quand l'angoisse se fait trop forte pendant ces premiers mois où j'apprends à vivre avec le virus, je me révolte contre moi-même : et ma promesse de tenir le coup, alors ? Il faut que je lutte, je ne vais tout de même pas abandonner Maurice. Et Deborah, je ne vais pas voir grandir ma fille ?

Après le choc des premiers jours, c'est ce qui me terrifie le plus. Je vais laisser cette enfant seule, sans l'affection d'une mère, l'amour, les conseils, les encouragements. Elle n'a que dix ans, comment va-t-elle affronter le monde et ses épreuves ? Elle a son père, bien sûr. Mais une mère, j'ai la faiblesse de croire que c'est primordial. Je songe à ma propre mère qui a perdu ses parents. Elle avait déjà vingt ans mais le chagrin l'a envahie jusqu'à la fin de ses jours. Ces pensées m'accablent, le syndrome de la famille va frapper à nouveau, tous ces disparus, ces générations tronquées, ces enfants lancés dans la vie trop tôt, sans protection.

Surtout ne pas se laisser emporter par le désespoir. Il n'y a rien d'autre à faire que d'apprendre à gérer cette situation. Se conduire dignement, ne pas être une charge pour ses proches. Combattre, encore une fois. Il faut que je me le rappelle à chaque instant : après tout, j'aurais aussi bien pu être emportée par l'explosion ; j'ai déjà gagné près d'une année. Il faut que je continue à penser de la sorte. Chaque semaine, chaque mois sont bons à prendre. Il faut que je combatte ce virus comme j'ai vaincu l'amputation. Un mois de plus avec ma fille, mon mari, ma famille si chère à mes yeux. Prolonger ma vie le plus longtemps possible, le temps que Deborah grandisse, qu'elle n'ait plus besoin de moi. Si je devais choisir une devise, ce serait : « Je lutte, donc je vis. »

Voilà ! J'ai libéré ma conscience, j'ai dit tout haut ce que je cache depuis vingt ans. J'ai mis mes actes en accord avec mes convictions. J'ai tellement senti, au cours de ces années, que le secret, la honte, entretenaient la maladie. Je suis persuadée qu'aujourd'hui encore certains malades ne savent pas qu'ils ont contracté le virus, qu'ils contaminent peut-être leur entourage, qu'ils perdent du temps pour se soigner. Combien de femmes mettent au monde des enfants contaminés ! Je suis certaine que nos mentalités rétrogrades sont des freins dans la lutte pour endiguer ce fléau. Je voulais parler depuis si longtemps. Pendant toutes ces années où j'ai gardé mon secret pour moi et quelques proches, je me faisais le reproche de céder à l'hypocrisie de notre société. En même temps, je me disais que je ne pouvais pas enfourcher toutes les batailles à la fois, que si j'avais avoué cette contamination, si j'avais commencé à me battre contre le sida, mon combat pour les victimes du terrorisme s'en serait trouvé amoindri, mon message aurait été brouillé. Tout cela a tourné dans ma tête pendant tant d'années. Mais je ne vais pas m'inventer aujourd'hui des raisons politiques pour justifier mon silence. Pour l'essentiel, elles sont d'ordre privé : j'ai attendu que ma fille grandisse, que mes parents ne soient plus de ce monde.

Et maintenant ? Comment vais-je affronter cette révélation ? J'ai toujours peur de faire du mal à ceux qui m'aiment. Maurice, que cet aveu a toujours dérangé. Qu'il me pardonne, s'il le peut. Je ne parle pas pour lui faire du mal. Je ne parle pas contre lui, bien au contraire. Je parle pour me délivrer d'un poids, pour rendre mon existence plus cohérente, plus en accord avec ce que je crois. Je parle pour m'apaiser. À force, j'ai fini par ne plus trouver d'explication à mon silence. Je sais que certains, dans mon entourage, seront perturbés. Des amis si proches à qui je n'ai rien dit pendant vingt ans alors que j'ai parlé à d'autres. Que tous ceux que je chéris sachent une chose : vivre avec cette maladie n'est évidemment pas simple. Les montées d'angoisse impliquent que, certains soirs, l'on parle parce qu'on ne peut faire autrement. Ne me demandez pas d'avoir adopté un comportement toujours rationnel. J'ai porté ce secret si longtemps. Plus les mois ont passé, plus il a été difficile de m'en séparer.

Je crains, bien entendu, les réactions de mon entourage. J'espère vivement que cet aveu ne changera rien.

Pour le reste, pour tout ce qui concerne ma vie sociale, les relations nouées du fait de mes fonctions de porte-parole de S.O.S. Attentats, je ne redoute rien. Absolument rien. Ni les regards moins droits. Ni les poignées de main moins franches. Ni les dérobades, ni les manquements. Rien. De ce point de vue, j'ai mon compte. Si certains ne peuvent supporter cette maladie qu'un jour prochain ou lointain on guérira, c'est leur problème. Que tous ceux-là sachent que je n'ai rien oublié des infamies proférées un soir de misère, au dîner de la Licra. Parfois, je pense à mes tantes, à mon oncle, à mes grands-parents que la haine de l'autre a jetés dans des camps d'extermination, dans des chambres à gaz. Après cela, aucun mot ne peut plus m'atteindre. Pour paraphraser Nietzsche, « tout ce qui ne me tue pas me rend plus forte ». Je plains ceux qui ne sont pas capables d'aimer l'autre, quel qu'il soit.

Guerre en temps de paix

Tout au long de ces années, je me suis trouvée projetée sur des plateaux de télévision et de radio. Certains jours, les journalistes défilaient chez moi jusque tard le soir. J'ai côtoyé des ministres et des parlementaires, des médecins et des militants associatifs, des personnalités médiatiques. Certains ont pu penser que cette nouvelle vie présentait bien des attraits. Être reconnue dans la rue, approcher des vedettes... Avec ceux qui ont osé entamer cette conversation, j'ai pu m'expliquer franchement : non, ce n'est pas la vie rêvée. En tout cas, ce n'est pas la mienne. Oui, si j'en avais la possibilité, j'aimerais retrouver l'anonymat en même temps que mes jambes intactes, je troquerais sans hésiter ma vie d'avant contre cette petite notoriété.

Une certaine forme de reconnaissance ? Je n'ai jamais eu la volonté de me mettre en avant quand ce n'était pas pour la cause que je défendais. Me retrouver dans la lumière ? Je suis d'un temps où les écrits comptaient plus que les images. De toute façon, je n'ai jamais jugé la valeur des gens à l'aune de leur célébrité. Dans ces cercles, j'ai rencontré la même proportion d'imbéciles et de personnes de qualité que partout ailleurs. J'y ai aussi vu des bassesses, des mesquineries, des égoïsmes qu'on ne soupçonne guère, à ce niveau.

Je crois n'avoir jamais perdu la tête, même dans les premiers mois où les interviews se succédaient en un véritable marathon. Je n'ai aucun mérite. Je ne pensais qu'à mon combat, à ses avancées. J'étais entièrement polarisée sur cette obsession : profiter de chaque tribune, de chaque micro qui se tendait pour répéter, répéter, répéter les douleurs, les souffrances, les injustices. J'ai revu, pour ce livre, quelques-unes des émissions auxquelles j'ai participé dans ces années-là. J'avais oublié à quel point je ressassais mon message, à quel point je refusais de m'écarter de mon chemin. Souvent, je dirais même la plupart du temps, les journalistes, les animateurs d'émissions auxquelles j'étais conviée, m'interrogeaient sur mon cas personnel. À chaque fois, j'avais une réaction de gêne qui se traduit par une crispation des lèvres que seuls mes proches connaissent. Je disais un mot, une phrase ou deux. Toujours les mêmes : le Grand Véfour, le combat médical et la colère contre les Taittinger. Je revenais ensuite aux victimes, à l'association, aux avancées que nous réclamions.

J'ai retrouvé avec amusement la cassette d'un *Droit de réponse* où j'avais été invitée, avec Marie-Valentine Perrot, la jeune étudiante brûlée aux Galeries Lafayette. Dans les années quatre-vingt, Michel Polac animait ce grand débat polémique chaque samedi soir, en deuxième partie de soirée. C'était une émission très regardée où les affrontements étaient souvent mémorables, une forme d'échanges publics qui n'a pas d'équivalent aujourd'hui.

Nous étions en octobre 1986, juste après la promulgation de la loi sur le terrorisme et la création du Fonds de garantie. Ce soir-là, avant que Marie-Valentine et moi ne plaidions notre cause, les journalistes invités commentèrent l'actualité. C'était la revue de presse mensuelle qui consistait, à partir des sujets les plus divers, à exposer des points de vue intéressants mais le plus souvent divergents. L'émission commençait après 22 h 30. À minuit, nous n'avions toujours pas commencé à parler de terrorisme, je m'impatientais.

Quand vous placez en un lieu circonscrit une dizaine de journalistes habitués des plateaux télé, vous pouvez être certain que vous ne prendrez pas la parole de sitôt. Qu'importe le sujet proposé, ils ont toujours quelque chose de nouveau à dire. Et bien sûr, si l'un dit blanc, l'autre, à coup sûr, défend le noir, le troisième s'interroge sur la pertinence d'un gris et le quatrième trouve que le gris proposé est bien pâle. Ou trop foncé, peu importe. J'ai fini par comprendre que les convictions de chacun étaient parfois fondées sur des hasards, le goût de la contradiction, de l'originalité. Ces personnes fort intelligentes ont en réserve des trésors de dialectique pour inverser les thèses avancées par le camarade précédent. On aurait dit, ce soir-là, un concours de sophistes antiques.

Ils avaient déjà épuisé une dizaine de sujets mais il se trouvait toujours un nouveau centre d'intérêt pour exciter leur inépuisable faconde. Cette fois, ce fut l'attitude de la génération précédente pendant la guerre et l'Occupation. Quelque temps auparavant, un ancien patron des services secrets avait suggéré que des archives confidentielles, qu'il avait distraitement consultées, prouvaient que nombre de citoyens honorablement connus n'auraient pas été exempts de toute sympathie collaborationniste avec les Allemands. L'assertion n'ayant été étayée par aucun élément probant, le mieux eût sans doute été de traiter cette provocation par le mépris. Ce n'était pas le genre de ces messieurs de la presse qui ne pouvaient résister à un nouveau sujet d'invectives.

Au milieu de cet énième débat passionné, le ton monta encore d'un cran. L'éditorialiste de *L'Humanité*, Claude Cabanes, demanda fielleusement à celui du *Quotidien de Paris,* Dominique Jamet, en vertu de quoi il s'érigeait en spécialiste de la Collaboration. Il se trouvait que le père de ce dernier avait eu des ennuis à la Libération, épisode douloureux dont le fils s'est expliqué, plus tard, dans un livre émouvant, *Un petit Parisien*[1]. Généralement en verve, le représentant du « parti des fusillés » (à l'époque, cela représentait quelque chose) et son rival antisoviétique s'étaient fait une spécialité des invectives politiques. Cette fois, on entrait dans la sphère du déballage personnel.

Je fus effarée. Le problème n'était plus qu'on perdît du temps avant de parler du terrorisme. Non, j'étais choquée par cette attaque basse et mesquine, au-dessous de la ceinture. Ces allusions perfides me paraissaient totalement déplacées. Est-on seulement responsable de ses parents ? Mais les grands schismes très français de cette époque, les vieux schémas datant de la Libération, ne demandaient qu'à resurgir : collabos ou résistants ?

1. Paris, Flammarion, 2000.

Français ou prosoviétiques ? On aurait dit du Shakespeare.

Quelle ne fut pas ma surprise, une fois l'émission terminée, de voir les deux ennemis, séparés un instant auparavant par une question d'honneur, repartir bras dessus, bras dessous, se demandant dans quel bistrot ils iraient terminer la soirée. Peut-être que Cabanes regrettait ou que Jamet passait l'éponge. En tout cas, cela me fit une drôle d'impression. J'ai souvent songé, depuis, que tous ceux qui sont fascinés par les coulisses de la télévision ou les allées du pouvoir, auraient bien des désillusions à les fréquenter autrement qu'en allumant leur poste. Que des amitiés puissent se nouer par-delà les barrières politiques ne me choque pas. Je connais bien des députés qui, les jours des questions d'actualité, sortent le grand jeu en se vouvoyant devant les caméras et qui, sitôt les projecteurs éteints, filent prendre l'apéritif à la buvette de l'Assemblée. En se tutoyant. Le problème n'est pas là. L'incident de *Droit de réponse* m'a longtemps troublée : je me demande si ces sautes d'intensité dans le débat politique, exagérément agressif à certains moments, amical pour le reste, ne finissent pas par laisser des traces chez ceux qui ne votent pas.

Tout ceci pour dire que j'ai traversé ces mondes de l'apparence avec un détachement constant. Je ne me suis jamais pliée aux règles de la complaisance. J'ai parfois cédé par inexpérience mais jamais deux fois de suite. En repensant à ces années, en visionnant jusqu'au bout cet enregistrement de *Droit de réponse*, je me souviens d'avoir été parfois rugueuse, presque peu aimable à certains moments. Ce soir-là, quand Michel Polac nous donna enfin la parole, je ne pus m'empêcher, énervée, de lancer à deux des journalistes présents : « Que n'avez-vous développé la même passion pour les victimes d'attentats que pour le débat sur les archives de la dernière guerre... »

Ce n'était pas très fin, je le concède. Chaque débat est important. Mon intervention et celle de Marie-Valentine culpabilisèrent tous les invités de Michel Polac. Ce genre de remarque furibarde a donné de moi l'image d'une Antigone toujours en quête de combat, incapable de compromis, gardienne inflexible d'une cause, d'un honneur. Pourquoi pas ? Je ne suis pas cette guerrière inlassable. Je sais mes fatigues, mes peurs, mes faiblesses. Mais dans cette période, la révolte m'étreignait, les injustices me paraissaient tellement scandaleuses que rien n'aurait pu me faire reculer. Cette attitude était le fruit d'une conviction, pas d'une manière d'être. Je ne suis pas la femme attirée par le malheur que mes apparitions médiatiques pourraient laisser croire. Avant l'attentat du Grand Véfour, et aujourd'hui encore quand la souffrance me laisse du répit et que je ne bataille pas pour notre cause, je n'aime que la gaieté, la curiosité, la découverte des autres.

Mais je ne rejette rien de cette époque : il y avait un combat à mener. Jusqu'à la fin des années quatre-vingt, les victimes du terrorisme mettaient mal à l'aise. La société entière, et ses hommes politiques au premier rang, auraient préféré voir disparaître cette bande d'éclopés qui réclamait des comptes. Avec nos béquilles, nos chaises roulantes, nos brûlures, nos amputations et tout ce qui ne se voyait pas mais se devinait, nous rappelions les failles de notre vie collective, le danger, la menace, la faillite de notre sécurité.

J'ai éprouvé ce sentiment lors de ce *Droit de réponse*. Tous ces beaux parleurs, sûrs de leurs jugements, souvent brillants, je dois le concéder, firent silence aussitôt que la parole nous fut donnée. Le détachement frivole avec lequel ils dissertaient avait tout à coup cédé la place à la compassion, une forme de contrition même.

Surtout quand Marie-Valentine ôta le masque blanc qui lui enserrait le crâne. Son visage était toujours aussi rouge et fripé, presque un an après l'attentat des Galeries Lafayette. Elle raconta sa détresse psychologique, la difficulté à vivre, à se montrer en public dans ces conditions, ses hésitations pour savoir si elle aurait le courage de reprendre ses études. Je sentis Michel Polac profondément bouleversé par ce témoignage, par la découverte que la loi d'indemnisation ne suffisait pas, que la souffrance de chaque survivant d'un attentat avait une dimension psychologique, je dirais presque existentielle. D'autres journalistes intervinrent, en laissant parler leur émotion. Ils étaient unanimes pour approuver l'idée d'un statut de victime civile de guerre. Il fallait que la collectivité entoure ceux de ses membres touchés dans une guerre insidieuse mais bien réelle.

Quand nous avons réussi à nous imposer, nous les victimes, au centre d'un débat politique, le regard sur le terrorisme a rapidement changé. Si la société avait du mal à nous accepter, c'est qu'elle refoulait la question de cette guerre sans nom ni protagonistes bien identifiés. Mieux valait ne rien voir, ne rien savoir. J'avais cette ambition que notre intervention aide à la prise de conscience. C'est pourquoi elle ne devait pas se limiter aux affaires financières. J'avais à l'esprit depuis des mois cette question d'un statut de victime civile de guerre. Je sentais qu'il pourrait être d'un grand réconfort pour les survivants mais aussi pour les familles des disparus. Je savais que ce serait un geste symbolique engageant la collectivité, un geste bénéfique aussi bien pour les victimes que pour l'ensemble des citoyens.

Le terrorisme était bien une nouvelle forme de guerre, la guerre des pauvres, des exclus, des abandonnés peut-être. La guerre du tiers monde, certes. La guerre d'un autre temps où les États ont perdu leur fonction toute-puissante, la guerre des bandes et des réseaux. C'est peut-être une régression vers un Moyen Âge. La guerre des lâches, assurément. J'aime cette phrase de Chateaubriand tirée de ses *Mémoires d'outre-tombe* : « Jamais le meurtre ne sera à mes yeux un objet d'admiration et un argument de liberté. Je ne connais rien de plus servile, de plus méprisable, de plus lâche, de plus borné qu'un terroriste. » On peut trouver toutes les explications politiques et sociologiques imaginables, et cette compréhension est même très importante pour nous protéger efficacement. Il n'en reste pas moins que c'est une guerre et qu'il fallait que, à un moment, cela soit dit. Nous, victimes, y avons contribué.

La plupart des gouvernants étaient convaincus, évidemment, que le terrorisme était une forme de guerre moderne. Mais ils étaient persuadés que, dans ces circonstances, il valait mieux agir avec les outils discrets de la diplomatie, des services secrets, et ne pas trop en dire aux simples citoyens. Combien de fois nous sommes-nous heurtés au black-out des ministres, du président de la République, à la fin des années quatre-vingt ? Nous les agacions à exiger des réponses : quel État se cachait derrière les poseurs de bombes à Paris en 1986 ? Nous les énervions aussi à toujours rappeler le sort des otages du Liban, à refuser l'oubli. Bien sûr qu'il était délicat d'accuser l'Iran ou la Syrie d'organiser les actions terroristes et en même temps de négocier avec eux la libération de nos concitoyens otages des groupes Hezbollah au Liban. Je sais que l'État a toute latitude d'utiliser les moyens dont il dispose pour résoudre les crises. Mais il n'était pas irresponsable que nous nous fassions entendre, contrairement à ce que les partisans des méthodes secrètes nous ont parfois reproché. L'expérience prouve que nos campagnes, nos paroles, nos actions n'ont en rien gêné l'approche diplomatique. Bien au contraire.

Toute l'année 1987, j'ai passé un temps fou à potasser mes vieux livres de droit. Je n'aurais jamais imaginé, quand je travaillais dans mes boutiques, quand je courais les grossistes à la recherche des fins de séries de tissus, que mon double DESS de droit privé et de sciences politiques me serait un jour aussi profitable. Je cherchais dans mes souvenirs. Enfant, la guerre d'Algérie m'avait profondément marquée. Je n'avais pas dix ans mais certains souvenirs étaient gravés dans mon esprit. Je me rappelais notamment que des membres de l'OAS, l'organisation secrète qui s'opposait à l'indépendance de l'Algérie accordée par le général de Gaulle, avaient posé une bombe à Boulogne-Billancourt, sur le rebord de fenêtre d'un immeuble cossu. Ils voulaient atteindre André Malraux mais les plastiqueurs avaient manqué leur cible. L'écrivain gaulliste n'était pas là. C'est une petite fille, Delphine Renard, qui avait été blessée, perdant un œil dans l'affaire. L'attentat provoqua une très forte émotion. Je retournai en tous sens le code de procédure pénale et finis par découvrir qu'une loi avait prévu, en 1959, de considérer comme victimes civiles de guerre tous ceux qui avaient été blessés ou tués à cause de la guerre d'Algérie. Des deux côtés de la Méditerranée. Je tenais mon argument juridique, il fallait maintenant mener la bataille politique.

La création du Fonds de garantie n'avait pas supprimé toutes les injustices, résolu tous les problèmes. Il fallait du temps pour que cette structure se mette en place. La première réunion du Fonds devait intervenir à la fin de l'année. Certaines personnes ne pouvaient attendre pour recevoir les provisions. Parmi les familles des onze morts, parmi les soixante blessés des cinq attentats de septembre, il y avait des cas désespérés à secourir de toute urgence. À l'automne 1986, Bernard Kouchner m'apporta son aide, sa connaissance des problèmes humanitaires.

Je dois faire une parenthèse. J'ai dressé, plus haut, un portrait plutôt sévère du monde politico-médiatique. Quelques exceptions s'imposent. J'ai déjà dit toute la loyauté et le courage de Jacques Toubon. Je dois citer au même rang Bernard Kouchner. Il fut l'un des hommes de gauche à nous avoir apporté son soutien constant. Depuis 1968, il a assez bourlingué partout dans le monde, du Biafra au Vietnam, pour savoir reconnaître les urgences et les priorités. Il m'a proposé son aide, une fois pour toutes. J'ai toujours su, par la suite, le trouver quand il le fallait. Une caricature fait de lui un homme prêt à beaucoup de choses pour s'attirer des responsabilités. Ce que je sais, moi, c'est que c'est un homme de parole, un homme fidèle qui sait où sont ses engagements.

Après l'attentat de la rue de Rennes, il a débarqué chez moi, rue Daru, avec son casque de motard. C'est un ouragan, j'ai appris à le connaître. La première fois, sa rapidité à entrer dans le vif du sujet m'a surprise :

— Nous, les humanitaires, on est habitués à intervenir à l'autre bout du monde, me dit-il sans avoir pris le soin de s'asseoir. Mais là, c'est chez nous que ça se passe.

Je ne pouvais qu'acquiescer.

— Qu'est-ce qu'on peut faire pour vous aider ? On sait récolter des fonds, on a des fichiers.

Je n'avais pas le temps de répondre qu'il avait déjà établi un plan de bataille. Même si l'on parlait beaucoup de S.O.S. Attentats dans la presse, nos moyens d'intervention étaient des plus limités. Les après-midi, nous étions cinq ou six à écrire des courriers, coller des enveloppes, chercher des adresses dans les bottins. Il y avait souvent ma tante Dora, ma belle-mère et infirmière préférée, Alice. Deborah nous aidait entre ses cours et ses devoirs. Des victimes passaient, Marie-Claude, les deux Marie-Jo, Claudie, et donnaient un coup de main. Maurice, aussi, quand son entreprise lui laissait un moment de libre.

— On n'a pas forcément besoin d'argent, expliquai-je à Kouchner, mais plutôt d'une aide sociale d'urgence pour les familles qui doivent patienter jusqu'à ce que le Fonds de garantie se mette en place.

— D'accord, je mets toute la logistique de Médecins du monde à votre disposition. Il faut que vous réfléchissiez au type d'aide que vous devez solliciter pour ces familles.

— Il y a pas mal de choses qui manquent : des vêtements, des aides pour les enfants dont les parents sont hospitalisés. Et puis...

— ... oui ?

— Vous allez me trouver ridicule mais je trouve que ce serait bien d'offrir des cadeaux à tous ces enfants.

— Je ne trouve pas cela ridicule.

— Et aussi un soutien scolaire.

— Mais pour tout ça, il vous faut des fonds.

Bernard Kouchner proposa que son association, Médecins du monde (MDM), verse 1 % de son budget annuel au « fonds de solidarité avec les victimes du terrorisme » géré par la Fondation de France. En octobre, nous avons signé une lettre commune envoyée aux mille premières entreprises de France et aux mille plus importantes associations humanitaires. Nous leur avons exposé l'ampleur de la situation : « Depuis 1974, jusqu'à la fin de 1985, il y a eu en France cent soixante morts et plus de sept cents blessés non indemnisés... Ces victimes ont besoin d'aide immédiatement. Elles ont surtout besoin de réconfort et de solidarité à long terme. L'État ne peut pas tout faire. » Nous donnions quelques exemples : un père, une mère, un enfant, blessés rue de Rennes ; trois autres enfants vivant seuls avec une grand-mère venue d'Algérie qui ne parle pas français ; l'appartement, une pièce unique, devenu impraticable pour la mère handicapée ; un dirigeant d'une petite entreprise, invalide à 55 % après l'attentat de la rue Copernic, qui dépose le bilan de sa société ; un couple français mort au Sri-Lanka en mai 1986 dans un attentat contre un avion, deux orphelins sans ressources. « Un à un, nous avons dénombré des centaines de cas tragiques, pour lesquels un soutien est indispensable : ici un simple geste, là une longue assistance. Plus tard, la réinsertion sociale et professionnelle. Il faut d'urgence réagir et tous les soutenir. »

Avec ma petite troupe, nous avons écrit toutes les adresses à la main. Malheureusement, nous n'avons reçu que très peu de réponses, vingt ou trente, au grand maximum. Sur deux mille lettres ! Certains ont tout de même eu la courtoisie de nous signaler qu'il ne leur était pas possible de faire un geste. Au moins, ils répondaient. Plusieurs associations, l'ordre de Malte, le fonds social juif et quelques autres ont répondu présents. Nous avons reçu 100 000 francs au total qui ne furent pas inutiles pour les cas les plus dramatiques. Tati n'a pas versé d'argent mais s'est comporté d'une manière tout à fait exemplaire, bien mieux que d'autres grandes sociétés également touchées par des actes terroristes. Les dirigeants de la chaîne ont fait jouer leurs assurances pour toutes les victimes, bien qu'elles aient été fauchées sur le trottoir et non dans le magasin.

L'élan de solidarité était tel que plusieurs médecins nous proposèrent leur concours dès 1986. Mon frère William n'était pas étranger à cette démarche. Il avait conscience que tous les maux dont souffraient les personnes blessées lors des attentats étaient mal connus, donc difficilement soignables et indemnisables. Il avait prévu que j'aurais à batailler lors des conseils d'administration du Fonds de garantie sur les taux de remboursement, les expertises et évaluations des différentes séquelles physiques et autres.

— Il faudrait disposer d'un outil scientifique d'évaluation, m'expliqua-t-il assez rapidement après l'attentat de la rue de Rennes.

Avec plusieurs de ses collègues médecins – à titre bénévole évidemment – et des victimes, nous avons établi un questionnaire le plus complet possible : une centaine de questions adressées à cinq cents victimes d'attentats dont nous avions retrouvé la trace. Quand j'y pense ! Comment est-il possible que les autorités sanitaires n'aient jamais songé à lancer une telle enquête ? Non seulement en France mais dans de nombreux pays étrangers. William a beaucoup consulté les publications scientifiques. Il a retrouvé quelques maigres études en Israël, en Angleterre et aux États-Unis. Fort peu de choses, au total. Il aura fallu qu'une petite association prenne l'initiative, finance l'opération sur ses maigres subsides pour réparer un énorme oubli.

Nous avons reçu trois cent treize questionnaires dûment remplis. Il a fallu les dépouiller et contrôler le plus méthodiquement possible la pertinence des réponses, avec de nombreux tests de vérification. Il fallait s'assurer que les questionnaires n'avaient pas été exagérément voire systématiquement remplis dans un sens pessimiste et négatif. Ce fut l'objet de nombreuses réunions à l'Inserm (Institut national scientifique des études et recherches médicales). Il s'agissait, à partir des réponses, de déterminer une échelle de description de l'état physique, mental, social et professionnel des survivants d'attentats. Nous partions sans véritables hypothèses, faute de travaux antérieurs consistants. Grâce à l'énergie des médecins amis, des militants de l'association, nous avons fait quelques découvertes qui peuvent paraître aujourd'hui d'une grande banalité mais qui, à l'époque, ont révolutionné les connaissances dans ce domaine et ont abouti à des décisions concrètes pour les victimes du terrorisme, mais aussi pour les victimes de tous les types de catastrophe.

La première découverte, je l'avais pressentie depuis un bon moment.

Maurice m'avait un peu parlé des bourdonnements d'oreilles assez insupportables qui l'assaillaient depuis l'attentat du Grand Véfour. Mais ce n'est pas un homme à s'appesantir sur ses maux. Une autre victime m'en fit un récit plus détaillé. Marc Wisniewski travaillait dans la restauration. Il avait une trentaine d'années. Le 29 mars 1985, il participait au quatrième festival international du cinéma juif au cinéma Rivoli-Beaubourg. Il était 21 h 50, un film sur Eichmann, l'un des compagnons d'Hitler, était projeté. Une bombe explosa, creusant un cratère de cinquante centimètres dans le sol et faisant dix-huit blessés. On serait presque tenté d'ajouter « seulement » si ce n'était pas désobligeant pour la souffrance des survivants. Mais c'est vrai que la bombe aurait pu tuer et faire beaucoup plus de blessés. Trois organisations se précipitèrent pour revendiquer l'attentat, deux groupes néo-nazis et le Djihad islamique.

Marc Wisniewski a été brûlé au troisième degré aux mains et au visage. Ses tympans ont été perforés et il a commencé à vivre avec des vertiges et des bourdonnements incessants. C'est grâce à ses récits, nombreux et détaillés, que j'ai pris conscience de l'importance des troubles auditifs qui, à cette époque, n'étaient pas traités. L'étude épidémiologique mit l'accent sur toutes ces blessures invisibles dont souffraient les victimes, dans l'indifférence ou le scepticisme de la plupart des médecins. C'était terrible pour ces personnes d'être accusées de jouer la comédie. Pour celui qui souffre de dépression, d'incapacité psychique à retrouver son dynamisme, il n'y a rien de pire que de s'entendre dire par un médecin qu'il faut se secouer, arrêter de s'écouter et qu'avec un peu de courage tout rentrera dans l'ordre. Avant l'étude lancée par William, Lucien Abenhaïm et d'autres médecins, on était dans une méconnaissance quasi absolue en France des conséquences psychosomatiques du terrorisme.

Il ressortait des études que la médecine en France était excellente pour tout ce qui concernait les soins orthopédiques et la réparation traumatologique. Mais bien d'autres souffrances n'avaient pas trouvé de réponses médicales. Une grande majorité des personnes blessées éprouvaient par exemple des troubles ORL dus à la puissance de l'explosion. Aucune n'avait fait l'objet d'un traitement sérieux. Les spécialistes leur disaient qu'il n'y avait rien à faire, qu'il fallait apprendre à vivre avec ces acouphènes, sifflements et troubles divers. Depuis, on a beaucoup progressé sur la question.

Outre la pénibilité de ces troubles, l'étude mit en évidence leur lien avec des cas de détresse psychique. Plus d'un tiers des victimes présentaient d'importants symptômes : cauchemars, peurs irraisonnées, grandes difficultés de socialisation, repli sur soi, angoisses diverses, séparations conjugales, échecs professionnels, dépression nerveuse... Plusieurs personnes ont été à ce point touchées qu'elles ont fini par se suicider. C'est le cas de Michel Wisniewski dont les fragilités préexistantes ont été attisées par l'attentat. Malgré toute notre aide, nous n'avons rien pu face à son mal de vivre.

Les médecins qui interprétaient les résultats de l'étude ont été, dans un premier temps, désarçonnés par les réponses recueillies. William, malgré ses six mois de stage en psychiatrie, avait besoin d'une aide pour interpréter ces réponses. Le médecin-général Barrois du Val-de-Grâce la lui fournit. En lisant les résultats, Barrois lui expliqua que les victimes souffraient d'un stress post-traumatique. « Freud a décrit la névrose post-traumatique après la guerre de 14-18 », expliqua-t-il à William. En fait, on avait, sans le savoir, les outils d'interprétation. Uniquement chez les militaires. Ils connaissaient ces phénomènes surtout depuis la Seconde Guerre mondiale. Le Centre de contrôle et de prévention des maladies d'Atlanta, aux États-Unis, avait procédé à des dizaines d'études sur les vétérans de la guerre du Vietnam, travail qui n'a servi que vingt ans plus tard pour la première guerre du Golfe. En France, on disposait aussi de quelques travaux cliniques sur les appelés du contingent français engagés dans la guerre d'Algérie.

Mon souvenir de la petite Delphine Renard, mon hypothèse que les victimes d'attentats avaient subi un acte de guerre qu'il fallait répertorier comme tel... Tout cela n'était donc pas absurde. Des études israéliennes avaient examiné les états de grand stress ressentis par les combattants lors de la guerre du Kippour en 1973. La moitié des évacuations sanitaires du front vers l'arrière l'avaient été pour des blessures d'ordre psychique.

Le schéma est toujours le même. La vie psychique s'est bloquée au moment où la bombe a explosé. Le symptôme principal de cet état de névrose post-traumatique est la reviviscence. On n'arrête pas de revivre le moment de l'attentat sous forme de cauchemars, de visions, d'angoisses. Claudie Ragy, blessée aux Galeries Lafayette le 7 décembre 1985, m'avait raconté qu'elle ne faisait pas seulement des cauchemars. En pleine journée, quand ses enfants s'approchaient d'elle, certaines fois elle les voyait s'embraser, le feu prenait dans leurs cheveux, leurs vêtements. Ils se transformaient en torches humaines. Exactement ce qu'elle avait subi ce samedi soir de 1985 et dont elle ne réussissait pas, depuis si longtemps, à se détacher.

Ces phénomènes étaient difficiles à analyser, encore plus à guérir. Les anxiolytiques ou les antidépresseurs n'avaient en la matière qu'une efficacité très limitée. Les chercheurs ont beaucoup travaillé pour comprendre cette rupture franche et durable de la vie sociale et affective. Parfois, ce mal de vivre, ces décharges émotionnelles permanentes : agitation, pleurs, désirs de fuite, panique ou mutisme, ne commençaient qu'après une longue période de latence, de calme trompeur. Le traumatisme pouvait agir comme une bombe à retardement. En fait, l'individu est incapable de se dégager de l'immense stress vécu au moment de l'attentat, où il a été confronté à sa propre mort : soit par la conscience qu'il a eue, en un instant, que les blessures subies pouvaient causer son décès ; soit par des visions de mort autour de lui. Le sentiment d'invulnérabilité est brusquement brisé. La personne se voit littéralement mourir sur place, cette vision s'imprime profondément en elle, fait resurgir ensuite d'autres traumatismes plus anciens. C'est pourquoi les médecins considèrent qu'il faut agir au plus vite par des séances de débriefing, voire par de vraies consultations psychothérapeutiques, avant que cette agression morbide ne se cristallise trop profondément dans la personnalité de la victime.

En lisant leurs conclusions, j'ai été surprise. Au départ, je croyais comme beaucoup que les blessures psychiques n'avaient rien à voir avec les lésions physiques. J'étais influencée par ma propre expérience. Très gravement blessée, je n'avais subi aucun phénomène de reviviscence. Jamais de cauchemar, pas de dépression. Bien sûr, les explosions de pétard, les sifflements m'ont longtemps effrayée. Mais je n'ai jamais été affectée par des images de mort. Je pensais que les graves blessures, par l'énergie qu'elles réclamaient pour la guérison, protégeaient des atteintes psychiques. Alors que j'ai déjà signalé le cas de personnes très légèrement blessées ou même seulement en état de choc mais qui ont été lourdement affectées psychologiquement.

En fait, les travaux des médecins de l'Inserm ont permis d'établir une échelle de proportionnalité entre les atteintes psychiques et les blessures physiques. Les personnes physiquement épargnées étaient également atteintes sur le plan psychique, mais souvent dans une moindre proportion. Cette découverte majeure devait se traduire en termes d'indemnisations supplémentaires. Les deux dernières années, j'avais bataillé pour que les atteintes corporelles soient réparées. Je m'apercevais désormais que ces atteintes corporelles étaient plus profondes que je ne l'imaginais. Il faudrait batailler devant le conseil d'administration du Fonds de garantie.

Le président du Fonds de garantie, un vénérable magistrat à la Cour de cassation, posa cette question toute simple :

— Votre étude est très intéressante mais moi, il me faut des critères objectifs pour évaluer ce préjudice psychologique.

— C'est simple, expliquèrent les médecins. Si vous prenez le barème de la gravité des lésions physiques, vous aurez le meilleur prédicteur des souffrances psychologiques.

Ce barème automatique permit d'éviter une autre expertise, psychiatrique celle-là, épreuve difficile et aléatoire, tant les psychiatres sont peu nombreux à être familiarisés avec les affaires de névroses post-traumatiques. Le critère proposé fut retenu par les administrateurs du Fonds. C'était donc le taux d'incapacité permanente partielle (IPP) qui tiendrait lieu de référence pour les indemnisations. Le préjudice spécifique des victimes d'actes de terrorisme serait évalué à 40 %

de la valeur de l'IPP. On ajouterait les lésions ORL à hauteur de 15 %. C'était la première fois qu'un critère épidémiologique était utilisé dans des décisions d'indemnisation. Évidemment, elles seraient appliquées rétroactivement au 1er décembre 1985. Pour les victimes des attentats antérieurs, j'avais rencontré Charles Pasqua et Robert Pandraud et nous avions fini par obtenir que toutes ces personnes, blessés ou ayants droit des décédés, soient indemnisées spécialement sur les fonds du ministère de l'Intérieur. Cela permit de remonter jusqu'au début des années quatre-vingt, pas avant malheureusement.

Je continuais pendant ce temps à batailler pour permettre aux victimes du terrorisme de bénéficier du statut de victime civile de guerre, tel qu'il avait été défini par la loi du 31 juillet 1959, en pleine guerre d'Algérie. Ce statut permet de bénéficier d'une couverture à 100 % des soins médicaux et des appareillages, point crucial dans le cas des victimes d'attentats, et d'un certain nombre d'avantages liés à la carte d'invalidité, comme la gratuité des transports, les emplois réservés et le statut de pupille de la Nation pour les orphelins et les enfants blessés, ou de parents blessés. Je savais que, au-delà des avantages matériels, la reconnaissance officielle de la nation ne pourrait qu'avoir un effet bénéfique sur le moral des victimes.

J'ai retrouvé une chemise avec de nombreux courriers adressés aux parlementaires. Beaucoup, cette fois, m'ont répondu, signe d'une très nette évolution du rapport de forces. De très nombreux parlementaires, plusieurs ministres et Simone Veil, dont la réponse me toucha particulièrement, ont appuyé notre démarche auprès du gouvernement. Deux propositions de loi furent enregistrées à l'Assemblée et au Sénat. Lors d'un *Dossiers de l'écran* consacré au terrorisme, j'interpellai Charles Pasqua à ce sujet et celui-ci me répondit qu'il croyait que c'était « une bonne solution ».

J'ai écrit au mois de mai 1987 à Paule Dayan qui était toujours chargée de mission à l'Élysée pour lui exposer mes arguments. Elle m'a répondu en septembre, le délai m'a paru assez long. Il est vrai qu'elle avait interrogé les ministères concernés, opération qui n'est jamais aisée. Sa réponse m'apparut comme une fin de non-recevoir. D'après elle, le ministre de la Justice, Albin Chalandon, estimait que ce statut ne pouvait être appliqué pour une raison juridique fondamentale et fort pointue, une histoire de pension militaire que les victimes du terrorisme ne pourraient pas toucher. J'ai relu ces échanges de courrier avec amusement. Je me serais crue revenue aux belles années de mes dissertations de droit.

Aux arguments invoqués par la chancellerie que je ne développerai pas ici, de peur d'endormir le lecteur, mais qui présentaient quelque intérêt philosophique (la conseillère de l'Élysée m'avait écrit cette phrase magnifique : « Il pourrait être soutenu que cette législation forme un tout, si bien que l'accessoire ne pourrait être accordé si le principal ne l'est pas également. »), je répondis par une autre argumentation sur la nature juridique des indemnités du Fonds de garantie. Je ne sais pas si les victimes que j'entourais de mon attention ont jamais su les heures passées, chaque nuit, à potasser mes manuels de droit, afin de ne pas perdre la bataille face aux surdiplômés des ministères. C'est à cette époque que j'ai rencontré Ghislaine Doucet qui travaille maintenant à S.O.S. Attentats. Cette jeune femme avait passé en 1983 un doctorat de droit sur le terrorisme, sujet à l'époque très novateur. Conseillère au secrétariat d'État chargé des Anciens Combattants et Victimes de guerre à la fin des années quatre-vingt, elle m'a apporté son aide et plusieurs éclairages juridiques fort pertinents.

Il faut dire que d'autres points étaient soulevés pour refuser d'accorder ce statut. Paule Dayan et Albin Chalandon soutenaient que la loi de 1959 était intervenue « en relation avec les événements survenus en Afrique du Nord. Il existait donc un certain lien avec la politique suivie par la France ». Il me fut aisé de rétorquer que les campagnes d'attentats menées par l'Iran en 1986, par exemple, étaient bien liées à la politique française de soutien et de ventes d'armes, en plein conflit Iran-Irak, au régime de Bagdad. Ce que Téhéran nous faisait payer. Nombre de ministres l'avaient avoué publiquement.

Quant au troisième point, il était plus mesquin. La loi de 1959 ne s'appliquait qu'aux Français (mais à l'époque, soit dit en passant, les Algériens étaient français). J'avais réussi à ce que la loi de 1986, c'est ma fierté, soit appliquée beaucoup plus largement : à toutes les victimes d'attentats en France, quelle que soit leur nationalité, et à tout Français touché n'importe où dans le monde. Il fut, là aussi, facile d'arguer qu'en vingt ans l'évolution des mentalités, la mode des échanges planétaires imposaient d'élargir les bénéfices des lois anciennes.

L'étude épidémiologique montrait la nécessité d'un fort soutien collectif. J'avais apporté toutes les réponses aux interrogations juridiques. Je ne voyais aucune opposition d'aucun groupe politique. J'avais le soutien de personnalités influentes. Je passais un temps fou à marteler mon affaire dans tous les colloques juridiques, tous les congrès médicaux auxquels je participais, et dans de nombreuses émissions. Mais la situation était bloquée.

Le 19 septembre 1989, un DC-10 d'UTA, qui assurait la liaison Brazzaville-Paris *via* N'Djamena, explose en plein vol et s'écrase dans le désert du Ténéré, au Tchad. Cent soixante-dix personnes trouvent la mort. On reparle à nouveau du terrorisme, les médias ressortent les victimes de leur placard, l'opinion publique s'émeut. C'est le moment de mettre la pression. Quelques semaines plus tard, j'apprends que François Mitterrand, réélu président un an et demi plus tôt, est l'invité de Jean-Pierre Elkabbach. Les journalistes sur lesquels je sais pouvoir compter ne sont pas nombreux, Elkabbach en fait partie. Il m'a déjà interviewée plusieurs fois. Je connais sa compréhension pour notre cause, sa compassion pour ceux qui souffrent. Je lui téléphone avant l'interview et je lui fais passer un argumentaire sur le statut des victimes civiles de guerre.

Le soir de l'interview, je suis au cinéma sur les Champs-Élysées. Nous sortons de la séance, Maurice va chercher la voiture dans un parking souterrain et me récupère devant le cinéma. J'allume l'autoradio et j'entends prononcer mon nom. Je n'ai pas entendu la question de Jean-Pierre Elkabbach mais je l'imagine aisément. En tout cas, le président de la République lui répond : « Pourquoi n'accorderait-on pas les meilleurs droits possibles aux victimes d'attentats comme me l'a demandé madame Françoise Rudetzki ? »

J'ai gagné. Nous avons gagné. Tous ceux qui ont subi le terrorisme réintègrent un peu plus la communauté nationale. Fini les tergiversations juridiques, les points de litige soulevés, les mesquineries. Il aura suffi que le Prince parle, soumis tout de même à une forte pression. Il aura suffi qu'il considère qu'il avait un coup politique à jouer pour que tout s'enclenche. Il aura aussi fallu que le sang coule encore, qu'un attentat fasse cent soixante-dix morts pour que le législateur français, le pouvoir exécutif avec lui, finissent par prendre conscience que les points d'achoppement relevés n'étaient qu'arguties face à la détresse des victimes.

Le 23 janvier 1990, la loi est publiée au *Journal officiel*.

Triple peine

Je voudrais m'expliquer sur cette expression, cette « triple peine » qui a rythmé mon existence. Quand j'ai annoncé autour de moi le titre retenu pour ce livre, j'ai suscité de la surprise, des questions, des incompréhensions. C'est à ma fille que je pense principalement. Pour deux des peines énoncées, l'attentat puis la contamination par le virus VIH, Deborah comprenait parfaitement. Mais l'idée d'une troisième peine l'a laissée interdite.

Je sais qu'elle protestera en lisant ces lignes mais j'ai bien conscience que mon attentat lui a gâché une partie de ses jeunes années. Avec Maurice, pourtant, nous avons tout fait pour la tenir le plus possible à l'écart du drame que nous vivions. Il est sorti de l'hôpital pour l'accueillir à la gare, à son retour de colonie de vacances. Après la première visite catastrophique, elle a dû patienter de nombreuses semaines avant de pouvoir venir me voir, à l'hôpital, dans des conditions à peu près supportables. Elle se souvient qu'elle me faisait manger du kiwi à la petite cuillère.

Le jour où je suis rentrée à la maison, Deborah était aux États-Unis, du côté de Chicago, dans le cadre d'un échange linguistique. Quand Maurice est allé la chercher à l'aéroport, il ne lui a pas dit que j'avais quitté l'hôpital. En entrant dans l'appartement, elle s'est d'abord étonnée de voir des fleurs partout. À travers la porte vitrée du salon, elle m'a aperçue dans mon lit médicalisé et a hurlé de joie. Elle m'a confié, depuis, que c'était le plus beau jour de son existence. Cela me remplit de tristesse. J'aurais tellement aimé ne pas lui causer tous ces soucis, j'aurais tellement aimé que « le plus beau jour de sa vie » soit d'une tout autre nature.

Malgré mon immobilisation, j'ai essayé de lui donner la même affection qu'auparavant. Nous avons repris nos câlins, nos lectures quotidiennes de la mythologie grecque. Avec son père, c'est *Tintin* qu'elle lisait. Elle m'a toujours assurée que ma nouvelle vie handicapée ne lui avait posé aucun problème. Elle me promenait dans notre quartier en poussant mon fauteuil. Quand nous croisions une de ses camarades, elle devenait rouge pivoine. Elle m'assure qu'elle n'avait pas honte. Elle ne voulait seulement pas parler de mon attentat avec ses amies, c'était son secret.

J'ai attendu qu'elle ait dix-sept ans, après son bac, pour lui apprendre ma contamination. Elle s'est alors montrée d'un courage impressionnant, d'un courage qui m'émeut encore. Quelle force a-t-elle mobilisée pour affronter tout cela ? Elle m'a immédiatement reproché de ne pas le lui avoir dit plus tôt. J'aurais préféré qu'elle ait une enfance plus insouciante, qu'elle échappe à cette maturité précoce, qu'elle apprenne le plus tard possible que le monde pouvait être fou, violent et cruel.

Deborah ne devinait pas quelle pouvait être cette troisième peine. La Shoah, cette immense douleur infligée aux miens, les malheurs du peuple juif reçus en héritage ? Ma fille s'est montrée très surprise. Deborah a reçu une éducation laïque. Elle ne se vit pas comme juive. En tout cas pas pour l'instant. Elle est une jeune femme qui n'a pas l'obsession de ses racines, de son appartenance à un groupe. À une époque où les causes nationalistes virent à l'obsession, cette attitude me paraît très précieuse.

Deborah est très curieuse du monde qui l'entoure. Avec son mari, elle passe le plus clair de son temps à courir les chemins les plus lointains d'une planète un peu folle. Elle peut passer des mois dans le delta du Mékong ou les régions du sud de l'Inde, travailler des semaines dans des villages de la Chine intérieure, arpenter sans fin la région des temples de Birmanie. Elle fait son possible pour sortir de la peau du voyageur, elle aime se rapprocher de l'autre, apprendre de lui. Deborah est née dans un monde ouvert. Barbare et confus mais sans frontières stables. D'où elle vient, ce à quoi elle appartient, elle a toute la vie pour le découvrir.

Sa réaction de surprise, je pense qu'à son âge j'aurais eu la même. Comme elle, à vingt, à trente, à quarante ans même, je ne me sentais pas juive. Cela ne fait que quelques années qu'insensiblement, sans même en être toujours consciente, je me tourne vers mes racines. Je veux en savoir plus sur ce qui est arrivé à mes parents, partager les malheurs d'un peuple. Pour moi, être juif signifie se trouver du côté de tous les peuples qui souffrent. C'est la définition que je préfère de la judéité.

Il y a peu, mon frère William m'a fait cette révélation qui m'a stupéfiée. Pendant les jours et les nuits où j'étais en réanimation à la Pitié-Salpêtrière, quand les attaques de septicémie et les doses de morphine me faisaient délirer, je parlais, m'a-t-il dit, à voix haute et intelligible. Moi qui ne me souviens d'aucun de mes rêves, sans doute à cause des somnifères dont je ne peux plus me passer, le fait d'apprendre que je cauchemardais m'a bouleversée.

Dans cet état second, mon frère m'assure que je ne parlais que d'une chose, à chaque fois la même, de manière constante, acharnée. Je reprenais toujours le même fil, repartais du même point pour aboutir toujours au même effroi. Toujours, je parlais de la Shoah. Je racontais cette misère, cette souffrance. Celle de ma famille, celle des autres familles.

— Tous ces disparus, tous ces morts, toute cette barbarie...

Je demandais des comptes. Je m'insurgeais. Je m'interrogeais.

— Mais comment les Allemands ont-ils pu commettre pareilles atrocités ? Comment ont-ils pu laisser faire, accepter sans se révolter ?

Plusieurs fois, lors de ses visites, mon frère dont le métier, l'esprit, la formation médicale l'ont toujours conduit à la plus grande précision, a entendu ce discours, ces éclats, ces borborygmes. Toujours les mêmes. Les camps de concentration puis d'extermination, l'homme transformé en bête de somme, les chambres à gaz, la « solution finale » au cœur de mes cauchemars. Ces tunnels noirs, ces pentes fatales que je ne réussissais jamais à remonter, cette peur de glisser vers l'irréversible... Je croyais qu'il n'y avait là qu'un effet de la chimie, une incompatibilité avec les molécules qui forment les doses de morphine. L'Histoire, aussi, composait mes songes. J'étais aux côtés de mes tantes, oncles et grands-parents. Je souffrais avec mes parents.

— Mais comment un peuple, comment des êtres humains ont-ils pu commettre cette folie ? Vouloir supprimer tous les juifs. Comment tout cela a-t-il été possible ?

Je n'aurais pas écrit ce livre, il est probable que j'aurais toujours ignoré la nature de ces cauchemars.

Je suis née en 1948, trois ans après le retour de mon père des camps de travail de Haute-Silésie et d'Ukraine. Dans ma chair, je n'ai subi aucun des dommages qu'ont vécus tous ceux qui m'ont précédée. J'ai été gâtée, choyée. À ma naissance, ma famille était sortie de la grande misère des années de guerre et de libération. J'ai été une enfant privilégiée, une petite Parisienne joyeuse, une Française sans souci. Mes parents ne parlaient que très rarement de ce qu'ils avaient vécu. Et les seuls souvenirs évoqués étaient très édulcorés. On travaillait, on riait (un peu), on mangeait, on travaillait... Tout avait été fait pour que l'on reparte sur de nouvelles bases. Du passé, faisons table rase. Malgré tout, j'ai reçu la tragédie en héritage. Un héritage subtil, que je soupçonnais à peine. J'étais évidemment sensibilisée aux atrocités nazies, mais je croyais qu'il ne s'agissait que d'une évidence historique, du bien commun de tant de jeunes gens nés après la guerre, partageant les valeurs majoritaires des enfants du baby-boom, les droits de l'homme, la démocratie. Je n'imaginais pas que cette tragédie m'ait touchée à ce point. Si personnellement et profondément, jusque dans mes cauchemars. De génération en génération, le silence est le meilleur conservateur de la douleur. Avec lui, rien ne se perd, tout se transmet et s'amplifie.

Attention ! Si j'écris « triple peine », j'entends le mot « peine » dans le sens de douleur infligée, de souffrance physique et morale, de tristesse et de désolation. Je n'emploie pas ce mot dans le sens de la punition, de la sanction. Je ne crois pas qu'il s'agisse d'un malheur d'être née juive, je ne pense pas qu'une condamnation éternelle nous frappe. Loin de là. Mon athéisme ne se retrouve pas dans ces explications irrationnelles.

C'est l'un des points qui me séparent de ma mère. Je ne sais précisément si elle croyait vraiment à cette malédiction portée depuis des siècles, je regrette l'absence de discussions sur des questions qui sont devenues pour moi des énigmes. En tout cas, ma mère se lamentait très régulièrement sur notre sort, à nous les juifs. Une phrase m'est restée, qu'elle répétait sans cesse : « Nous n'avons pas mérité cela. »

Cette phrase, tant de fois prononcée en ma présence, suffit à prouver que le silence n'est qu'une illusion. Si l'on tente de retenir les mots, les gestes, les sentiments s'expriment, imprimés sur les visages. Et cette maxime, répétée à satiété, m'aura plus marquée que si ma mère m'avait conté par le menu quatre mille ans d'histoire du peuple juif. « Nous n'avons pas mérité cela. » Toute une philosophie se cachait derrière ces cinq mots. J'ai toujours considéré qu'il fallait que je me tienne à l'écart de cette fatalité du malheur. Même à travers ses silences, ma mère maudissait les ennemis des juifs, ceux qui lui avaient ravi sa famille et ses rêves de jeunesse. Elle était moralement détruite, son âme s'était fracturée en des milliers d'endroits. Comment pouvait-elle encore croire en la bonté, en la générosité, comment pouvait-elle seulement penser possible un peu de bonheur ? Elle était sur le qui-vive, craignant que tout recommence. Comme en Pologne, enfant, avant de fuir les pogroms. Comme en France, jeune femme, au moment de se marier. Elle était certaine qu'un désastre s'abattrait à nouveau puisque c'était écrit.

Mon père n'a jamais pensé ainsi. Je suis pourtant persuadée qu'il avait la même peur enfouie en lui, la même terreur. Mais il savait que la fatalité n'avait rien à voir avec ces persécutions. Il a juste été prêt toute sa vie à se battre ou à s'enfuir. Sa mère, Laja, lui avait insufflé son incroyable énergie de vivre. En 1958, à soixante-cinq ans, cette maîtresse femme a quitté la France pour rejoindre sa fille Yaël à New York. Elle y a refait sa vie, s'est mariée, a obtenu la nationalité américaine. Aller toujours plus loin, mettre un océan entre le malheur et nous. Mon père, j'en suis certaine, avait cette idée en tête. Une valise à portée de main, à tout instant. Les amarres toujours prêtes à être larguées.

Laja avait un frère qui, dès 1914, avait rejoint les États-Unis et fait venir sa famille entre New York et Philadelphie pour fuir l'antisémitisme polonais. Il n'avait retrouvé le Vieux Continent que pour y faire la guerre, en 1917, sous l'uniforme américain. Après la

Seconde Guerre mondiale, ma tante Yaël, imitant cet oncle, a suivi, elle aussi, la voie du grand large. Avant même la fin des hostilités, elle avait décidé que sa vie ne pourrait avoir pour cadre ce pays qui avait collaboré avec les nazis.

Au début de 1945, elle part du côté de Sète pour s'intégrer dans une communauté sioniste. Elle a tout juste dix-sept ans. Ma grand-mère et mon père sont hostiles à cet engagement pour la création d'un État juif. Son obstination lui vaut une gifle de sa mère, une autre de mon père, gestes devenus mémorables dans la famille. Mais rien n'y fait. Deux ans plus tard, elle s'embarque avec d'autres pour rejoindre Israël. Leur bateau est arraisonné à Chypre. Ils sont détenus dans un camp par les autorités internationales puis ils réussissent à débarquer en Israël. Très vite, elle attrape la malaria et doit rentrer se soigner en France. Elle repart en 1948, intègre la jeune armée israélienne, participe à des combats. Mais sa phobie des armes prend le dessus, une détestation de la violence dans laquelle je me retrouve. Elle revient en France une nouvelle fois. Mais elle ne peut rester en place, dans cet atelier trop étroit pour elle. Elle part un an en Grande-Bretagne afin de perfectionner son anglais. Elle passe des concours à Genève, elle multiplie les emplois de secrétariat à Bruxelles, Madrid, Rome. Elle finit par maîtriser l'hébreu, le russe, l'arabe, l'italien, l'espagnol, l'anglais. Elle travaille un temps en France pour l'OTAN puis elle intègre les rangs de l'ONU à New York, où elle vivra jusqu'à la fin de sa vie.

J'ai hérité de cette idée du « juif errant », peut-être aussi de l'énergie de ma grand-mère, de ma tante, de mon père, de cette capacité à s'adapter, à rebondir. J'en ai pris conscience à l'adolescence. En 1966, à dix-huit ans, j'allais visiter Laja et Yaël à New York en empruntant les premiers charters. Je n'ai jamais cessé de traverser l'Atlantique pour me rendre chez elles ou chez mon autre tante, Betty, à Montréal. Je n'ai jamais vu l'Amérique comme une terre promise, j'y pressens d'immenses défauts, des aptitudes aux crispations les plus extrêmes, en même temps que des tolérances inconnues de notre continent. J'ai ouvert, très jeune, mon horizon. Prête à partir à tout moment. Prête à apprendre de tous, partout. Je me sens cosmopolite, citoyenne du monde. J'aime infiniment la France mais je sais que demain, s'il le faut, j'irai vivre ailleurs. Je saurai m'y débrouiller, m'y adapter. En attendant, dans mes études, dans ma réflexion, dans mon action à S.O.S. Attentats, j'ai toujours cherché à m'instruire sur chacun des sujets, de ce que l'on pensait, de ce que l'on faisait dans d'autres pays, sur d'autres continents. Si les périls revenaient, par exemple si Jean-Marie Le Pen ou ses descendants s'emparaient du pouvoir en France, je me poserais très sérieusement la question d'aller voir ailleurs.

Finalement, ma fille, en devenant une grande voyageuse, suit la même ligne que ses ancêtres. Avec l'aptitude aux langues de son grand-père Maurice.

Aujourd'hui, j'aimerais connaître tout ce qu'ont vécu mes parents pendant ces années noires. Par désir de mémoire. Je préfère cette expression au devoir dont on nous rebat les oreilles, comme si on voulait décourager les jeunes générations de s'intéresser au passé. Pour savoir, il ne me reste que les souvenirs de deux tantes encore en vie qu'il convient d'interroger avec tact et patience. À chaque discussion, elles pleurent. Je suis impressionnée par la vivacité du chagrin. Parfois, les larmes les apaisent, elles trouvent même un peu de réconfort à livrer leur cœur. Plus souvent c'est tellement douloureux que j'abrège aussitôt la souffrance.

Il me reste aussi ce paquet de lettres que mon père adressait à ma mère pendant ces années de séparation. Les courriers sont numérotés, il y en a plus d'une centaine. Ceux que ma mère envoyait ont dû être perdus dans les péripéties de la vie de prisonnier en Allemagne.

Ma mère n'avait pas vingt ans. Elle était belle, brune, amoureuse d'un grand jeune homme blond parlant parfaitement le français avec un délicieux accent yiddish qu'il conservera jusqu'à la fin de sa vie. Les tourments des premières années en Pologne n'étaient pas oubliés mais l'accueil en France, la nouvelle vie, l'amour, avaient cicatrisé certaines blessures. Sarah et Maurice se marièrent en juin 1941. Ils étaient très jeunes, je ne sais quels étaient leurs rêves. En tout cas, ils n'avaient pas eu le temps d'en exaucer beaucoup que tout recommençait, la famille éparpillée sur les routes, la solitude, l'inquiétude, les communications réduites à des lettres dont l'improbable cheminement tient du miracle. Des jours, des semaines sans nouvelles. La crainte des rafles au petit matin. J'ai grand-peine à imaginer comment on vit dans ces conditions.

Qui peut l'imaginer dans nos générations tellement privilégiées ?

En 1942, mes parents passent la ligne de démarcation. Mon père est du côté de Limoges, ma mère peut-être déjà dans le Lot-et-Garonne, je ne sais pas. En tout cas, ils s'écrivent, faute de se parler. Mon père vient d'apprendre que son beau-père a été arrêté. Wolf sera le premier à prendre le chemin des camps, *via* Drancy. Mon père aime tellement son beau-père qu'il l'appelle « papa ». Il est épouvanté par « la triste nouvelle ». Toute la journée, il est « comme un fou ». Il espère un miracle, que Wolf n'ait pas été envoyé « ailleurs ».

Dans ces dizaines de feuillets, je n'ai pas trouvé une seule fois employé le mot « camps ». L'adverbe « ailleurs » est bien commode pour évoquer la réalité de manière pudique. Cette attention m'émeut, mon père a toujours été un être d'une grande délicatesse.

Il poursuit : « Si ce miracle était, je t'en prie, chérie, ne tarde pas à me l'écrire. Sache que j'attendrai cette nouvelle tous les matins, je désire tant la recevoir. Mais si papa, contre toute mon espérance, est parti, ce sera pour moi la cause d'un énorme chagrin. Je ne sais pas verser de larmes mais mon mal au cœur ne sera pas moindre. Ma chérie, je n'ose pas faire appel à ton courage. Ce serait, je crois, sous-estimer ta douleur, mais j'en appelle à notre amour et en son souvenir, je t'en prie, ne fais pas de sottise. Pense à moi, à toute l'affection que j'ai pour toi. Je ne supporterais pas le chagrin de te savoir malade... Dans notre cas, on n'a pas le droit de se laisser aller à des gestes graves que l'on peut regretter énormément une fois commis. Malgré tout ce qui nous accable, je crois tout de même à une amélioration très prochaine. Nos nerfs sont soumis à une dure épreuve mais il ne faut pas s'abandonner complètement. N'oublie pas, chérie, que je partage ton fardeau... Pendant tes moments de découragement, pense à notre amour, à tout ce qu'il a de grand et de noble. »

Bientôt, mon père rejoint ma mère à Port-de-Pennes. Monsieur Denis, un menuisier, les héberge. Sait-il qu'ils sont juifs ? En tout cas, il ne pose aucune question. Lui-même est résistant, il n'en parlera qu'après la guerre. C'était un temps où le silence était d'or.

Pour un Noël, mes parents m'ont emmenée dans ce village. La femme de monsieur Denis était devenue postière, tous les deux avaient conservé la ferme. Il faisait un froid de gueux. La petite citadine que j'étais a eu l'impression de découvrir un monde. Je ne savais pas qu'il pouvait faire aussi froid sur terre, qu'avant de se coucher on plaçait dans le lit des briques chauffées dans le poêle, que le givre faisait briller les carreaux d'une fenêtre. J'ignorais qu'on pouvait jouer des heures avec des copeaux de bois ou qu'un gentil monsieur fabriquait des petits meubles pour votre poupée. Je ne connaissais pas les odeurs fortes de la campagne, le lait plein de crème, les œufs que l'on gobait après les avoir percés de deux trous d'épingle. Je n'avais jamais pataugé dans la boue des chemins. Ces quelques jours heureux ne sont jamais sortis de mon souvenir.

Est-ce que mes parents ont ressenti, pendant la guerre, cette douce sensation de protection ? Plus tard, je penserai toujours à ce village comme à celui des gens bien, des gens justes qui ne se sont pas fait passer pour des héros mais qui ont résisté à leur manière. Après le mythe de l'après-guerre, « tout le monde était résistant », a succédé son contraire, « tout le monde était collabo ». L'exemple de Port-de-Pennes m'aurait suffi, si j'avais douté, pour savoir que les choses furent infiniment plus compliquées.

Mon père a dû quitter ce havre en 1943. Mais Port-de-Pennes lui a porté chance. Embarqué avec des jeunes du village, il n'a pas été raflé comme juif et s'est donc retrouvé dans des camps du Service du travail obligatoire (STO). À côté de la tragédie des chambres à gaz, ce sort était évidemment enviable. Cela n'empêche que les lettres expédiées à ma mère témoignent d'années très difficiles. En Haute-Silésie, il a eu faim, il a eu froid, il a souffert de l'isolement, il était extrêmement inquiet pour sa famille. Dans ses premières lettres, il réclame sans cesse des colis à ma mère, à ses sœurs :

« Il me faudrait des haricots, du sucre, de la farine. Pas de pain, il arrive moisi. Et le chocolat, garde-le pour toi, ma chérie. »

Comme les premiers colis de ma mère ne lui parviennent pas, il s'énerve, une lettre contient un début de scène de ménage avant que mon père ne prenne conscience de la difficulté de l'entreprise. Et de s'excuser, dans la lettre suivante, de ses demandes pressantes. Ma mère, à Port-de-Pennes, exécutait des petits travaux de couture, mais, partout, le rationnement était terrible.

Mon père souffrait atrocement du froid. Souvent, il marchait pieds nus. Ses chaussures en bois attachées par deux lanières ne tenaient que quelques semaines, ses pieds et ses mains étaient très souvent blessés. Il travaillait très dur, à des travaux de terrassement ou dans la sidérurgie, au moins douze heures par jour, avec quatorze kilomètres de marche pour rejoindre le chantier, quatorze kilomètres pour en revenir. Pour ses camarades, il faisait aussi des travaux de couture et traduisait leurs discussions. J'ai déjà dit que mon père était doué pour les études et les langues étrangères.

La mélancolie des lettres fait mieux comprendre la difficulté que ces deux jeunes gens ont éprouvée à être séparés pendant plus de trois années. Parfois, mon père évoque un moment d'apaisement. D'un pont, il a passé un moment à lancer des cailloux dans une rivière, « comme un gosse ». Puis un couple d'amoureux s'est approché, il a pensé à ma mère. Ses points de suspension suffisent à exprimer ses sentiments. Le 1er mai 1943, il lui découpe dans une feuille un muguet en origami. Une fois, les chefs du camp promettent une permission. Tout est prévu, la date arrêtée. Au dernier moment, la permission est annulée, il faut terminer le chantier avant la mauvaise saison. Mon père prévient aussitôt ma mère mais la lettre, comme toujours, met un mois à lui parvenir.

« Je suis tombé du sixième étage. Toute la semaine, je vivais dans la joie de te revoir. Je me demande comment tu as vécu ça, plus jamais je ne t'annoncerai mon retour. »

À longueur de lettres, il tente de remonter le moral de ma mère qui a compris qu'elle ne reverra plus ni ses parents, ni ses sœurs. Sauf la petite Dora dont elle a la charge.

Pour leur deuxième anniversaire de mariage, il souhaite à ma mère « que cette troisième année de notre union nous apporte la paix, le retour à notre vie commune dans un foyer doux. Toute ma pensée retourne aujourd'hui à ce jour d'il y a deux ans où nous avons solennellement uni nos deux cœurs pour la vie... J'appréhendais tant l'approche de cette date anniversaire, le hasard est tout de même venu à mon aide, je priais qu'une occupation quelconque vienne m'abrutir afin de ne pas avoir trop de temps libre pour me faire un chagrin énorme. Samedi, jour de notre mariage, j'ai travaillé jusqu'à trois heures de l'après-midi, la veille, il avait plu toute la journée. L'eau avait transformé tout le chantier en une boue immense dans laquelle nous avions peine à travailler, je suis rentré fatigué au camp, et je me suis couché, une triste journée a passé. Pour tuer la soirée et le cafard qui me gagnait, j'ai fait ma lessive, c'était le jour de notre noce. Je n'ajoute rien de plus, tu comprendras le reste ».

Il se fait du souci, ne sait pas très bien ce qui se passe en France, pressent des catastrophes. L'arrestation de son père, en 1944, il la devine à certains mots dans les lettres, l'absence de nouvelles surtout. En revanche, il passe complètement à côté du départ de son frère, Simon, pour Compiègne puis Dachau. Il s'irrite au lieu de s'étonner de l'absence de lettres et promet même à sa femme :

« Quand je rentrerai, Simon, il se fera tirer les oreilles pour le peu de lettres qu'il m'a envoyé. »

Comme tous les enfants de mon âge, j'ai longtemps imaginé la Libération comme un moment de grand bonheur. C'est en tout cas le sentiment donné par les images d'époque : l'accordéon, les bals, des gens qui rient, qui s'embrassent. Mon père n'a pas connu cette liesse. Libéré par les Soviétiques en 1945, il s'est retrouvé expédié à l'arrière, cantonné plusieurs mois en Ukraine. Et comme il parlait de nombreuses langues (français, allemand, polonais, yiddish, russe), il est resté le dernier pour aider ses camarades. Il était en quelque sorte le délégué et le traducteur du camp. Ma mère allait presque tous les jours à la gare de l'Est. Elle voyait défiler le cortège des rescapés des camps au regard effaré, sans savoir ce qu'il était advenu de mon père. Un jour, un homme a abrégé sa torture :

— Ne vous inquiétez pas. Maurice va bien, il est en Ukraine. Il reste avec les derniers prisonniers pour faire le traducteur.

Plusieurs fois, elle eut droit au même message. Mon père revint de longues semaines plus tard, il fut parmi les derniers prisonniers à rejoindre Paris. De toute façon, il n'aurait pas eu le cœur à la fête. Sa femme et sa mère allaient tous les jours consulter les listes de ceux qui ne reviendraient jamais. Pour les siens, ma mère n'attendit pas trop longtemps pour voir ses craintes confirmées. Pour son beau-père, ce fut assez rapide aussi. Il n'y avait que Simon dont elles n'avaient aucune nouvelle. Elles retournaient pourtant chaque jour dépouiller de nouvelles listes, éprouver ce pincement au cœur, ce cauchemar absolu de parcourir cette litanie de noms et de craindre de découvrir l'un des leurs. En même temps, la folle inquiétude de ne rien savoir, de tout imaginer. Un jour, pourtant, l'une d'entre elles se souvint que Betty avait fabriqué des faux papiers pour Simon comme pour le reste de la famille. Il était probable que, depuis des semaines, elles n'avaient pas cherché le bon nom. Une vérification suffit, Simon Pelletier était bien sur les listes depuis un moment déjà, avec ce faux nom qui ne l'avait préservé de rien. Mes parents ont su plus tard qu'il était mort du typhus à Dachau. Très peu de temps avant la libération du camp.

La victoire, la fin de la guerre, les retrouvailles entre mes parents eurent un goût d'amertume. Comment vivre, comment sourire alors que tant des leurs étaient partis pour toujours ? Laja, ma grand-mère, avait réinvesti le 8, rue des Francs-Bourgeois, mais l'appartement et l'atelier avaient été vidés. Pour recommencer à travailler, il fallut tout racheter à crédit.

Même si Laja n'était pas très pratiquante, elle tenait à se rendre à la synagogue le vendredi soir. C'était le meilleur moyen de renouer avec les voisins, les amis, les autres commerçants. Le rabbin avait demandé aux familles d'inviter à dîner un GI américain pour la fête du shabbat. Les miens accueillirent un marine qui avait débarqué en Normandie, à Utah Beach. Il était passé par le fameux village de Sainte-Mère-Église. Milt allait bientôt rentrer aux États-Unis, il serait avocat à New York. Mais jamais il n'oublierait notre famille. Les liens d'amitié ont duré jusqu'à sa mort, en août 2002. Il m'a même fait la surprise, le 3 décembre 1998, pour l'inauguration du mémorial aux victimes du terrorisme, de traverser l'Atlantique afin d'être parmi nous.

Milt m'a raconté ce que mes parents, ma grand-mère ont tu : le dénuement extrême pendant ces longs mois après la Libération. Ils n'étaient certainement pas les seuls à vivre dans ces conditions. Le premier samedi où il avait été invité à la maison, Milt avait été tellement touché par la misère qui régnait rue des Francs-Bourgeois qu'il s'était empressé de retourner au magasin militaire afin de rapporter des boîtes de corned-beef, des plaquettes de chocolat et même des vêtements.

Finalement, quand j'y pense, tout prédisposait au silence. Le mélange indicible de la joie des retrouvailles, de la tristesse et de la culpabilité envers ceux qui ne reviendraient pas ; la nécessité de travailler dur ; l'effet de sidération après une tragédie innommable.

Au début du combat de S.O.S. Attentats, une famille nous a très vite rejoints. Gisèle Grunberg était veuve, ses enfants, Isabelle et Michel, orphelins depuis le 15 septembre 1974, le jour de la première action terroriste en France depuis la guerre d'Algérie.

Ce dimanche après-midi, juste avant la rentrée scolaire, il faisait chaud ; les Grunberg avaient décidé de se promener dans les rues de Paris. Leur fille souffrait d'allergies, ils passèrent acheter un médicament à la pharmacie du drugstore Saint-Germain. Avant d'entrer dans le magasin, David Grunberg éprouva un pressentiment. Il se demanda s'il n'était pas préférable d'acheter le médicament plus tard, il y avait tellement de monde à l'intérieur. Finalement, les Grunberg pénétrèrent tout de même dans le drugstore. En entendant l'épouvantable bruit, Gisèle crut d'abord à l'explosion de pétards lancés par des gamins. Elle se retourna, son mari était allongé par terre. Deux grenades avaient été jetées dans la foule. Le mercenaire Carlos revendiqua ce geste.

David Grunberg est mort sous les yeux de sa femme

et de sa fille quelques minutes plus tard, étendu sur le trottoir du boulevard Saint-Germain. Gisèle avait quarante-cinq ans, David, quarante-neuf.

À cette époque, le terrorisme n'était pas la préoccupation des autorités françaises. Le laxisme était la seule politique connue du gouvernement, et cela durerait pendant de nombreuses années. Sous Giscard et Mitterrand en passant par Pasqua, de nombreux terroristes eurent la chance d'être réexpédiés dans leurs foyers sans passer entre les mains de la justice française. Les Grunberg, comme d'autres victimes, ne touchèrent pas un centime d'indemnités.

Ce n'est pas pour une question d'argent que Gisèle Grunberg et sa fille, Isabelle, sont venues me trouver à l'association, et que les Grunberg nous sont toujours restés d'une inébranlable fidélité. C'est qu'ils avaient un combat et une douleur à partager.

J'ai été particulièrement émue à l'évocation des malheurs de cette femme. Peut-être parce que je me souvenais que Deborah était née peu de temps avant cet attentat. Surtout parce que la vie de Gisèle Grunberg m'a fait penser à l'itinéraire de mes parents. Juive vivant en Pologne dans les années quarante, elle a perdu dans le génocide perpétré par les nazis son père, trois frères, ses grands-parents, toutes ses tantes, des oncles et des cousins. Avec sa mère, elles n'ont eu la vie sauve qu'au prix d'un périple incroyable à travers l'Europe. Elle est arrivée en France en 1946. Elle a travaillé très dur dans la confection, comme mes parents. Elle a connu une vie pleine d'embûches. Après la mort de son mari, elle a dû se remettre à travailler pour deux, tout en s'occupant de ses enfants choqués par l'attentat. Elle n'a jamais craqué. Les mauvais jours, elle se souvenait d'une phrase qu'on disait dans sa famille :

— Si tu pleures, personne ne pleurera avec toi. Si tu ris, tout le monde rira avec toi.

Elle a toujours serré les dents, contrôlé ses larmes. Si mes parents, au moment de l'attentat du Grand Véfour, ont vu resurgir les fantômes de leur passé, Gisèle Grunberg m'a assuré que la mort de son mari n'avait rien réveillé : « Ces peines se sont additionnées. Ni plus ni moins. »

À la fin des années quatre-vingt, mon père présidait la Société des Amis de Lukow, la petite ville de Pologne qu'il avait fuie avec sa famille. En compagnie d'un camarade, Alain Zilbering, ils ont traduit un livre de récits et témoignages, *Le Livre de Lukow*. Zilbering s'est rendu là-bas avec son fils et un survivant qui vivait depuis 1945 en Israël. Leur film, *Lukow Memories*, a été accepté par le grand musée de Tel-Aviv. J'ai assisté à sa projection à Paris puis à un débat organisé par mon père. Ce que j'ai vu et entendu m'a serré le cœur.

Avant la guerre, Lukow était peuplé de quinze mille habitants, cinq mille catholiques et dix mille juifs qui vivaient là depuis sept cents ans. Après la guerre, il ne restait plus qu'une seule famille juive. Zilbering a retrouvé la dernière personne en vie de cette famille. Devant la caméra, elle pleure parce qu'elle entend parler yiddish pour la première fois depuis tant d'années, qu'elle se souvient du temps où des centaines de linteaux de portes étaient surmontés des *mezuzah* porte-bonheur, de ces samedis où l'on mangeait la viande et le bouillon, de ces fêtes presque insouciantes. À Lukow, tout a été fait pour qu'on oublie que des juifs avaient vécu là pendant des siècles. La synagogue n'existe plus. Un jardin d'enfants a remplacé le cimetière juif.

À la sortie de la ville, des milliers de juifs ont été massacrés au début de la guerre. La plupart des corps sont restés là, des semaines, des mois, à la merci des chiens sauvages, des cochons, des rats, des chats. Quelques tombes ont quand même été improvisées. Zilbering et ses camarades les ont cherchées longtemps. Ils ont fini par découvrir quelques morceaux de pierres sous d'épaisses couches de feuilles, de terre et de mousse. Après la guerre, les Polonais ont décidé de faire pousser une forêt. Il fallait cacher tout ce qui pourrait rappeler ces années atroces et leur propre complicité.

Quelques juifs survivants retournèrent à Lukow après la défaite des nazis ; sûrement pas dans l'idée d'y vivre, seulement pour voir. L'un d'entre eux a été accueilli par un paysan polonais qui, en toute sympathie, lui a conseillé de ne pas rester trop longtemps sur place s'il voulait éviter des ennuis. D'autres n'ont pas eu cette chance, ils ont péri sous des coups de carabine tirés depuis les fenêtres. Les Polonais qui espionnaient derrière leurs rideaux s'imaginaient peut-être que les juifs venaient réclamer les biens dont ils avaient été dépouillés.

En voyant ce film, j'ai mieux compris pourquoi ma mère avait tant de haine quand, extrêmement rarement, elle prononçait le mot « Polak ».

Je regrette infiniment que mes parents n'aient jamais pu me confier leur peine. Le chagrin de ma mère était trop immense pour qu'une simple faille ait jamais pu s'ouvrir. Elle n'était plus qu'un bloc de douleur, fermée à jamais. Mais mon père, j'en suis certaine, aurait pu me parler, à la fin de sa vie. Je n'ai pas su trouver les mots, les moments. La reconstruction de mes jambes, le combat de S.O.S. Attentats m'ont accaparée. Je regretterai toujours d'avoir raté ce partage.

Il n'y a pas très longtemps, ma tante Dora était en butte à un fonctionnaire qui lui cherchait des misères. Elle avait droit à une pension pour les préjudices subis en tant qu'enfant cachée pendant la dernière guerre, mais il manquait toujours des papiers. Ce pécule pouvait lui être fort utile, étant donné qu'elle n'a qu'une petite retraite d'employée de l'atelier familial. Depuis que ma mère est décédée en 1997, je m'occupe de ma chère tante. J'ai donc pris mon téléphone pour m'enquérir de ce que cet employé du ministère de la Défense exigeait exactement. Celui-ci me confirma la longue liste de documents exigée dans sa lettre : « une biographie détaillée de l'état civil ; des photocopies des titres de voyage et d'identité de vos parents, confirmant leur nationalité polonaise ; l'adresse exacte de leur domicile en Pologne ; les données précisant leur statut/citoyenneté avant l'acquisition de la nationalité française ».

En entendant cette litanie, j'ai explosé.

— Mais madame, votre tante a bien emporté des papiers quand elle a quitté la Pologne, a-t-il tenté d'expliquer.

— Ma tante avait deux ans quand elle est arrivée à Paris. Et savez-vous qu'avec sa famille ils fuyaient les pogroms ? Ils n'ont pas eu la chance d'emporter leurs affaires avec eux.

J'ai senti qu'il était légèrement ébranlé.

— Mais n'ont-ils pas conservé un titre de transport, le billet du train pris pour venir de Pologne jusqu'à Paris ?

— Il y a plus de soixante-dix ans ?

— Mais ils avaient bien des papiers quand même, a-t-il fini par me dire sur un ton franchement agacé.

— Vous savez, monsieur, les papiers, ils ont tous brûlé à Auschwitz. Avec les corps.

La conversation s'est arrêtée là. Il a fallu que j'intervienne auprès de sa hiérarchie afin qu'on cesse de harceler ma tante pour un papier qui n'avait aucune importance puisque son origine polonaise était prouvée par son décret de naturalisation. Mais le fonctionnaire appliquait à la lettre les consignes réglementaires. Il devait avoir reçu un formulaire avec des cases bien distinctes qu'il estimait devoir toutes être remplies. Surtout bien faire son travail, appliquer les directives avec la plus extrême rigueur. L'administration n'a aucune conscience du moment où il faut appliquer les règles avec souplesse. Quelle bêtise, quelle absence d'intelligence historique, quel manque de tact ! Remuer le couteau dans la plaie d'une vieille dame meurtrie. Malheureusement, la mémoire de la tragédie se perd.

Après avoir raccroché, j'ai frémi. Je ne voulais pas tirer de conclusion hâtive de cet échange mais, tout de même, j'ai eu l'impression que dans certaines conditions politiques, tout pourrait recommencer. Avec des personnes qui appliquent les consignes au lieu de réfléchir, la machine bureaucratique fonctionnerait au profit de n'importe quel pouvoir.

J'ai pensé, après ce coup de téléphone, au livre tellement controversé mais lumineux d'Hannah Arendt, *Eichmann à Jérusalem* [1]. En racontant le procès du lieutenant-colonel SS en Israël au début des années soixante, la philosophe d'origine allemande exprime l'idée de « la banalité du mal ». Des hommes sans conscience pourraient se prêter à l'entreprise la plus inhumaine sans pratiquement de remords, puisque c'est la règle alors, dans leur pays, et qu'ils l'appliquent avec sérieux et méticulosité.

Je ne veux pas le moins du monde comparer ce petit fonctionnaire français à un héritier des bureaucrates nazis qui expédiaient des trains entiers de juifs, de communistes, de résistants, d'homosexuels, de tsiganes vers les camps de la mort, tout simplement parce qu'il fallait appliquer les circulaires. Mais la médiocrité de son attitude, ses réflexions bornées m'ont remis en tête cette idée que l'expérience, le souvenir de la Shoah n'ont en rien vacciné les hommes. Le Cambodge, le Rwanda, bien d'autres conflits suffisent à nous en assurer.

1. Paris, Gallimard, Folio/Histoire n° 32, 1991.

DC-10, vol UT 772

Il est cinq heures du matin, le mercredi 20 septembre 1988. Béatrice de Castelnau ne dort pas depuis très longtemps quand la sonnerie du téléphone retentit. Dans la soirée, Béatrice a fait le voyage entre Paris et Agen, à bord d'une Peugeot 405 prêtée par son entreprise. Le véhicule était confortable, assez puissant, mais ne disposait pas d'autoradio. Cela n'a pas dérangé Béatrice qui a fait la route avec l'une de ses sœurs. Elle avait hâte d'être chez elle, dans la propriété familiale qui appartient depuis des siècles aux Castelnau de Boëry. En arrivant, elle a décidé de se reposer quelques heures avant de se mettre à la tâche. Il y a tant de choses à préparer pour le mariage de sa fille, le samedi suivant, tant de détails à vérifier pour la réception, le dîner, la fête. Béatrice ne sait pas encore que cette grande joie, marier sa fille, va se transformer en l'un des souvenirs les plus tristes de son existence.

À cinq heures du matin, c'est le frère de Béatrice qui appelle.

— Je voulais te prévenir...

— Oui, de quoi ?

— Tu n'as pas entendu les informations, hier soir ?

— Non, j'étais sur la route.

— Un avion d'UTA a disparu en Afrique.

Béatrice comprend aussitôt, c'est la compagnie où travaille sa sœur comme hôtesse de l'air.

— Laurence faisait partie de l'équipage.

Quelques heures auparavant, le mardi 19 septembre, le vol UT 772 en provenance de Brazzaville *via* N'Djamena devait se poser à Roissy en fin d'après-midi. Des dizaines de parents, d'amis attendent les passagers depuis un moment déjà. Sur le tableau des arrivées, l'indication « retard » s'inscrit maintenant en face de la mention du vol d'UTA. Pendant un moment, personne ne s'inquiète. Au bout d'une heure, tout de même, les gens commencent à se poser des questions. Aucun responsable d'Aéroports de Paris ou d'UTA n'est capable de donner des réponses précises aux interrogations. On évoque des problèmes techniques à l'escale, le classique embouteillage dans les airs, des difficultés de communication. La mine gênée des employés, les contradictions dans leurs explications font grandir l'angoisse. Soudain, une rumeur enfle. Il est vingt heures passées. Les journalistes, à la télé, viennent d'annoncer que l'avion aurait disparu des radars. Justement, des équipes de télé débarquent dans la plus grande précipitation. C'est toujours le même cirque, les perches de la prise de son qui se tendent et manquent d'éborgner deux ou trois personnes ; les caméras qui pivotent en tous sens à la recherche des bonnes cibles, des visages en larmes, des personnes effondrées à interviewer. C'est encore mieux quand elles hoquettent légèrement mais réussissent à dire quelques mots. Les sanglots sont trop inaudibles pour être passés à l'antenne.

— L'avion n'est pas en retard ? demande un parent des passagers du vol UT 772.

— Non, il a disparu depuis le milieu de la journée, répond un journaliste.

Des cris, des larmes parcourent la petite foule de Roissy. On court, on se bouscule, à la recherche d'informations précises et fiables. Dès qu'une personne portant un vague uniforme passe à proximité, douanier, policier ou employé d'une compagnie aérienne, peu importe, elle est aussitôt entourée d'une dizaine de personnes. Le vacarme ne cesse de grandir. Et toujours pas d'explications précises. Les équipes de télévision filment les scènes de désespoir, l'hystérie, les crises de nerfs. Les journalistes posent des questions à ceux qui n'ont justement aucune réponse mais des interrogations plein la tête et le cœur gonflé de désarroi. Un officiel s'approche enfin.

— Calmez-vous ! ordonne-t-il en criant, mais sa voix est aussitôt recouverte par le brouhaha.

— Il faut vous calmer, continue-t-il... Calmez-vous, sinon on va vous faire évacuer.

On finit par rassembler les proches des passagers du DC-10, on les conduit dans un salon particulier, à l'écart des journalistes et du reste des passagers de l'aéroport. Oui, le DC-10 d'UTA a disparu, il est vraisemblablement perdu. On recherche les causes de l'accident, on fait de notre mieux, mais ce n'est pas simple, au milieu du désert, à l'étranger... Des personnes s'évanouissent. Les larmes, les hurlements. On essaie d'apporter un peu de réconfort, si c'est possible, aux plus mal en point. Cela fait trois ou quatre heures qu'ils attendent l'arrivée de leur avion. Certains ont une femme, un mari, des enfants, des frères, des sœurs, des amis dans cet appareil. On leur a infligé une lente torture avant l'annonce brutale par la rumeur publique et les journalistes. C'est-à-dire dans les pires conditions.

Bien sûr, les autorités n'ont pas su tout de suite ce qui était arrivé au DC-10, disparu des écrans radars quelques minutes seulement après avoir décollé de N'Djamena. En fait, les satellites américains ont vite repéré l'explosion de l'avion. Le temps de décrypter l'information, les Américains ont prévenu le ministère de la Défense et la compagnie UTA en milieu de soirée. Cela laissait tout de même du temps pour s'occuper des proches des victimes, avant le sacro-saint rendez-vous de vingt heures qui rythme la vie moderne aussi sûrement que la messe autrefois.

Aujourd'hui, heureusement, rien ne se passerait ainsi. Une cellule médico-psychologique aurait été constituée, l'information aurait été retenue avant toute annonce médiatique afin que les familles des disparus aient eu le temps d'être toutes prévenues. Enfin, j'ose espérer que l'expérience acquise, après tant d'années, tant de catastrophes, d'attentats massifs, serve à quelque chose...

Les jours qui ont suivi, le téléphone a beaucoup sonné chez nous. Depuis 1986, j'avais l'habitude d'être très sollicitée quand des bombes fauchaient des dizaines de victimes dans des lieux publics. Cette fois, la pression fut plus grande encore. L'absence d'informations au début, le flou sur les listes de passagers... Des dizaines de personnes voulaient savoir si tel ou tel de leurs proches était dans l'avion. Beaucoup téléphonaient à S.O.S. Attentats au lieu de s'adresser à UTA, à Aéroports de Paris, à la police ou je ne sais quoi... Je possédais bien une liste de passagers mais j'estimais que ce n'était pas à moi de confirmer un décès, en tout cas pas par téléphone. L'annonce d'une mort aussi soudaine est un moment extrêmement traumatisant. La façon dont les choses sont dites, dont ces premières secondes sont vécues est essentielle pour la suite, la difficulté éventuelle à faire le deuil, à se reconstruire ; pour l'image qu'on gardera des autres dans ces moments-là, pour la façon dont on se sentira rejeté ou soutenu par la collectivité.

Je suis certaine qu'il faut que la nouvelle de l'attentat soit annoncée de vive voix, jamais par téléphone, et par une personne ayant une autorité, une légitimité pour le faire : un élu de la nation, un policier, un gendarme, un médecin, un membre d'un cabinet ministériel, quelqu'un de l'administration, peu importe, pourvu que ce soit une personne dont la fonction témoigne de la sollicitude de la collectivité. L'annonce par les voisins, la radio ou la télé, par des journalistes qui débarquent pour recueillir des informations, soutirer des photos des victimes me paraît épouvantable. Dans ces conditions, tout le travail de compensation – entourer la personne, lui signifier par des gestes, une présence, que la vie continue – n'existe pas. La brutalité est décuplée. La solitude démultipliée.

Nous avons, en France, une difficulté dans ce domaine. Je sais que, dans ces moments, il faut tout faire en même temps, s'occuper des blessés, lancer l'enquête, parler aux médias... Mais justement, dans le cas d'un accident d'avion comme celui du DC-10, les tâches étaient plus limitées. Il n'y avait pas de blessés à transporter d'urgence. Il n'y avait rien d'autre à faire qu'à prendre en charge les familles dans l'aéroport et en dehors. Malgré tous les progrès impulsés, notamment par notre association, rien n'a été jusqu'ici pensé du point de vue de l'annonce. Les élus se précipitent sur les lieux des attentats pour matérialiser leur lien avec ceux qui souffrent mais, parfois, ils seraient plus utiles ailleurs.

Le 23 décembre 1983, le soir de l'attentat du Grand Véfour, le ministre délégué à la Sécurité, Joseph Franceschi, n'a pas mis longtemps pour se rendre sur le lieu de l'attentat. Cela partait d'un bon sentiment. Il fallait rassurer la population, montrer que le gouvernement agissait, avait la situation bien en main. Mais aussitôt que les micros se sont détournés, pourvus de leurs déclarations officielles pour les journaux de la nuit et du matin, le ministre est rentré chez lui, avec ses collaborateurs. Qui a pensé aux blessés, qui a songé à s'inquiéter de leur situation ? Qui s'est demandé, par exemple, si ma fille n'était pas seule chez nous, si elle ne se réveillerait pas le lendemain matin sans savoir où étaient son père et sa mère ?

Les proches des disparus du DC-10 se sont donc retournés vers l'association qui a pallié un grand vide dans les heures, les jours qui ont suivi l'attentat. Même si je peste souvent contre les manques de l'administration, il me semble normal que le lien entre S.O.S.

Attentats et les victimes ne soit jamais rompu, que nous soyons toujours à leur disposition, à toute heure du jour et de la nuit, après la fermeture des bureaux officiels.

Le téléphone sonnait à tout moment de la journée. Je voyais que Maurice commençait à trouver les victimes envahissantes, si bien que j'avais décidé de brancher le répondeur pendant les repas. Mais quand l'une d'entre elles laissait un message, notre quiétude était de toute façon brisée. Maurice savait qu'aussitôt le dîner terminé, je rappellerais et je passerais peut-être une grande partie de la soirée à discuter. Deborah avait quinze ans, elle décrochait souvent à ma place, parfois dans sa chambre. Quand j'étais occupée, elle était habituée à accueillir avec tact les personnes qui appelaient, à prendre les messages, à me les transmettre avec précision. Elle ne fit jamais la moindre boulette, la moindre erreur sur les messages laissés. Elle fut toujours d'une grande courtoisie avec tous ceux qui appelaient et je sais bien que la voix qui répond, le premier contact, est d'une très grande importance pour les personnes désespérées.

Pendant les semaines qui suivaient de lourds attentats, nous vivions avec les victimes en permanence. À n'importe quel instant, la semaine et le week-end, la nuit assez souvent aussi. Je me souviens d'une jeune femme qui avait perdu son compagnon au Pub Renault à l'automne 1986 et qui avait plusieurs enfants en bas âge. Elle craquait complètement, parlait d'en finir avec la vie, de se jeter par la fenêtre. J'ai un peu paniqué mais je n'avais pas le choix. Je l'ai écoutée pendant plusieurs heures, j'intervenais quand la conversation menaçait d'être rompue. Je prenais garde qu'elle n'ait pas la tentation de raccrocher. Je lui rappelais que ses enfants avaient besoin d'elle. Je lui ai conseillé de consulter un psychothérapeute. Nous avons parlé jusqu'au petit matin, son angoisse a fini par se calmer.

D'une manière générale, je n'ai jamais cherché à jouer au psy, ni au confident. Je n'ai aucune formation, aucune qualité pour cela. Je ne présentais pas de condoléances, j'aurais trouvé cela inconvenant, n'étant ni de la famille, ni parée de fonctions officielles. J'écoutais beaucoup, je ne parlais pas trop, tout ce que l'on peut dire, dans ces moments-là, est tellement dérisoire. Les mots ont de toute façon moins d'importance que le fait d'être là, d'écouter avec bienveillance. J'attachais une très grande importance à fournir les renseignements les plus fiables, les plus précis possible. J'anticipais les situations, je prévoyais les cas concrets, les difficultés matérielles. C'était la raison d'être de S.O.S. Attentats.

Béatrice de Castelnau m'a contactée assez rapidement. Contrairement à d'autres, elle n'avait pas besoin de soutien psychologique. Le calme, la dignité de cette femme m'impressionnaient. Elle m'a raconté brièvement, sans trop d'effusion, l'histoire de sa sœur, Laurence Penon. L'émotion réelle était contenue derrière des mots choisis, une pudeur dans laquelle je me retrouvais parfaitement. La sœur de Béatrice avait une quarantaine d'années. Elle était hôtesse de l'air parce qu'elle aimait voyager, partir et revenir, mais elle allait bientôt quitter ses fonctions, atteinte par la limite d'âge pour les personnels navigants.

Dans la famille, son métier était un sujet de conversation rituel. Le frère s'inquiétait : les avions, surtout en Afrique, ne sont pas sûrs, disait-il fréquemment. La dernière fois qu'elle était venue dans la propriété du Lot-et-Garonne, Laurence avait abordé le sujet avec Béatrice, elle avait parlé des aéroports africains, un vrai bazar. Un rien d'inquiétude avait percé. Béatrice repensait parfois à cette conversation. Était-ce une prémonition ? La désorganisation de l'aviation sur le continent africain permettait sans doute d'introduire n'importe quoi dans un avion.

En tout cas, Laurence était à nouveau heureuse. Quelques années auparavant, son mari était mort d'un cancer. Elle avait beaucoup entouré ses deux enfants, Claire et Vincent. Depuis quelque temps, Laurence aimait à nouveau quelqu'un. Ils s'étaient mariés peu de temps auparavant. La vie recommençait, Michel Penon adorait les deux enfants, qui le lui rendaient bien. Il a suffi d'un voyage, un vol banal, un Brazzaville-Paris si souvent emprunté. Claire et Vincent n'avaient pas dix ans, ils étaient orphelins de père puis de mère. Heureusement, Béatrice était là. Et Michel, leur beau-père, qui fit honneur à son mariage si bref, à son amour pour Laurence et s'occupa des enfants comme des siens.

Non, Béatrice de Castelnau n'avait pas besoin qu'on lui remonte le moral, elle voulait se battre. Elle voulait savoir. Qui et pourquoi ? Elle voulait comprendre pourquoi sa sœur était morte, qui avait décidé que toutes ces vies seraient brisées. Elle se disait que c'était le minimum qu'on devait à ces morts : se battre, comprendre pour obtenir justice et réparation. Sinon, c'était le triomphe de la barbarie. Si une justice occidentale était là pour établir des règles, il fallait qu'elles s'appliquent. Même si l'avion s'était désintégré au-dessus d'un désert nigérien. Même si les causes du crash n'étaient pas très claires. Même si l'identité des commanditaires ferait l'objet de longues polémiques.

Très vite, des militaires, des experts de l'aviation civile, des policiers, des médecins légistes ont arpenté le désert du Ténéré sur une zone de cinquante kilomètres carrés afin de retrouver les corps des passagers ou ce qui en restait, des objets personnels, des éléments pour l'enquête judiciaire. Un vrai travail de titans qui a pris de nombreuses journées. Des découvertes surprenantes ont été faites. Des valises entières ont été restituées, des objets miraculeusement intacts. De grosses sommes d'argent en liquide, des quantités de drogue, des armes aussi. Beaucoup d'appareils photo n'avaient pas été détruits par le crash. Toutes les pellicules ont été développées par les policiers, à la recherche d'indices matériels. Les photos ont ensuite été restituées aux familles. J'essaie d'imaginer ce qu'on doit ressentir en découvrant les dernières vacances, les derniers instants heureux de ceux qu'on aime et qui viennent de mourir.

Sur les cent soixante-dix passagers et membres de l'équipage, cent cinq corps ou parties de corps ont été retrouvés et identifiés. Soixante-cinq familles ont été privées de la dépouille de leurs parents, à jamais engloutis par les sables du désert. J'ai su très vite que ces désintégrations en pleine atmosphère rendraient les deuils très difficiles. Dès lors, il me semblait qu'il faudrait aider tout particulièrement les proches de ceux qui avaient disparu sans laisser de trace.

Quelques jours après l'attentat, deux cérémonies furent organisées. Une messe fut donnée, le samedi 23 septembre, dans la petite église en vieilles pierres du village de Roissy. Cinq jours plus tard, un hommage national fut organisé, en l'église de la Madeleine, à Paris. Béatrice de Castelnau côtoya d'autres familles touchées par la catastrophe. Tous n'étaient pas là, évidemment. Il y avait dix-sept nationalités représentées dans l'avion. Certains ne passaient à Paris qu'en transit pour rejoindre les États-Unis comme Bonnie Pugh, la femme d'un ambassadeur américain. Certains Africains venaient en France visiter leur famille. Il y avait des Tchadiens, des Algériens, des Maliens, des Camerounais, des Zaïrois, bien entendu beaucoup de Congolais (65), des Italiens, des Anglais, des Américains, des Canadiens, des Suisses, évidemment beaucoup de Français (54). Tant de nationalités, tant de milieux sociaux représentés...

Il y avait un Camerounais d'une quarantaine d'années, handicapé, Mana Toukour. Il venait de perdre sa femme, quatre jeunes enfants et une cousine. Il y avait un ancien député français, Pierre Claisse, dont la fille, Anne, était hôtesse sur le vol et dont le fils, Jean-François, vivait paralysé à la suite d'une erreur médicale. Le père était détruit, évidemment prêt à se battre pour la mémoire de sa fille, pour la justice. Il se souvint qu'en 1986, alors qu'il menait campagne pour être élu député, il avait reçu la lettre que S.O.S. Attentats avait envoyée à l'ensemble des candidats. À l'époque il n'avait pas répondu, il le regrettait aujourd'hui.

Dix ans après l'attentat, j'ai reçu un coup de téléphone d'une Italienne d'un certain âge. Elle parlait un peu le français, je comprenais un peu l'italien. Madame Baraldini m'a expliqué que sa fille, Marina, travaillait en Afrique dans un groupe international contre le sida. Elle aimait ce continent, elle adorait se battre pour réduire les terribles inégalités de développement. Elle était toujours souriante, battante. J'ai demandé à la vieille dame de m'envoyer une photographie de sa fille, je préparais un numéro du journal de l'association, *Paroles de victimes*, consacré au souvenir de l'attentat du DC-10. Madame Baraldini continuait à vouloir me parler.

— Voilà, j'ai une autre fille, me raconta-t-elle. Elle a fait de nombreuses années de prison aux États-Unis pour un délit de terrorisme.

Je m'étonnai.

— Oui, elle militait pour les Black Panthers. Elle a été emprisonnée pour une très longue peine, elle vient juste de sortir et de rentrer en Italie.

Je n'osais la questionner. Elle m'expliqua tout naturellement les conditions de cette libération. En février 1999, un pilote américain de la base d'Aviano avait coupé le câble d'un téléphérique à Cavalese en volant trop bas, et provoqué ainsi la chute d'une cabine et la mort de vingt personnes. Le pilote et son navigateur, en vertu des accords de l'OTAN, ont été rapatriés aux États-Unis. Pour mieux faire accepter des sanctions judiciaires minimes (six mois de prison), les Américains ont en quelque sorte troqué leurs aviateurs contre la fille de madame Baraldini. Je n'oublierai pas de sitôt cette histoire. Elle me trottera par la tête quand se posera la question d'une justice internationale, de règles claires qui évitent les marchandages. Ainsi, dans la grande démocratie américaine, on échangeait les coupables. Et de quels coupables parlait-on ? La jeune Italienne n'avait pas commis d'actes criminels. Aux États-Unis, certaines opinions sont considérées comme terroristes.

Je savais que le nombre d'étrangers tués dans le DC-10 (116) allait être l'objet d'une bataille. Suivant la loi du 9 septembre 1986, seuls les ayants droit français auraient dû recevoir une indemnisation. Même si nous avions réussi à élargir les droits aux étrangers victimes d'attentats sur le sol français, cette règle ne s'appliquait pas en l'espèce puisque l'avion, ayant explosé au-dessus du Niger, n'était pas considéré comme un territoire français. J'avais bien du mal à supporter cette injustice. Il y aurait dans l'avion des victimes dont la vie aurait un prix – au moins aux yeux de la France – et d'autres pas. Je pensais surtout aux familles africaines, ne bénéficiant pas toutes de conditions de vie favorables.

Sans connaître précisément, aujourd'hui encore, les motivations de l'attentat, une chose était certaine : c'était la France qui était visée. Dans ces cas-là, mon raisonnement est toujours le même : ceux qui meurent au nom d'un État doivent être pris en charge par cet État. Il me semblait que, en l'occurrence, les étrangers qui avaient payé un billet d'une compagnie française pour rejoindre Paris étaient dans le même cas que les touristes étrangers blessés ou tués sur les Champs-Élysées.

Je savais que la lutte serait difficile. Il fallut convoquer un conseil d'administration extraordinaire du Fonds de garantie. J'eus beau tempêter, batailler, avancer tous les arguments possibles, rien n'y fit. La seule chose que je parvins à arracher fut d'appliquer la loi dans son extension maximale. Dès qu'un Français était concerné, les droits s'ouvraient automatiquement. Si la victime française avait des ayants droit étrangers, ceux-ci toucheraient des indemnités. Si la victime étrangère avait des ayants droit français, ceux-ci seraient indemnisés. Je suis obligée d'avouer que je n'ai rien pu obtenir pour les ayants droit étrangers de victimes étrangères.

À la Madeleine, une image m'a sauté aux yeux. Elle m'a confirmé combien les victimes comptaient peu dans notre société. Il y avait, dans l'église, les rangs des officiels, la chaise du président de la République, celle de son Premier ministre, de ses ministres, puis celles des représentants des corps constitués. Et ainsi de suite... Au bout du compte, tout cela prenait beaucoup de places, évidemment aux premiers rangs. De l'autre côté, les chaises étaient réservées pour les familles des disparus. Depuis un moment déjà, des dizaines de personnes patientaient d'un côté de l'église pendant que, de l'autre côté, les travées étaient vides. Le président Mitterrand, son Premier ministre, Michel Rocard, et plusieurs ministres n'étaient pas encore arrivés. L'attente dura quarante-cinq minutes. François Mitterrand était coutumier des longs retards. L'image de ces chaises désertées et de ces parents, les yeux rougis, attendant que les représentants de la nation daignent venir rendre un hommage obligé, m'a blessée.

Béatrice de Castelnau fut aussi choquée par ce qu'elle interpréta comme une désinvolture coupable.

Plus que le manque de savoir-vivre, c'est le symbole qui la blessa. Pour elle, ce jour-là, c'est la République française qui faisait faux bond. Elle avait vu juste : pendant de nombreuses années, l'État ne serait pas aux côtés des victimes du DC-10. Pour obtenir réparation, il faudrait se battre seuls, voire contre l'État français. Je n'imaginais pas à quel point les suites de l'attentat du DC-10 seraient complexes, obscures et donneraient lieu à une telle bataille.

Pour faire bonne mesure, je suis obligée d'ajouter que le pays tout entier, pas seulement ses dirigeants, ne s'émut pas outre mesure de cet acte terroriste tout à fait épouvantable. Jamais, en France, une bombe n'avait causé cent soixante-dix décès. Même si l'on additionne toutes les morts des grandes vagues d'attentats de 1986, 1995 et 1996, on n'atteint pas cet effroyable bilan. Et pourtant, l'émotion passa très vite. Il n'y eut pas d'électrochoc dans la population, comme d'habitude. Les gens ne craignaient pas pour leur sécurité, ils ne s'identifiaient que très peu aux passagers de cet avion disparu si loin de leurs frontières. Je sais bien que la compassion après les attentats est très éphémère. Je dis toujours que les victimes du terrorisme passent très vite de la une des journaux à l'oubli le plus complet. Cette fois, le passage fut encore plus rapide.

Un an après l'attentat, le 4 septembre 1990, nous avons organisé une nouvelle cérémonie, essentiellement pour les soixante-cinq familles dont les parents n'avaient pas été identifiés. Il fallait que ces familles aient aussi droit à un enterrement. Les autorités m'ont d'abord proposé le cimetière de Thiais, je n'ai jamais compris pourquoi. Était-ce parce qu'il y a là-bas beaucoup de place, qu'un carré sert pour les sans domicile fixe oubliés de tous ? J'ai refusé la proposition en pensant à ces personnes venues de province et de l'étranger qu'on n'allait pas en plus forcer à prolonger leur expédition jusqu'en grande banlieue.

Ce fut donc le Père-Lachaise. Soixante-cinq cercueils étaient alignés devant un carré de terre retournée. La cérémonie fut très émouvante. Le juge Jean-Louis Bruguière était présent, ce qui lui valut la reconnaissance des familles de victimes. Le gouvernement, quant à lui, avait envoyé une ministre déléguée, Edwige Avice, qui prononça quelques mots, du fond du cœur, mais très brefs et improvisés. Je ne suis pas très stricte sur le protocole et sur les cérémonies. Mais je savais que les familles des disparus ne pourraient qu'être déçues qu'un ministre de premier plan ne rende pas un hommage solennel aux passagers du DC-10. À la Madeleine, quand les télévisions étaient là, il y avait trop de politiques et peu de places pour les personnes concernées par l'attentat. Cette fois, il n'y avait plus personne. Pauvres victimes, utilisées quand il le faut, oubliées aussitôt après.

Pour une famille, cette cérémonie était particulièrement importante. Leur fils, Jean-Pierre, âgé de vingt-deux ans, revenait d'Afrique où il avait terminé un stage obtenu de haute lutte : il avait travaillé sur l'amélioration des semences par rapport aux différents climats, et procédé à une enquête auprès des maraîchers congolais. Comme Marina Baraldini, Jean-Pierre Nguyen-Trong se battait pour une meilleure répartition des savoirs et des richesses dans le monde. Ses parents, Bernadette, une Française, et Dung, un Vietnamien, tous deux universitaires, étaient très fiers de lui. À Grenoble, depuis un an, ils n'avaient cessé de multiplier les gestes en souvenir de leur fils. Ils avaient laissé longtemps sa chambre en l'état afin que chacun, parent, ami, puisse venir s'y recueillir, communier avec le jeune homme au milieu de son univers.

Au Père-Lachaise, ils ont voulu rester le plus longtemps possible. Nous devions, je ne sais pourquoi, quitter les lieux avant que les cercueils ne soient descendus en terre. Avaient-ils un doute, les cercueils étant vides, qu'on n'en enterre pas le nombre exact ? Ou, simplement, voulaient-ils assister jusqu'au bout à l'enterrement sinon du corps de leur fils, au moins de son souvenir, de sa présence parmi eux ? Leur deuil était sans doute à ce prix. Bernadette et Dung Nguyen-Trong l'ont écrit dans le numéro spécial de *Paroles de victimes* :

« On peut distinguer presque sans erreur, parmi toutes les familles dont la douleur est également intense, celles qui viennent devant un monument à la mémoire des victimes et celles qui gardent à l'esprit que, sous la pelouse, autour du monument, reposent une cinquantaine de cercueils, où elles veulent croire que se trouve la dépouille de leurs proches. »

Quelques mois plus tard, S.O.S. Attentats a fait ériger une stèle au-dessus des soixante-cinq cercueils. Afin de tous les réunir, nous avons fait inscrire les cent soixante-neuf noms des victimes de l'attentat. J'ai bien écrit cent soixante-neuf et pas cent soixante-dix. Nous avons en effet décidé de ne pas y inclure Apollinaire Mangatany, le Congolais qui a introduit la bombe dans l'avion, peut-être sans savoir ce que la valise contenait mais en tout cas en ayant auparavant entretenu des liens avec les services secrets libyens, organisateurs de l'attentat.

Je me suis aperçue, après que la stèle a été gravée, que certains noms comportaient des fautes d'orthographe. Je m'étais basée sur la liste que je possédais depuis l'attentat. J'avais vérifié, les autorités n'avaient pas mieux. Certains noms africains, notamment, ont été écorchés. J'en suis confuse aujourd'hui encore. Mais je travaillais sans grands moyens et je tenais tellement à ce que les noms figurent sur ce monument.

Un an auparavant, j'avais eu quelques désillusions en la matière. J'avais voulu faire poser une plaque au 140, rue de Rennes, près du magasin Tati où, en septembre 1986, sept personnes avaient été tuées par une bombe d'origine iranienne. Pendant tout l'été, j'avais fait des démarches pour que François Mitterrand honore de sa présence l'inauguration de cette plaque. Plusieurs fois, j'avais été en contact avec Béatrice Marre, chef de cabinet du président. Bien sûr, le maire de Paris, Jacques Chirac, serait là aussi. J'avais fini par obtenir l'accord de tous après un grand nombre de réunions et de coups de téléphone. La première cohabitation était encore dans tous les esprits. Il avait fallu ménager la susceptibilité de chacun.

L'inauguration de la plaque eut finalement lieu, le 17 septembre 1989, deux jours avant l'attentat du DC-10. Je tenais à ce que les noms des sept victimes soient gravés sur cette plaque que, au demeurant, S.O.S.

Attentats finançait en totalité. Mais même le texte de la plaque fut soumis à une négociation serrée avec l'Élysée par l'intermédiaire de fréquents échanges de fax pour aboutir à ce texte rédigé par la présidence de la République et que je fus obligée d'approuver :

« M. François Mitterrand, président de la République, a rendu hommage le 17 septembre 1989 aux victimes de l'attentat de la rue de Rennes. Ce geste symbolise l'attention que porte la Nation à la mémoire de toutes les victimes du terrorisme. »

Inutile de préciser que ce n'est pas tout à fait le texte que j'aurais aimé voir inscrit sur cette plaque mais, à l'époque, je n'avais que peu d'expérience des batailles à mener, et pas encore assez d'aplomb. Je me suis rattrapée depuis.

Claude Calisti est ingénieur au laboratoire scientifique de la Préfecture de Police de Paris, directeur de la section « explosifs ». C'est dire si cet homme connaît de l'intérieur toutes les affaires du terrorisme. Aussitôt la nouvelle de l'attentat connue, il a été sollicité pour partir immédiatement afin d'analyser les restes de la carlingue. Ce grand spécialiste des explosifs a d'abord dû obtenir les autorisations nécessaires de ses chefs respectifs (préfet de Paris, ministre de l'Intérieur...). En France, la concurrence est telle entre les différentes administrations qu'elle est souvent synonyme de paralysie. En l'espèce, l'affaire était complexe puisqu'elle obligeait à faire collaborer plusieurs ministères : Intérieur, Défense, Transports, Affaires étrangères... Claude Calisti réussit à s'envoler pour N'Djamena dans un avion du Glam, puis à sauter dans un hélicoptère qui le transporta jusqu'à la zone d'impact de l'avion dans le désert du Ténéré. Commencèrent des journées exténuantes pendant lesquelles les fouilles s'opérèrent par 50 degrés à l'ombre, à pied, en hélicoptère, en camion.

Très rapidement, les deux boîtes noires ont été repérées. La collecte a permis de comprendre que l'explosion avait pratiquement coupé l'avion en deux, au niveau des ailes. Grâce à un système de vaporisation des débris, Claude Calisti et l'un de ses artificiers ont su, avec une probabilité très forte, que l'explosif était de la pentrite.

Dix jours plus tard, Claude Calisti rentrait à Paris avec onze caisses d'éléments collectés dans le désert. Il fallait procéder à des analyses plus poussées. En effet, les hautes autorités avaient une tout autre idée sur la nature de l'explosif. Les services de renseignement avaient tout de suite rapproché l'attentat du DC-10 de celui de Lockerbie. Dix mois auparavant, un Boeing 747 de la PanAm avait explosé au-dessus du village écossais mais l'explosif était du semtex, un mélange de pentrite et d'hexogène. Il était tentant de souhaiter retrouver le même explosif dans le DC-10.

Tous les débris rapportés du Niger ont servi à reconstituer une grande partie de la carlingue, posée sur un châssis en bois grandeur nature, confectionné dans un hangar du Bourget. Il fallait vérifier les hypothèses de Claude Calisti sur l'emplacement de la bombe. Ce genre d'opération avait été réalisé, la première fois, pour l'attentat de Lockerbie. Cela permettrait d'identifier, en analysant la déformation des matériaux, dans quelle soute se trouvait la bombe, donc si elle avait été embarquée à Brazzaville ou à N'Djamena. Quelques jours après l'attentat, un des collaborateurs de Claude Calisti et un agent du FBI qui assistait au tri des débris retrouvèrent par miracle un morceau de la valise qui contenait l'explosif. L'analyse plus affinée permit alors de déterminer sans erreur possible qu'il s'agissait bien de feuilles de pentrite, explosif plastique français, et non de semtex provenant des pays de l'Est. Une analyse ultérieure permettrait d'identifier la valise Samsonite, fabriquée en Allemagne à une dizaine d'exemplaires, qui contenait l'explosif. Un groupe palestinien extrémiste avait déjà utilisé des valises du même type, notamment contre le magasin Marks & Spencer, en février 1985 (un mort, quatorze blessés).

Le juge Jean-Louis Bruguière réunit les victimes le 20 septembre 1991. Il nous expliqua sa détermination à mener l'enquête jusqu'au bout. Quelques semaines plus tard, il lançait quatre mandats d'arrêt internationaux et deux fiches de recherche contre six Libyens. Parmi les personnes désignées par les mandats d'arrêt se trouvaient le diplomate qui aurait remis la valise Samsonite à Apollinaire Mangatany et Abdallah Senoussi, le beau-frère de Kadhafi, responsable des services secrets de Tripoli.

Je sais que la thèse de la responsabilité libyenne dans cet attentat a été longuement discutée entre spécialistes. Je n'ai aucune qualité pour m'immiscer dans ce débat. Si j'ai bien compris, il y a ceux qui croient à la responsabilité unique de la Libye et d'autres qui pensent que l'Iran et/ou la Syrie auraient pu aussi jouer un rôle dans la destruction du DC-10. Je n'ai aucun avis, aucune conviction pour déterminer qui a raison. Ce que je sais, c'est que l'implication de la Libye n'a jamais été discutée, par personne. Apollinaire Mangatany a bien fréquenté des espions libyens qui lui ont remis une valise bourrée de pentrite.

Évidemment, si la vérité avait pu apparaître dans tous ses méandres, toujours fort nombreux dans les affaires de terrorisme, j'en eus été ravie. En attendant, des agents libyens étaient poursuivis par l'État français. Les autres pistes sont toujours restées virtuelles, sans aucun élément judiciaire les accréditant. Pour les familles, les conclusions de la justice ont valeur de vérité. Et même si elle est partielle, la vérité, en matière de droit, ne se divise pas.

Jean-Louis Bruguière avait fait réaliser un film sur son enquête. On y entendait notamment les conversations entre le cockpit et la tour de contrôle, quelques instants avant l'explosion. Le juge souhaitait faire visionner son travail aux familles de victimes. Pour les proches des membres de l'équipage surtout, l'épreuve risquait d'être insoutenable. Un samedi matin, j'ai visionné cette cassette en compagnie d'un des avocats de S.O.S. Attentats, Francis Szpiner. Nous n'avons eu aucun doute : il fallait proposer aux membres de l'association d'assister à la projection de ce film. Les paroles prononcées avant l'attentat, les images au-dessus du désert du Ténéré, toutes les explications du juge Bruguière seraient importantes pour ceux qui éprouvaient tant de difficultés à enterrer leurs morts. La séance de projection fut un moment particulièrement émouvant mais tous ceux qui ont pu y assister ne l'ont pas regretté, malgré toutes leurs larmes.

En 1996, une visite fut organisée pour les familles dans le hangar du Bourget où avait été reconstitué le puzzle de l'avion. J'avais loué deux bus à la RATP et prévenu tout le monde : certains pouvaient être choqués par la démarche, rien ne les obligeait à s'infliger le spectacle de l'avion où avaient péri les leurs. Des personnes, effectivement, déclinèrent l'invitation, trouvant la démarche par trop morbide. Une centaine de personnes ont décidé de venir jusqu'au Bourget, certaines avec de grandes hésitations. Cette visite, après le film, fut un moment de deuil et d'émotion.

Dans les semaines qui ont suivi l'attentat, j'avais incité nombre de familles à se porter partie civile à titre individuel. Plusieurs personnes firent cette démarche, dont Béatrice de Castelnau. Je bataillais depuis un moment pour que l'association puisse se constituer aussi partie civile, à titre collectif. Cela représenterait une force symbolique importante et simplifierait le travail des magistrats, qui préfèrent souvent avoir un interlocuteur unique qui répercute toutes les pièces du dossier judiciaire. J'allais bientôt obtenir satisfaction.

Marcher

Sept ans sans marcher autrement qu'en clopinant sur la jambe droite, à l'aide de deux béquilles et du kinésithérapeute. Ce calvaire prendrait bientôt fin. Mon refus de l'amputation ne serait pas vain. Oh ! bien sûr, je savais que je ne courrais plus jamais, que mes pas seraient lents, rares et difficiles, surtout au début. Mais tout de même... J'attendais cette victoire avec impatience. Mes deux jambes étaient assez consolidées pour que je puisse appuyer mon corps dessus. Il ne restait plus qu'un dernier obstacle : à la place de mon genou gauche, qui avait été broyé dans l'attentat, Thierry Judet devait me poser une prothèse afin que je puisse plier ma jambe.

Ces dernières années, malgré cette jambe raide, j'avais gagné pas mal d'autonomie. J'avais par exemple réussi à obtenir le permis de conduire handicapé. On m'avait aménagé une voiture automatique avec un siège spécial, évidé afin que ma jambe gauche puisse se loger dans l'habitacle sans plier, et avec des pédales de frein et d'accélérateur avancées. Il me fallait encore de l'aide pour aller jusqu'à la voiture et ranger mon fauteuil roulant dans le coffre, mais c'était un immense progrès.

Dans ces conditions, je me déplaçais de plus en plus, toujours dans des endroits accessibles, évidemment. À chaque fois qu'une réunion était prévue, je me renseignais pour savoir si l'accès à la salle était possible pour les handicapés. On s'étonnait parfois de me voir débarquer avec mon fauteuil roulant. S'il y avait peu à marcher, je venais avec mes béquilles et un petit siège pliant de pêcheur que j'ai toujours gardé, même après l'opération de la prothèse. Dans les commissions du Parlement, dans les réunions avec les ministres, au tribunal, au conseil d'administration du Fonds de garantie, dans des émissions de télé, j'avais toujours ce tabouret en toile ; je le dépliais et j'y posais ma jambe gauche enserrée dans une coque de résine. Cela me donnait une drôle de position, de trois quarts à cause de ma jambe qui ne passait pas sous les tables. J'éprouvais des difficultés à rester assise très longtemps, mon dos me faisait tellement souffrir. Malheureusement, les réunions ou les audiences dans les procès sont rarement brèves. Je ne sais quels étaient exactement les sentiments des hommes politiques, des magistrats, des fonctionnaires que je côtoyais dans ces occasions, mais certains s'habituèrent à mon attirail.

Nous nous étions promis, avec Maurice, de changer le moins possible nos habitudes. Ainsi, nous avons très vite repris les voyages qui m'ont toujours été d'un grand réconfort. J'aime parcourir le monde et ce n'était pas un fauteuil roulant, deux jambes inaptes à la marche, qui allaient me clouer sur place.

Les premières vacances, ce furent Le Touquet et la Côte d'Azur où des cousins, Marie-Thérèse et Henri, nous accueillirent. Mais, dès 1985, nous nous sommes envolés pour des destinations lointaines. Les voyages, la découverte d'autres cultures et civilisations me manquaient trop. Je pensais à mon cousin Larry, qui mettait sa chaise roulante en soute et prenait l'avion sans autre difficulté que l'étroitesse des places, en seconde classe. J'avais décidé de faire de même. Maurice, Deborah, le fauteuil et moi, nous sommes allés en Russie, en Chine, en Amérique du Sud, aux États-Unis. Je me souviens d'une grande balade dans la jungle amazonienne où les roues du fauteuil s'accrochaient dans les racines géantes de la forêt vierge.

Je mc souviens d'une traversée de la Corse après la création de l'association. De nombreuses personnes m'interpellaient, me prenaient à part pour me dire, à voix basse, leur admiration.

— Continuez votre combat. C'est important pour nous aussi.

Pendant une semaine, il n'y eut pratiquement pas moyen de payer nos consommations dans les bars, nos repas dans les restaurants. On imagine trop souvent les Corses soumis à la loi de l'omerta. Tous ceux qui m'ont parlé n'avaient aucune sympathie pour les poseurs de bombes. S'ils pratiquaient une loi, c'était celle de l'hospitalité.

Je me souviens surtout du premier voyage dans le sud des États-Unis. Nous avions mis à notre programme les grands parcs nationaux. Deborah, qui avait onze ans, s'en faisait une joie. Maurice et moi étions enchantés de ce périple mais, à la descente de l'avion à Los Angeles, j'ai réalisé que j'avais oublié mes comprimés d'anticoagulants. Je téléphone alors en

France, à Europe Assistance qui s'aperçoit que je n'ai pas souscrit le bon contrat et donc que je ne peux bénéficier de leur protection. On réussit à s'arranger, « mamy » Alice va porter un chèque au siège parisien et le médecin d'Europe Assistance me certifie qu'il va me faire parvenir mes cachets.

— En attendant que notre colis arrive, précise-t-il, vous allez prendre des comprimés américains. Ils ont à peu près les mêmes propriétés.

Il me donne le nom du médicament.

— Combien dois-je en prendre par jour ?

— Ça dépend de vos analyses. Vous allez faire une prise de sang tous les trois jours. Vous m'appellerez et, à chaque fois, on déterminera la dose d'anticoagulants à prendre.

Los Angeles, San Diego, le Colorado... Le voyage se déroule du mieux possible. Quand j'appelle le médecin à Paris, nous ajustons mes prises en ajoutant ou en soustrayant des quarts de comprimé. À Yuma, pas loin de la frontière mexicaine, nous nous installons dans un motel et je pars en taxi à l'hôpital faire ma prise de sang. Une heure plus tard, j'appelle Maurice :

— Ils me gardent, j'ai un taux de coagulation catastrophique. Je peux avoir une hémorragie à tout moment.

Depuis 1983, Maurice a l'habitude des rebondissements médicaux. Cette fois, il est vraisemblable que nos vacances sont à l'eau, que je vais devoir interrompre notre premier grand voyage depuis l'attentat. Et Deborah qui était ravie de voir Las Vegas, le Grand Canyon et le lac Powell... Je commence ma nuit aux urgences de l'hôpital de Yuma entre deux clochards californiens, un clandestin mexicain et une prostituée pas très loin de l'overdose. Je ne réussis pas à trouver le sommeil. Cela me contrarie de rentrer si vite en France. Et puis, ces résultats sont étranges. Avec les taux qu'ils ont trouvés, je devrais éprouver une sensation de malaise. Rien. Je ne me suis pas sentie aussi bien depuis des mois. On m'a peut-être prescrit trop d'anticoagulants, le médecin de Paris s'est peut-être trompé. Dans ce cas, il suffira de corriger les prescriptions et tout rentrera dans l'ordre. Je n'en peux plus de cette nuit passée au milieu de la misère du sud des États-Unis, avec toutes ces questions en tête. J'appelle l'interne de garde.

— Je veux partir. Je suis très bien, je veux retourner avec ma famille à l'hôtel.

— Pas possible.

— Si vous voulez, je vous signe une décharge.

Le jeune médecin fait la moue. Soudain, j'ai une idée.

— Je peux voir les résultats ?

J'ai un furieux doute. Avec le décalage horaire, je dois pouvoir réussir à joindre le médecin d'Europe Assistance à son bureau. Nous discutons de mes analyses, il est très surpris.

— En quelle unité de valeur calculez-vous en France ?

Le médecin français me répond mais c'est trop technique. Même si ces années de médicalisation poussée m'ont donné quelques notions, je préfère lui passer l'interne de l'hôpital de Yuma. C'est bien ce que je pensais, les échelles de calcul ne sont pas les mêmes.

— Votre sang est parfait, vous pouvez rentrer à l'hôtel.

C'est ainsi que Maurice et Deborah ont eu la surprise d'être réveillés par la sirène et les lumières bleutées de l'ambulance.

— On ne rentre plus en France, je suis guérie, ai-je annoncé fièrement avant de m'endormir quelques heures.

Nous sommes donc remontés vers le Nord et les sources du Colorado. Chaque jour, je téléphonais à Paris, mes médicaments français n'étant toujours pas arrivés. Apparemment, le colis était parvenu aux États-Unis dans une ville que nous avions déjà quittée, vingt-quatre heures plus tôt. Et depuis, les médicaments faisaient des sauts de puce, de ville en ville, sans jamais réussir à nous rattraper. Nous étions en haut du Grand Canyon en train d'admirer cette merveille, quand nous vîmes une camionnette de DHL se garer sur le parking. Un employé nous rejoignit, il ne pouvait se tromper, il n'y avait qu'une seule chaise roulante au sommet du Grand Canyon. Il avait à la main un petit colis qu'il tenait au bout d'une ficelle. C'était mon Previscan. Avec Maurice et Deborah, on s'est toujours dit que personne ne nous croirait quand nous raconterions cette histoire. Et qu'elle aurait fait une merveilleuse publicité pour Europe Assistance.

En 1993, nous étions à Shangaï. Les trois premières semaines de notre voyage nous avaient permis de visiter Pékin, la Grande Muraille, Xian et son armée de terre cuite enterrée. Nous avions navigué sur le Yangtsé kiang. Nous étions tous les trois émerveillés. Lors de la visite d'un temple, ma vue a commencé à se brouiller, obscurcie par des sortes de mouches noires. Maurice n'a pas mis longtemps à trouver ce dont je souffrais : lors de ses combats de boxe, il avait rencontré des adversaires atteints par un décollement de la rétine. À nouveau, Europe Assistance allait s'occuper de nous mais, cette fois, je n'échapperais pas au rapatriement. L'effet de souffle de la bombe du Grand Véfour avait entraîné une lésion de mon œil droit. Pendant dix ans, je n'avais ressenti aucun trouble, aucun médecin ne l'avait diagnostiquée. Mais là, j'étais près de perdre mon œil. À Paris, en plein mois d'août, seul le laser de l'Hôpital américain de Neuilly fut disponible. Cela ne suffit pas : quelques mois plus tard, je dus subir une nouvelle intervention chirurgicale rarissime, l'ablation d'une membrane épirétinienne.

Malgré tout il n'était pas question de changer notre vie. Ni de nous morfondre. Je me souviens de moments joyeux, de fous rires. L'humour, grande qualité chez Maurice, nous fut souvent d'un précieux secours. L'autre jour, j'ai vu avec mes amies un spectacle écrit par Desproges où l'humoriste se moquait de son cancer, des juifs, des Arabes, de la bêtise. Pour moi, le rire n'a pas de tabou ; il m'a toujours été d'un grand réconfort, surtout lorsqu'il est partagé.

Un jour, alors que nous remontions des Pyrénées où nous avions passé quelques jours de vacances chez des amis, nous nous sommes arrêtés dans une auberge en Touraine. Pierres de tufeau, carte du restaurant très appétissante, le cadre nous paraît très accueillant. Nous dînons, ma foi fort bien. Maurice va chercher notre valise dans le coffre de la voiture. Nous nous apprêtons à rejoindre notre chambre quand nous réalisons que nous avons oublié de demander si l'établissement comportait un ascenseur. Évidemment, cette vieille demeure de plusieurs siècles d'existence n'est pas dotée de ce genre d'engin. Il est trop tard pour aller chercher un autre hôtel, nous hésitons un instant puis je propose d'essayer de monter jusqu'au premier étage où se trouve notre chambre.

J'empoigne mes deux béquilles, je regarde cette grande volée de marches, un escalier datant de la Renaissance, et nous commençons l'ascension. Maurice m'aide autant qu'il peut, heureusement il est costaud, parce que ma jambe gauche est toujours entourée de ces fameux cercles de fer, les Ilizarov, qui l'alourdissent et la tirent vers le bas. Nous montons marche par marche, sur ma seule jambe droite. Les propriétaires de l'auberge nous regardent un instant, très embêtés de nous imposer cet effort, puis retournent à leur service. Après de longues minutes à ce rythme poussif, ahanant, nous faisons une pause à mi-parcours. Je suis essoufflée, déjà épuisée. J'essaie de récupérer un peu quand j'aperçois une petite bibliothèque installée à mi-étage. Deux livres me sautent aux yeux : *Cette chienne de vie* et les mémoires de Patrick Segal, *L'Homme qui marchait dans sa tête.* Je regarde Maurice et nous éclatons de rire, un fou rire qui prend de l'ampleur, résonne dans cette vieille maison et alerte les propriétaires qui s'approchent. Pendant de longues minutes, nous ne pouvons plus avancer, tellement le rire nous secoue.

À la fin de l'année 1989, ma jambe gauche était assez consolidée pour qu'on puisse envisager la pose d'une prothèse du genou qui me permettrait de pouvoir enfin plier la jambe et donc de marcher, pas sur des kilomètres, évidemment. Je ne pourrais toujours pas me passer d'ascenseur, ni de parking à proximité, ni de béquilles, mais enfin je pouvais me déplacer seule dans mon appartement, aller jusqu'à ma voiture, oublier mon fauteuil roulant.

Avant l'opération du genou, Thierry Judet m'avait pris rendez-vous avec un spécialiste des prothèses, à Saint-Maurice dans le Val-de-Marne. Il voulait que je sois absolument certaine, avant cette dernière opération, de ne pas vouloir tout arrêter et me faire amputer. Cela aurait été dommage après tout ce que j'avais subi comme opérations de consolidation mais, à l'époque, c'était encore possible. Je me suis rendue dans ce centre avec William et Maurice. Ce fut un moment difficile. Il y avait de nombreux enfants sans jambes qui s'amusaient comme des fous en se déplaçant dans des petits chariots. Ils se poursuivaient, jouaient à chat, ils criaient, riaient à gorge déployée. J'étais bouleversée, émerveillée aussi que la vie soit aussi tenace dans ces corps amputés. Je me disais que je n'avais vraiment aucune raison de me plaindre. C'était une belle leçon de courage et d'optimisme, mais la joie et la tristesse se mêlaient en moi.

Le prothésiste, un vieux monsieur charmant, m'a fait des démonstrations, vanté tel ou tel matériel très performants, montré des dizaines de jambes fabriquées dans des composants légers et résistants. D'un certain côté, cela me simplifierait la vie. Je réfléchis. Mon état d'esprit était le même qu'il y a sept ans, quand j'avais repoussé, la première fois, toute idée d'amputation.

Cette fois, mon refus était moins viscéral, plus réfléchi. Je songeais aux douleurs des membres fantômes absolument épouvantables, j'en sais quelque chose avec mon nerf sectionné. Je pensais qu'il me faudrait une prothèse qui commence au-dessus du genou, ce qui est plus difficile à adapter. Je pensais à ces moments où le moignon de la jambe gonfle, aux douleurs atroces, à l'impossibilité, certains matins, d'enfiler la prothèse. Je pensais à ces nuits où je ne réussirais pas à me lever, où je serais obligée de me traîner, de ramper par terre. Je pensais à tous ces obstacles et mon refus de me laisser couper la jambe s'en trouvait conforté.

C'était moins mon image de femme qui était en jeu. J'avais cru, en tentant la reconstruction, que je pourrais récupérer l'aspect de ma jambe d'autrefois. De nombreuses visites à des chirurgiens esthétiques ont ruiné cet espoir. Entre le genou et la cheville, mes chairs ont été trop entamées pour qu'on puisse tenter quoi que ce soit. Je dois assumer cette jambe très abîmée du genou à la cheville, c'est loin d'être facile. Mais j'étais toujours incapable d'envisager une amputation.

L'année 1990 promettait d'être chargée. La pose de ma prothèse du genou avait été décidée mais plusieurs dossiers brûlants exigeaient ma pleine disponibilité. J'avais rencontré plusieurs fois Pierre Bérégovoy, le ministre de l'Économie depuis la réélection en 1988 de François Mitterrand à la présidence de la République et la formation du gouvernement Rocard. Nous discutions de l'ajustement de la contribution des Français suivant les besoins du Fonds de garantie.

Depuis un bon moment, je souhaitais que les attributions du Fonds soient élargies à toutes les victimes d'infraction pénale. Les défauts des commissions d'indemnisation des victimes d'infraction pénale (Civi), très lentes et plafonnées, me paraissaient aussi pénalisants pour les victimes d'une agression dans la rue, d'un braquage, que pour celles d'un attentat à la bombe. Je n'ai jamais considéré les avantages concédés aux victimes du terrorisme comme un bien exclusif. Quand une injustice me révolte, j'ai toujours envie de me battre, même si elle ne me touche pas directement. Aujourd'hui encore, j'aimerais que le système du Fonds de garantie soit élargi aux victimes des catastrophes naturelles. Quoi de plus imprévisible, de plus injuste, de plus destructeur qu'une tempête, des inondations, un ouragan, un orage de grêle ! Je trouverais logique que ces victimes soient intégrées dans un dispositif de protection similaire.

Pierre Bérégovoy m'avait promis de créer une commission de réflexion sur l'indemnisation des infractions pénales. Il imposa ma présence au garde des Sceaux, Pierre Arpaillange, qui ne me portait pas dans son cœur. Était-ce le magistrat qui n'appréciait pas la porte-parole de victimes qui demandait des comptes à la justice ? Ou le ministre qui protégeait une administration supportant mal une association critiquant des pratiques et habitudes en cours ?

Le conservatisme est un mal très français. Il ne faut surtout pas remettre en cause ce qui fonctionne depuis des décennies. L'administration est de toute façon toujours persuadée d'avoir à sa disposition le meilleur système possible. Il aurait fallu que les victimes fassent confiance aux magistrats, aux structures d'aide sociale. Il aurait fallu qu'elles attendent la compassion mais surtout qu'elles ne revendiquent rien, qu'elles ne s'expriment pas, qu'elles ne se prennent pas en main.

Nos premières discussions, dans cette commission, me convainquirent qu'un mauvais coup se préparait. Pierre Arpaillange était d'accord pour élargir les procédures du Fonds de garantie mais en harmonisant tout le monde vers le bas. Dans son texte de loi, il proposait que tous les dossiers passent à l'avenir devant les Civi, ce qui allait ralentir considérablement les procédures pour les victimes du terrorisme. C'était une régression, le retour aux pratiques d'avant la loi de 1986. Des personnes ayant tout perdu mettraient des mois à toucher les premières provisions. Les Civi étaient très embouteillées.

J'ai écrit à Michel Rocard en lui disant ma stupéfaction et mon opposition au projet de son ministre. Il n'a pas mis longtemps à me recevoir, un matin de mars 1990, à neuf heures précises. Cette ponctualité m'a rappelé le retard à la Madeleine, six mois plus tôt. L'homme est rigoureux, déterminé. Je lui ai expliqué mon point de vue sans détours. Il m'a écoutée longuement puis m'a dit tout simplement :

— Vous m'avez convaincu, essayez d'obtenir un amendement lors de la discussion au Parlement. Le gouvernement ne s'y opposera pas.

Avec Michel Rocard, les choses sont claires : c'est oui ou non. On peut tenter de le convaincre, il est accessible aux arguments rationnels. J'ai rencontré tellement d'hommes politiques dont je sentais bien qu'ils écoutaient distraitement ce que je leur disais et qu'ils réfléchissaient en même temps aux conséquences éventuelles de telle ou telle attitude. C'est le propre de l'homme politique de tenter d'évaluer les avantages et les inconvénients de toute décision et j'imagine aisément que Michel Rocard, comme les autres, a dû laisser filer certains problèmes trop compliqués à résoudre. Mais cette fois, sa réponse fut nette, sans détours, et il s'y tint même si cela ne faisait pas plaisir à son garde des Sceaux.

J'étais ravie d'avoir si vite abouti et, en même temps, épuisée par avance. À nouveau, la bataille des amendements, les discussions avec les députés, tout recommençait comme en 1986. Je savais que la promesse d'un Premier ministre ne suffisait pas, qu'il faudrait veiller à ce que cet amendement voie bien le jour, qu'il soit voté. Jusqu'au dernier moment, rien ne serait acquis.

Depuis 1983, j'avais la sensation d'être dans la peau de ce roi de Corinthe, Sisyphe, qui, ayant trompé la mort, avait été condamné à pousser éternellement son rocher jusqu'au sommet de la montagne. Près du but, la pierre retombait toujours. Les douleurs qui, régulièrement, parcouraient mon corps telles des décharges électriques, me paraissaient être ces coups de fouet qu'infligeait à Sisyphe l'une des Érinyes, ces redoutables furies chargées d'appliquer les châtiments aux coupables et aux morts. Certes, j'étais près de remarcher, S.O.S. Attentats avait remporté certains succès, mais toujours au prix de tels efforts. Les survivants ont souvent l'impression de devoir déployer une énergie démesurée. Qu'ont-ils à se faire pardonner ?

J'étais d'autant plus inquiète que mon opération approchait. Je savais qu'elle m'immobiliserait quelques semaines. Comment pourrais-je, de ma chambre d'hôpital, faire aboutir l'amendement ?

Pour la prothèse du genou, il fallait absolument que je subisse une nouvelle transfusion mais j'en étais absolument incapable. Même si ces interventions étaient désormais parfaitement sous contrôle, même si j'étais toujours séropositive, que je n'avais pas encore développé la maladie, j'éprouvais un malaise insurmontable à l'idée de recevoir à nouveau du sang étranger. J'ai demandé à bénéficier d'une autotransfusion, ce n'était pas possible. Étant O+ comme mon frère, donneur universel et receveur unique, j'ai réclamé de recevoir son sang. Mais le don dirigé est interdit en France. J'appréhendais l'idée de cette transfusion qui devait avoir lieu en même temps que l'opération du genou, début mai 1990.

Je continuais néanmoins de rencontrer des députés et des sénateurs. J'ai retrouvé la trace de rendez-vous avec Jacques Toubon à l'Assemblée, avec les sénateurs Masson et Dreyfus-Schmidt au Sénat. Le 3 mai, les sénateurs, au cours de l'examen de la loi sur les victimes d'infractions pénales, ont déposé l'amendement souhaité par S.O.S. Attentats, qui rétablit la procédure initiale pour les victimes du terrorisme. Le 7 mai, je suis à l'hôpital et l'on m'annonce une nouvelle inespérée : les autorités sanitaires, je ne sais par quel miracle, ont accepté que je reçoive le sang de mon frère. Je suis ravie, soulagée. Mais au dernier moment, pendant l'opération, les deux poches de sang de mon frère ne suffisent pas. Il faut recourir à une troisième poche fournie par le centre de transfusion. Aussitôt après avoir reçu ce sang, je développe une allergie très grave qui provoque un sévère accident de transfusion. Je ne me suis rendu compte de rien. Je n'ai gardé de cet incident aucune séquelle mais les médecins m'ont tout de même sauvée d'extrême justesse. Cette allergie est si grave que, désormais, je ne me sépare plus d'une carte spéciale signalant qu'en cas d'accident je ne peux recevoir qu'un type très particulier de sang, traité au préalable, débarrassé de plusieurs molécules qui, sinon, provoqueraient chez moi un malaise fatal.

Je ne peux croire que des phénomènes psychosomatiques puissent intervenir dans une transfusion sanguine. Mais la concomitance de ma terreur et de l'allergie me trouble profondément. Depuis 1983 et ma contamination, je n'ai cessé d'entretenir un rapport très curieux avec le sang étranger qu'on m'a inoculé. C'était mon sauveur et mon pire ennemi. À chaque nouvelle transfusion, même si je savais que le sang qu'on introduisait dans mes veines était parfaitement sain, ma peur ne faisait que croître. Jusqu'à ce que, la dernière fois, mon organisme se mette hors jeu...

Quand je me suis réveillée avec mon genou tout neuf, j'ai éprouvé une joie immense. Le kiné est venu me voir, il a commencé à vouloir me faire plier le genou. J'étais heureuse mais j'avais très peur. Un mouvement que je n'avais plus fait depuis sept années ! Le kiné m'a aidée, j'ai bougé ma jambe très lentement mais la rotation a entraîné une douleur épouvantable. Il a fallu recommencer une ou deux fois, la souffrance était toujours la même, peut-être même un peu plus vive. J'étais pourtant aux anges. J'avais l'impression que ma volonté de ne pas être amputée trouvait là un aboutissement. Il fallait laisser reposer la jambe pendant plusieurs jours, ce que je comprenais parfaitement, et je me disais que tout rentrerait dans l'ordre. Cela me paraissait assez normal de souffrir après sept années d'immobilisation.

Pendant ce temps, les discussions sur la loi continuaient. Heureusement, je disposais d'une chambre individuelle. J'interrogeais sans cesse mon répondeur et je passais des heures au téléphone avec des députés, des présidents de commissions, des assistants parlementaires, des conseillers ministériels. Parfois, les médecins ou les infirmières devaient patienter. J'étais d'autant plus gênée que je ne pouvais interrompre brutalement ces conversations en expliquant à mon interlocuteur qu'un médecin m'attendait. Je n'avais dit à aucun d'eux que j'étais hospitalisée. Je mentais en leur faisant croire que j'étais chez moi. S'ils apprenaient que j'étais immobilisée, j'étais persuadée qu'ils ne tiendraient pas leurs engagements.

Entre les conversations téléphoniques qui s'éternisaient et les médecins ou les infirmières qui passaient et repassaient, j'étais ennuyée. Je cherchais des prétextes pour raccrocher mais je n'ai jamais été très habile pour inventer. À l'hôpital, ils me connaissaient depuis si longtemps qu'ils étaient assez indulgents, sauf quelques infirmières, nouvelles dans le service, qui me faisaient des remarques sur la nécessité de me reposer. Thierry Judet ne manquait pas de se moquer de moi et de mon incapacité à m'arrêter un instant de travailler.

Mon genou n'allait pas mieux. Au bout de plusieurs jours, j'avais toujours aussi mal en le pliant. Chaque mouvement, même partiel, entraînait une souffrance parfaitement insupportable. Thierry Judet a vite compris qu'il se passait quelque chose d'anormal, il a examiné mon muscle très attentivement.

— C'est un accident musculaire, une calcification du quadriceps, m'expliqua-t-il en désignant le muscle situé au-dessus du genou.

Ce muscle était effectivement dur comme la pierre. Il fallut stopper toute rééducation, renvoyer le kiné vers d'autres malades et laisser reposer le quadriceps pendant dix jours, sinon le risque était grand de le perdre. C'était bien ma veine, sept ans de bagarre pour remarcher... À nouveau, l'immobilisation complète et la loi qui avançait sans moi.

Le sort des victimes du DC-10 m'inquiétait aussi. Une réunion du conseil d'administration du Fonds de garantie était prévue le 22 mai, que j'allais manquer. Mes absences étaient fort rares. Même si le Fonds donnait satisfaction dans la plupart des cas il fallait tout de même se battre. L'indemnisation de certaines victimes méritait d'être évaluée avec plus d'attention.

Je me souviens de Claudie Ragy, grièvement brûlée au visage lors de l'attentat des Galeries Lafayette. Au lieu de passer plusieurs mois dans différents hôpitaux français dont celui de Lyon pour ses greffes de peau, elle pouvait être soignée en trois semaines à Los

Angeles. J'ai fait adopter le principe de financer la reconstruction de son visage dans un établissement américain, solution plus rapide et, au total, moins onéreuse. Le raisonnement paraissait évident mais ce ne fut pas si simple de faire accepter le remboursement d'un traitement médical effectué à l'étranger.

J'avais beaucoup de combats à mener en même temps. Depuis des années, je demandais aux victimes de se porter partie civile dans les procès mais elles hésitaient, elles avaient peur de s'exposer publiquement. Certaines craignaient de voir rouvrir les blessures du passé. Pour les encourager, je voulais que l'association, en tant que telle, puisse se constituer partie civile. Depuis deux ans, je déposais systématiquement une demande de constitution de partie civile à la première audience de chaque procès. Les présidents des tribunaux n'examinaient la recevabilité de nos demandes qu'à la fin des procès, ce qui me permettait de participer à tous les débats. Ensuite, dans leur jugement, les magistrats rejetaient systématiquement notre requête puisque la loi ne nous autorisait pas expressément à nous porter partie civile. C'est ce que je voulais faire modifier.

J'ai alors trouvé l'appui constant et opiniâtre du président de la commission des lois, le socialiste Michel Sapin. Il a dû batailler auprès du ministère de la Justice, Pierre Arpaillange ne voyant pas d'un bon œil que les tribunaux s'ouvrent plus que de raison aux associations.

Finalement, nous avons obtenu gain de cause. Les victimes d'attentats continueraient à bénéficier d'un système d'indemnisation simple et rapide et l'association serait autorisée à se porter partie civile dans les affaires de terrorisme en cours. La loi a été votée en seconde lecture le 22 mai au Sénat et le 22 juin à l'Assemblée, puis publiée au *Journal officiel* le 6 juillet 1990.

Pendant ce temps, on me faisait de la radiothérapie pour défragmenter la calcification de mon quadriceps. Dix jours de suite, à l'hôpital, on a envoyé des rayons dans le muscle pour l'assouplir. Je sentais les effets du traitement. Thierry Judet m'annonça qu'il n'était pas question de me prescrire des séances de kiné. En tout cas, pas tout de suite.

— Vous allez pratiquer toute seule de la rééducation lente et passive.

Il savait que je ferais grise mine. L'adjectif « lent » n'est pas le mot que je préfère dans la langue française. Et « passif » encore moins.

— Vous ne ferez aucun effort, je vous l'interdis. Le principe est simple : vous vous asseyez au bord d'une table et vous laissez descendre votre jambe, très doucement, degré par degré. Et je vous en supplie...

Il me regarda en souriant.

— ... vous vous arrêtez quand vous commencez à avoir mal. Vous gagnerez chaque jour quelques degrés. C'est le poids de votre jambe qui agira, vous la retenez et surtout vous ne forcez pas. Vous me promettez ?

Évidemment, je ne tins pas ma promesse. J'allais plus vite que prévu. Au bout de deux semaines, un kiné est venu à la maison. Il fallait renforcer le muscle atrophié. Avec son aide, je descendais sur mes deux jambes chaque jour quelques marches de l'escalier donnant sur la cour. La flexion me donnait des frissons d'appréhension et de joie. Au début, une ou deux marches. Puis cinq, puis dix. Quand nous avons réussi à descendre et remonter l'escalier entier, ce fut une grande victoire. Il me fallut encore des mois avant de pouvoir vraiment me déplacer, même sur des distances réduites. Mais chaque soir, dans notre couloir, je montrais mes progrès à Deborah.

— Je marche, je marche, tu te rends compte, je marche !...

Je criais comme une gamine. Elle me regardait comme une adulte, un peu gênée de mon exubérance. Elle était ravie pour moi mais, au bout de dix démonstrations, elle commençait à en avoir assez, elle avait bien compris que je pouvais me déplacer avec hésitation à l'aide de mes béquilles. J'avais envie de hurler ma joie à tue-tête. J'avais envie de sauter en l'air, malheureusement, j'en aurais été bien incapable. J'étais tellement heureuse que mon corps me porte à nouveau.

Et j'ai noté le grand jour sur mon agenda de l'époque : JE MARCHE ! Le 15 décembre 1990, j'ai participé à un colloque sur la justice, place Dauphine. J'avais toujours mon tabouret pliant de pêcheur et mes béquilles, mais mon fauteuil roulant avait été rangé à la cave et j'avais bien l'intention de l'y laisser pour très longtemps.

Mon père

Longtemps, j'ai refusé toute décoration. Bernard Kouchner et d'autres m'ont proposé la Légion d'honneur, et mon refus n'était pas motivé par de quelconques raisons philosophiques. Je ne veux pas me donner le beau rôle, me draper dans une position avantageuse. À chacun de ces ministres, je disais seulement que j'aurais volontiers accepté, et même que j'aurais été fière et heureuse si ces médailles avaient pu être remises à S.O.S. Attentats. Certains prix prestigieux, comme le Nobel, ne sont-ils pas décernés parfois à des groupes d'individus qui ont marqué l'Histoire ? Médecins du monde a ainsi été honoré. À notre petite échelle, je trouvais que cela aurait représenté un beau symbole. Mais c'était impossible du point de vue du règlement. En France, nous ne sommes pas encore sortis des règles du mérite personnel édictées au temps de Napoléon.

En même temps, certains autour de moi trouvaient que j'exagérais, qu'en acceptant ces distinctions accordées à la fondatrice et présidente de S.O.S. Attentats, il n'y avait aucune ambiguïté ; c'était l'association, à travers moi, qui s'en trouvait honorée. Je comprenais le raisonnement mais je ne me résolvais pas à passer à l'acte. Pudeur, peur de me mettre en avant ? Je trouve tellement indécent de se valoriser à travers un combat comme celui-là. Je sais que ma démarche a quelque chose d'utopique et de contradictoire puisque j'ai fini par accepter ces médailles, mais j'ai toujours eu en tête de m'effacer le plus possible derrière les victimes.

L'ordre du Mérite me fut donc accordé en 1989. Ensuite, il n'y avait plus aucune raison pour que je refuse les autres décorations. C'est mon père qui, sans le savoir, m'a fait changer d'avis. Il était gravement malade, atteint, comme ma grand-mère Laja, d'un mésothéliome, une tumeur de la plèvre due au cancer causé par l'amiante. J'ai voulu lui faire ce cadeau, avant son décès : il allait voir sa fille distinguée par la République française qui les avait accueillis, lui et les siens, et qu'il vénérait tant, malgré l'épisode de Vichy.

Pendant de nombreuses années, au 8, rue des Francs-Bourgeois, ma grand-mère et mon père ont tous deux respiré des particules d'amiante contenues dans les planches à repasser et dans certains tissus. Cette maladie de l'amiante est implacable. Quand elle se déclenche, elle ne laisse que quelques mois de répit, un an tout au plus. Elle tue chaque année des centaines de personnes dans l'indifférence générale. Pas de mobilisation comme pour le sida, peu de procès contre tous ceux qui ont utilisé ce matériau, pas de débat collectif sur ces années des Trente Glorieuses où le développement industriel primait sur tout. Les risques étaient pourtant connus de certains médecins et chefs d'entreprise, ils ont été minimisés, voire passés sous silence.

Il existe maintenant un fonds d'indemnisation des

victimes de l'amiante mais, au cours des années quatre-vingt-dix, c'est le fonds des victimes du terrorisme et autres infractions qui assurait la gestion des dossiers des personnes atteintes du cancer dû à l'exposition à cette matière si dangereuse. À la fin de 1990, l'association qui regroupait les malades de l'amiante, l'Andeva, décida d'occuper les locaux du Fonds de garantie à Vincennes. Les membres de cette association voulaient être reçus par le conseil d'administration. Le Fonds se montrait en effet très réticent à l'idée d'indemniser les cas d'amiante et quand les tribunaux l'obligeaient à verser des sommes d'argent aux malades de l'amiante, le conseil d'administration faisait systématiquement appel de ces décisions, ce qui avait pour effet de suspendre les provisions d'indemnisation jusqu'au jugement définitif.

Le jour de la manifestation des membres de l'Andeva, je pris la parole devant le conseil afin d'apporter mon soutien à leur demande d'audience. J'expliquai que l'espérance de vie de cette maladie était très limitée. Vu la lenteur des tribunaux, le caractère suspensif de l'appel était particulièrement injuste, il signifiait que les malades ne toucheraient jamais rien de leur vivant.

— Et je sais de quoi je parle, expliquai-je. Ma grand-mère et mon père ont été atteints par cette maladie.

Finalement, le conseil d'administration reçut les membres de l'Andeva et décida que ses appels devant les tribunaux ne seraient plus suspensifs.

Le 15 février 1990, mon père a assisté à la cérémonie au cours de laquelle Michel Gilibert, secrétaire d'État aux Handicapés et Accidentés de la vie, me remit la médaille de l'ordre du Mérite. Nous étions trois à être assis dans une chaise roulante : le ministre, moi qui n'avais pas encore été opérée du genou et mon père qui, trop affaibli par la maladie, ne pouvait plus marcher. Quelques jours plus tard, il serait hospitalisé.

À la fin du mois de mars, je faisais de constants aller-retour entre l'hôpital Saint-Antoine et le tribunal correctionnel de Paris, où l'on jugeait des catholiques intégristes qui avaient posé une bombe, en octobre 1988, pour protester contre la diffusion au cinéma Saint-Michel du film de Martin Scorsese, *La Dernière Tentation du Christ.* La bombe n'avait pas explosé mais elle avait provoqué un début d'incendie. La mousse des fauteuils s'était consumée, et les vapeurs très toxiques avaient brûlé les poumons de plusieurs personnes.

De nombreux témoins de moralité tentaient de trouver des excuses à ces jeunes gens de bonne famille qui, à les entendre, auraient été tellement ulcérés par les provocations du film qu'ils en auraient été pratiquement poussés à poser leur bombe. Écouter cette litanie m'était très pénible. Je pensais à mon père, à son agonie, à ces moments où il me prenait la main et me disait, d'une voix étranglée, qu'il comprenait ce que j'avais souffert. Je pensais à son refus de la violence, à tout ce qu'il m'avait enseigné sur le monde dans lequel nous vivons. Je me demandais comment on pouvait seulement songer à justifier un geste criminel. Je m'interrogeais sur la différence entre la condamnation par des catholiques extrémistes d'une œuvre cinématographique et la fatwa de Khomeiny contre le texte littéraire de Salman Rushdie. J'étais fatiguée de ces discours de haine.

Le 4 avril, jour du jugement du tribunal contre les poseurs de bombe du cinéma Saint-Michel, mon père est mort.

Il y a quelques années, je suis allée voir la pièce de Jean-Claude Grumberg, *L'Atelier*. Pendant toute la représentation, j'ai été saisie d'un sentiment étrange, j'avais l'impression de me trouver sur la scène, au milieu de personnages familiers. Je n'étais pas face à des acteurs, à un décor, à un texte, c'était mon enfance qui défilait sous mes yeux.

L'atelier du 8, rue des Francs-Bourgeois était situé entre mon école et l'appartement. J'y passais chaque jour avant de rentrer faire mes devoirs, sans trop m'attarder, suffisamment tout de même pour m'en imprégner.

J'ai toujours en tête l'odeur de la craie avec laquelle mon père dessinait ses coupes, celle de la poussière qui s'incruste dans les tissus. J'aimais caresser les rouleaux d'alpaga, cette laine très légère mais chaude que mon père adorait travailler. Il ne jurait que par les belles étoffes, l'alpaga et le prince-de-galles, avec lesquels il confectionnait des costumes pour hommes. Je me souviens des patrons qu'il découpait dans du carton, de la machine qui lui servait à couper les piles de tissu. Je me souviens du presseur, l'homme qui repassait les vêtements. Dans tous les ateliers, c'était une figure, un personnage mystérieux qui venait travailler quand il le voulait, selon son humeur, son bon vouloir. Dans les années cinquante, nous vivions une époque où l'on pouvait débaucher dans la soirée d'un atelier, rencontrer quelqu'un à l'heure de l'apéritif, se voir proposer un meilleur salaire et embaucher ailleurs le lendemain matin. Ou bien faire la fête, avoir la flemme de se lever, traîner jusqu'à midi, faire le tour dans l'après-midi des places disponibles et recommencer aussitôt pour un nouveau patron. À moins que l'ancien ne vous pardonne vos grasses matinées. C'était fréquent. La hantise de mon père et de tous ses collègues était de ne pas trouver assez de main-d'œuvre pour honorer les commandes. J'entends encore les plaintes, les inquiétudes, les journées perdues à chercher un nouveau presseur. Quand j'y songe, tout cela était fort théâtral. Le presseur était le second homme de cet univers de femmes, celui qui, par ses absences, son indiscipline, disputait au coupeur et patron le leadership de l'atelier. Jean-Claude Grumberg a remarquablement restitué l'atmosphère joyeuse, bon enfant et pourtant plombée par le non-dit pesant sur ceux qui ont été si longtemps attendus.

Dans les lettres envoyées à ma mère pendant la guerre, mon père parle peu de politique. Le quotidien difficile, l'angoisse, la solitude occultent tous les autres sujets. Il a passé trois années coupé de toute information fiable. La réalité des camps de concentration et d'extermination, le vrai visage du nazisme, il ne les découvrira qu'une fois rentré à Paris, en 1945. Une phrase, dans cette correspondance, m'a fait sursauter : « Le terrorisme des uns et des autres est à coup sûr un triste fléau, malheureusement trop souvent des gens qui ne désirent que la tranquillité sont frappés par ces actes insensés. Quelle triste situation que celle d'aujourd'hui, pauvre humanité, c'est à croire que la folie a frappé tout le monde. Espérons tout de même que les gens reviendront bientôt à de meilleurs sentiments afin d'éviter une catastrophe générale. »

Quand il écrit cela, mon père est sous le coup de l'émotion, il ne dispose d'aucune information précise. Ma mère lui a parlé d'actions, de coups de main des partisans. Il s'inquiète pour la sécurité de sa femme, l'éloignement ne lui permet pas de juger sereinement la situation. Il est impossible d'employer le mot « terrorisme » pour parler de la résistance française, il s'agissait d'une guerre entre les occupants nazis et les résistants qui ont le plus souvent cherché à cibler leurs attaques contre les militaires allemands. Et si certaines actions ont eu des répercussions parmi la population française, c'est parce que la Gestapo utilisait des méthodes barbares comme la prise d'otages. Si terrorisme il y eut dans cette période, c'est du côté des Sections spéciales de l'occupant allemand.

Même naïve, la réflexion de mon père m'émeut. Elle me rappelle son humanisme, son amour de la paix, de la fraternité, de la curiosité mutuelle entre personnes différentes. Dans une autre lettre, il écrit : « Déjà en Haute-Silésie, je suis habitué à voir de toutes les nationalités mais Vienne est bien plus cosmopolite. De tous les pays, de toutes les langues, il y a un échantillon de cette grande tour de Babel, c'est un véritable centre européen. »

Je me suis souvent demandé comment mon père a conservé, malgré tout ce qu'il a vécu, son optimisme et son goût pour la justice, l'entraide, la solidarité, l'absence d'aigreur et d'étroitesse. Il aurait aussi bien pu se rétrécir, il en avait tellement vu, pas seulement du côté de la barbarie nazie. Quand les Soviétiques ont libéré les camps à l'est de Berlin, ils ont évacué les prisonniers vers l'Union soviétique. Mon père a atterri en Ukraine, au bord de la mer Noire. Il y est resté un long moment, le temps d'aider ses camarades en jouant les interprètes, les organisateurs du camp, le temps aussi de faire quelques constatations. Il a vu la dureté du régime de Staline. Il a vécu l'endoctrinement, le culte de la personnalité. On lui a parlé du goulag, des amis qui disparaissaient, on lui a parlé des procès où les prévenus s'accusaient de tous les maux.

Le retour à Paris l'a laissé, un temps, désabusé. Il a mesuré toute l'horreur du régime nazi. Il a su que son frère, son père, tous les autres, ne reviendraient pas. Beaucoup de ses copains juifs, dans le Marais, avaient rejoint la résistance communiste. Ils militaient au PCF, ils se battaient pour un monde meilleur, la fin de l'exploitation de l'homme par l'homme. Qui aurait pu les contredire ? Mais mon père savait que l'URSS n'était pas le paradis dont ils rêvaient. Dans un carnet qu'il remplissait à ses heures perdues, il a noté cette phrase : « Je constate que le mensonge règne partout encore autour de moi. Dois-je me consacrer à le combattre ou ferai-je ma vie en égoïste ? Je n'ai pris aucune décision à ce sujet. Bah ! Je laisserai agir la masse qui n'a rien compris, qu'elle fasse son lit elle-même. » Certains mouvements de croyance collective se combattent difficilement. Le communisme de l'après-guerre fut de ces forces irrépressibles sur lesquelles aucun argument rationnel n'avait de prise. Il fallut attendre que la réalité rattrape les élans. Pour beaucoup, 1956 et l'écrasement de la révolution hongroise par les chars soviétiques constitueraient le premier choc.

Sans avoir jamais adhéré à aucun parti, il était sympathisant de cette gauche que l'on désigne généralement comme « deuxième » dans cette manie très française des classements, une gauche anti-autoritaire, anticolonialiste, antisoviétique, une gauche des droits de l'homme, du libéralisme politique. Mon père n'a pas fait beaucoup d'études mais il consacrait une grande partie de ses loisirs à lire, beaucoup de manuels d'histoire notamment. Il avait foi dans la culture pour éduquer l'homme, l'écarter de ses instincts barbares, le civiliser. Pour lui, la culture pouvait apporter un peu de progrès. Avec ma mère, ils sortaient fréquemment, ils allaient au théâtre, écouter du jazz au Quartier latin.

Mes parents travaillaient énormément mais ils n'auraient dérogé pour rien au monde aux repas en famille. Midi et soir, nous nous retrouvions tous les cinq, mon père, ma mère, notre tante Dora, William et moi. Il n'y avait pas de cantine, pas de sandwichs avalés à la hâte. Les repas étaient un moment sacré. Ma mère cuisinait simplement, une cuisine française des plus conventionnelles.

Mon amour des plats ashkénazes me vient plutôt de ma grand-mère : les pieds de veau en gelée cuits au bouillon pendant des heures avec de l'ail et du laurier, passés au hachoir, refroidis, et que l'on mange par petits carrés avec un filet de vinaigre ; les betteraves rouges, le raifort, la carpe farcie au poivre, les harengs accompagnés de vodka, les *crepeleres* (raviolis cuits dans un bouillon), les *knidler* (boulettes de pain azyme)...

Avec ma mère, c'était plutôt poulet-petits pois ou rosbeef-purée, ce qui peut aussi laisser de beaux souvenirs.

Pendant les repas, nous écoutions toujours la radio, c'était un rituel. La télé n'avait pas encore hypnotisé les foules. Dans la salle à manger, près de la table, trônait une radio à lampes avec de gros boutons pour chercher les stations sur les grandes ondes. Je me souviens du feuilleton *Signé Furax* et des journaux d'information. Nous écoutions Europe 1 ou Radio Luxembourg, dont le ton était plus indépendant du pouvoir que celui de la radio d'État. Mon père était très hostile à la guerre d'Algérie. Je le suivais, évidemment, dans ses opinions. Je me disais souvent que si j'avais eu un frère plus âgé, je me serais opposée à ce qu'il parte avec le contingent se battre contre les Algériens. Je ne sais pas ce que j'aurais fait, je me serais couchée sur les voies des trains ? À dix ans, on rêve l'Histoire. Pour certains, cela peut paraître ridicule. Pour ma part, je n'ai jamais oublié ces désirs d'enfance, je n'en ai jamais rougi, je ne les ai jamais reniés.

L'un de mes souvenirs les plus marquants fut ces journées de 1958, où l'on craignait un putsch des généraux d'Alger, l'arrivée des parachutistes sur Paris mettant la démocratie en péril. Chaque jour, la tension était palpable, je vibrais, j'avais l'impression de vivre ma part d'Histoire. Mon père était inquiet, révolté par ce qui se tramait. Il voyait d'un mauvais œil l'intrusion des militaires dans la vie démocratique. La IVe République n'y survécut pas, le général de Gaulle fut porté au pouvoir. La guerre d'Algérie puis les attentats terroristes de l'OAS furent pour moi des moments d'éducation politique.

La place que tenait la radio dans notre famille suffit pour indiquer que nous ne parlions guère à table. J'ai fait partie d'une génération où il était inconcevable que les enfants osent poser des questions à leurs parents. Il fallait demander la parole, c'était très rare. J'ai reçu une éducation plutôt rigoureuse. J'ai l'impression que cette fermeté était plutôt le fait de ma mère, alors que mon père ne se mêlait pas de ces questions domestiques. Fière et rebelle depuis ma prime jeunesse, munie des idées politiques de mon père, j'ai fait preuve, à l'adolescence, d'un grand esprit de révolte. Mon frère me rappelait récemment un épisode que j'avais occulté : pour une raison que j'ai oubliée mais qui ne devait pas être très grave, j'ai fugué pendant deux semaines alors que je n'avais pas seize ans. Je n'étais pas allée très loin, j'avais trouvé refuge chez des amis de mes parents, mais j'avais ainsi réussi à manifester mon mécontentement.

Tous ceux qui trouvent que mai 68 ne nous a apporté que des calamités devraient se renseigner ou se souvenir, s'ils l'ont vécu, de ce que fut notre jeunesse. C'était un temps où les filles et les garçons ne fréquentaient pas les mêmes lycées. Nous, les filles, nous portions en alternance des blouses rose ou crème. La surveillante générale se postait, chaque matin et chaque soir, à la porte du lycée afin de repérer si une élève n'entamait pas une conversation avec un garçon. Quelques mots échangés, des regards, des sourires valaient un avertissement, le conseil de discipline si la relation persistait. Sous les blouses, la jupe était de rigueur et largement au-dessous du genou. Il fallait que le thermomètre indique moins deux degrés pour que nous soyons autorisées à nous mettre en pantalon. Mais si le redoux se faisait sentir dans la matinée, que la température remontait sensiblement avant midi, nous étions renvoyées à la maison, à l'heure du déjeuner, pour enfiler nos jupes.

À un moment, je n'ai plus supporté cette discipline de fer, ce manque de concertation, ces injustices flagrantes. Pour m'opposer à cet ordre, j'étais particulièrement dissipée. Je collectionnais les avertissements pour des broutilles. À force, mon indiscipline m'a valu d'être exclue du lycée Victor-Hugo. J'ai oublié la colère de ma mère, les remontrances de mon père. Ils devaient être meurtris, sincèrement inquiets. Comment mon père, qui considérait le savoir comme un bien précieux qu'il avait acquis en contrebande, le soir après le travail, pouvait-il comprendre que je boycotte ce luxe dont il avait été privé ?

La mort dans l'âme pour leurs opinions laïques, mes parents m'ont inscrite à Sainte-Barbe, une institution catholique censée ramener dans le droit chemin les brebis égarées. J'étais ravie. Pour une fois, je quittais mon Marais, je passais la Seine, je me trouvais dans ce fameux Quartier latin qui symbolisait pour moi, bien avant 68, l'esprit de fronde. C'est étrange mais il aura fallu que je me retrouve dans un lycée privé considéré comme très tenu du point de vue de la discipline pour éprouver un véritable sentiment de liberté. Peut-être justement parce que, n'étant pas catholique, cette discipline imposée n'était pas vraiment la mienne. Je pouvais dès lors m'y plier plus facilement. Je ressentais de la joie, l'impression de ne plus étouffer. J'aimais tellement aller lire et rêver dans les travées de la bibliothèque Sainte-Geneviève. Au bout d'un trimestre, je m'étais remise à travailler. Tout était reparti, mon père était soulagé.

En 1968, j'étais déjà à la faculté de droit de la rue d'Assas mais je n'avais pas encore rencontré Maurice. Pendant tout le mouvement, j'ai trouvé refuge à la fac de médecine de la rue des Saints-Pères où j'avais des amis. Assas était politiquement irrespirable. J'étais déjà abonnée au *Monde*, je me sentais proche des positions du *Nouvel Observateur*. J'ai aimé ce mouvement de remise en cause d'un système tellement verrouillé. J'ai aimé l'allégresse qui s'exprimait dans les réunions, l'imagination débridée. C'est comme si la vie, soudain, avait débordé des cadres. C'était magnifique. Je me retrouvais entièrement dans cette folle contestation. Mes opinions, mes élans, tout se conjuguait dans ce désir de liberté, d'originalité. On a coutume de dire que mai 68 fut la remise en cause des pères. Pour moi, ce fut plutôt la remise en cause de ma mère qui incarnait l'autorité rigide, sans explication, sans possibilité de négociation. Les opinions de gauche de mon père ne me paraissaient pas particulièrement contestées par le mouvement.

Longtemps je me suis demandé ce qui m'avait conduit à Assas. J'avais réussi à Sainte-Barbe un bac philo mais, malgré mon grand amour des livres, je ne me voyais pas suivre des études littéraires. Le droit s'est imposé à moi, un peu par hasard. J'ai passé un DESS de droit privé mais je savais que je ne voulais pas être avocate. Je ne m'imaginais pas défendre n'importe quelle cause. Je ne me voyais pas assumer la défense d'un assassin, d'un criminel ; c'est pourtant la vocation de ce métier que de prêter serment sur la nécessité d'assister toutes les causes. Ce qui me passionnait, c'était le droit pour les collectivités. J'ai passé un autre DESS de sciences politiques. Mon mémoire portait sur la rénovation urbaine d'une ville de la banlieue parisienne, Bagnolet. À l'époque, le droit international et le droit humanitaire n'étaient pas développés dans le cursus universitaire et nous n'étions pas très informés des filières à suivre. Mais c'est ce qui me passionnait. S.O.S. Attentats m'a ramenée vers ce goût des règles de la vie collective avec cet élément que je n'imaginais absolument pas à l'époque : le droit peut se pratiquer mais il n'est pas interdit de vouloir l'adapter, voire le modifier.

Je n'ai jamais appartenu à aucun parti politique. J'ai seulement été adhérente une année à la CFDT, quand j'étais contractuelle au ministère de l'Industrie. Malgré ce peu d'expérience, j'ai découvert que j'avais la fibre militante. Je l'ai vraiment réalisé dans les années quatre-vingt en soutenant le combat de Joëlle Kauffmann pour la libération des otages français au Liban, dont son mari Jean-Paul. Je me suis sentie très proche de cette militante dans l'âme, gynécologue et féministe depuis toujours. Quand les autorités la pressaient de se faire plus discrète, de laisser agir les spécialistes des relations internationales et des négociations secrètes, Joëlle refusait de plier. Elle ne voulait pas attendre, déléguer sa part de responsabilité. Elle savait le prix de l'opinion publique, elle savait qu'il fallait continuer à se battre, même et surtout quand les situations étaient les plus désespérées ; et ces années sans Jean-Paul, Michel, Philippe, Aurel, Jean-Louis, Georges, Marcel et les autres furent remplies de tant de doutes. Avec S.O.S. Attentats, nous avons partagé, modestement, ce combat. J'ai beaucoup appris, beaucoup apprécié cette petite femme pleine d'énergie, jamais découragée par l'absence de résultats. Nous vivons des années où le mot « militant » est très dévalué. On dit « militant », on entend militaire, sectaire, obtus, sans générosité. C'est l'inverse pour moi. « Militant » signifie se battre par principe, ne rien considérer comme fatal, donner de son temps, offrir de l'enthousiasme, trouver des idées, combattre les impasses.

En tout cas, aujourd'hui, je n'ai plus le moindre doute. Ces études de droit, au départ fruits du hasard, étaient parfaitement fidèles à ce que mon père m'a légué. L'existence des règles du droit lui paraissait être la seule réponse adéquate au fascisme et au nazisme, à la dictature. J'ai toujours eu envie d'être à la hauteur de ce grand humaniste. Je crois qu'il a approuvé le combat de S.O.S. Attentats.

Parfois, les gens ont pensé que j'étais une femme de droite. L'image médiatique est trompeuse. De nombreuses lois ont été votées par toutes les travées de l'Assemblée. Et des hommes comme Bernard Kouchner, Michel Sapin, Michel Rocard ont soutenu fidèlement notre combat. Même François Mitterrand, que je n'appréciais pas pour d'autres raisons, a fait avancer nos projets. Il est vrai que la gauche n'est pas parfaitement à l'aise avec les questions de sécurité. Cela vient de son histoire, de son vieux fonds libertaire, de son attachement aux droits de l'homme. Mais ce n'est pas parce que je me suis battue pour la protection des citoyens dans le cadre du terrorisme que je me sens moins attachée à ces valeurs de liberté. Je suis d'ailleurs très fière d'avoir été nommée membre de la Commission nationale consultative des droits de l'homme par Jean-Pierre Raffarin.

Longtemps, les intellectuels de gauche ont été plus préoccupés du sort des prisonniers que de celui des victimes.

Début 1988, Patrick Poivre d'Arvor m'avait invitée dans une émission de télévision qui retraçait les grands combats de l'année passée. J'avais demandé à pouvoir installer à côté de moi mon fauteuil roulant, vide. Je voulais symboliser pour les téléspectateurs toutes les victimes que la justice avait ignorées. Cent dix-huit intellectuels venaient de signer une pétition pour s'émouvoir sur les conditions de détention des dirigeants d'Action directe. Ceux-ci observaient en effet une grève de la faim pour protester contre l'isolement. Je ne discutais pas la légitimité de ce mouvement pour une amélioration des conditions de détention. Il suffisait de vérifier la réalité des difficultés dénoncées par les prisonniers et d'y remédier si nécessaire. Sur ce point, un large consensus pouvait se faire jour.

Mais les dirigeants d'Action directe réclamaient d'être reconnus comme prisonniers politiques, leurs soutiens intellectuels les approuvaient et Pierre Arpaillange, garde des Sceaux à l'époque, n'avait trouvé que cette solution pour les sortir de l'isolement. Cela me paraissait totalement scandaleux, je l'ai dit, je l'ai martelé. Ces positions m'ont sans doute fait passer pour une femme de droite, peu importe. Je ne pouvais pas, je ne peux toujours pas accepter qu'on accorde le statut de prisonnier politique à des auteurs ou des concepteurs d'actes terroristes. La lutte antiterroriste ne permet certes pas de s'affranchir des règles du droit. Mais assimiler à un délit politique un acte qui consiste à donner la mort, même par accident, me paraît une aberration. Cela reviendrait à banaliser le terrorisme, à le considérer comme une expression possible voire acceptable du débat politique.

D'ailleurs, les intellectuels de gauche qui avaient signé l'appel à la clémence pour les dirigeants d'Action directe avaient, d'une certaine manière, accordé un blanc-seing au terrorisme. Il y avait dans leur appel cette phrase qui, quinze ans après, me paraît complètement démente : « Nous jugeons moins abject d'avoir attenté à la vie de grands trafiquants d'armes comme le général Audran ou de briseurs de grèves comme M. Georges Besse que d'infliger à des citoyens la désormais fameuse torture blanche (pressions psychologiques). »

Dans les années quatre-vingt, je n'ai jamais vu d'intellectuels de gauche s'inquiéter de notre combat, nous apporter leur soutien, leur puissance d'analyse, de contestation, de médiatisation. Je m'en suis parfois attristée mais, après tout, les victimes ne sont ni de droite, ni de gauche. En tant que responsable d'association, j'ai été heureuse de constater néanmoins que

S.O.S. Attentats avait trouvé dès le départ des soutiens fidèles et actifs, notamment auprès de grands médecins, de psychiatres et psychanalystes, de chercheurs. Les intellectuels médiatiques n'ont commencé à s'intéresser au terrorisme qu'après le 11 Septembre. C'était un peu tard.

Près de deux cents personnes se sont retrouvées au carré juif du cimetière de Bagneux pour l'enterrement de mon père. Ses responsabilités dans l'Association des Amis de Lukow, ces décennies passées à travailler dans le Marais lui avaient conféré un grand prestige. Ses dernières volontés étaient très claires, je l'avais entendu les énoncer à plusieurs reprises : il n'était pas question d'enterrement religieux, pas question d'inviter un rabbin. Mon père était un laïc invétéré. Sa judéité ne l'avait pas empêché d'adopter les manières de la République française laïque. Même pour les grandes fêtes religieuses comme Yom Kippour, la fête du Grand Pardon, mes parents n'observaient aucun précepte religieux. Ils n'allaient pas non plus à la synagogue, bien que cela soit considéré par beaucoup de non-croyants comme une manière de retrouver les amis, la communauté. Ils ne jeûnaient pas, ne faisaient pas shabbat. Ma mère, très rarement, a allumé des bougies, c'est tout.

Chaque année, avec les Amis de Lukow, mon père organisait pour Yom Kippour une cérémonie au carré juif de Bagneux où l'association avait acquis un grand caveau. Sachant que nombre des membres de l'association étaient religieux, il n'était pas question de les priver du Kaddish, la prière aux morts. Mon père, la première fois, dut argumenter : il n'était nul besoin de convoquer un rabbin, n'importe quel homme peut dire le Kaddish. C'est ainsi qu'un ami de mon père disait chaque année la prière aux morts, à Bagneux.

Pour son enterrement, mon père ne voulait pas de rabbin mais il tenait par-dessus tout à un symbole d'une tout autre nature. Il nous avait demandé de faire jouer l'« Hymne à la joie ». Pour exaucer sa volonté, nous avons déniché un magnétophone, enregistré ce passage de la *9e Symphonie* de Beethoven qu'il adorait, et fait retentir dans le cimetière cette musique d'allégresse, ces mesures où l'espoir revient par vagues et finit par s'imposer. Mon père aimait l'hymne de l'Europe. Il aimait l'humanisme de la culture allemande qu'il n'avait jamais confondu avec la folie nihiliste nazie. À la différence de sa mère qui n'avait eu de cesse de rejoindre l'Amérique, mon père était un Européen viscéral. Je suis heureuse qu'une autre tragédie ne l'ait pas forcé à reprendre sa valise.

La bataille des prétoires

Dans la nuit du 12 au 13 décembre 1990, Gilles Boulouque était chez lui, rue Caulaincourt, dans le XVIIIe arrondissement de Paris. Il a sorti son arme de service et s'est suicidé. Gilles Boulouque avait quarante ans, il était juge antiterroriste. J'écris ces lignes en repensant à l'immense tristesse qui m'a étreinte, comme la plupart des victimes d'attentats, quand nous avons appris son suicide. J'ai ressorti récemment une vieille chemise rose qui contient des articles consacrés à son décès. J'y avais noté à l'époque, au feutre violet : « Boulouque » puis ajouté au crayon noir « Où le classer ? ». Ma perplexité ne provenait pas seulement d'une difficulté de rangement. Gilles Boulouque a été le premier à instruire ces affaires tellement lourdes, les attentats de décembre 1985 à septembre 1986 ; il a été le premier à comprendre notre immense besoin de vérité. Il occupait une telle place dans nos cœurs, je n'avais tout simplement pas envie de classer son dossier au milieu des autres.

Chaque suicide est un mystère tissé de nombreux fils enchevêtrés, il ne m'appartient pas de chercher ici les causes du départ de Gilles Boulouque. Je sais simplement que le poids des dossiers terroristes, les coups reçus pendant les instructions ont compté. Il a subi les menaces et l'extrême violence des insultes antisémites de Fouad Ali Salah, organisateur des attentats de Paris. Il a éprouvé de l'inquiétude devant la froideur fascisante des terroristes basques de l'ETA qui, contrairement au Tunisien, ne perdaient jamais leur calme, mais dont le regard exprimait une épouvantable détermination. Je me suis demandé parfois si Gilles Boulouque était bien fait pour ce monde de brutes. Non qu'il ait manqué de courage face aux prévenus, bien au contraire... Il était déterminé, pugnace, passionné par son travail. Mais les coups sont parfois venus de son propre camp ; des amis magistrats se sont dérobés, lui causant une peine irrémédiable. Il était trop entier, trop attaché à ce qu'on le comprenne, incapable de se blinder.

Gilles Boulouque détestait devoir se déplacer avec des officiers de sécurité. Il avait en horreur ces projecteurs toujours braqués sur lui, surtout à cause des dégâts occasionnés pour la vie de sa famille. Il aurait tellement voulu continuer de travailler dans l'ombre. Au fond, il était un excellent praticien du droit mais aussi un intellectuel, féru d'histoire, de littérature, de droit international. À certains de ses regards vagues, on sentait qu'il pensait toujours plus loin que nous. Son absence est évidemment cruelle pour sa famille. Sa fille, Clémence, lui a consacré un récit poignant [1]. Mais il nous manque aussi à nous, victimes. Aujourd'hui, ses connaissances, son intelligence nous seraient très précieuses alors qu'un droit international en matière de

1. *Mort d'un silence,* Paris, Gallimard, 2003.

terrorisme est à inventer face à tous ceux qui préconisent le recours à la force.

Je ne sais pourquoi, j'associe souvent dans mes pensées Gilles Boulouque et Jean-Paul Kauffmann. Un juge et un otage, deux cibles du terrorisme, deux hommes d'une sensibilité, d'une subtilité, d'une érudition tout à fait au-dessus de la moyenne. Avec eux, j'ai éprouvé la sensation d'approcher des êtres rares.

Quand il accueillait les victimes d'attentats, Gilles Boulouque avait un sourire tendre et chaleureux. Il savait l'importance que revêtait pour nous son travail. Ceux qui ont été touchés sans être visés nommément ont un immense besoin de savoir, de comprendre. Il a reçu à plusieurs reprises les victimes de 1985-1986 pour de grandes réunions. À chaque fois, il n'a pas compté son temps pour nous expliquer les résultats des enquêtes, les difficultés, la complexité des dossiers en cours. J'ai retrouvé le compte rendu d'une rencontre organisée à la fin de son instruction du réseau dirigé par Fouad Ali Salah. Il nous avait expliqué les liens de ce groupe de Tunisiens vivant à Paris avec le Hezbollah libanais inféodé à l'Iran, le passage de certains des Tunisiens dans des centres de formation iraniens, les connexions entre les activités terroristes et un important trafic de drogue, les prises d'otages opérées par une famille libanaise, le détournement d'un Boeing de la TWA, les points d'appui du réseau en Allemagne, à Chypre... À la fin, nous avions pris une dizaine de pages de notes avec en prime un organigramme complet de tous ceux qui avaient participé à l'organisation des quatorze attentats qui, entre le 7 décembre

1985 et le 17 septembre 1986, ont ensanglanté Paris, causé la panique dans la population et désorganisé largement le pouvoir politique français. Malgré ces réunions, il est arrivé que certaines personnes, parties civiles, réclament à Gilles Boulouque des compléments d'information ou veuillent simplement lui faire répéter des détails qu'elles n'avaient pas complètement saisis. La porte de son bureau était toujours ouverte, il était toujours d'une patience infinie.

Gilles Boulouque avait parfois conscience que cette proximité pourrait lui être reprochée. Colette Bonnivard, l'un des piliers de l'association, blessée lors de l'attentat devant le magasin Tati, se souvient d'être allée le trouver la veille de l'inauguration de la plaque commémorative, rue de Rennes, le 17 septembre 1989. Elle l'avait pressé de se joindre à nous, lui expliquant à quel point sa présence toucherait toutes les victimes et les parents des décédés, au-delà de ce qu'il pouvait imaginer. Il l'avait regardée avec cet air enjoué, légèrement ironique qui le caractérisait et lui avait expliqué que cela ne serait pas possible.

— Vous comprenez, il faut que je sois au-dessus des parties, lui avait-il dit.

Sa position était parfaitement compréhensible. Un juge se doit d'instruire à charge et à décharge, de se tenir à distance de la défense et des parties civiles. Il souhaitait adopter une attitude de réserve. Mais le lendemain, Colette Bonnivard fut la première surprise en le rencontrant rue de Rennes. Il n'avait pu s'empêcher de nous témoigner sa sympathie.

La responsabilité de l'Iran, dans les attentats de Paris, avait été largement mise en évidence par l'enquête des policiers de la Direction de la surveillance du territoire (DST). Mais après les arrestations de Fouad et de ses complices, on sentit les autorités françaises très gênées. Dès que le nom de l'Iran était publiquement évoqué, ce n'était que silences et contorsions. En privé, certains responsables, Jacques Chirac le premier, ne se privaient pas d'expliquer qu'ils savaient tout de l'implication iranienne. Mais des otages français étaient détenus par les groupes Hezbollah au service de Téhéran. La situation était délicate.

Tous les éléments matériels à la disposition de Gilles Boulouque ne pouvaient que le conduire dans un premier temps à demander d'entendre Wahid Gordji, traducteur et membre de premier plan de l'ambassade d'Iran à Paris. Mais ce geste allait aussitôt déclencher une guerre diplomatique entre Téhéran et Paris avec blocage des deux ambassades. Entre la fin du printemps où l'audition de Gordji était parfaitement légitime et la fin de l'été où l'enquête judiciaire avait progressé, le juge disposait d'éléments nouveaux lui démontrant que le diplomate iranien n'avait joué aucun rôle dans ces attentats. Boulouque aurait laissé filtrer l'information, la tension diplomatique eût aussitôt baissé, le Quai d'Orsay n'attendait que cela. Mais entre-temps, Charles Pasqua avait compris tout l'intérêt de garder le silence sur une implication possible par la justice française de Wahid Gordji dans les attentats de Paris. On pourrait alors négocier la libération de ce « vrai-faux » otage, reclus dans l'ambassade iranienne de l'avenue d'Iéna, contre celle des diplomates français retenus à Téhéran mais aussi de quelques Français prisonniers des groupes chiites au Liban. Il fallait juste que Gilles Boulouque, par son silence, se prête au jeu. Ce qu'il accepta parce que la vie de Français était en jeu. Il pressentait bien que le rôle qu'on lui faisait endosser excédait son travail de magistrat, qu'il le mettait en porte à faux mais, après tout, on ne lui demandait pas de renier son éthique, juste de continuer à réclamer une audition d'un témoin, devenue de pure forme.

Le 29 novembre 1987, Wahid Gordji accepta enfin de se rendre à la convocation du juge. Des contacts diplomatiques l'avaient assuré au préalable qu'aussitôt l'interrogatoire achevé, un avion l'attendrait au Bourget pour le conduire à Karachi afin d'être échangé avec les diplomates français bloqués à Téhéran. La veille, deux otages français du Liban, Jean-Louis Normandin et Roger Auque, avaient retrouvé leur famille après de nombreux mois de captivité.

Personne, en France, n'eut un mot contre la libération des otages. Le seul coupable, dans cette affaire, ce fut Gilles Boulouque. La presse française et internationale l'accusa d'avoir piétiné les canons du droit et fait libérer un responsable iranien. Dans cette polémique, le dessin de Jean Plantu dans *Le Monde* ne fut pas le moins cruel (ni le moins talentueux). Même le président Mitterrand railla l'échange : « On ne peut troquer le crime contre l'innocence. » Accusé de s'être prêté à une manœuvre, Gilles Boulouque souffrit durablement de voir suspecté son honneur de magistrat. Il tenta de s'expliquer dans une interview donnée au *Journal du dimanche* puis dans une autre au *Figaro*. Il avait beau répéter que « judiciairement, aucun élément n'était susceptible d'être retenu », rien n'y faisait. Les apparences étaient contre lui.

Dans l'association, nous avons vécu ces mois avec douleur. Celui dont nous ne pouvions soupçonner la droiture se retrouvait accusé d'avoir fait libérer un assassin. Nous en discutions fréquemment. Malgré toute notre affection pour Gilles Boulouque, personne ne réussissait à comprendre qu'un représentant officiel de Téhéran, chargé de multiples contacts discrets et secrets, n'ait eu aucun lien avec une campagne de terreur décidée par son propre régime. Moi-même, j'ai douté. Il m'a fallu du temps, des lectures ultérieures, l'apaisement des passions pour savoir que Gilles Boulouque disait vrai sur l'absence de charges judiciaires contre Gordji.

À cette époque, l'argument de la vie sauve pour les otages français ne suffisait pas à convaincre les victimes des attentats de Paris. Colette Bonnivard a réussi à discuter de ce problème avec Boulouque.

— Pouvez-vous me jurer que Gordji n'y était pour rien ? lui demanda-t-elle, droit dans les yeux.

— Non, je ne peux vous le jurer, répondit-il.

Gilles Boulouque était incapable de mentir. Il avait une telle obsession de la vérité dans ses moindres détails qu'il se sentait obligé, à chaque fois qu'il s'expliquait, d'aussitôt nuancer. Même si son dossier judiciaire était vide, s'il ne disposait d'aucun élément pour inculper Wahid Gordji, le juge ne pouvait certifier qu'on ne lui avait pas caché certains détails. Il savait parfaitement que la justice antiterroriste navigue entre des considérations économiques, politiques et diplomatiques particulièrement sensibles. Il connaissait toutes les manœuvres dont peuvent être capables des services de renseignement. Il ne pouvait donc jurer mais il aurait tellement aimé qu'on sache que son honneur de magistrat était sauf.

Ses tentatives de justification dans la presse entraînèrent une demande de dessaisissement et une plainte de Fouad Ali Salah pour violation du secret de l'instruction. Cette infamie, Gilles Boulouque ne réussit pas à la digérer. Non plus que les railleries de certains collègues, certaines mains qui ne se tendaient plus, un avancement auquel il avait droit et qui se dérobait... Il est parti au milieu du gué judiciaire, entre le procès en correctionnelle des attentats de Paris (janvier 1990) et le passage aux assises (avril 1992).

J'ai relu le communiqué de S.O.S. Attentats contre la tentative de dessaisissement pour suspicion légitime. Nous nous étions insurgés « de ce qu'un terroriste puisse entraver le bon fonctionnement de la justice... En une matière aussi particulière que le terrorisme, il faut que le juge initialement chargé de l'instruction puisse achever sa tâche en toute sérénité ». Je ne peux renier ces lignes, elles étaient totalement justifiées mais elles m'apparaissent aujourd'hui tellement froides. Il y aurait eu tellement plus à dire sur l'humanité de Gilles Boulouque. La pudeur a bon dos. À quelques-uns, nous aurions dû l'assurer de toute notre gratitude, le remercier pour tout ce qu'il nous apportait, pas seulement pour les dossiers qu'il traitait. Il y a des gens, fort rares, qui nous font du bien, par leur simple exemple. Gilles Boulouque était de ceux-là.

J'ai su très vite que la reconstruction après l'attentat ne passerait pas seulement par des soins et des indemnités. Il me semblait que le processus judiciaire, l'instruction puis le procès étaient des étapes essentielles pour en finir avec la hantise, les cauchemars. C'était une question de vérité et de réparation, de compréhension et de deuil à terminer. Je ne saurais dire d'où je tenais cette conviction. Sûrement pas de mon expérience puisqu'un grand silence avait entouré l'attentat du Grand Véfour. Mes études, mon amour du droit m'ont toujours fait considérer l'existence de règles collectives comme un grand bienfait des sociétés démocratiques. J'allais m'en convaincre encore davantage.

Je me suis battue pour inciter les victimes à se constituer partie civile ; l'association a fait de même dès que la loi l'a permis. Nous les avons aidées, accompagnées, protégées contre les intimidations. Parfois, j'ai même dû demander pour elles la protection du ministère de l'Intérieur, notamment dans le cas des attentats de 1995 organisés à Lyon et Paris par le GIA. Lors de leur déposition à la barre, des victimes avaient en effet témoigné de la présence de certains prévenus sur les lieux des attentats, dans le métro Saint-Michel et lors d'une fusillade à Bron. Dès lors, elles étaient particulièrement en danger.

Je savais à quel point se retrouver dans l'enceinte d'un prétoire, face à des juges, des avocats, serait difficile. Je savais qu'entendre évoquer à nouveau les moments douloureux, affronter ceux qui avaient posé la bombe pourrait être traumatisant. Je savais que cette épreuve risquait de rouvrir provisoirement les peurs et les angoisses, la difficulté d'aller vers les autres. Je pressentais aussi que le procès avec sa conclusion formelle pourrait être la meilleure façon d'en finir.

S'il y avait une personne pour laquelle je craignais et j'espérais cette épreuve, c'était Marie-France Vilela. En 1995, elle était retournée vivre au Portugal, auprès de sa mère. Treize ans plus tôt, la bombe posée par Action directe (AD) rue de la Baume contre un importateur de légumes israélien l'avait rendue quasiment aveugle, la privant de son métier de couturière. Marie-France, malgré les années, était toujours aussi déprimée.

Je voulais absolument qu'elle revienne en France assister au procès de la branche lyonnaise d'Action directe responsable d'une trentaine d'attentats, dont celui de la rue de la Baume. Marie-France ne voulait pas quitter le Portugal, elle ne voulait pas replonger dans toute cette souffrance, elle voulait continuer d'oublier. Mais dans son cas, l'amnésie était une illusion, évidemment.

J'ai dû batailler au téléphone, à plusieurs reprises, pour la faire changer d'avis. J'ai agi dans son seul intérêt. La responsabilité d'André Olivier et de Max Frérot, chefs de l'Affiche rouge, le groupe lyonnais d'AD, était tellement engagée qu'on pouvait se passer d'amener des victimes à la barre, cela n'aurait rien changé. Mais j'étais persuadée que sa présence au procès aiderait Marie-France à évacuer sa douleur. Elle a finalement accepté. J'ai tremblé de lui avoir infligé une épreuve inutile, je l'ai entourée du mieux que j'ai pu. Je ne me suis pas trompée.

Marie-France constata d'abord qu'elle n'était pas la

seule victime des méfaits d'Action directe. Mais le partage des souffrances n'est pas venu d'où elle l'attendait. Ce ne furent pas d'autres victimes du groupe terroriste mais l'ancienne compagne d'André Olivier en personne, une infirmière, qui montra le vrai visage du chef de ces révolutionnaires enflammés qui prétendaient accoucher un monde meilleur. Il était en fait un violent et vulgaire machiste qui battait sa femme : coups de pied et coups de poing, coups de ceinture et coups de tabouret, de fils électriques sur le torse nu, brûlures de cigares au-dessus du pubis, menottée à une table, humiliée devant les autres membres du groupe, la peur de mourir, les insultes parce que, dans la pensée de ces révolutionnaires, être infirmière, c'était « être pute au service du capital ». Pour le reste, il suffisait d'écouter l'ancien professeur pour comprendre son antisémitisme, sa mégalomanie.

D'autres membres du groupe d'Action directe, enrégimentés contre leur gré, racontèrent aussi les tortures morales endurées. Je sentais Marie-France un peu détendue par ces récits mais je craignais le moment de sa déposition, j'avais peur qu'elle craque, qu'elle ne supporte pas la confrontation avec ceux qui avaient brisé sa vie. Mais elle fit front, vaillamment. Elle raconta cette soirée d'été où, après une longue journée de travail, elle promenait son labrador et puis l'éclair bleuté, l'effet de souffle, la perte de connaissance.

— J'ai maintenant cinquante et un ans. Depuis 1982, je ne fais plus de projets, tous mes rêves ont été brisés... J'aimais sortir, danser, voyager. Maintenant je suis dépendante, je ne suis plus la même femme... Je suis une pharmacie ambulante, je ne sers plus à rien. Je suis dans une prison sans barreaux.

Pendant toute sa déposition, je vis le juge Gilbert Thiel, absorbé par ce que disait Marie-France, ne cessant de prendre des notes. Je vis aussi Frérot et Olivier interrompre un instant leur comédie ridicule de terroristes sur le retour. L'un d'eux concéda :

— Nous sommes fiers de nos actions politiques tout en regrettant l'accident survenu à Mme Vilela.

Un complice assura :

— Madame Vilela, je sais que vous ne serez pas d'accord avec ce que je dis. On a fait des repérages sur une semaine ou dix jours. On s'est profondément trompés. Jamais on n'aurait imaginé que vous passeriez par là, on ne vous avait jamais vue sortir après onze heures et demie le soir.

Marie-France ne voyait pas, et pour cause, ce second couteau soudain penaud, elle ne l'écoutait pas non plus.

— On a été consternés le lendemain matin, en apprenant que vous étiez blessée, continua-t-il. Aux jambes, disait le journal. Immédiatement, on s'est dit : on a fait une connerie.

Quand le couplet des regrets bien tardifs prit fin, Marie-France se tourna vers le box des accusés d'où provenaient les cris et maintenant les plaintes. D'une voix extrêmement claire, elle dit :

— La politique, ça ne m'intéresse pas. Quand on pose des bombes, c'est toujours très lâche. C'est pour tuer des gens.

Et l'ancienne couturière reprit sa canne, elle retrouva son banc, elle en avait terminé, son visage était serein. Je remarquai même qu'un sourire s'accrochait à ses lèvres. En dix ans, c'était la première fois que je voyais Marie-France se détendre, quitter sa mine triste et renfermée. J'avais eu raison d'insister, j'étais tellement heureuse pour elle. Elle pourrait retourner au Portugal, délivrée d'une partie de ses angoisses.

Dans cette bataille des prétoires, j'ai trouvé, dès le début, l'appui fidèle et précieux de Colette Bonnivard et de Claude Peyrat. Tous deux étaient pleinement convaincus de la nécessité d'assister aux procès et même de témoigner à la barre. Tous deux savaient que la justice n'était pas une affaire de vengeance, que c'était moins la peine infligée aux terroristes qui comptait que le processus d'explication, d'exorcisation. Tous deux m'ont aidée quand il a fallu s'opposer à ceux qui auraient aimé que l'association se range du côté des partisans de la peine de mort. Lors de la grande campagne terroriste de 1985-1986, la question a été soulevée par quelques hommes politiques. Je pouvais comprendre que des parents se laissent égarer par leur chagrin. Mais que des élus utilisent cette émotion m'a semblé parfaitement répugnant.

Pour ma part, j'ai toujours considéré que l'abolition décidée par François Mitterrand et menée à bien par Robert Badinter était un acte politique majeur. J'y suis particulièrement attachée. Récemment, j'aurais voulu en parler avec le président pakistanais Musharraf, de passage à Paris. Faute d'une audience, j'ai fait savoir à l'ambassadeur du Pakistan en France mon opposition à l'exécution des terroristes condamnés pour l'attentat de Karachi en 2002 contre des employés français de la Direction des constructions navales.

En 1986, Colette Bonnivard avait trente-cinq ans. Elle travaillait comme chef de publicité chez Havas Conseil. Le 17 septembre, elle avait rendez-vous avec un joaillier dans le quartier de Montparnasse. Elle passa rue de Rennes vers 17 h 30 quand la bombe la plus meurtrière de 1986 explosa. Sa jambe droite fut tellement abîmée qu'elle craignit d'être amputée. Le lendemain de l'attentat, sa photo fit la une du *New York Times*. On la voit au milieu d'autres corps, secourue par une femme, le visage ensanglanté, une robe claire déchirée au niveau du genou droit. Colette a passé deux années à l'hôpital et au centre de rééducation de Menucourt. Les douleurs ne l'ont jamais quittée.

En septembre 1986, Claude Peyrat s'installait à Paris pour des raisons professionnelles après cinq années passées à Marseille. Il était particulièrement anxieux pour sa fille, Julie, âgée de douze ans. Fini les baignades dans les calanques, les parties de plage l'été, il faudrait s'adapter à un nouveau cadre de vie, un nouveau collège, de nouveaux amis. Michelle Peyrat, sa femme, avait décidé de profiter du mercredi 17 septembre pour changer les idées de sa fille. Elles devaient toutes deux retrouver une amie parisienne perdue de vue depuis cinq ans. Déjeuner, cinéma et balade dans le quartier de Montparnasse. L'amie était venue avec son neveu, Antoine. Les deux jeunes se ressemblaient, remuants, heureux de vivre. Très vite, ils s'accordèrent. Julie se sentait déjà moins seule à Paris.

Après le cinéma, Julie s'était souvenue qu'il lui manquait un petit magnétophone pour les cours d'anglais, la Fnac n'était pas loin. Sur le trottoir, les deux enfants s'amusaient. Une bouche de métro propulsait de l'air chaud. Julie jouait à Marilyn, Antoine l'admirait. Michelle et son amie avaient pris de l'avance. La bombe tua Michelle sur le coup, elle avait quarante-cinq ans. Son amie laissa dans l'attentat l'essentiel de ses capacités physiques et intellectuelles. Sans leur jeu sur la bouche de métro, Julie et Antoine se seraient trouvés, comme Michelle et son amie, très proches de la bombe. Antoine reçut dans la poitrine des éclats de la poubelle où était placé l'engin explosif ; son genou fut tellement abîmé qu'il n'a plus jamais pratiqué de sport. Julie eut un genou blessé, moins grièvement qu'Antoine, les tympans touchés, une baisse d'audition et des acouphènes pour le reste de ses jours. Les années qui ont suivi ont été un cauchemar pour la jeune fille.

Claude Peyrat rejoint S.O.S. Attentats dès l'automne 1986. Colette était bloquée sur son lit d'hôpital. J'ai téléphoné à Claude pour savoir s'il n'avait besoin d'aucune aide, nous venions de recevoir 100 000 francs après l'appel aux dons lancé avec Médecins du monde. J'ai dû lourdement insister pour pouvoir payer à Julie un manteau neuf et un radio-réveil. Ces petits gestes n'étaient rien mais tout ce qui pouvait marquer un peu d'affection aux enfants des disparus me semblait important.

Ensuite, nous avons parlé avec Claude de son dossier d'indemnisation devant le Fonds de garantie. Les premiers temps, nous tâtonnions, manquant d'expérience pour évaluer l'étendue complète des dommages subis. Les subtilités du langage administratif s'accordaient mal avec la détresse des victimes. Claude Peyrat avait reçu une lettre du Fonds de garantie qui l'avait profondément meurtri. Dans un langage administratif épouvantable, on parlait de sa femme décédée et de l'évaluation du préjudice comme s'il s'agissait d'une voiture accidentée, hors d'usage. Il m'a fait part de sa peine et aussi de son désaccord pour l'indemnisation proposée par le Fonds.

Michelle Peyrat, certes, ne travaillait plus au moment de l'attentat. Mais de l'aveu de son mari, le Fonds ne prenait pas en compte la souffrance morale causée par sa disparition, l'importance de son rôle de femme au foyer, notamment auprès de son fils plus âgé et de Julie. J'ai décidé d'aider Claude et même de faire de son dossier un cas emblématique. Je me souviens de l'avoir traîné, lui qui n'a aucun goût pour les projecteurs médiatiques, sur le plateau de Christophe Dechavanne où il expliqua son amertume et sa colère. Après trois années d'expertises diverses, le cas de Michelle Peyrat fut réexaminé dans des conditions autrement favorables. Pour tous les autres, il servit de jurisprudence.

Avec Colette, Claude et d'autres, nous avons bataillé au début des années quatre-vingt-dix pour que le plus grand nombre de victimes possible assistent au procès de Fouad Ali Salah et de ses complices. C'était le premier grand procès d'une vague d'attentats depuis la création de l'association. J'étais persuadée que notre présence massive en ferait un procès exemplaire. Il y avait là, il faut l'avouer, une forme de combat. Nous voulions nous assurer qu'aucun tour de passe-passe ne nous priverait d'une décision de justice, que les éléments rassemblés par l'instruction de Gilles Boulouque ne seraient pas escamotés devant la cour d'assises. Même si les derniers otages français avaient été libérés en 1988, on sentait toujours la même gêne à l'égard de l'Iran. Les diplomates n'avaient pas très envie que la culpabilité des mollahs de Téhéran soit étalée à longueur d'audiences et de journaux. Il nous fallait donc être particulièrement vigilants. Notre présence, nos regards, nos témoignages pèseraient.

Mais il faudrait aussi affronter la violence du principal prévenu, Fouad Ali Salah. Nous en avions eu un avant-goût lors du premier procès en correctionnelle pour association de malfaiteurs. Fouad Ali Salah avait lancé des anathèmes (« au nom de Dieu tout-puissant destructeur de l'Occident, que soient maudits les fils mécréants d'Israël et de Jésus... »), des prêches grandiloquents (« C'est aujourd'hui que ce procès criminel de l'Occident est le prélude de la grande guerre promise par Dieu dans le Coran. Ces crimes seront impardonnables et vos châtiments apocalyptiques. Cette folie meurtrière a été développée depuis 1099, la première croisade, jusqu'à aujourd'hui. C'est vous les barbares, les judéo-chrétiens, pas nous. »). Le Tunisien était un fanatique illuminé, complètement investi dans son combat fou. Il tentait d'utiliser l'audience pour faire le procès de l'Occident mais peut-être était-ce aussi une tactique pour effrayer ses complices et les dissuader de coopérer avec la justice française.

Dès le premier témoignage, la cour d'assises retentit de la haine de Fouad Ali Salah. Khezia était une jeune Tunisienne d'une trentaine d'années que l'attentat avait voûtée prématurément. Elle raconta qu'elle passait devant Tati avec son fils en bas âge quand la bombe avait explosé. Elle tenta d'expliquer son calvaire mais fut souvent interrompue par l'accusé qui supportait mal de se retrouver face à des victimes arabes. Le mari de Khezia réussit ensuite à lui assener en arabe que « l'islam ne dit pas de poser des bombes ».

Il y eut Brigitte Béral, grièvement blessée à une jambe rue de Rennes et dont la mère était morte sous ses yeux. Ses parents étaient divorcés, Brigitte vivait seule à Paris. Après l'attentat, j'avais eu au téléphone sa grand-mère âgée, dépassée par la situation, complètement désespérée. J'étais allée voir Brigitte à l'hôpital Henri-Mondor. Elle avait des fixateurs externes sur la jambe. Elle voulait être magistrate mais était encore à l'hôpital au moment du concours de recrutement. Déçue, elle choisit de devenir avocate, rejoint S.O.S. Attentats et son conseil d'administration. Brigitte lutte pour aimer la vie, ce n'est pas simple tous les jours. Son témoignage calme et clair accabla les accusés. Fouad n'y trouva pas matière à répondre.

Il y eut Ginette dont la mère, Marguerite Thuault, avait été tuée dans l'attentat de la poste de l'Hôtel de Ville. Son corps était tellement déchiqueté que son mari, son fils et sa fille ne l'avaient reconnu que grâce à son alliance.

Ginette sortit de sa poche la bague de sa mère, la montra à la cour.

— On n'a rien retrouvé que ça...

Elle réussit à surmonter ses sanglots pour continuer.

— On ne peut pas expliquer en quelques minutes tout ce qu'on a vécu. C'est un cauchemar. Mon père est mort de chagrin. Ça fait six ans qu'on se tait.

Fouad Ali Salah se leva et l'interrompit en parlant des massacres des enfants iraniens sur le front de la guerre contre l'Irak.

— Mais je n'y suis pour rien, répondit Ginette. Ma mère n'y était pour rien. On ne doit pas être lâche quand on tue quelqu'un.

Le président de la cour d'assises menaça plusieurs fois de faire expulser le principal prévenu. À chaque fois, du banc des témoins et victimes montait une opposition.

— Vous acceptez qu'on entende des insanités à longueur de temps ? demanda-t-il une fois.

— Oui ! répondirent les parties civiles.

Il y avait dans cette réponse une détermination incroyable. Pendant des années, les victimes avaient vécu dans le silence, le tourment, les questions sans réponses. Rien n'est pire. À ce stade, elles auraient pu en entendre davantage de Fouad, bien plus de haine, d'insanités, de violences. Du moment que des mots étaient prononcés, que les raisons de leur accablement s'exprimaient, que la cause de leurs malheurs prenait une figure humaine. Je sentais que ces face-à-face libéraient tous ceux que j'avais connus anéantis par leurs souffrances morales.

En 1992, au moment du procès d'assises, Claude Peyrat était déjà à la retraite. Il assista à toutes les audiences, qui durèrent trois semaines. Le verdict lui importait moins que la possibilité de comprendre enfin. Quand il travaillait, il avait eu moins de temps que d'autres pour suivre les réunions avec le juge Boulouque. Il s'était dit qu'il devait à sa femme de savoir pourquoi elle était morte, de connaître les causes, même absurdes, même injustes, qui avaient poussé à poser une bombe. Il avait accepté de témoigner mais ce qu'il a pu dire à la barre, il ne s'en souvient absolument pas. Pas un mot ne lui est resté en mémoire. Il faut dire que Claude, dix-sept ans après, est encore absolument incapable de trouver des mots pour évoquer Michelle. Sa fille, parfois, lui a reproché de ne pas avoir assez parlé de sa mère mais c'est toujours au-dessus de ses forces.

Je me souviens, moi, que ses phrases étaient mêlées de sanglots, qu'il parlait très difficilement. C'est pourtant un homme qui, du fait de ses responsabilités professionnelles, avait l'habitude de prendre la parole devant des publics fournis. Il n'éprouvait à la barre ni trac, ni timidité mais une immense émotion. Depuis septembre 1986, il s'était occupé de Julie, de la vie qui devait continuer vaille que vaille, des tracas qui, parfois, lui paraissaient insurmontables. Juste après l'attentat, un orage très violent avait provoqué dans son pavillon un dégât des eaux. Normalement, Claude Peyrat gérait sans difficultés ce genre d'incident. Mais cette fois, il avait été paralysé par son chagrin. Les intempéries avaient détruit les premiers travaux réalisés par sa femme après leur emménagement. Cet orage lui est toujours resté en tête comme un détail terriblement choquant.

Pour le reste, Claude a toujours fait face, comme il pouvait, sans jamais laisser parler sa peine. À la barre, il dut trouver des mots pour l'exprimer, pour la première, pour la seule fois de sa vie.

Ce fut au tour de Colette Bonnivard de s'avancer à la barre. L'attentat de la rue de Rennes lui avait fait perdre le goût de son métier de publicitaire. Après avoir consacré beaucoup d'énergie à remarcher, elle s'était mise à écrire plusieurs livres dont l'un[1] raconte son calvaire. Elle avait aussi donné beaucoup de temps à S.O.S. Attentats. Colette venait tous les trois jours à la maison, participait aux nombreux travaux de secrétariat, répondait à des dizaines de lettres chaque semaine. Dans tous les procès qui ont suivi celui de la rue de Rennes, elle s'est dépensée sans compter pour aider les témoins, les encourager avant qu'ils ne soient appelés par le président, les réconforter après.

Cette fois, elle avait décidé de vivre ce procès pour elle. C'était son procès. Pendant trois semaines, elle s'est assise au premier rang, à mes côtés, silencieuse, concentrée sur tout ce qui se disait au cours des audiences. Une journaliste de *Libération* nous avait repérées toutes les deux avec nos jupes longues et nos cannes et nous avait baptisées « les dames chic du premier rang ». Colette l'avait très mal pris, elle était allée voir la journaliste pour lui expliquer qu'elle aurait beaucoup aimé porter des jeans plutôt que des robes longues mais que sa jambe blessée ne lui en laissait pas le loisir.

À cette époque, Colette Bonnivard était croyante. Elle parle aujourd'hui d'« une foi de charbonnier » pour signifier que cet accès de mysticisme lui permit d'affronter toutes ses souffrances. Cette foi disparut d'elle-même, un beau jour, aussi soudainement qu'elle était apparue. En tout cas, au moment de témoigner à

1. *La Vie explosée*, Paris, Filipacchi, 1987.

la barre, c'est comme croyante qu'elle avait décidé de s'adresser à un autre croyant, Fouad Ali Salah. Sa voix était claire même si elle tremblait en son for intérieur.

— Ce n'est pas moi qui vais vous juger, monsieur Salah, vous le savez bien puisque nous avons la foi tous les deux. Le jour du Jugement dernier, nous serons jugés tous les deux de la même façon, par notre Dieu.

Elle se tourna vers le prévenu.

— Et je vais dire à monsieur Salah que ce jour-là, je n'aimerais pas avoir à comparaître avec treize morts et deux cent soixante blessés sur la conscience. Vous aurez à répondre du sang que vous avez sur les mains.

Fouad Ali Salah l'interrompit :

— Et s'il a été versé justement !

— Je ne suis pas responsable du sang versé depuis des siècles par mes aïeux ou par des responsables politiques. J'ai été brisée dans mon corps, j'ai le droit de parler, lui répondit Colette.

Pendant toute sa déposition, elle répéta à de nombreuses reprises ces mots, « treize morts, deux cent soixante blessés ». Elle avait décidé de s'y accrocher pour ne pas se noyer, ne pas perdre le fil face aux invectives de Fouad Ali Salah. « Treize morts, deux cent soixante blessés... »

C'était à mon tour de parler, en dernier. J'étais très émue. En tant que responsable de S.O.S. Attentats, j'étais pour la première fois invitée à m'exprimer devant cette cour d'assises au nom de tous ceux qui n'avaient pu venir à la barre. C'était une reconnaissance formidable. Depuis la loi du 6 juillet 1990, l'association pouvait désormais porter la parole des victimes de façon tout à fait officielle. C'était en même temps un poids écrasant. Saurais-je me montrer à la hauteur ? J'étais bien plus inquiète que lors de mes premières interventions officielles dans des réunions très solennelles. Il ne s'agissait pas, cette fois, de faire avancer des intérêts collectifs, de mener un combat général, mais de parler d'individus, cela m'intimidait.

Je posai ma béquille contre la barre, refusai un siège, je préférais rester debout. Tout en cherchant le regard de Fouad qui se dérobait, je commençai à répondre aux questions du président. Je parlai de notre combat, de la douleur d'être victime d'un acte qui ne vous est pas directement destiné, pour lequel vous n'êtes absolument pas préparé. Je dressai la liste des morts, des blessés graves. J'évoquai le sentiment de culpabilité absurde mais bien réel d'avoir survécu alors que d'autres ont été tués, les cauchemars pendant des mois, la scène de l'attentat qui revient presque chaque jour, comme si l'horloge interne s'était arrêtée à ce moment.

Je racontai l'histoire de Claire Le Morvan et de Michel Robert, deux étudiants en kinésithérapie. Ils étaient fiancés, ils habitaient entre Tours et Angers. Pour préparer leur mariage, ils étaient montés à Paris choisir une robe, un costume de mariés. Il était près de vingt et une heures, ils flânaient devant les vitrines de la galerie Point Show, sur les Champs-Élysées. Michel eut le pied arraché, Claire sombra dans le coma, gravement blessée à la tête. Un éclat de la bombe avait pénétré dans son cerveau, nulle opération ne pouvait l'extraire. Les médecins savaient que si cet éclat bougeait, elle mourrait. Malgré ma chaise roulante qui, en 1986, me gênait dans mes déplacements, j'étais allée voir Claire à l'hôpital, après sa sortie du coma. Elle souffrait de violents maux de tête. Malgré tout, elle était sportive, battante, elle avait repris une vie à peu près normale. Nous avions conservé des contacts, Claire faisait partie du premier conseil d'administration de l'association. Avec Michel, ils ne réussissaient pas à avoir d'enfant. Ils durent recourir à l'insémination artificielle mais Claire est morte, quelques mois après la naissance de son bébé. Ce n'est pas l'éclat de la bombe tant redouté qui avait bougé mais une banale infection urinaire qui avait emporté son organisme tellement fragilisé par l'attentat.

Je parlai des deux Marie-Jo, toutes deux grièvement brûlées aux Galeries Lafayette en décembre 1985, et de Marie-Claude Martin, professeur de dessin, qui assistait au procès, la tête couverte de pansements, mais qui n'avait pas la force de parler devant la cour. Quatre ans après avoir été blessée à la librairie Gibert Jeune, en février 1986, elle traînait encore d'opération en opération, de dépression en dépression.

C'était plus que ne pouvait entendre un terroriste.

— Pharisienne, tu n'es qu'une prostituée, une chienne. Tu crèveras, tu sauteras ! hurla Fouad.

Le président voulut le faire évacuer. Je refusai, il fallait qu'il écoute jusqu'au bout. Qu'il comprenne qu'il avait brisé la vie d'un couple égyptien, d'une famille algérienne. Qu'il se souvienne du sort de quatre jeunes Libanaises qui fuyaient les bombes de Beyrouth et furent grièvement blessées devant Tati. Qu'il n'oublie jamais Linda, Audrey, René et les deux étudiants comoriens, tous tués rue de Rennes.

Je me souviens d'avoir dit ces mots :

— Ils sont venus des quatre coins du monde, en France, terre d'asile, pour y rencontrer la violence. Vous n'êtes qu'un lâche. Nous dénions aux terroristes le titre de combattant.

Fouad éructa de nouveau, l'audience fut suspendue quelques instants. Je pus ensuite continuer et conclure :

— Nous voulons le droit, rien que le droit mais tout le droit.

Et j'exprimai mon désir que la communauté internationale déclare le terrorisme comme un crime contre l'humanité. J'ai pu aussi rendre hommage à Gilles Boulouque, à son travail remarquable, à sa figure d'honnête homme.

— C'est l'honneur d'une démocratie d'avoir compté des gens comme lui. En sa mémoire, nous devons défendre nos valeurs de liberté, la France doit rester une terre d'asile, elle doit se défendre avec ses armes, le droit, dont Gilles Boulouque était un défenseur intransigeant. Sinon, ce serait la victoire du terrorisme.

Je me souviens d'avoir eu du mal à regagner mon banc.

À mon juge

Depuis le milieu des années quatre-vingt-dix, Francis Szpiner est l'un des avocats de S.O.S. Attentats. On m'interroge parfois sur les raisons de notre collaboration. Je sais que, pour certains, il est devenu controversé depuis qu'il s'est montré un défenseur aussi acharné qu'inventif au profit des dirigeants politiques du RPR dans les procédures politico-judiciaires de ces dernières années. Aux questions qui me sont posées, je réponds toujours que je l'ai choisi parce que c'est un grand avocat, ce que nul ne conteste. Ses fréquentations politiques, je ne les connaissais pas quand je l'ai désigné. Au départ, il m'avait même semblé qu'il était plutôt « rad.-soc. ». Il était parti pendant une année en Polynésie pour devenir le collaborateur d'Alexandre Léontieff, le rival politique local du chiraquien Gaston Flosse, départ qui repoussa d'autant son arrivée dans les dossiers terroristes. Je fais ce préalable parce que je veux redire que la cause des victimes du terrorisme n'est affiliée à aucun courant politique.

Francis Szpiner nous défend dans le dossier du DC-10 et ceux des attentats attribués à Carlos. Face à Kadhafi et surtout contre le mercenaire international tristement célèbre, il a le poids, le courage, l'éloquence indispensables. Sur plusieurs points, il s'est montré d'une grande inspiration. J'ajouterai, puisqu'on en est au chapitre des confidences, que Francis est un homme très drôle. Je mentionne cette qualité en tout dernier, il ne suffit pas de me faire rire pour devenir avocat de S.O.S. Attentats, bien entendu. Mais enfin, dans ces dossiers lourds où la souffrance, le deuil, la colère sont en première ligne, un homme doté d'un tel humour est précieux.

Au milieu des années quatre-vingt-dix, j'étais au Palais de Justice avec Francis Szpiner, je ne sais plus pour quelle affaire. Un juge s'avance afin de le saluer. Francis se tourne alors vers moi et me présente le magistrat :

— Le juge Yves Corneloup, je suppose que vous le connaissez ?

Yves Corneloup, comment aurais-je pu l'oublier ? La dernière fois que j'ai aperçu ce nom, c'était, quelques années auparavant, sur des papiers officiels en provenance du Palais de Justice. Je regarde un instant le magistrat fixement puis je réponds à Francis sur un ton légèrement ironique :

— Malheureusement, je ne le connais que de nom.

Je laisse passer un instant avant de reprendre sur le même ton :

— Je n'ai jamais eu le plaisir de le rencontrer.

Puis, je me détourne ostensiblement. Le magistrat passe son chemin. Szpiner me rattrape et me demande quelle mouche m'a piquée.

— Corneloup était le juge désigné pour instruire l'attentat du Grand Véfour. Le moins qu'on puisse dire, c'est qu'il n'y a pas mis beaucoup d'empressement. Et je me suis retrouvée seule avec toutes mes questions.

Je ne sais, monsieur le juge, si vous lirez ces lignes mais je ne peux m'empêcher de les écrire en pensant à vous. J'aimerais tellement vous faire entendre les souffrances, les affres de l'incertitude, le désespoir de ne pas savoir, l'absurdité de se faire de fausses idées. J'aimerais tellement vous convaincre, vous prouver que l'enquête sur « mon » attentat aurait pu être poussée plus avant, que cela m'aurait épargné des années d'inquiétude et d'angoisse. Je voudrais tellement que vous me compreniez.

Croyez-le bien, je n'ai rien contre vous. Vous êtes, m'assure-t-on, un magistrat estimé, travailleur, compétent, honnête, digne de crédit. Je sais aussi qu'à l'époque où l'affaire du Véfour a échoué sur votre table, elle était perdue au milieu de piles de dossiers autrement conséquents. L'attentat de la rue Marbeuf attribué à Carlos, notamment, vous occupait plus que de raison. J'ai d'ailleurs constaté, en préparant cet ouvrage, que le non-lieu, dans le dossier du Grand Véfour, n'était pas signé de votre main mais d'un autre juge. Vous avez dû vous dessaisir, à l'époque je l'avais même ignoré. En tout cas, dans mon esprit, vous êtes toujours resté mon juge, celui à qui j'aurais aimé devoir la vérité, celui qui ne m'a pas appris qui étaient mes bourreaux. Vous trouverez sans doute cela injuste mais les victimes ont tendance à se raccrocher à la figure du magistrat qui instruit leur affaire, à la mythifier peut-être.

Je sais bien que mon désarroi n'est pas dû à votre

seule personne mais aux difficultés d'une enquête, au dysfonctionnement d'un système, à une époque où le terrorisme n'était pas pris en considération, où les méthodes de travail, en cette matière, n'étaient que balbutiantes. S.O.S. Attentats existe pour toutes ces raisons. Je veux surtout démontrer, à travers mon cas personnel, l'infinie souffrance qu'inflige à une victime une enquête sans réponse.

Tout cela me replonge des années en arrière. Fin juillet 1984, six mois après les faits, les policiers de la Brigade criminelle estimaient bouclées leurs investigations. Quatre ans plus tard, un non-lieu était rendu sans qu'ait été ordonné aucun autre acte de procédure que l'enquête initiale de la police judiciaire.

Non-lieu... Quand j'ai reçu la notification de cette fin de non-recevoir, c'est un mot qui m'a fait mal. Je sais, mon juge, ce n'est pas un mot qui vous appartient, vous n'êtes évidemment pas responsable de la terminologie en vigueur dans la procédure pénale, mais sachez que ce mot fait souffrir bien des personnes dans l'attente des résultats d'une enquête. Non-lieu, il n'y a pas lieu de poursuivre. D'un mot, nous en entendons un autre. Il n'y a pas d'instruction, pas de procès, pas d'enquête... Non-lieu, l'attentat n'a pas eu lieu. L'attentat du Grand Véfour n'a pas eu lieu. Ce mot a résonné dans mon esprit pendant des jours et des semaines après avoir reçu la notification de cette décision. Pour avoir été privé de son propre procès alors qu'il avait tué sa femme dans un accès de démence maniaco-dépressive, le philosophe Louis Althusser a écrit que « le destin du non-lieu, c'est la pierre tombale du silence ».

D'une certaine manière, c'était assez exact. Le Grand Véfour avait tout effacé par des travaux faramineux. La justice avait estimé qu'il ne convenait pas d'aller plus loin. L'attentat serait passé par pertes et profits. Après l'explosion, aucune revendication, officielle ou même plus discrète, n'avait été adressée à quiconque. Je pourrais rester avec mes questions, mes croyances même les plus absurdes. Un attentat pour rien, sauf pour mes jambes et le bras d'un étudiant japonais qui dînait avec sa fiancée. Et l'angoisse de certains, moins grièvement blessés.

J'ai maintenant la conviction, en ayant passé beaucoup de temps à lire, réfléchir, interroger des témoins de l'époque, que l'enquête initiale de la police offrait des pistes qui auraient mérité d'être poursuivies. Mais la justice en décida autrement : affaire classée, on passe à autre chose. Je sais que certains attentats sont considérés de moindre importance que d'autres, on suppute que ses auteurs s'en tiendront là. La justice, j'en conviens, ne peut courir après tous les assassins, ou alors il faudrait la doter d'autres moyens. Mais ces ordres de priorité sont difficiles à accepter par nous, les victimes. Victime d'un attentat de seconde zone, cela n'en diminue pas la puissance meurtrière de la bombe.

Pendant des années, un dossier épais est resté rangé dans un tiroir situé derrière mon lit. Quand j'ai décidé d'écrire ce livre, j'ai tiré mon lit et sorti ce dossier que je n'avais jamais ouvert. C'est l'ensemble de la procédure judiciaire, six mois d'enquête de la Brigade criminelle, ces pages que vous avez forcément lues, monsieur le juge. J'ai fait ce que les victimes ne font jamais, ou alors très rarement, ce que je n'avais pas fait à l'époque : j'ai lu tous les actes d'enquête sur l'attentat du Grand Véfour. Plusieurs fois même pour certaines pièces. J'ai tout lu parce que j'en avais assez de ne pas savoir, j'en avais assez de ne pas comprendre.

Et quand j'ai interrogé plusieurs policiers, des anciens de la Brigade criminelle et des Renseignements généraux qui avaient travaillé sur l'attentat du Grand Véfour et sur les affaires du terrorisme des années quatre-vingt, ils ont tous été surpris par ce que j'avais découvert dans le dossier. La justice n'a-t-elle pas fermé ce dossier trop rapidement ? Je le pressentais, il y a quinze ans, mue par la colère et l'intuition ; un examen attentif me le confirme.

Maintenant que j'ai pris l'habitude des procédures judiciaires, cet épais dossier du Grand Véfour m'est apparu bien mince, à peine une centaine de pages. Mais le travail d'enquête a été exécuté avec une rigueur, un souci du détail impressionnants. On m'avait dit que la Brigade criminelle avait des méthodes de travail en tous points remarquables, s'attachant à explorer toutes les pistes. C'est incontestable. Tous les clients, tous les voisins du restaurant ont été interrogés. J'ai lu tous ces témoignages en tremblant de découvrir une trace, l'ombre d'un témoin évanoui, un indice laissé de côté par les enquêteurs.

Lors de cette soirée, ni Lina de Rothschild, ni sa cuisinière, n'ont rien remarqué d'inhabituel, mais après l'attentat la comtesse s'est précipitée la première, au restaurant, pour savoir si elle pouvait être utile. Un clochard, un certain Claude qui avait ses habitudes dans le jardin du Palais-Royal, a été retrouvé. Il était incapable de se souvenir où il avait dormi, la nuit du 23 décembre 1983, mais sûrement pas dans les parages. La seule chose qu'il a pu dire avec certitude, c'est qu'aucun de ses collègues n'avait trouvé refuge près du Grand Véfour, dans les galeries de Beaujolais ou de Montpensier, la seule bouche d'aération dispensant un peu de chaleur par cet hiver rigoureux étant située de l'autre côté du jardin, près de la Comédie-Française.

Un architecte était absent de Paris pour les fêtes mais il était en mesure d'affirmer aux enquêteurs qu'il était persuadé que « les auteurs ont visé à travers le Grand Véfour le symbole de la richesse, de la bourgeoisie ». Il n'avait sans doute pas tort mais moi, j'ai mis vingt ans à en acquérir la certitude. Une famille était en vacances à Courchevel, elle n'avait rien à déclarer. Une dame âgée de quatre-vingt-dix ans et son employée de maison étaient, elles aussi, absentes à cause des fêtes de fin d'année. Un homme et une femme étaient bien présents mais ils n'avaient absolument rien remarqué d'anormal avant l'explosion. Leur fils était sorti au cinéma et la jeune fille au pair, une Brésilienne, avait congé pour la soirée. Le gérant d'un club pour homosexuels tout proche arrivait en voiture au moment de l'explosion et son portier de nuit n'était pas encore à son poste.

La gardienne de la Chambre des huissiers, propriétaire de l'immeuble abritant le Grand Véfour, avait promené son chien vers vingt heures puis elle avait procédé au nettoyage des bureaux de la Chambre. Elle était au deuxième étage, du côté du jardin du Palais-Royal. Elle s'est souvenue d'un éclair bleuté et d'une épaisse fumée après l'explosion. Le directeur d'un établissement de philatélie a fait remarquer aux enquêteurs que sa pendule, qui était scrupuleusement à l'heure, s'était arrêtée à 22 h 35 précises, mais la photocopie du procès-verbal que j'ai sous la main n'est pas très lisible. Peut-être est-ce plutôt 22 h 45, ce qui me semble correspondre mieux aux faits tels qu'ils sont établis. Un médecin avait l'habitude de promener son chien le soir sous les galeries mais celui-ci était mort peu avant l'attentat. Au 9, rue de Beaujolais, un couple regardait la télé. Une femme aurait dû, au moment de l'attentat, promener son chien, mais elle était fatiguée et s'était couchée. Heureuse dame qui a peut-être échappé au pire. En même temps, c'est un témoin potentiel de moins.

Au théâtre du Palais-Royal, tout proche, on jouait, ce soir-là, la 286e représentation de *La Fille sur la banquette arrière* avec Anny Duperey et Jean-Pierre Cassel. C'est la pièce qui a eu le redoutable honneur de succéder à *La Cage aux folles*, un triomphe de plusieurs années. L'explosion a retenti pendant que la sonnerie rappelait les spectateurs après l'entracte. La représentation s'est donc déroulée comme si de rien n'était. J'ai reçu par la suite un gentil mot d'encouragement de la troupe. Les pompiers de la Banque de France avaient fait une ronde mais, au moment de l'explosion, ils étaient au second sous-sol de la banque, rue de Valois. Après avoir dîné à l'annexe du Véfour, la secrétaire du théâtre est passée dans les galeries vingt minutes avant les faits. Un concierge de la rue de Montpensier avait promené son chien quelques minutes seulement avant l'attentat mais n'avait rien remarqué de suspect, aux abords du Grand Véfour.

Le dimanche suivant l'attentat, jour de Noël, un homme a retrouvé vers midi, dans une allée de son immeuble, dans le XVIe arrondissement de Paris, un petit papier attaché à une photocopie d'un plan du Ier arrondissement de Paris. Sur ce papier était écrit à l'encre bleue : « Le Grand Véfour, 17, rue de Beaujolais, Tél. : 296-56-27 » et, ajouté à l'encre noire : « 21 h 30 ». Est-ce un élément important que l'enquête n'a pu étayer ? Je me suis étonnée, dans un premier temps, qu'on puisse se donner rendez-vous à 21 h 30 pour dîner dans ce restaurant. Mais après tout, pourquoi pas ? Le soir de l'attentat, un réfugié politique soviétique avait rejoint pour le café, un peu après 21 h 30, une amie ukrainienne qui dînait avec un couple de Texans et un chef d'entreprise libanais. Le Russe, expert océanographe, cherchait du travail et l'Américain, PDG d'une société pétrolière, avait besoin d'un spécialiste des forages en mer. Les enquêteurs de la Brigade criminelle ont établi que l'attentat n'avait rien à voir avec leur présence dans l'établissement. Le Grand Véfour accueillait beaucoup d'hôtes étrangers, souvent des hommes d'affaires de passage à Paris. D'autres Américains dînaient en famille, ce soir-là, tout comme un couple de Japonais.

Au moment de l'explosion, plusieurs clients étaient déjà partis. J'ai précédemment évoqué ces retraités qui dînaient à la table voisine de la nôtre et qui, s'ils s'étaient encore trouvés attablés à 22 h 37, eussent été balayés par la double porte pulvérisée, encore plus gravement que je ne l'ai été. Un autre couple fêtait un anniversaire de mariage. Ils sont partis vers vingt-deux heures et n'ont appris la nouvelle que le lendemain matin, par la radio. La dame, après être sortie du restaurant, s'est approchée des grilles du jardin, tout près de l'endroit où la bombe allait bientôt être posée. Son mari, un professeur de français, s'est fait prier avant de la suivre, il était fatigué. Tous deux se sont étonnés de la présence d'un sac-poubelle en plastique, tout près de la porte d'entrée, ce qui paraissait peu dans les habitudes d'un restaurant de luxe. Les retraités ont fait la même constatation mais le sac qu'ils ont aperçu n'était pas bleu mais blanc. Il suffit de lire des conclusions d'enquête policière pour ne plus avoir une confiance aveugle dans les témoignages humains. En tout cas, blanc ou bleu, je me suis tout de même demandé si la bombe n'avait pas été déposée là, dans ce sac-poubelle. Mais il aurait fallu ensuite la déplacer sous la galerie de Beaujolais, où elle a explosé. Cette théorie ne tient pas debout.

Les deux couples, ainsi que de nombreux employés du restaurant qui ont quitté le Véfour avant l'explosion, ont croisé plusieurs personnes dont on aurait pu penser, après coup, qu'elles étaient les poseurs de la bombe. Certaines pressaient le pas, d'autres paraissaient se méfier des regards, mais a-t-on besoin d'avoir posé une bombe pour chercher à se protéger du froid par une nuit d'hiver ?

Un autre détail m'a troublée en lisant le dossier, comme si un élément important avait échappé aux enquêteurs. À un moment de la soirée, l'une des clientes américaines ne s'est pas sentie très bien. Elle est montée aux toilettes, situées au premier étage. Après s'être rafraîchie, elle s'est approchée d'une fenêtre ouverte donnant sur le jardin du Palais-Royal. Elle a alors aperçu une jeune femme, d'environ dix-huit ans, qui marchait tout près des colonnes de la galerie de Beaujolais, où a été posée la bombe. Dans sa première déclaration aux policiers du quartier, l'Américaine laisse entendre que la jeune femme s'est baissée, en regardant à droite et à gauche, dans une attitude qu'on pouvait prendre pour suspecte, avant de repartir vers la rue de Beaujolais. S'est-elle accroupie pour poser la bombe ? En lisant ce témoignage, je l'ai cru un instant.

Mais dans un second interrogatoire à l'initiative de la Brigade criminelle, l'Américaine est plus précise : la jeune femme s'est arrêtée près d'une colonne pour rajuster ses collants, en s'abaissant. « Son attitude ne m'a pas paru suspecte du tout », déclare la cliente. Et de toute façon, cette jeune femme a été aperçue vers vingt et une heures, une heure trois quarts avant que la bombe n'explose. Comme il est avéré que l'engin incendiaire n'avait pas de système de réveil pour retarder sa mise à feu, que la détonation s'est faite au moyen d'une mèche lente qui ne peut se consumer en plus de trois à quatre minutes au grand maximum, tous ces témoignages sur des personnes aperçues, bien avant les faits, parfois même en train de courir, et qui dans un premier temps pouvaient m'apparaître comme suspectes, n'apportent rien de nouveau.

Longtemps, j'ai tout trouvé étrange dans cette affaire : qu'aucun élément n'ait pu permettre à l'enquête de progresser ; que plusieurs employés aient pu quitter leur travail avant la fin du service. Je savais que le chef de rang qui nous avait servi la première partie du repas, Martial Rambaud, s'était éclipsé avant notre dessert. D'autres, aussi, avaient été autorisés à rentrer chez eux à partir de vingt-deux heures. Ces éléments me troublaient, tout autant que certains témoignages de sympathie que des employés du Grand Véfour me prodiguaient, au fil des années. J'interprétais leur gêne comme l'envie toujours repoussée de me dire des choses, le désir contrarié de me faire des révélations.

J'ai depuis discuté avec bon nombre de ces employés, dont Martial Rambaud, le maître d'hôtel Henri Dubourgnon et le directeur de l'établissement, en congé ce soir-là, François Mesnage. J'avais interprété à tort certains silences, certains regards apitoyés. Leur attitude n'était liée qu'à la compassion, voire un peu de culpabilité de n'avoir rien pu prévenir. Surtout pour ce chef de rang, qui, entendant la nouvelle de l'attentat sur son autoradio, avait interrompu sa course au drugstore pour revenir prestement au Grand Véfour. Une veille de réveillon, avec une salle à moitié vide, il était naturel que des employés débauchent de bonne heure.

Ces soupçons sont nés, je l'ai déjà dit, avec l'attitude ambiguë et si peu compatissante des frères Taittinger, et l'absence de réponse apportée par l'enquête à certaines de mes questions. Tous les policiers que j'ai interrogés ces derniers mois se sont souvenus qu'au départ ils n'avaient pas exclu une piste crapuleuse, une affaire de racket ou d'escroquerie à l'assurance. La vente d'un établissement aussi prestigieux, aussi peu de temps après l'attentat... Sa réfection nécessaire après des décennies sans travaux, soudain remboursée par les assurances et le ministère de la Culture... Mes interrogations n'étaient pas absurdes. Les enquêteurs les ont posées. C'est de toute façon la règle d'or de la Brigade criminelle : ne jamais exclure aucune piste, procéder par éliminations successives ; ils appellent ça « fermer des portes ». Cette fois, ils ont fermé des portes sans que je le sache.

La vente du restaurant a été réglée une dizaine de jours après l'attentat, dans des conditions assez naturelles puisque des négociations avaient été entamées depuis des mois. La police d'assurance avait été modifiée au printemps 1983, bien avant l'attentat. Et c'est à la suite des instructions des pouvoirs publics que la Société lilloise d'assurances a recommandé à son client, comme il était d'usage de le faire avec tous les lieux publics, de contracter une clause antiterroriste et aussi de catastrophe naturelle. Ces deux points permettent en grande partie d'éloigner de mon esprit les soupçons quant à une origine crapuleuse de l'explosion. Je ne saurai jamais pourquoi les Taittinger n'ont pas marqué plus de sollicitude à mon égard, pourquoi ils ont constamment biaisé. En tout cas, la vente s'était déroulée à peu près normalement. L'un des actionnaires s'était ému du prix d'achat du fonds de commerce qu'il estimait relativement bas, compte tenu de la valeur des avoirs, notamment une cave de très bonne facture. Mais l'attentat ne dissuada pas le groupe Taittinger de racheter l'établissement et ils ne rejetèrent jamais la faute sur leur prédécesseur.

De toute façon, un élément central de l'enquête impose une autre piste, terroriste celle-là. Les techniciens du laboratoire central de la Préfecture de Police ont découvert dans les décombres des débris cartonnés noirs provenant très vraisemblablement de l'enveloppe de la bombe. Les analyses des matériaux en contact pratiquées au laboratoire sous l'autorité de l'ingénieur en chef, Claude Calisti, ont mis en évidence des traces de fer. L'association des deux éléments, carton noir et traces de fer, permet de conclure à coup sûr que la bombe posée le 23 décembre 1983 était une charge creuse Hotchkiss-Brandt perforateur type P1 B4 HT.

J'ai fait lire ces conclusions à Claude Calisti, ingénieur d'une grande compétence, spécialiste des explosifs. Pour lui, ces éléments sont indubitables, il se souvient parfaitement de ce type de bombe. Les charges creuses sont des engins cylindriques terminés par un cône métallique. La charge explosive porte la masse de métal à une très forte température et l'expulse, incandescente, à grande puissance vers l'obstacle à exploser. C'est pourquoi les experts parlent d'« explosif brisant », qui sert « normalement » au percement de tunnels par exemple.

En matière de terrorisme, une bombe, c'est aussi une marque, la signature d'un groupe terroriste. Il n'y avait pas besoin de revendication, la charge creuse en était une. Les policiers ont en effet retrouvé la trace de ces charges creuses dans plusieurs autres attentats entre 1977 et 1983 : lors d'une « nuit bleue » en novembre 1977, une série d'attentats dans le Sud-Ouest et à Paris contre des cibles diverses (EDF, gendarmerie, université à Toulouse, caserne à Cahors, mine d'uranium...) ; dans quatre attentats entre novembre 1982 et décembre 1983 contre une association étudiante liée à l'Opus Dei, une société de communication rédigeant des journaux pour l'armée, une entreprise de machines-outils travaillant dans les ventes d'armes et la Bourse du commerce de Paris, dix-neuf jours avant le Grand Véfour.

Tous ces attentats ont été commis par des groupes d'extrême gauche, liés à la mouvance d'Action directe. Quand j'ai prononcé auprès de policiers spécialisés le nom « Action directe » pour le Grand Véfour, ils sont tombés des nues. Je ne faisais pourtant que lire le rapport de synthèse de la Brigade criminelle. Il est vrai que, à partir de 1983, pour les policiers chargés de ces affaires, Action directe s'est résumée à deux grands groupes, l'Affiche rouge des Lyonnais André Olivier et Max Frérot, dite groupe national, et le quatuor Rouillan-Ménigon-Aubron-Cipriani, dit internationaliste parce que ses cibles étaient liées à l'impérialisme américain ou israélien. La dérive clandestine et meurtrière de ces deux groupes les a fait apparaître en pleine lumière, ils ont mobilisé tous les talents des policiers antiterroristes.

Mais Action directe était une galaxie beaucoup plus large et complexe que ces deux seuls courants. De nombreux militants ont refusé cette bipolarisation. Les oppositions étaient diverses : certains combattaient l'internationalisation du combat ; d'autres refusaient de tuer lors des actions violentes. Des compagnons de Jean-Marc Rouillan avaient commencé la lutte avec lui dans le Sud-Ouest pendant les années soixante-dix. Ils étaient antifranquistes, et leur refus du nucléaire les faisait s'opposer à la construction de la centrale de Golfech. Ils avaient continué le combat à Paris dans des squats ou des ateliers qui fonctionnaient sous les principes de l'autogestion. Ils tentaient d'enrôler au service de la révolution une armée de loubards, d'immigrés clandestins, de travailleurs précaires, de jeunes bourgeois en rupture de ban, d'orphelines du féminisme, de brigadistes européens.

Mais les dissensions ont éclaté à partir de 1981, et de nombreux attentats ont porté la marque de ces divergences. Poser une bombe pouvait être motivé par des raisons internes : il fallait affirmer avec éclat sa préférence pour d'autres cibles, d'autres méthodes. À l'automne 1982, l'un de ces anciens compagnons de Jean-Marc Rouillan a été arrêté dans une ferme du Tarn-et-Garonne en possession de quantité d'armes, dont l'une de ces charges creuses Hotchkiss-Brandt.

Ces groupes dissidents aux marges d'AD ont pris des dénominations variables et fantaisistes : Géranium enrichi ; Géronimo ; Para (Pour une action résolument antimilitariste) ; Carlos (Coordination autonome des révoltés en lutte ouverte contre la société) ; Noël (Nuit offensive pour des espaces libérés) ; les hooligans internationalistes du groupe Bakounine-Gdansk-Paris-Guatemala-Salvador. Ces derniers, qui voulaient lutter aussi bien contre le capitalisme que contre le communisme soviétique, affirmaient que « l'humanité ne sera heureuse que le jour où le dernier bureaucrate sera pendu avec les tripes du dernier capitaliste ». Une inscription avait été laissée sur un mur, après l'attentat de la Bourse du commerce, quelques jours avant le

Véfour : « Gag, connard le gag, c'est pas le gag. Libérer les prisonniers politiques. »

Derrière ces joyeuses appellations, ces groupes ont posé des dizaines de bombes, lancé des cocktails Molotov, incendié des locaux... Ils pouvaient affirmer qu'ils avaient la volonté d'épargner les vies, plusieurs de leurs bombes manquèrent de causer des carnages : une de ces fameuses charges creuses posée en pleine nuit contre la Société d'application des machines motrices (SAMM) à Issy-les-Moulineaux aurait pu éventrer une colonne de gaz.

Malgré la certitude affichée par les techniciens du laboratoire central et la conclusion du rapport de synthèse judiciaire, il me reste pas mal de doutes. J'ai du mal à croire qu'un de ces groupes ait pris le risque de poser une bombe remplie de mitraille près d'un restaurant encore occupé, avant vingt-trois heures. Un policier spécialisé m'a fait remarquer que l'amateurisme de cette mouvance clandestine pouvait déboucher sur des actions complètement irresponsables. En 1982, une charge creuse a été posée à vingt-deux heures contre le local de l'association d'étudiants catholiques, l'Acut. Une réunion s'y déroulait. Par miracle, un étudiant a entendu du bruit, découvert la bombe et réussi à débrancher le détonateur.

L'autre point qui m'étonne est qu'aucune revendication n'ait suivi cet attentat. Avec Action directe et ses sous-ensembles, il était rare qu'un communiqué ne suive pas chaque action. Les policiers avaient même identifié et placé sous surveillance une cabine téléphonique, proche de l'Agence France-Presse, place de la

Bourse, d'où la plupart des revendications étaient lancées. Peut-être que la gravité de mes blessures a refroidi les auteurs de l'action.

Je me suis aussi interrogée sur la nature de l'attentat. La plupart des groupes d'Action directe, comme Bakounine-Gdansk, s'attaquaient surtout à des cibles militaro-industrielles. Il est vrai, néanmoins, que quelques actions antiluxe ont mobilisé la mouvance maoïste-libertaire : Fauchon et La Tour d'Argent ont été saccagés. Et surtout, le 23 décembre 1981, deux ans jour pour jour avant le Grand Véfour, Action directe s'est attaqué à un magasin Rolls Royce avenue Kléber, au Train bleu avenue Mozart, à une boutique Burberrys rue de Rennes et à la brasserie Bofinger près de la Bastille. Un communiqué expliquait le sens de ces actions : « Noël est l'apothéose, l'orgie de la marchandise. Derrière les grilles de la prison et de la misère, nous autres, les prolétaires et les révoltés, on peut toujours se la sauter. Aux festins des porcs, nous serons toujours des trouble-fête. »

Depuis que j'ai lu ce dossier judiciaire, découvert cette piste d'Action directe, je ne sais plus quoi penser. Je passe fréquemment du doute à la certitude liée à la signature de la bombe. Mais comment être certaine que ce type d'engin (trente-six ont été dérobés à la fin des années soixante-dix à une société de travaux sous-marins) n'ait pu être partagé avec d'autres groupes terroristes ? C'était une pratique assez courante.

Il y a quelques années, l'ancien directeur de cabinet de François Mitterrand à l'Élysée, Gilles Ménage, a écrit trois volumes de mémoires, *L'Œil du pouvoir*[1]. Au détour d'une note de bas de page, il y explique que c'est le terroriste international Carlos qui aurait commandité l'attentat du Grand Véfour. Un ami m'a rapporté cette hypothèse. J'ai cherché à en savoir plus. Cette théorie avait sa part de crédibilité : Carlos est soupçonné d'avoir organisé, dans cette période, plusieurs attentats antifrançais (la Maison de la France à Berlin, la gare Saint-Charles à Marseille, huit jours après le Grand Véfour...).

J'ai rencontré Gilles Ménage, je lui ai demandé d'où il tenait ses informations. Il ne s'en souvenait pas. Je l'ai revu pour ce livre. Après bien des recherches, nous avons retrouvé la source de cette notation : un écrivain-enquêteur, Bernard Violet, a bénéficié de l'ouverture des archives des services secrets est-allemands, la Stasi, et en a tiré un ouvrage sur Carlos[2]. Il y donne des extraits d'une lettre envoyée à Carlos par Johannes Weinrich, son bras droit. Celui-ci évoque des projets d'attentats, quelques cibles françaises. Puis il écrit : « Au cas où tu réussirais à te procurer de l'argent, j'aimerais bien envoyer Lucia afin qu'elle puisse repérer ledit restaurant à Paris. » Bernard Violet s'interroge : « De quel établissement s'agit-il ? Du Grand Véfour, restaurant proche du Palais-Royal, victime d'un attentat en décembre 1983, dont les auteurs ne seront jamais retrouvés ? Troublante coïncidence. »

Les marginaux d'Action directe, opposés à ce que le sang coule, auraient-ils pu coopérer avec un terroriste

1. Paris, Fayard, 1999, 2000, 2001.

2. *Carlos, les réseaux secrets du terrorisme international,* Paris, Seuil, 1996.

international de la trempe de Carlos, échanger des bombes ou même exécuter une commande pour lui ? C'est peu probable.

Il n'en demeure pas moins qu'un doute restera toujours présent dans mon esprit. La signature de la bombe ne peut me suffire. C'est un nom, des preuves qu'il m'aurait fallu, la conclusion indubitable d'une enquête judiciaire. Je n'arrive pas à comprendre qu'aucun complément d'enquête n'ait été ordonné par la justice après l'été 1984. L'inspecteur qui a dirigé les investigations de la Brigade criminelle était un spécialiste du droit commun, pas du terrorisme. Il avait beau être un policier de grande valeur, il n'avait pas la connaissance des groupes, ni des explosifs. Je l'ai interrogé pour ce livre, il était incapable de m'expliquer ce qu'était une charge creuse. Je trouve proprement hallucinant que l'enquête n'ait pas été confiée à la section antiterroriste. La conclusion d'une piste menant à Action directe était pourtant assez probante pour que Gilles Gaetner lui ait consacré un article dans *L'Express,* et que d'autres journaux s'en soient aussi fait l'écho.

Confier cette affaire à la section antiterroriste et aux Renseignements généraux aurait permis de sortir du champ classique de la Brigade criminelle, dont l'ambition première est la recherche de preuves. Dans le domaine du terrorisme, ces fameuses preuves sont extrêmement rares, l'audition exhaustive des témoins et la collecte des éléments matériels ne pouvaient aboutir qu'à une impasse. La section antiterroriste de la Brigade criminelle, les Renseignements généraux, la DST auraient pu actionner des informateurs, chercher des indices dans les milieux proches de la mouvance d'Action directe. C'est pourquoi un complément d'enquête était indispensable.

En 1983, la section antiterroriste (SAT) était toute récente. On l'appelait « la brigade anti-tout ». Elle n'était pas très organisée, servait aux rebuts, à ce qui n'apparaissait pas étroitement lié au domaine du droit commun. La séparation des missions était loin d'être rigoureuse. La SAT a traité certaines explosions de charges creuses mais pas celle du Grand Véfour. Je suis persuadée que, aujourd'hui, on n'aurait pas laissé cette enquête sans conclusion.

J'ai beau avoir compris que mes doutes sur les Taittinger n'étaient pas fondés, que la présence d'une charge creuse offrait l'évidence d'une piste terroriste d'extrême gauche, je n'ai pas de certitudes pour autant. Il n'y a qu'une enquête officielle, une décision de justice qui auraient pu m'apporter la sérénité à laquelle j'aspire depuis tant d'années. J'ai rêvé, parfois, de me retrouver face à celui ou celle qui avait posé la bombe, ou mieux, face à ceux qui avaient pris la décision de cet attentat. Je parle des commanditaires parce que je déplore que, en matière de justice antiterroriste, les procès concernent le plus souvent des seconds couteaux, des exécutants, des poseurs de bombes, des preneurs d'otages. Mais ceux qui agissent dans l'ombre, États ou organisations, les idéologues qui poussent à la radicalisation, les stratèges qui décident des actions, tous restent le plus souvent hors d'atteinte. C'est une limite à laquelle je ne me suis jamais habituée.

J'ai rêvé de découvrir moi-même les coupables, frustrée d'une instruction, d'un procès, d'une vérité judiciaire. J'aurais pu comprendre, monsieur le juge, que cette enquête s'arrête d'elle-même, faute de preuves, de pistes sérieuses, à condition que vous me l'ayez expliqué de vive voix. J'aurais aimé que vous ou votre successeur me l'annonciez, que vous répondiez à quelques questions qui me taraudaient. J'aurais peut-être pris mon parti de cette absence de conclusions. C'est le silence et la froideur de l'ordonnance de non-lieu, expédiée par la poste, qui m'ont le plus choquée.

Il y a quelques années, monsieur le juge, vous avez présidé la cour d'assises de Paris. Vous avez eu notamment à juger Carlos pour le meurtre de deux policiers de la DST lors de la fusillade de la rue Toullier, en juin 1975. À un moment du procès, le mercenaire vénézuélien ironisa sur nos liens supposés. Il faut dire qu'il déteste l'action de S.O.S. Attentats, il avait d'ailleurs tenté avant ce procès de s'opposer à notre constitution de partie civile. Carlos se gaussa donc des « relations incestueuses » que vous auriez entretenues avec moi. Quelqu'un, dans son entourage, avait dû s'apercevoir que vous aviez été, une quinzaine d'années auparavant, le magistrat instructeur de l'attentat du Grand Véfour. Si Carlos, pour une fois, avait pu dire vrai... Je ne souhaitais aucune forme d'inceste entre nous, seulement un magistrat instructeur aussi humain et accueillant que Gilles Boulouque savait l'être.

Otages

Mon sida ne s'est déclaré qu'en 1991, près de huit ans après ma contamination. Je n'ai pas eu l'impression d'une nouveauté mais plutôt d'un retour en arrière. Quand j'étais séropositive, je m'inspectais déjà longuement chaque matin dans ma salle de bains, traquant les évolutions du mal. Tous les deux mois, j'ouvrais avec appréhension l'enveloppe contenant les résultats de mes analyses de sang. Les fragments de verre et de métal disséminés dans mon corps me provoquaient régulièrement des infections et des fièvres qui pouvaient me laisser croire que la maladie s'était déclenchée.

Quand, en 1991, mon taux de T4 a brusquement chuté, j'ai revécu la violence des angoisses qui, en 1984, avaient suivi l'annonce de ma séropositivité. J'ai à nouveau ressenti les montées d'affolement aussi soudaines et brutales que les décharges électriques qui secouent mon corps depuis vingt ans. J'ai retrouvé ce halo permanent de peur, de tristesse, d'inquiétude sourde. La mort est revenue rôder autour de moi.

En soi, elle ne m'effrayait pas. J'étais persuadée, au moment crucial, de savoir lui faire face. J'écris ces mots ; évidemment, j'en doute aussitôt. Comment pourrais-je en être certaine ? Le courage, au quotidien, ne saurait être une preuve. Je crains davantage la dégradation physique et mentale. Le corps déformé par la maladie qui se gonfle de graisse avant de se creuser indéfiniment ; le visage, les bras et les cuisses qui se tachent ; les organes qui perdent leur vitalité, les uns après les autres ; la parole qui hésite, les sens qui se brouillent... Je ne veux pas voir mon corps prendre les stigmates de la mort lente. Je veux mourir d'un coup, de préférence sans m'en rendre compte. Je pense souvent à Larry, mon cousin handicapé, qui a su partir avant de ne plus pouvoir profiter de la vie. Aurai-je son courage ?

En 1991, Deborah allait sur ses dix-huit ans, il n'était pas question de la quitter si prématurément. Ceci dit, l'âge ne fait rien à l'affaire. Ma fille a beau aborder la trentaine, il est encore bien trop tôt. Je me battrai jusqu'à mon dernier souffle. Les progrès de la médecine, qui ne profitent en la matière qu'aux pays développés, ont permis de repousser sans cesse les limites de cette maladie. En 1984, je n'imaginais pas vivre jusqu'en 1991. En 1991, je n'imaginais pas vivre jusqu'à maintenant. La sensation de l'imminence de la mort s'est un peu relâchée.

Pour cela, il a fallu que je m'astreigne aux traitements quotidiens. Il y eut les remèdes à l'AZT, puis les bithérapies, maintenant les trithérapies. Je n'en ai jamais ressenti trop d'effets secondaires, mais ingurgiter chaque jour une quinzaine de cachets m'est très difficile. J'ai toujours détesté être obligée d'avaler des médicaments ; devoir penser à les prendre très rigoureusement, à heures fixes, est pour moi insupportable. Quel obstacle à ma liberté ! Je ne voyais pas comment je pourrais continuer à mener mon activité au sein de l'association. Il n'était pourtant pas question de ralentir mon engagement, trop de combats restaient à mener.

Pour reprendre une parcelle de contrôle dans ma bataille contre le sida, j'ai commencé par me rebeller. J'ai expliqué à mon médecin qu'il n'était pas question d'ingérer ces médicaments deux heures, très exactement, avant chaque repas. Je déjeune très rarement et, le soir, je n'ai pas d'heure pour dîner. Je n'aurais pas supporté que ma vie soit ainsi réglée. Le médecin m'a regardée, un peu surpris, puis il a accepté de modifier ses prescriptions.

Finalement, je n'ai fait que cela toute ma vie, m'insurger contre l'autorité de ma mère, celle des chirurgiens qui voulaient couper ma jambe, celle des autorités qui méprisaient les victimes du terrorisme.

J'avais d'autant moins hésité à exiger cet aménagement que, à cette époque, j'étais persuadée de partir en quelques mois. J'avais en tête le souvenir de mon amie, Jocelyne. En 1982, une année avant l'attentat, elle avait appris qu'elle était atteinte d'une leucémie. J'avais passé du temps à ses côtés. Comme nos formules sanguines étaient compatibles, je lui avais donné mon sang. À chaque fois, cela durait deux heures, on me prélevait des plaquettes qu'on traitait avant de les lui injecter. Elle n'a pas résisté plus de deux mois. Quand, deux ans plus tard, on m'a annoncé que j'étais séropositive, j'ai beaucoup pensé à elle. Cette fois encore, après l'annonce que le sida s'était déclaré, le souvenir de Jocelyne m'est revenu. Son courage, son sourire, sa détermination. J'étais certaine de partir aussi vite qu'elle. Quelques mois et tout serait fini.

Dans ces moments de découragement, mes proches, ma famille m'ont soutenue fidèlement. Les exemples de souffrance et de courage des compagnons de S.O.S. Attentats m'ont aussi donné beaucoup de force : Colette blessée aux jambes, Claude veuf inconsolable, Brigitte orpheline, Claudie et Marie-Valentine défigurées, Isabelle brûlée sur tout le corps mais tellement enthousiaste et énergique, tous les autres...

J'ai finalement survécu pendant vingt ans. Après quelques mois pendant lesquels j'ai constaté que le niveau de mes T4 restait à peu près stable, que le mal ne progressait pas, les images de mort se sont un peu espacées. Mais ma préoccupation pour cette maladie n'a jamais cessé. J'aurais voulu faire beaucoup plus pour aider les malades, lancer des campagnes de prévention, aider les associations d'hémophiles, de transfusés, soutenir les femmes atteintes par le virus. Dès que j'ai pu agir sans trahir ma promesse de silence, je l'ai fait.

Dans le courrier envoyé aux adhérents de S.O.S. Attentats pour la convocation de l'assemblée générale du 8 janvier 1994, j'avais ajouté aux formules habituelles de l'ordre du jour un paragraphe de mise en garde. Sous la mention « informations importantes », j'avais rédigé ces quelques lignes : « Si vous avez été hospitalisé et opéré depuis 1980 (à la suite d'un attentat, d'un accident de la route ou d'une maladie), nous pensons qu'il serait souhaitable de demander à votre médecin traitant de vous prescrire un test de dépistage du sida et de l'hépatite C. Il est possible que vous ayez subi une transfusion sanguine sans en avoir été informé. Les risques de contamination ne sont pas négligeables et il est préférable pour vous et votre entourage de bénéficier de toute l'information nécessaire sur ces infections. En cas de résultats positifs, notre soutien vous est assuré. N'hésitez pas à prendre contact avec nous. »

J'avais fait ressortir en gras le nom des deux maladies. J'attendais des réponses, je craignais d'en avoir choqué certains, gêné d'autres. J'avais peur aussi qu'on découvre ma préoccupation personnelle sur le sujet. Rien ! Pas un seul appel, pas une seule réaction. Je n'ai jamais su s'il s'agissait d'une pudeur compréhensible ou si j'étais la seule, dans l'association, à avoir subi cette contamination par transfusion.

Tout m'indiquait, pourtant, que les cas n'étaient pas rares. J'avais été invitée par l'association des hémophiles à venir donner mon point de vue sur les formes d'indemnisation possibles. Plus tard, l'association des transfusés se joindrait à ce combat. La salle où se déroulait la réunion n'avait pas suffi à contenir l'assistance. J'avais expliqué le combat de S.O.S. Attentats pour obtenir la création du Fonds de garantie, son extension à la fin des années quatre-vingt pour les victimes d'infractions pénales. J'ai aidé, modestement, les dirigeants de cette association à cadrer leurs demandes en sachant ce qui existait au préalable. Finalement, la formule retenue ne reprendra pas l'idée d'une contribution de tous les Français comme dans le cas du terrorisme mais celle d'un fonds spécial alimenté par le budget de l'État. J'ai été particulièrement heureuse d'aider cette cause. J'aurais tellement aimé leur dire, à tous, que je partageais leur combat plus qu'ils ne l'imaginaient.

En même temps que le VIH, j'ai appris que j'étais porteuse du virus de l'hépatite C. Comparée au sida, cette dernière contamination peut paraître moindre. Régulièrement, tout de même, une angoisse m'étreint à ce sujet. Mon taux de transaminase n'a grimpé qu'une seule fois, je n'ai jamais développé la maladie. L'hépatite C, lorsqu'elle se déclenche, dégénère en cirrhose puis en cancer du foie. Le professeur Léon Schwartzenberg est mort ainsi, à l'automne 2003. Il avait contracté l'hépatite C en se blessant lors des multiples transfusions qu'il effectuait. Quand j'ai lu dans *Libération* les circonstances de son décès, à soixante-dix-neuf ans, au milieu des médecins, des infirmières, dans le service de l'hôpital de Villejuif qu'il continuait à fréquenter malgré sa retraite, j'ai été très émue. Le personnel hospitalier m'a accompagnée pendant tant d'années dans mon combat médical. À tous, je dois ces vingt ans de vie tellement riches. Infirmières, internes, aides soignants, chirurgiens... Je les respecte tous infiniment. Je leur sais gré de tous leurs efforts, de leurs attentions, de leur patience malgré leurs difficiles conditions de travail. À chaque soin, à chaque intervention, j'ai toujours fait très attention à ce que tous prennent de grandes précautions pour se protéger de moi. Je suis hantée, aujourd'hui encore, par la perspective de transmettre ce virus, ces virus devrais-je écrire, qui font le siège de mes résistances vitales. Je ne supporterais pas d'être la cause même involontaire de tourments, de maladie, de mort.

L'attentat puis la contamination ont profondément modifié mon regard sur la vie. Auparavant, je n'avais jamais sérieusement imaginé qu'on ne puisse entièrement maîtriser son destin. Cela peut paraître naïf, enfantin, mais j'avais toujours commandé mon existence. Mon corps avait toujours répondu à la moindre de mes volontés. Vivre sous le joug d'un handicap, d'une maladie ; être dépendante des avancées d'un effroyable virus, ne plus avoir assez de forces pour combattre, perdre une partie de sa liberté... Ce qui m'apparaissait comme un improbable cauchemar, je l'ai vécu. J'ai beaucoup appris sur moi-même, je suis devenue plus disponible, plus ouverte, à l'écoute des autres.

Quand, entre 1986 et 1988, nous avons tenté d'épauler le combat des familles d'otages retenus au Liban, je me suis souvent demandé comment j'aurais réagi à la place de ces hommes qui furent enfermés des mois, des années. Comment aurais-je pu supporter de rester enchaînée des jours entiers dans des souterrains, des parkings, des sous-sols sans lumière ? Comment aurais-je résisté aux menaces et aux chantages, aux yeux bandés, aux simulacres d'exécution, à l'éloignement des miens, au temps qui passe et qui brise toute résistance ? Comment aurais-je vécu ces faux espoirs de libération et ces certitudes d'une exécution prochaine ? Et le jeu sadique des ravisseurs, un pistolet sur la tempe, juste pour rire ? Et les cris d'un torturé dans une pièce voisine ? Et les journaux dont on s'entoure, l'hiver, pour moins grelotter ? Et les transports dans des cercueils métalliques rivés sous le châssis d'un camion ? Et les pleurs et les nerfs qui lâchent ? Et la faim, le dégoût de la crasse, la solitude et la promiscuité ?

Je sais que Jean-Paul Kauffmann et ses compagnons se sont réinventé, dans leurs geôles, d'infimes parcelles de liberté, mais j'ai du mal à comprendre quelle énergie intérieure leur a permis de ne pas sombrer. Sauf à être psychiatre, il est très difficile d'évaluer le calvaire, le traumatisme profond qu'ont vécus les otages. Sans doute du fait de l'absence de blessures physiques, de handicaps visibles, on croit qu'ils ont traversé une expérience moins invalidante que les victimes des attentats.

J'ai suffisamment insisté sur la profondeur, la complexité des atteintes psychologiques subies par les rescapés des actions terroristes. Les otages n'échappent évidemment pas à cette immense difficulté à revivre normalement. Les psychanalystes qui travaillent aux côtés de S.O.S. Attentats pensent que le deuil, la renaissance, l'oubli, en tout cas la mise à distance de l'expérience, se font plus difficilement dans le cas des otages que dans celui des blessés. Les otages n'ont pas seulement été confrontés à la privation de liberté, ils n'ont pas seulement été enchaînés pendant des mois dans ces caches sombres et poussiéreuses, ils n'ont pas seulement été privés de tout ce qui faisait leur vie d'avant, l'amour, la nourriture, la liberté, la mobilité, les livres, le grand air... Ils ont été atteints par les terribles conditions de leur emprisonnement : dents très abîmées du fait de la dénutrition, carences diverses, troubles visuels dus à des mois entiers privés de lumière. Ils ont été confrontés aux mauvais traitements, à la déstabilisation psychologique de la part de leurs bourreaux.

Le plus grand traumatisme, celui dont on guérit le plus difficilement, c'est d'avoir été confronté à sa propre mort. C'est évidemment le cas, de manière intense et brève, quand une bombe explose. Mais souvent, la mort s'identifie dans le corps d'un blessé tombé à vos côtés. Pour les otages, la mort est là, sans incarnation extérieure, tous les jours, pendant des mois, des années. À chaque menace, à chaque transport clandestin d'une cache à l'autre, à chaque torture morale, dans les ténèbres des caves et des yeux bandés. Cette mort qui a pénétré votre chair et votre âme, il est très difficile de s'en libérer.

Jean-Paul Kauffmann, lui, a vécu des mois aux côtés d'un agonisant : le sociologue Michel Seurat avait été enlevé en même temps que Jean-Paul, en mai 1985. Longtemps, ils se sont soutenus, ont échangé des idées et des réflexions sur divers sujets : le vin et la littérature ; les chats et la sociologie... Pendant l'automne 1985, Michel Seurat a décliné progressivement, sous les yeux de son ami, emporté par la maladie, le désespoir, l'absence de soins, les conditions d'existence particulièrement précaires.

Beaucoup ont laissé une grande part d'eux-mêmes dans ces basses fosses de Beyrouth, du Sud-Liban et de la plaine de la Bekaa. Pas tous, évidemment, mais Aurel Cornéa, par exemple, qui a pourtant été emprisonné moins longtemps que d'autres – dix mois tout de même –, a été en partie détruit par cette épreuve. Cet ingénieur du son d'origine roumaine était un homme de grande culture, doté d'un humour qui a beaucoup aidé ses compagnons pendant la détention. Il est mort d'un cancer de la gorge, quelques années plus tard. Certes, c'était un grand fumeur, mais les conditions de sa détention, les secousses psychologiques, ont profondément déstabilisé cet homme sensible que j'aimais beaucoup.

Je n'ai jamais oublié le retour à Paris de Jean-Paul Kauffmann et de ses compagnons de détention, Marcel Carton et Marcel Fontaine, peu de temps avant l'élection présidentielle de 1988. Je me souviens de cette meute de caméras et d'appareils photo, de ces flashes, de ces projecteurs, de toutes ces lumières artificielles. Je me souviens des yeux de Jean-Paul, éblouis après trois années de cachot. Je me souviens de son émotion, comme il s'avançait au milieu de cette foule, et de sa surprise de voir deux garçons, ses fils, qu'il mit quelques secondes à reconnaître. Son regard se plissa un instant, il esquissa un mouvement de recul en même temps qu'il écartait les bras pour étreindre ses deux grands fils. Cette stupéfaction m'a obsédée. On ne pouvait mieux dire la cassure opérée dans sa vie. J'imaginais la violence des émotions, cette libération si soudaine après trois années de souffrances morales et physiques, ce passage en quelques heures d'une cache infâme au grand cirque médiatique parisien.

Je me demande souvent comment on pourrait éviter, au moins atténuer, ces chocs au moment du retour. Peut-être n'y a-t-il rien à faire, peut-être ce genre de préoccupations est-il illusoire. Mais tous ces ministres, préfets, conseillers ministériels, accompagnés de leurs escortes de journalistes... Tous ces tapis rouges, ces estrades pour des discours d'autosatisfaction, était-ce bien raisonnable ? L'intimité des retrouvailles familiales n'aurait-elle pas été préférable ?

Je n'ai pas de réponse à ces questions. Mais je songe aux difficultés que Jean-Paul a pu éprouver à remettre ses pas dans ceux de son existence précédente. Il n'aime pas en parler, sa pudeur est largement supérieure à la mienne. Il était journaliste, il est devenu un écrivain, un grand écrivain. Avant son enlèvement, il traitait déjà des affaires quotidiennes du monde avec une élévation du regard, un détachement cultivé. Aujourd'hui, il écrit sur l'enfermement, l'éloignement, la quête mystique. Je l'ai vu s'isoler au milieu d'une fête, dans sa maison du Sud-Ouest, dans les chemins perdus des Landes. Jean-Paul n'est pas rentré entier du Liban.

Redevenir comme avant, mieux vaut n'y point penser, c'est impossible. Se délivrer d'un trop grand fardeau, recoller les morceaux d'une existence, j'ai l'illusion de croire que l'écriture peut y contribuer. Pas toujours, évidemment. Primo Levi ou Jorge Semprun nous ont montré la part irréconciliable de l'écriture et de la vie. Jean-Paul Kauffmann n'a jamais souhaité raconter ses trois années de captivité. Il a seulement consenti, par petites touches, à donner quelques pistes, au détour d'articles donnés à *L'Amateur de bordeaux*. Je lui emprunte quelques phrases pour mieux faire comprendre l'impossible deuil :

« Cette trop longue nuit sanglante reste un trop lourd cauchemar pour être transmis à ceux qui ne l'ont pas vécue. Cette impuissance à relater l'innommable m'a conduit à user de la métaphore du vin. Ce n'est qu'un subterfuge... Si j'ai choisi ce thème du vin, c'est parce qu'il représente la part de ce qui m'a fait le plus défaut pendant ces trois années d'horreur : une relation au monde faite de connivence et de respect de l'autre... Pendant ces trois années de désolation, nous avons vécu dans un monde d'exclusion et de démence. Cette irrémédiable blessure que nous portons m'apparaît pour l'heure intransmissible. Un jour, peut-être... »

Je respecte trop Jean-Paul pour oser lui donner le moindre conseil. Je ne vais donc parler que de mon désir, de celui aussi de nombreuses personnes qui l'aiment. « Un jour, peut-être... », quand il le pourra, s'il le peut... Je sais que Jean-Paul a le talent immense, unique, pour écrire un très grand livre sur l'enfermement, la prise d'otages, un livre qui ferait date, un livre qu'on lirait sans voyeurisme, uniquement pour ressentir et comprendre. Jean-Paul évoque parfois, pour s'en détourner, la rentabilisation du malheur. Le temps a suffisamment passé pour qu'il ne soit pas soupçonnable d'exploiter quoi que ce soit. Et son talent littéraire lui permettrait de dépasser l'accessoire, le superficiel, l'obscène. Seuls les écrivains ont ce pouvoir de mettre les contingences de côté, de savoir trier, ils ont la force d'aller fouiller au cœur de la bête, d'en extraire le mal pour écrire « l'innommable ». Ils voient plus loin que nous, ils associent plus que nous.

Je ne sais si un tel livre naîtra un jour, je ne sais s'il apaiserait Jean-Paul. Mais s'il est un jour capable d'abandonner ses îles Kerguelen, Sainte-Hélène ou les hauteurs de Saint-Sulpice ; s'il est capable de replonger quelque temps dans l'enfer libanais ; s'il est capable d'aller rechercher dans ce passé encore brûlant tout ce qui nous intéresse et nous intrigue, les mécanismes de l'aliénation, la résistance à la déshumanisation, le rapport entre bourreaux et victimes tellement spécial dans le cas beyrouthin ; s'il est capable de franchir tous ces obstacles, d'affronter la douleur du souvenir, il écrira, j'en suis certaine, un livre qui marquera nos consciences.

Si je me suis interrogée sur les conditions du retour des otages du Liban, je n'ai eu aucun doute concernant celui des passagers de l'Airbus d'Air France Alger-Paris : ce fut une catastrophe et un scandale. Le samedi 24 décembre 1994, au milieu de la journée, quatre islamistes membres des GIA algériens investirent un Airbus A-300 qui contenait deux cent vingt-sept passagers et douze membres d'équipage. Il y avait une quarantaine de Français dans l'avion et une majorité d'Algériens dont beaucoup ne parlaient pas français. Cinquante-sept passagers furent libérés au cours des premières heures, avant le décollage pour Marseille-Marignane. La prise d'otages dura deux jours et demi. Trois personnes furent tuées sous les yeux des passagers, un policier algérien, un diplomate vietnamien et le cuisinier de l'ambassade de France, Yannick Beugnet, vingt-troisième Français à mourir à l'époque sous les coups de la guerre civile algérienne. La libération des passagers, à Marignane, à 17 h 13, le lundi 26 décembre, se fera après un assaut des gendarmes d'élite du GIGN, une longue fusillade de vingt-trois minutes au cours de laquelle les quatre membres du commando furent abattus et plusieurs passagers et membres de l'équipage blessés.

Après le dénouement de cette prise d'otages, de nombreuses personnalités et les journalistes se précipitèrent à Marseille puis à Orly pour une grande cérémonie d'accueil. Il aurait fallu aussi penser à l'accueil médical. Seul le médecin-général Louis Crocq fut expédié au pied de l'avion, à Orly. Il parla avec des passagers, distribua un papier, uniquement rédigé en français, qui contenait quelques conseils, fournit des coordonnées hospitalières. Ce fut notoirement insuffisant. Une salle aurait dû être réservée, dans l'aéroport, pour recevoir les otages un par un. Il fallait prendre le temps, avec l'aide d'interprètes, d'évoquer les troubles possibles, médicaux et psychologiques, récolter toutes les adresses, tous les numéros de téléphone et surtout délivrer à tous un certificat médical qui leur aurait été d'une grande utilité pour les indemnisations futures. Le climat de soulagement rendait-il ce dispositif impossible ? À Marseille, les policiers avaient tout de même pris le temps, pour leur enquête, d'interroger tous les passagers, les uns après les autres. Par manque d'organisation, par imprévoyance et légèreté, on a laissé les otages s'envoler dans la nature. Beaucoup sont retournés en Algérie pour toujours, sans savoir qu'ils auraient pu bénéficier de procédures d'indemnisation. Beaucoup vivent encore avec des névroses de guerre alors que quelques séances de psychothérapie, dans les jours qui suivaient la prise d'otages, en français ou en arabe, auraient pu les délivrer de la folle angoisse qui les avait tenus, pendant ces trois journées.

J'avais déjà mesuré, avec les otages du Liban, combien il avait fallu se battre pour des droits qui paraissaient tellement évidents : combien d'efforts avaient dû déployer les familles et leurs avocats pour que les journalistes d'Antenne 2 et les diplomates soient payés pendant leur détention, pour qu'ils ne perdent pas ces années, en termes de retraite, alors qu'ils étaient au Liban en mission pour l'État ou le service public !

Pendant la première guerre du Golfe, Rachid Yakhlef était l'un des responsables d'un prestigieux hôtel à Koweït-City. Ce Français a été pris en otage pendant trois mois par les troupes irakiennes de Saddam Hussein, transformé en bouclier humain. Il a raconté dans le journal de S.O.S. Attentats, *Paroles de victimes*, l'humiliation subie devant le Fonds de garantie : « Les experts ne pensent qu'à nous déstabiliser, nous humilier, afin de nous faire perdre notre équilibre, et je peux vous dire qu'après chaque expertise, c'est encore pire. L'enfer est de retour et c'est la dérive totale. Pour moi, le temps s'est figé le 2 août 1990 ; je suis toujours dans cette pièce de douze mètres carrés, je revois sans cesse ces couloirs qui me sécurisaient de l'extérieur, les bruits m'indiquent la peur ou la joie, et j'attends. Ma mère me demande souvent pourquoi je ne vide pas ma valise du Koweït et cela fait dix ans maintenant, mais je n'y arrive pas. »

Mais c'est avec le dossier de l'Airbus que le comble fut atteint. Avant de raconter ce que subirent les rares otages algériens qui osèrent se présenter devant le Fonds de garantie, je veux retranscrire ici le récit d'un des passagers de l'Airbus afin que nul doute ne subsiste sur la gravité de ce qu'ils ont vécu.

Saïd Kherbouche avait une soixantaine d'années au

moment de la prise d'otages. Il était un habitué des voyages Alger-Paris-Alger qu'il effectuait toujours sur Air France. Une partie de sa famille vivait en Algérie, il travaillait à Paris. Pendant les trois jours, dès qu'il le pouvait, il a griffonné des mots sur des bouts de papier qu'il enfouissait au fond de ses poches. Les semaines qui ont suivi le détournement, il a écrit ce récit dans lequel j'ai pioché, avec son accord, quelques passages. Son témoignage est suffisamment éloquent pour démontrer, sans que j'aie besoin d'en rajouter, à quel point les ratiocinations des experts du Fonds furent un pur scandale.

« Je fais partie des vingt derniers passagers à être montés dans l'Airbus. J'étais assis au cinquième rang, à l'avant gauche, sur le siège n° 13, non fumeur, près du hublot. C'est pourquoi j'ai vu les quatre pirates de l'air monter derrière moi, arrivant jusqu'à l'avion à bord d'un Peugeot break 305 au sigle Air France. Dès le début, j'ai compris que nous étions perdus.

« Ils ont fait un contrôle faussement policier. À mon avis, ils cherchaient la présence de policiers et de journalistes pour s'en débarrasser en les liquidant. Ils ne tardèrent pas à confirmer ma pensée. Un policier algérien était du voyage. Ce dernier s'est présenté à eux, croyant avoir affaire à de vrais collègues... Ils lui ont demandé de les suivre vers la passerelle et l'ont mitraillé sur les marches avant de refermer le portique.

« Puis ils ont demandé à un représentant vietnamien qu'ils avaient repéré au préalable de les suivre. Il est conduit sur la passerelle, à peine la porte franchie, une salve de balles dans la nuque. Il s'écroule à côté du policier algérien. La scène se passe sous mes yeux. Le siège que j'occupais me donnait une vision d'horreur. J'ai essayé de tourner la tête et de fermer les yeux. J'avais peur de m'évanouir, j'avais de la sueur froide et envie de vomir... Je tremblais. Ils ont fermé le portique. L'un d'eux s'est adressé à moi car visiblement je devais avoir une mine de cadavre vivant. “Eh vieux, n'aie pas peur, ce n'est rien, ce n'est rien...” J'ai demandé à aller aux toilettes. Je me lève en trébuchant. Ils découvrent sur mon siège un journal compromettant [un journal anti-islamiste], je pensais que mon compte était bon, d'un moment à l'autre, j'allais y passer. Je me suis aspergé la figure avec un peu d'eau froide, je me regarde dans la glace, je ne me reconnais plus, complètement décomposé.

« L'un des quatre fils de p... fait les présentations à tous les voyageurs : “... Écoutez tous ! N'ayez aucune crainte, nous sommes des moudjahidines du peuple, des vrais GIA, vous connaissez ?” Il y a eu quelques mouvements de panique, des cris et des larmes ; des vomissements chez les femmes accompagnées d'enfants.

« Les lascars entament leurs discours d'intox et d'endoctrinement. Ils ordonnent à toutes les femmes et jeunes filles de mettre le *hidjab* sur leur tête, y compris les hôtesses. Celles-ci poussent la comédie jusqu'à se démaquiller. Deux des pirates ont réussi, je ne sais comment, à dégotter trois *hidjab* qu'ils distribuent aux femmes manquant de foulards... Voilà que tout le monde est prêt pour un voyage en enfer...

« Les pirates rassurent tout le monde, en faisant les cent pas dans le couloir, souriants, décontractés, leur kalachnikov autour du cou. Ils préviennent qu'ils ne tolèrent pas les fumeurs.

« J'ai demandé discrètement à l'une des hôtesses : “Quelle est la revendication de nos geôliers ?” Elle me souffle : “Libération des hauts responsables du FIS. Peut-être un espoir de dénouement heureux ?” J'étais pessimiste et inquiet. La suite me donne raison. Deux des quatre salopards retirent leur veston en brandissant une bombe de 5 à 7 kilos dont les fils pendent tout autour d'eux, attachés avec du sparadrap. Ils les montrent à tout le monde. Ils se répartissent les tâches, en brandissant qui la mitraillette, qui les grenades, etc. Ils manipulent tout cet arsenal avec dextérité.

« Nous sommes cinq, avec le chanteur célèbre Ferhat, à être isolés par les ravisseurs, ciblés, sélectionnés comme monnaie d'échange pour plus tard. À quelle fin ?

« Ils ont abandonné leur revendication de libération des cheikhs, il ne reste plus que l'endoctrinement, les discours charmeurs, calmer le reste des otages. Ils nous font des révélations fracassantes sur leurs actions, leurs exploits, leurs organigrammes. Ils jurent par Allah tout-puissant qu'ils ont infiltré même le service de garde présidentiel... Pourquoi toutes ces révélations ? Vraies ou fausses, en tout cas pas gratuites. Cela veut dire qu'il ne restera parmi nous aucun survivant pour parler. Ils veulent prouver leur crédibilité incontestable...

« C'est le coucher du soleil. Je jette un coup d'œil sur la maudite passerelle. Horreur ! ! ! Le pied du cadavre vietnamien pendu sur une marche bouge encore... Cette vision d'horreur m'a profondément marqué. Les deux cadavres sur la passerelle ne seront pas ramassés avant notre départ pour Marseille. J'ai des battements de cœur et mal à la tête.

« Il n'est pas question de discuter avec d'autres passagers. Tout le monde soupçonne tout le monde d'être sympathisant des fous de Dieu.

« Mon regard est attiré curieusement par l'un des fous d'Allah qui fait ses prières à même le sol dans le couloir. Cet abruti a-t-il perdu le sens de l'orientation ? Direction de La Mecque, le lever du soleil, comme le veut la règle. Ce fils d'Allah prie en direction du coucher du soleil. Bizarre, bizarre. Les règles ont-elles changé ?

« Nous manquons de nourriture et d'eau, la situation commence à devenir critique en direction des toilettes. Quelques otages sont mal en point, la peur leur a provoqué des diarrhées, des vomissements. Les hôtesses calment tout le monde, elles instaurent un peu de discipline, distribuent le peu d'eau et de nourriture restant à bord.

« Nos quatre lascars tournent autour d'une jeune fille beur, je devine leurs intentions, “mariage provisoire”... Cette jeune fille ne leur échappera que grâce à son habileté et sa ruse. Elle craquera dans les bras de son père à Orly...

« Notre ami Ferhat, le chanteur, a été appelé et conduit vers le cockpit. J'ai des crampes d'estomac et des sueurs froides. Je crois à sa fin tragique, quelques instants plus tard il est relâché, soulagement provisoire...

« Les pirates de l'air exigent auprès de la tour de contrôle un petit déjeuner. Quelques instants plus tard, une fourgonnette s'approche de la passerelle. Deux bonshommes aux dossards orange vif déchargent son contenu au pied de la passerelle. Les pirates cagoulés pointent leurs mitraillettes vers les livreurs. Les hôtesses doivent enjamber les deux cadavres pour récupérer le précieux ravitaillement, une épreuve terrible. La même scène recommence pour le déjeuner.

« La situation peut tourner au drame à tout moment. Leur plan ne laisse aucun doute quant au sort réservé à l'Airbus et à sa cargaison humaine. "Nous sommes des moudjahidines du peuple, Dieu nous a désignés pour mourir. Mais mourir avec vous... Et n'ayez aucune crainte, Dieu nous accueille tous dans son vaste paradis." Nous voilà donc fixés.

« J'ai l'impression que nous nous trouvons entre deux dangers : le premier est à l'extérieur, l'intervention des Ninjas, les troupes d'élite algériennes, pouvait se déclarer à tout moment. Leurs pratiques sont connues. J'ai la conviction qu'aucun otage ne sortira vivant. Deuxième danger : les pirates eux-mêmes...

« Les pirates ont lancé un ultimatum : il faut retirer la passerelle avant 21 h 30. Passé ce délai, un otage sera exécuté puis un autre toutes les trente minutes jusqu'au retrait de la passerelle pour décoller. 21 h 25 : le regretté Yannick Beugnet a été conduit au cockpit par deux pirates. Il va être exécuté dans cinq minutes. À la tour de contrôle, ils ne semblent pas avoir compris le message. Il est difficile de décrire l'attente. 21 h 30 : Yannick Beugnet est exécuté silencieusement dans la salle des prières improvisée. Ils jettent son cadavre sous la carlingue de l'Airbus. Un autre ultimatum est déjà lancé. Nous connaissons la prochaine victime, il s'agit de la secrétaire de l'ambassade de France...

« 21 h 45 : un souffle de soulagement. La passerelle se retire, les réacteurs ronronnent. Le commandant de bord nous lance un long message, précisant que nous partons pour Marignane...

« À Marseille, deux camions-citernes s'approchent de l'Airbus, les manœuvres sont effectuées sous l'œil vigilant des pirates... Les vidanges des toilettes sont effectuées, les réserves d'eau rétablies. Des casse-croûte et des fruits sont livrés par deux GIGN déguisés en braves livreurs, l'air complètement innocent, leur but est une prospection préliminaire... Nous saurons plus tard qu'ils ont infesté les pourtours de la carlingue de l'Airbus de micro-émetteurs ultrasensibles...

« La tension monte, les visages se crispent, deviennent nerveux. Ces dingues de la gâchette n'ont rien à perdre. Un couple très âgé et malade est évacué. L'épouse, une vieille Kabyle de près de quatre-vingts ans, ne comprenait pas un mot d'arabe. Vingt-quatre heures plus tôt, à Alger, les quatre pirates de l'air s'amusaient avec elle, la caressaient, la cajolaient, lui accrochaient leur mitraillette autour du cou.

« Ils demandent aux otages qui possède une montre mécanique. Tous restent silencieux, figés, sauf l'un d'entre nous, ignorant sans doute qu'il va périr. Ou bien veut-il aller au paradis ? L'un des quatre fils de p... saisit la montre, se dirige vers le cockpit pour confectionner le dispositif de mise à feu de la bombe ainsi que les bâtons de dynamite sous les yeux du commandant de bord. Ils installent leurs vingt et un bâtons de TNT sur toute la partie centrale de l'Airbus, ils procèdent au réglage du dispositif de mise à feu de la bombe. Tout est prêt pour un gigantesque feu d'artifice...

« L'un des quatre nous lit une sorte de verset coranique prononcé à l'envers, appelé "*demiaté*", *fatwa* de la mort collective. Tout le monde a compris que nous allions tous périr dans quelques instants par une explosion unique dans l'histoire. Fort heureusement, toutes ces scènes de "*fatwa* macabre" n'échappent pas aux micro-émetteurs...

« Deux des membres de l'équipage ont profité de ce moment d'inattention pour déverrouiller les portiques à l'insu des pirates. Les otages ont reçu la consigne de rester assis. Vient la fin de la sourate macabre, l'explosion doit se produire dans quelques secondes. C'est poignant. Je me trouve occuper un siège situé dans la zone la plus dangereuse, près des explosifs. Je me sens paralysé, je vois la mort en face de moi. Figé, la bouche sèche, les yeux rivés sur les issues de secours. L'attente est longue. Être déchiqueté en mille morceaux... Mourir vite... Ces images de l'horreur défilent dans ma tête. En fait, les GIGN, qui captent tous leurs mouvements, attendent que les quatre pirates se retrouvent dans le cockpit pour intervenir...

« C'est l'enfer, les balles sifflent de tous côtés, des explosions de grenade... Une des balles se loge dans la veilleuse au-dessus de moi.

« Je suis le dernier à avoir quitté cet Airbus de malheur. Cinquante-huit heures d'angoisse, de terreur et d'horreur.

« Il y a une douzaine de blessés légers dont je fais partie... J'ai le genou gauche enflé, du sang qui coule jusqu'à la chaussette, je boite sans m'en rendre compte.

Je vois mal, mes lunettes sont cassées. Je vais craquer au bout de trente minutes de liberté. Une infirmière m'aide à me relever, me prodiguant des soins, pansements pour mon genou et comprimés calmants. Je ne retrouverai mon équilibre que cinq jours plus tard. »

Les médecins-experts du Fonds de garantie ont eu connaissance de dizaines de témoignages similaires. La frayeur, la certitude de ne pas ressortir vivant de l'Airbus y étaient pourtant suffisamment étayées. Comment, alors, expliquer leur attitude au moment de décider des taux d'invalidité et des indemnités ? Ceux qui se sont présentés devant le Fonds étaient particulièrement déstabilisés. Ils n'avaient pas été suivis par des médecins ou des psychologues. Beaucoup parlaient mal le français. Malgré les efforts de S.O.S. Attentats, nous n'avions pas réussi à tous les retrouver, les aider, les réconforter. En 1997, j'avais organisé une réunion aux Invalides. Cinquante personnes seulement étaient présentes. Maya Évrard, expert médical qui travaille avec nous depuis des années, n'était pas en mesure de délivrer des certificats médicaux, n'étant pas présente à Marseille ou à Orly au moment de la libération. Le docteur Louis Crocq participait à notre réunion. Les cas des victimes de prises d'otages l'intéressaient particulièrement. Il les interrogea méticuleusement, sans doute dans la perspective de l'une de ses nombreuses publications. Il consentit, cette fois, à signer une trentaine de certificats médicaux, rattrapant en partie son oubli de 1994. Mais ces papiers rédigés à la hâte, tous de la même façon, bien sûr trop tardivement, furent tous rejetés par le Fonds de garantie.

Le dossier de l'Airbus, c'est l'un des combats que j'ai menés avec le plus de passion, de rage, d'obstination. C'est un combat que j'ai perdu. J'en ressens de la tristesse, un sentiment d'impuissance, de la honte. La réalité de la plupart des séquelles psychologiques exprimées par les otages ou leurs médecins a été contestée : à en croire certains experts, le traumatisme n'aurait rien eu d'évident puisque les passagers algériens subissaient depuis des années d'autres traumatismes liés à la guerre civile qui se déroulait dans leur pays. J'ai trouvé ce raisonnement spécieux et ambigu. S'agissait-il d'expliquer que les Algériens, rompus aux drames et aux malheurs, se seraient montrés plus résistants que les Français qui avaient partagé les mêmes humiliations, les mêmes menaces, les mêmes terreurs ? De sorte qu'il y aurait eu des raisons de verser aux Algériens moins d'indemnités qu'aux Français ? Ce relativisme à sens unique m'a paru particulièrement choquant. Après tout, on aurait pu aller décortiquer la vie intime des otages français, découvrir que des troubles antérieurs, un chômage, un divorce par exemple, avaient leur part dans les difficultés rencontrées après le détournement.

Comment un expert osa-t-il expliquer à un ouvrier marocain, passager de l'Airbus, que ses cauchemars, sa difficulté soudaine de socialisation, étaient dus à ses deux doigts coupés lors d'un accident du travail subi dans les années soixante ? Comment a-t-on pu refuser pendant des années de prendre en compte la souffrance d'un chef d'entreprise algérien tombé dans une dépression profonde ? Ce cas est particulièrement emblématique. Cet entrepreneur dynamique, plein de projets avant le détournement, fut incapable, pendant des mois, de rentrer chez lui, en Algérie. Il resta chez des amis qui pouvaient témoigner de ses cauchemars, de ses angoisses, de ses crises de larmes, de son irritabilité, de son absence totale de désirs, de son incontinence urinaire... Sa femme attendit six mois avant de venir le chercher. Il ne s'adressa au Fonds de garantie qu'en 1997, quand il allait un peu mieux. Un expert lui en fit le reproche. On lui imposa quatre expertises au cours desquelles tout fut prétexte à le mettre en accusation. Son dossier mit six années à se régler.

Même si l'accusation peut paraître grave, voire excessive, je prétends que jamais on n'aurait traité ainsi des Français.

Saint-Michel

J'aime l'Italie, ses couleurs, son soleil, ses paysages. J'aime l'Italie, sa cuisine, sa luxuriance, sa langue rapide, sèche et chantante. J'aime l'Italie, son histoire, sa peinture, ses musées débordants, sa culture nichée à chaque coin de rue. J'aime l'Italie, ses extravagances, ses folies baroques. J'aime l'Italie au point de penser parfois que ce n'est pas un pays réel mais la construction rêvée de toutes mes adorations. Je ne suis pas certaine que je pourrais y vivre, que mon amour du droit s'accommoderait facilement des perpétuels tours de passe-passe érigés en art de vivre. Mais j'aime l'Italie par-dessus toutes ses contradictions. On dirait que ce pays m'apaise, qu'il me repose de ce que je suis. En Italie, je me sens vraiment en vacances de moi-même.

L'été 1995, une nouvelle fois, nous avions pris la direction de l'Italie avec Maurice et Deborah. Je ne me souviens plus si nous étions passés par Florence, San Gimignano et Volterra ou par Sienne, Pise et Livourne mais tous ces chemins qui mènent à Rome sont un égal bonheur. Notre programme quotidien était partagé entre des musées, des auberges et de longues flâneries au soleil couchant.

Le mardi 25 juillet dans la soirée, nous étions dans une chambre d'hôtel, à Rome. La télé était allumée, en fond sonore et visuel. Mon regard fut attiré par une image familière, la fontaine Saint-Michel, une brasserie voisine de la librairie Gibert Jeune. Des ambulances, des camions de pompiers, une vue d'hélicoptères sillonnant le ciel... Mon italien rudimentaire me permit de comprendre qu'un attentat venait de se produire à Paris, qu'une bombe avait été posée dans le métro, mais les informations données par la RAI étaient trop parcellaires. J'attrapai un sac de voyage pour y récupérer un petit carnet dont je ne me sépare jamais. Depuis la création de S.O.S. Attentats, j'y ai accumulé des centaines de numéros de téléphone. Je réussis à joindre à Paris un journaliste d'Antenne 2 qui m'expliqua que l'attentat avait eu lieu dans une rame du RER B, à la station Saint-Michel. C'était un carnage, il y avait plusieurs morts et des dizaines de blessés. À la fin de notre conversation, le journaliste me proposa de me rendre dans un studio de la télévision italienne pour y réaliser une interview en duplex. Je n'aime pas tellement intervenir en disposant d'aussi peu d'informations mais je me disais que, ainsi, je pourrais alerter à nouveau l'opinion publique et les autorités sur la situation des victimes.

Le vendredi suivant l'attentat de Saint-Michel, Deborah avait une place dans un avion pour Paris. Elle devait rentrer afin de préparer des examens de droit pour la session de septembre. Avec Maurice, nous avions prévu de rester quelques jours de plus tous les deux et de rallier la France par les chemins buissonniers. Nous avions quitté Rome le samedi, nous étions montés jusqu'à Pérouse. J'appelai Deborah. À la maison, le répondeur était saturé d'appels. Le plus urgent ?

— Une personne de l'Élysée a téléphoné, il faut la rappeler le plus vite possible.

Je ne disposais pas encore de téléphone mobile. Avec Maurice, nous trouvâmes un café. Je demandai à téléphoner, le patron me désigna un appareil mural, tout juste isolé par une coque en plastique bleu. Je joignis le numéro que m'avait donné ma fille, une femme me répondit, je n'arrivais pas à comprendre son nom. Il y avait un vacarme épouvantable autour de moi. Même en plaquant fortement le combiné et en me bouchant l'autre oreille, j'entendais un mot sur trois.

— Ne quittez pas, réussit à me faire comprendre mon interlocutrice.

Je n'eus pas le temps de réagir qu'une voix masculine me demandait où je me trouvais. J'avais reconnu Jacques Chirac.

— Pardonnez-moi, je vous entends à peine, je suis dans un café en Italie, il y a beaucoup de bruit.

— Est-ce que vous avez la possibilité d'être à Paris rapidement ? me demanda le président.

— Je dois rentrer en voiture dans quelques jours.

— Vous serait-il possible de revenir au plus vite ? Il y a énormément de problèmes à gérer avec les victimes.

Je réfléchis un instant.

— Je vais essayer de trouver une place dans un avion mais un week-end, fin juillet, ce n'est pas très évident.

— Parfait, dès que vous êtes arrivée, appelez mon secrétariat. Je vous verrai aussitôt.

En raccrochant, je songeai à la difficulté que nous avions à nous faire entendre, neuf ans plus tôt. Il fallait sans cesse rappeler l'existence des victimes, alerter sur le besoin de soins, de solidarité. Cette fois, les pouvoirs publics nous appelaient à la rescousse.

Je réussis finalement à trouver une place, le dimanche matin, sur un vol entre Pise et Paris, laissant Maurice remonter seul en voiture. Le lundi matin, j'étais dans le bureau du président de la République.

Lors de cette rencontre, j'ai tenu à faire une parenthèse avant d'aborder les lourds dossiers de l'attentat. Le 16 juillet, dans un discours commémorant la rafle du « Vél' d'Hiv », Jacques Chirac avait reconnu que la France était coupable de ce crime : un demi-siècle plus tôt, les 16 et 17 juillet 1942, des milliers de juifs, hommes, femmes, enfants et vieillards, furent arrêtés par sept mille policiers français puis enfermés au Vélodrome d'Hiver ou au camp de Drancy avant d'être expédiés, pour la plupart, vers le camp de concentration d'Auschwitz. Les autorités allemandes avaient « seulement » réclamé l'arrestation des juifs étrangers mais la police française avait fait du zèle en livrant en même temps quatre mille enfants juifs de nationalité française.

Dans son discours, dont j'avais lu des comptes rendus dans les journaux en Italie, Jacques Chirac demandait officiellement pardon pour cet acte criminel et plus généralement pour la collaboration de la France avec l'occupant nazi. C'était la première fois qu'un président français s'exprimait ainsi. À mes yeux, c'était une avancée considérable, la reconnaissance des errements passés, la fin des ambiguïtés. Auparavant, du général de Gaulle à François Mitterrand, ils s'étaient tous servis d'arguties sur le thème de « Vichy n'était pas le gouvernement légitime donc la France n'a aucun pardon à demander » pour repousser le moment d'admettre que notre pays avait connu, par le passé, des heures noires et peu glorieuses.

— Monsieur le président, je voulais, au nom de ma famille, vous remercier pour votre discours du « Vél' d'Hiv ».

Jacques Chirac me regarda, étonné. Il n'avait pas l'habitude de me voir sortir de mes dossiers. J'étais émue, cela devait se voir. Il répondit que sa déclaration était naturelle, qu'il n'avait jamais changé d'avis sur cette question.

— Mais les paroles officielles d'un président prennent une autre valeur. Vous avez prononcé un discours qui engage la France, c'est ce qui me touche le plus.

Nous fermâmes la parenthèse pour aborder le sujet de l'attentat de Saint-Michel. Jacques Chirac était seul, comme souvent. Il prenait des notes avec un stylo plume, sur un bristol. L'absence de conseiller ne rendait son implication personnelle que plus impressionnante.

— Selon vous, que doit-on faire par rapport à l'attentat ? me demanda-t-il.

— Est-ce que vous avez présenté vos condoléances, monsieur le président ?

— Oui, j'ai fait diffuser un communiqué.

— Je pense que vous pourriez faire plus. Un

communiqué, cela n'est pas suffisant, les familles n'en ont pas toujours connaissance. Je pense que vous devriez envoyer une lettre individualisée aux parents des personnes décédées.

Jacques Chirac était d'accord pour manifester de la façon la plus appropriée l'implication de l'État dans le soutien aux victimes et dans la recherche des coupables. Nous discutâmes d'autres points de détail puis le président insista sur le rôle essentiel que S.O.S. Attentats avait à jouer, en complément des services de l'État.

Je me demandais comment nous réussirions à remplir cette mission. Nous n'étions qu'une poignée de bénévoles dotés de quelques maigres subventions et sans locaux. L'attentat de Saint-Michel était l'un des plus sanglants : le bilan, fin juillet, était de sept morts et deux cents blessés. Il y avait un travail énorme pour recenser et retrouver les survivants et même les familles de ceux qui avaient péri. Un couple de la vallée de Chevreuse avait dû passer un avis de recherche dans la presse, n'ayant plus de nouvelles de leur fils, Alexandre, depuis le 25 juillet. Le garçon de seize ans n'était pas dans la liste des personnes blessées ou décédées. Nous finîmes malheureusement par découvrir qu'il faisait partie des sept personnes tuées par la bombe.

Il faudrait ensuite recevoir tout le monde, s'occuper des dossiers. Une structure dépendant du ministère de la Justice, l'Institut national d'aide aux victimes (Inavem), avait été créée en 1986. Jacques Chirac puis

Jacques Toubon me conseillèrent de travailler avec ses responsables.

Je ne demandais pas mieux. J'ai toujours considéré S.O.S. Attentats comme un aiguillon et un complément. Pendant quelques semaines, ce partage des tâches fonctionna plutôt bien. Tous les matins, je me rendais dans les locaux de l'Inavem, rue Ferrus. L'après-midi, j'étais chez moi où je m'entretenais, par téléphone ou de vive voix, avec les personnes qui m'avaient contactée. Il y avait une urgence : établir des listes de victimes les plus fiables possible. Il fallait écarter ceux qui prétendaient, indûment, avoir été touchés par l'attentat. La configuration des lieux, les circonstances du drame, une rame entière de RER à une heure de pointe, rendaient ce travail délicat et crucial. On questionnait, on demandait des tickets de transport, des attestations des employeurs. Dans la majorité des cas, ce filtrage fut efficace. Quelques indélicats furent découverts et écartés.

Mais le plus difficile était de retrouver des victimes éparpillées dans la nature. Le 25 juillet, de nombreux blessés n'avaient eu de cesse de quitter, le plus vite possible, les entrailles enfumées du RER. Le cordon de sécurité, la présence des secours n'avaient pas permis de récupérer tous les blessés ou les personnes simplement choquées par le souffle de l'explosion. Certains, ne portant pas de traces visibles de l'attentat, avaient pu partir sans rencontrer de secouristes ou de médecins. Le secrétaire d'État à l'Action humanitaire, Xavier Emmanuelli, m'avait alertée. Il avait effectué une visite de plusieurs hôpitaux en compagnie de Jacques Chirac et découvert à cette occasion des personnes blessées ou choquées qui ne se souvenaient de rien, ni des causes de leurs blessures, ni de la façon dont elles avaient atterri à l'hôpital. On avait retrouvé dans Paris, dans les heures suivant l'attentat, des hommes et des femmes assis sur des bancs publics, divaguant, se rappelant à peine leur identité. Des passants avaient été retrouvés, déambulant, hagards, ne se souvenant pas de leur lieu de domicile. Certains, qui rentraient chez eux, étaient retournés travailler comme si leur horloge interne s'était déréglée ou même bloquée. Quelques semaines auparavant, nous avions réfléchi, avec Xavier Emmanuelli, sur la façon d'améliorer la prise en charge des victimes sur les lieux des attentats et des catastrophes. Nous devions prolonger nos réflexions en septembre. L'attentat de Saint-Michel nous a pris de court. Pour l'heure, il fallait tout faire pour retrouver les blessés.

À la fin du mois d'août, un responsable de l'Inavem vint me trouver un matin et, sans qu'aucun conflit ou qu'aucune incompréhension n'aient seulement laissé présager sa décision, il me dit sur un ton glacial :

— Il n'est plus question que vous touchiez aux listes de victimes.

Je le regardai, surprise. Établir des listes, je le faisais depuis dix ans, avant qu'aucune structure officielle ne s'y intéresse. J'ai déjà raconté comment j'avais dû pallier, dans l'affaire du DC-10, l'incapacité des pouvoirs publics à établir ces fameuses listes. Je savais la difficulté, la patience qui convenait pour ce travail de fourmi et son importance pour la prise en charge médicale et financière.

— Très bien, lui répondis-je. Si vous le prenez

comme ça, il n'y a aucun problème. J'ai beaucoup de travail à S.O. S. Attentats.

Je pris mes affaires et j'ajoutai avant de sortir :

— Je trouve juste dommage qu'on ne continue pas à coopérer mais c'est vous qui décidez, il n'y a pas de problème.

Je n'avais aucun titre de gloire à disputer à ce magistrat. Je ne cherchais à attirer personne à S.O.S. Attentats. Je connaissais la lourdeur des procédures et de l'aide à apporter pour un nombre aussi considérable de victimes, je savais que l'association n'était pas assez importante pour assumer seule tout ce travail. Nous avions d'ailleurs parfaitement collaboré pendant tout le mois d'août, au plus grand profit des victimes. Les moyens importants de l'Inavem associés à notre connaissance, la relation de confiance que nous avons instaurée depuis si longtemps avec les blessés, les familles de disparus, me semblaient dessiner un équilibre parfait. Le magistrat de l'Inavem ne l'entendait pas de la sorte, je ne pouvais m'opposer à sa décision.

Le lendemain, je me suis réveillée avec 40° de fièvre. J'ai l'habitude de ces infections subites, j'ai aussitôt pris des antibiotiques. Puis, je me suis assise à ma table et, sous l'effet de mon exaspération, je rédigeai une tribune que j'adressai immédiatement au *Figaro*. Je l'ai relue, j'ai constaté qu'elle m'avait servi d'exutoire à des colères et des frustrations, certaines très anciennes. Elle était titrée : « Attentats : si on parlait des victimes... » et commençait ainsi : « Quel assourdissant silence que celui des "professionnels de l'indignation sélective" à l'égard des victimes d'attentat ! Il est certes plus gratifiant de manifester dans les lagons du Pacifique [Jacques Chirac, après son élection à la présidence de la République, avait fait procéder à la reprise des essais nucléaires à Mururoa] que de s'insurger de la mort d'innocents devant sa porte. »

J'égrenais les cas des victimes : José, grièvement blessé aux jambes et souffrant de troubles auditifs depuis l'attentat de Saint-Michel, qui ne pouvait réintégrer son appartement survolé par les avions, à qui on ne proposait aucun logement social à l'abri des nuisances sonores ; sa femme, enceinte, qu'aucun service social n'acceptait d'aider en lui fournissant une aide ménagère ; Pierre, qui avait perdu son frère à Saint-Michel et dont le chagrin était sans cesse creusé par les formalités sans fin, quarante-cinq lettres adressées à diverses administrations ; Georges et Antonio, hospitalisés pendant un mois dans un service d'orthopédie sans avoir reçu la visite d'un seul spécialiste en psychiatrie.

Toutes mes récriminations étaient passées en revue : ces témoins de Saint-Michel qui avaient été longuement interrogés par la police puis abandonnés sur le trottoir à deux heures du matin ; les difficultés des « personnes venues du monde associatif qui travaillent sur le terrain douze heures par jour afin de résoudre les difficultés auxquelles se heurtent les victimes » ; la lenteur des procédures judiciaires ; l'expulsion sans jugement par la France de deux terroristes iraniens afin de s'attirer les bonnes grâces de Téhéran alors que la Suisse réclamait leur extradition.

Mon coup de colère se terminait par ces mots : « Il faut nous donner les moyens, les structures, les locaux, afin que les victimes puissent aider d'autres victimes et continuer ainsi notre mission de soutien, de solidarité. »

Dans la foulée, le secrétaire d'État aux Anciens Combattants, Pierre Pasquini, me convoqua au ministère, rue de Bellechasse.

— Alors, vous avez quelque chose à me demander ? m'interrogea-t-il.

N'ayant préparé aucune liste de revendications, j'avoue que je lui répondis par la négative. Pour une responsable d'association se débattant avec les problèmes matériels, ce n'était pas très professionnel. La tribune du *Figaro* avait apaisé ma colère, j'étais repartie au combat sans plus me soucier des conditions dans lesquelles nous travaillions. Pierre Pasquini me regarda, surpris :

— Et les locaux ? Vous n'avez pas besoin de locaux ?

J'avais oublié l'un des points de ma tribune, et pas le moindre. Depuis dix ans, nous squattions ma salle à manger, des dossiers s'entassaient un peu partout, nous faisions les assemblées générales dans des arrière-salles de café. Depuis l'attentat de Saint-Michel, les deux lignes de téléphone, à la maison, ne suffisaient plus. Et les blessés défilaient chez moi. Je réclamais des locaux à l'État depuis trois ans. Les ministères étaient d'accord pour nous attribuer une subvention spécifique afin de louer des bureaux dans Paris. La Mairie ne ferait aucune difficulté à nous attribuer un local dont le loyer ne serait sûrement pas exorbitant. J'en avais même visité un ou deux, en rez-de-chaussée, ce qui était bien le moins pour recevoir des victimes d'attentat, mais à chaque fois je refusais pour une raison précise : je voulais que les bureaux de S.O.S. Attentats soient protégés. Nous avions reçu plusieurs menaces de groupes terroristes. Je souhaitais offrir cette garantie à tous ceux qui viendraient solliciter nos services ou travailler avec nous.

Lors du procès du meurtre de deux policiers de la DST, j'avais découvert que Carlos m'avait fait espionner. Comme d'autres terroristes, le mercenaire vénézuélien s'en prenait à S.O.S. Attentats. Il avait introduit une requête en suspicion légitime contre le juge Bruguière pour avoir participé à l'une de nos cérémonies. Il considérait en outre que notre constitution de partie civile dans cette affaire de la rue Toullier était illégale, affirmant que la tuerie n'était pas une affaire de terrorisme. Je ne voyais pas, pour ma part, la différence entre succomber aux balles de Carlos plutôt qu'à l'une de ses bombes. Ayant été débouté de toutes ses actions, il avait passé une partie de son temps, lors du procès, à me poursuivre de sa vindicte. À un moment, il s'était mis à éructer que S.O.S. Attentats n'avait pas d'existence légale. Il en voulait pour preuve que l'association était domiciliée à une adresse fictive. Comment savait-il cela ?

Un souvenir me revint pendant l'audience. Ma concierge m'avait signalé, quelques semaines auparavant, que deux personnes qu'elle ne connaissait pas lui avaient demandé des renseignements sur S.O.S. Attentats. Les deux hommes s'étaient présentés à l'adresse officielle de l'association que j'avais, par prudence, établie à quelques pas de mon domicile, dans un immeuble où nous avions, avec Maurice, un parking pour notre voiture. Ils cherchaient « S.O.S. Attentats ou, encore mieux, madame Rudetzki ».

— Ils ne ressemblaient pas aux gens qui viennent vous voir d'habitude, m'avoua la gardienne de l'immeuble. Et même, ils avaient un drôle d'air.

La concierge avait fait semblant de ne connaître ni la dame ni l'association recherchées. Les sbires passèrent leur chemin.

Ceci et d'autres menaces, des lettres d'injures et des coups de téléphone anonymes, me poussaient depuis des mois à refuser un local aisément repérable pour qui nous surveillerait d'un peu près. J'expliquai mon problème au ministre.

— Mais un bureau aux Invalides, ça vous irait ?

Un lieu protégé, ouvert au public, à haute valeur symbolique, dépendant de l'Office national des anciens combattants, mis gracieusement à la disposition de l'association... Je ne pouvais qu'être d'accord.

Le 17 août 1995, après avoir rencontré un avocat, j'étais en voiture avec Deborah, non loin de la place de l'Étoile. Nous faisions quelques courses, l'autoradio était branché sur France Info. Un journaliste annonça qu'un attentat venait de se produire avenue de Friedland. Je réussis à me garer, nous nous présentâmes devant un cordon de policiers qui me reconnurent et nous laissèrent passer. C'était la première fois que je me rendais sur le lieu d'un attentat, la première fois que j'approchais d'aussi près une action terroriste depuis le 23 décembre 1983.

Au moment où nous arrivâmes sur les lieux, il n'y avait aucun cri, aucune hystérie. Je n'avais jamais connu la place de l'Étoile et les grandes avenues alentour à ce point silencieuses, privées de circulation automobile, de klaxons, de sirènes. Ce silence était étrange, pesant, comme pendant ces instants de sidération, juste après les attentats.

Jetée à la hâte dans une poubelle dont les rebords en plastique avaient contenu la mitraille d'écrous et de boulons, la bombe avait été moins meurtrière qu'à Saint-Michel. Les blessés étaient en cours d'évacuation dans le plus grand calme. On entendait des voix qui parlaient doucement, des secouristes et des pompiers surtout. Il est rare de percevoir des chuchotements, la journée, à Paris.

À l'angle des Champs-Élysées et de la place de l'Étoile, un poste médical avancé avait été improvisé. Je saluai quelques pompiers. Depuis mon attentat, j'ai un grand respect pour eux, leur travail, leur dévouement, leur professionnalisme. À chaque fois que j'en rencontre, j'ai envie de les congratuler, eux et leurs prédécesseurs, tous ceux qui remplissent cette mission, bénévoles ou non, vivre pour sauver des vies.

Rapidement, j'eus envie de partir. Malgré la maîtrise de la situation, je ressentais que nous étions de trop, Deborah et moi. Ce n'était pas notre place d'être là. À trop rester, nous deviendrions des gêneurs ou des voyeurs. Il fallait laisser travailler les secours, les policiers qui enquêtaient déjà. La foule des officiels qui se pressent sur les lieux d'attentat est souvent inopportune. Dans la station du RER Saint-Michel, tant de personnalités ont tenu à descendre au plus vite pour manifester leur solidarité, se rendre compte par elles-mêmes, se montrer au cœur du sinistre, que des traces de l'attentat ont été effacées sans avoir été exploitées par le laboratoire de la police scientifique.

Avant de rebrousser chemin pour retrouver ma voiture stationnée sur l'avenue Kléber, j'aperçus le Premier ministre, Alain Juppé, qui arrivait avec une suite impressionnante de conseillers, de gardes du corps, de journalistes. Il me salua, commença à me parler. Après les civilités d'usage, j'eus vite hâte que cet échange cordial mais sans intérêt majeur prenne fin. Mon envie de partir ne cessait de grandir, jusqu'à m'oppresser. Je n'avais rien à faire là, je regrettais presque d'être venue, mue comme tout le monde par une curiosité que je commençais à trouver particulièrement malsaine. Je me détournai presque impoliment d'Alain Juppé, j'adressai un signe à Deborah et nous prîmes congé.

Si j'avais eu un message à faire passer à Alain Juppé, c'était chose faite depuis quelques jours. À la suite de mon entretien avec Jacques Chirac, il m'avait reçue. Ce jour-là, j'avais d'abord organisé une rencontre entre les familles des décédés de Saint-Michel et le juge Ricard qui instruisait l'affaire et nous avait assurés qu'il ferait son possible, il avait dit son « maximum », pour trouver les coupables. Puis nous nous étions rendus, avec les victimes, à Matignon. Lors de la réunion, Alain Juppé s'était tourné vers moi, il voulait connaître les urgences de notre travail.

Je lui avais expliqué qu'avec une telle masse de victimes, bien plus que dans l'attentat sanglant de la rue de Rennes, les besoins étaient considérables. On ne mesure pas à quel point un attentat bouleverse la vie d'une famille, crée des situations de détresse insoupçonnables : problèmes administratifs, comptes bancaires bloqués, papiers de Sécurité sociale, factures d'eau, d'électricité, de téléphone qui continuent à tomber, dettes qui s'accumulent, saisies, tout cela pendant le séjour à l'hôpital, difficultés scolaires, de succession, soucis avec les employeurs...

J'expliquai au Premier ministre que, face à une telle avalanche de difficultés, l'idéal serait de déléguer une assistance sociale pour chaque famille, le temps d'aplanir tous les litiges, de remettre la vie quotidienne en état de marche. Alain Juppé avait semblé d'accord, cela paraissait même une évidence, il s'était tourné vers l'un de ses conseillers pour mieux faire consigner la nécessité de débloquer des postes d'assistantes sociales. J'ai cru que nous avions fait, ce jour-là, un grand pas. Je me suis trompée. Ces assistantes sociales, nous les attendons toujours. Mais peut-être n'était-ce qu'un dossier minuscule au regard de l'immensité des problèmes que doit gérer un Premier ministre. Toujours est-il que nous avons dû nous débrouiller par nous-mêmes. Comme souvent.

Plus que l'attentat de la rue de Rennes, la bombe dans le RER Saint-Michel a créé un profond soubresaut dans l'opinion. La menace d'une véritable guerre, en plein Paris, s'est matérialisée. Tous les médias se sont mobilisés comme jamais pour « couvrir l'événement », comme on dit dans le jargon de la presse. Il faut dire aussi que, entre 1986 et 1995, télévisions, radios et magazines ont vu leur nombre, leur importance, leur concurrence croître très sensiblement. Là où, autrefois, quelques poignées de journalistes se livraient une petite guerre pour arracher des témoignages, prendre des photos, ce sont aujourd'hui plusieurs dizaines d'équipes qui se pressent à chaque fois, dans une mêlée indescriptible. L'attentat de Saint-Michel se prêtait au travail des équipes de télévision et aux photographes en raison de son périmètre de sécurité trop étroit, du nombre de ses blessés dont beaucoup s'échappaient du métro, hagards, les vêtements déchirés.

Deux photographies choquèrent les victimes et une partie de l'opinion publique. Ces deux images constituèrent un électrochoc, je ne sais pas si elles seraient encore publiées aujourd'hui, je ne l'espère pas. L'une montrait une femme à la robe bleue déchirée, les fesses à l'air. L'autre avait été prise à travers la vitre du poste médical avancé, à la brasserie Le Départ, près du pont Saint-Michel. On voyait une femme aux vêtements pareillement déchirés, la poitrine nue. Ces deux images, mélange de blessures et de nudité, étaient particulièrement dégradantes. Ces deux femmes, Monique et Carmen, d'une grande pudeur, ont eu honte, quand elles ont réalisé que des centaines de milliers de personnes, en France, les avaient vues ainsi, pour certaines reconnues.

Monique avait cinquante-cinq ans. Elle avait été brûlée dans l'attentat, ses jambes avaient beaucoup souffert. Elle ne récupérera jamais vraiment et mourra quatre ans plus tard, très affaiblie. Les premières semaines après l'attentat, des amies, de la famille venaient la voir avec le journal, lui faisant tous le reproche de s'être ainsi exposée : « Tu te prends pour une star ? » Elle avait beau expliquer qu'en sortant du RER, malgré les vertiges, les brûlures, les blessures, elle avait demandé qu'on ne la photographie pas dans cette tenue. Elle avançait, soutenue par un policier. Pour rejoindre le car de police, devant le poste médical, il lui fallait absolument traverser ce groupe de journalistes. Les photographes la mitraillaient, cachés derrière de gros appareils. Elle était éblouie par un déluge de flashes. Elle pleurait, suppliait qu'ils arrêtent, le policier faisait de même, il n'y eut rien à faire.

Monique porta plainte contre l'hebdomadaire qui avait publié sa photo. Elle décida d'attaquer au pénal, elle espérait une condamnation symbolique qui fasse jurisprudence. Elle ne voulait pas intenter une action au civil comme toutes les stars qui, dans un jeu sophistiqué « du chat et de la souris », se réjouissent que les journaux participent à leur promotion tout en récoltant ensuite des dommages et intérêts – et, en la matière, c'est surtout le second mot qui compte. « Je ne suis pas Claudia Schiffer, me disait Monique. Je ne fais pas commerce de mon corps. Je veux une condamnation au pénal. Cette photo m'a fait mal. » Monique n'a pas eu gain de cause. Les magistrats ont privilégié la liberté de la presse au détriment du respect de la vie privée.

Le choc de ces photos fut tellement traumatisant pour les familles des victimes qu'avec Patrick Lagadec, directeur de recherches à l'École polytechnique, spécialiste de la gestion des crises, nous avons décidé de collecter un certain nombre de témoignages que nous avons publiés dans un long article. Nous ne voulions pas nous en tenir au problème des photographies et des images de télé mais décliner toute la chaîne de l'information.

Il y avait l'histoire de cette femme de commandant de bord qui entendit à la télévision que son mari avait trouvé la mort dans l'assaut par le GIGN de l'Airbus d'Air France pris en otage par les islamistes du GIA. Il y a d'autres manières d'apprendre ce genre de nouvelles, surtout qu'en l'occurrence c'était faux.

Il y avait ces parents dont la fille, Véronique, avait trouvé la mort dans l'attentat du RER B à Saint-Michel. Ils n'avaient pas eu le temps de prévenir les grands-parents, âgés et malades, à qui ils ne voulaient pas annoncer l'horrible nouvelle par téléphone mais de vive voix. Une radio le fit à leur place, par l'intermédiaire de l'un de ses bulletins d'information.

Il y avait ce journaliste qui harcelait à trois heures du matin les enfants d'Annie, décédée à Saint-Michel : s'ils ne lui fournissaient pas un cliché tiré de l'album de famille, il publierait sa photo sur un brancard sous sa couverture de survie, juste avant son décès.

Certaines familles ont dû changer de numéro de téléphone dans l'urgence pour éviter la masse des appels de journalistes. Face au siège organisé par des reporters devant le domicile d'une victime, un maire dut faire barrer la rue où habitait le décédé puis mettre en place l'exfiltration des parents et leur fuite chez des amis, pendant plusieurs jours.

Notre enquête avec Patrick ne cherchait pas à dénoncer mais à décortiquer, expliquer, faire prendre conscience. Je sais qu'il faut que les journalistes fassent leur travail. Nous, victimes, nous avons eu besoin d'eux, nous les avons souvent trouvés à nos côtés pour parler de notre combat, alerter les pouvoirs publics, l'opinion. Ils ont été des alliés fidèles pour la simple raison que les journaux sont friands des vérités et des scandales qu'on tente de dissimuler. Tant que les autorités nous préféraient anonymes, cachés, la presse nous a aidés à briser ce mur du silence.

À partir de 1995, un cap a été franchi. J'ai senti que la production médiatique n'était plus cet artisanat, pas toujours follement à cheval sur les règles éthiques, mais enfin qui fonctionnait vaille que vaille. Nous étions passés dans un système hautement productif, une petite industrie des images, des témoignages, des sons. À cette course à l'audience, au scoop, impliquant de grosses sommes d'argent, tous les coups étaient permis.

Quelques années après l'attentat de Saint-Michel, la garde des Sceaux, Élisabeth Guigou, a promulgué une loi sur la présomption d'innocence qui comprenait des dispositifs extrêmement contraignants sur la publication des photos. Contrairement à ce que ma position de porte-parole de S.O.S. Attentats aurait pu laisser croire, je n'ai pas souscrit à cette loi. Je ne pense pas qu'on puisse légiférer pour restreindre la liberté de la presse. Je sais que certaines photos, je songe à cette enfant qui court nue fuyant la guerre au Vietnam, le napalm, la terreur, ont eu un impact immense dans la prise de conscience, à l'échelle mondiale, des méfaits de la guerre. Je n'étais pas favorable à la loi Guigou, je l'ai dit dans des colloques, dans des interviews pas toujours rigoureusement retranscrites : à la contrainte, je préfère le débat, le dialogue, l'adoption de codes de déontologie. Les journaux doivent prendre leurs responsabilités, accepter le point de vue de ceux qui ne veulent pas être photographiés, de ceux qu'insupportent telle ou telle publications.

Pour le reste, je ne veux faire preuve d'aucun angélisme ; si des journaux labourent le champ du scandale, c'est que des lecteurs, nombreux, les achètent. On a le droit de préférer lire des journaux de qualité.

Maya, Éliane, Josette, Georges et les autres...

Le 3 décembre 1996, une bombe explosa dans une rame du RER, à Port-Royal. Quatre personnes furent tuées, cent quarante blessées. Sans qu'aucune preuve ait jamais pu être apportée, l'enquête n'ayant pas permis de trouver les coupables, la responsabilité de cet attentat semble revenir au Groupement islamique algérien (GIA), organisateur, l'année précédente, des attentats survenus dans le RER Saint-Michel, avenue de Friedland, sur le marché Richard-Lenoir, devant une école juive à Villeurbanne, au métro Maison-Blanche et dans le RER Orsay.

Dès que j'ai entendu la nouvelle de l'attentat de Port-Royal, j'ai compris que le cauchemar recommençait. La puissance de la bombe, le fait de l'avoir placée dans une rame de RER, à une heure d'affluence, faisaient resurgir les souvenirs de la catastrophe de Saint-Michel. De nouveau, nous aurions à gérer l'accueil massif des blessés, des personnes choquées. Il fallait absolument éviter que certains, comme en juillet 1995, s'évanouissent dans la nature.

À la suite de nos réflexions communes, Xavier Emmanuelli avait décidé de créer des cellules d'urgence médico-psychologiques, afin que nul, même physiquement indemne, n'échappe au filtre médical. Ces cellules existent aujourd'hui pour tous les types de catastrophes : crash d'avion, accident industriel comme l'explosion de l'usine AZF à Toulouse, inondations... Outre leur vertu médicale, elles avaient un autre intérêt, celui de créer un cercle de protection, de soustraire les rescapés des attentats aux assauts de la presse, au moins pour un temps. Je savais que ces cellules, qui ont fonctionné pour la première fois à l'occasion de l'attentat de Port-Royal, ne résoudraient pas, à elles seules, la totalité des problèmes. J'en aurais bientôt confirmation avec le nombre de coups de téléphone, de demandes de rendez-vous que nous allions recevoir à S.O.S. Attentats.

C'est pourquoi, préférant pour une fois anticiper, j'ai téléphoné, dans la soirée du 3 décembre, quelques heures seulement après l'explosion de Port-Royal, à Maya Évrard.

Depuis Saint-Michel, l'idée de Maya était de doter l'association d'une structure souple de psychologues qui pourraient recevoir ceux qui le désiraient, surtout après les attentats de grande ampleur. Les cellules d'urgence ne servaient qu'à trier les personnes impliquées, et à faire quelques recommandations aux victimes les moins touchées. Mais tous les troubles d'ordre psychique qui ne se révèlent que quelques semaines, quelques mois, voire quelques années plus tard, n'y seraient sûrement pas traités. Je sais d'expérience que ces traumatismes sont difficiles à assumer. La plupart des victimes, du moment qu'elles n'ont pas été gravement blessées, font comme si de rien n'était. Elles ten-

tent, à toute force, d'oublier leur terreur. Parfois, elles restent recroquevillées sur elles-mêmes pendant des semaines. Ce fut le cas d'une victime de l'attentat de Port-Royal qui passait ses journées lovée contre l'un des radiateurs de son appartement.

Si l'on pouvait pousser ces personnes à parler devant un psychologue le plus vite possible, sans doute pas sur l'instant mais dans les jours qui suivent, ces atteintes perdraient en intensité. Au lieu de quoi, si l'on attend, elles finissent par se structurer, « s'enkyster » – le mot est de Maya – dans la personnalité profonde de la victime.

Comme après chaque attentat, j'étais tourmentée, impaticnte. J'ai à peine laissé le temps à Maya de me dire bonjour.

— Depuis des mois, tu m'assures qu'on peut faire quelque chose pour aider les victimes sur le plan psychologique.

Maya n'a su quoi répondre.

— Alors, c'est maintenant qu'il faut le faire.

— Il faut qu'on commence quand ? m'a-t-elle demandé.

— Demain, si possible. Au pire après-demain.

Je connaissais Maya Évrard depuis plusieurs années, je l'avais rencontrée grâce à Michel Bernfeld, un avocat spécialisé dans l'indemnisation du dommage corporel. Michel m'a tout appris dans cette branche du droit que je ne connaissais pas. Dans son antre du boulevard Beaumarchais à Paris, nous avons passé des heures à discuter du droit des victimes, auquel il a consacré toute sa vie. Nul mieux que lui n'a défendu les victimes face aux assureurs. Il était leur bête noire. Il est mort d'un accident cérébral alors que, une fois de plus, il se rendait à une expertise. J'ai perdu ce jour-là un confident qui, lorsque le doute me prenait, m'aidait toujours à remettre de l'ordre dans mes idées. Il m'a si souvent encouragée à continuer pour faire avancer la cause.

Mais revenons à Maya. Elle a un parcours en tout point passionnant : après de très longues études qui l'ont menée jusqu'à la spécialisation en neurochirurgie, elle est devenue l'un des experts les plus reconnus en traumatologie crânienne. Ne se contentant jamais de ce qu'elle sait déjà, Maya a continué son cursus jusqu'à devenir psychanalyste. Elle exerce ces deux activités parallèlement : son cabinet d'analyste et son travail de médecin expert, plus seulement en traumatologie mais aussi pour tout ce qui se rapporte aux séquelles psychotraumatiques.

Maya Évrard est dotée d'une sensibilité et d'une intelligence qui la rendent redoutable en ce qui concerne la défense des victimes d'attentats ou de prises d'otages ; les experts du Fonds de garantie et des assureurs en savent quelque chose. Au début des années quatre-vingt-dix, nous avons mené bataille, avec Maya et Sam Benayoun, un médecin expert et autre ami de Michel Bernfeld, pour simplifier le parcours des expertises. Pour quelqu'un qui a été blessé, handicapé ou traumatisé, l'expertise est un moment particulièrement délicat. De nombreuses victimes nous racontaient leur anxiété avant de s'y rendre, les angoisses qui revenaient comme après l'attentat, leur appréhension devant l'accueil généralement froid des médecins, l'impression d'être jugé, accusé d'avoir survécu, d'exagérer leurs maux, surtout quand ils sont d'ordre psychique, donc invisibles, leur lassitude devant la multiplicité des expertises, souvent plus d'une dizaine sur plusieurs années. Des experts ont expliqué à des personnes gravement dépressives que leurs maux n'étaient rien comparés à la douleur des grands brûlés. Pour ceux qui ne réussissaient pas à sortir de ces « blessures graves et pénétrantes qui atteignent la vie psychique en profondeur », selon l'expression du docteur François Lebigot, l'expertise est un moment de danger et de régression.

François Araneder, une victime de Port-Royal, a trouvé des mots très justes pour décrire ce moment difficile, dans un article du journal de l'association. N'ayant subi qu'une perforation des tympans, il était en revanche atteint d'un important stress post-traumatique. Ancien pompier, il avait aidé à évacuer les victimes de la rame ; il ne réussissait pas à oublier ces terribles images. Les bourdonnements et sifflements d'oreilles, la baisse d'audition avaient suffi à ce qu'il perde, un mois seulement après l'attentat, son emploi de cadre dans l'import-export. « Personne ne pouvait comprendre ce que je vivais au quotidien, mes angoisses, mes cauchemars, mon combat pour retrouver un nouvel emploi, toutes ces justifications à donner à des gens incapables de gérer ce type de situation. L'attentat reste une expérience traumatisante qui se répète régulièrement. »

Habitant en province, il est reçu par un spécialiste en... chirurgie digestive pour une expertise d'ordre psychiatrique. « Inutile de raconter le déroulement de cette expertise, même un mauvais docteur aurait eu plus de délicatesse. » François Araneder refuse cette première expertise. Un mois plus tard, il est convoqué à Paris, fait l'aller-retour en avion dans la journée. « Je découvre l'homme qui va m'expertiser. Dans ma vie, j'ai eu l'occasion de rencontrer pas mal de gens, mais un homme qui vous regarde avec autant de distance, rarement. Est-il nécessaire que la personne qui tient lieu d'expert vous regarde avec autant de froideur ? Vous racontez votre histoire avec l'impression atroce que l'on s'en fiche... J'ai commis l'erreur de ne pas me faire accompagner, de ne pas me préparer à cette épreuve... »

Outre les dégâts psychologiques, il y avait un aspect pratique qu'il fallait résoudre : devant les experts, des victimes n'arrivaient pas à s'exprimer correctement, elles oubliaient des symptômes, se laissaient convaincre du caractère bénin de certains autres. J'étais persuadée qu'il fallait les faire accompagner d'un médecin conseil qui défendrait leur cause, saurait les guider, les rassurer. Le témoignage de François montre à quel point cet accompagnement est essentiel. Maya Évrard et Sam Benayoun ont notamment joué ce rôle avec une rare efficacité. Nous avons obtenu que les honoraires de l'expert accompagnant la victime soient pris en charge par le Fonds de garantie. Cela n'a pas réglé tous les problèmes, mais la présence de l'expert conseil est d'une aide inestimable afin de préparer le dossier de la victime, de traquer les erreurs d'appréciation des experts du Fonds et d'apporter un soutien psychologique.

Il fallait aussi réduire le nombre des expertises afin

que le sentiment de se retrouver devant un tribunal soit le plus limité possible. Auparavant, la victime passait successivement devant l'expert de la Sécurité sociale, puis celui du Fonds, enfin celui du secrétariat d'État chargé des Anciens Combattants et Victimes de guerre. Après les attentats de 1995, avec le soutien d'Alain Juppé, nous avons réussi à faire fusionner ces trois procédures de consultation en une seule expertise, unique et contradictoire, ce qui faisait gagner du temps à tout le monde et évitait à la victime de répéter trois fois son histoire, la description de ses blessures, de ses troubles, de ses handicaps.

Nous avions parlé pendant des heures avec Maya de la nécessité, en cas d'attentat touchant un grand nombre de personnes, de créer, dans le cadre de l'association, cette structure d'accompagnement psychologique dont les consultations seraient gratuites. Le lendemain de l'attentat de Port-Royal, Maya constitua une cellule de six psychologues bénévoles qui seraient chargés de recevoir tous ceux qui le désireraient. J'aurais bien obligé tout le monde à passer par ces séances, à défaut de m'y être moi-même soumise, mais Maya m'expliqua qu'il fallait, pour qu'une personne guérisse, qu'elle fasse elle-même la démarche de consulter les psys de l'association.

Du 4 décembre 1996 au 31 mars 1997, quatre-vingt-trois personnes se sont adressées à l'équipe de psys constituée par Maya. Deux cent quinze entretiens ont été réalisés. Le dispositif a été complété par des séances d'écoute téléphonique pour ceux qui ne pouvaient se déplacer et par trois groupes de parole. Le nombre des séances a été variable pour chacun, mais douze personnes ont été conduites, à la suite de ces entretiens, à entamer des psychothérapies dans des cabinets en ville.

Ce que je n'avais pas prévu, mais j'aurais dû m'en douter, c'est que l'attentat de Port-Royal réveilla d'anciennes douleurs. Parmi les quatre-vingt-trois personnes qui se sont adressées à la cellule de l'association, dix avaient été victimes de l'attentat de Saint-Michel, un an et demi plus tôt. Quatorze avaient été blessées lors d'attentats souvent plus anciens encore. Le chef d'entreprise algérien, tellement traumatisé par le détournement de l'Airbus, ne dut qu'à cette cellule d'accompagnement psychologique de sortir enfin de l'enfermement dépressif. Trois ans plus tard !

Le réveil des souffrances pouvait aussi bien être exorcisé par l'action. Christiane Vigneron est une sage-femme en retraite qui a eu la douleur de perdre dans la prise d'otages à bord du *City of Poros*, le 11 juillet 1988, son fils Laurent et celle qui devait devenir sa femme, Annie Audejean. La douleur des Vigneron a été aggravée par le fait que, pendant plusieurs semaines, le gouvernement grec a accusé Laurent et Annie d'avoir été complices des terroristes, sur la base de photos où on les voyait tous les deux jouer aux cartes avec des passagers dont ils ignoraient qu'ils allaient bientôt prendre le bateau en otage. Je m'étais battue pour que les Vigneron et les Audejean soient reçus au ministère de la Justice afin qu'il leur soit signifié, très officiellement, que Laurent et Annie n'avaient aucun rapport avec le groupe terroriste. Devant un deuil aussi cruel, il fallait que le moindre doute soit écarté. La famille Bismuth, dont la fille, Isabelle, avait aussi péri dans le détournement, se joignit à eux.

En 1995, après l'attentat de Saint-Michel, Christiane Vigneron m'a téléphoné de Bourges pour se mettre à la disposition de l'association. Elle voulait rendre un peu de l'aide et de la chaleur qu'elle avait reçues, quelques années auparavant. Dans l'immédiat, je ne voyais pas très bien à quoi l'employer sans lui demander de venir à Paris. Un cas s'est finalement présenté pour lequel elle pouvait beaucoup.

La famille de la huitième victime de l'attentat de Saint-Michel vivait à Orléans, pas très loin de Bourges. Pierre-Henri Froment, trente-cinq ans, était cadre dans l'informatique. Le 25 juillet 1995, il était à Paris pour son travail. Gravement blessé dans le RER, Pierre-Henri fut hospitalisé à la Pitié puis transféré dans un hôpital plus accessible pour Dominique, sa compagne, et leur première fille, Clara. Pierre-Henri est mort en novembre 1995, atteint par une infection contractée à l'hôpital et que son organisme affaibli par l'attentat n'a pu combattre. Le jour des obsèques, Dominique n'avait pu être présente, elle mettait au monde leur seconde fille, Élisabeth. Christiane Vigneron s'est démenée pour aider la jeune veuve et ses deux petites filles.

De mon côté, j'ai obtenu de Jacques Chirac qu'il signe un décret de mariage posthume pour Dominique et Pierre-Henri Froment. Dominique me fit l'honneur de me demander d'être son témoin. Le mariage fut célébré à la mairie du XVIIe arrondissement de Paris. Avant qu'il ne nous reçoive toutes les deux dans son bureau, j'avais réussi à prendre à part le maire adjoint.

Je voulais lui recommander de bien faire attention à ce qu'il allait dire. Mais celui-ci, trop habitué aux phrases rituelles sur les vœux d'amour, de fidélité et de félicité que se doivent les époux, eut bien des difficultés à sortir de son discours tant de fois prononcé. Il buta sur certains mots, bredouilla quelques phrases et Dominique pleura tout au long de cette bien triste union.

Alertés par toutes ces consultations psychologiques des victimes de 1995 et 1996, nous avons décidé, deux ans plus tard, de lancer une deuxième étude épidémiologique, qui nous permettrait de disposer d'éléments fiables sur les « blessures psychiques et sensorielles ». La première étude avait été organisée, dix ans auparavant, parmi les victimes des attentats commis entre 1982 et 1986.

Cette fois, nous nous sommes adressés à un institut de sondage, la Sofres médicale, qui a réalisé deux cent cinquante et un entretiens téléphoniques parmi les cinq cent quarante-quatre blessés des attentats de 1995 et 1996. Le questionnaire comprenait cent cinquante questions. La fréquence et la gravité des atteintes d'ordre psychique et sensoriel allaient nous surprendre : 70 % des personnes étaient atteintes de maux de tête, plus de la moitié de vertiges, près de 20 % de troubles de la vue. Les trois quarts souffraient de sifflements, d'acouphènes et de bourdonnements d'oreilles, d'une baisse auditive sévère. Un traitement à la cortisone prescrit dans les trois jours après l'attentat permettait de résorber une grande partie de ces maux. Souvent, les personnes n'en étaient pas informées et, passé ce délai, le traitement n'avait plus la même efficacité.

Trois ans après les faits, près de la moitié étaient dans un état dépressif. Une victime sur quatre assurait être gênée dans ses relations sociales et familiales, une sur cinq éprouvait des troubles d'ordre sexuel. Une victime sur dix avait connu, après l'attentat, un divorce ou une séparation. Une sur cinq avait un problème de dépendance à l'alcool, au tabac, au cannabis ou aux psychotropes. Une sur cinq ne réussissait pas à reprendre le métro, deux tiers ne le faisaient qu'au prix d'une forte inquiétude.

Il y a quelques années, l'écrivain et philosophe Pascal Bruckner a écrit un livre, *La Tentation de l'innocence*[1], dans lequel il fustige la tendance moderne occidentale à l'infantilisme et à la victimisation. En commençant à feuilleter cet ouvrage, j'avais craint de retrouver les victimes du terrorisme rejetées dans le camp de « ces adultes choyés par la société de consommation [qui] voudraient garder les privilèges de l'enfance ». En réalité, Pascal Bruckner établit la distinction entre des droits qu'il estime légitimes et d'autres qui, selon lui, tiennent de l'escroquerie ou du privilège. Un passage m'a fait particulièrement plaisir, dans lequel il stigmatise les dérives possibles d'une société de judiciarisation excessive, à l'instar des Etats-Unis, où « le droit comme protection des faibles disparaît derrière le droit comme promotion des habiles, de ceux qui disposent d'argent, de relations pour plaider les causes les plus invraisemblables ».

J'aime beaucoup cette définition du « droit comme protection des faibles ». Nulle part, dans cet ouvrage,

1. Paris, Grasset, 1995, Livre de poche, 1996.

je n'ai senti que la cause des victimes du terrorisme pourrait être assimilée à un quelconque abus caritatif. J'ai d'ailleurs en tête ce refus constant exprimé par Maya Évrard d'utiliser le mot « victime ». Nous en parlons parfois, je n'ai pas trouvé d'autres termes aussi courts, évocateurs et rassemblant toutes les souffrances. J'en ai abusé dans ce livre, comment faire autrement ? Les termes « blessés », « rescapés » ou « handicapés », par exemple, n'expriment qu'une partie de la réalité. Et puis, ce mot de « victime » dit bien ce qu'il veut dire : à un moment, un individu qui n'a rien demandé à personne se retrouve confronté à un conflit dont il ignore tout, dans lequel il n'a aucune implication, sauf à penser qu'être français, américain ou de je ne sais quelle nationalité privilégiée suffirait à vous faire le complice des pires exactions. Cet individu ne comprend rien à ce qui lui arrive, il est sans défense, sans préparation par rapport à l'agression. Il est victime d'un fait qui le dépasse.

Maya et moi nous nous retrouvons pour considérer que cette position de victime doit être la plus provisoire possible ; dans un article du journal de l'association, elle a écrit quelques très belles lignes sur le sujet : « Le but ultime est de tenter de rendre à chacun son autonomie, c'est-à-dire sa dignité d'être humain par opposition au statut de "victime". » Je souscris entièrement à cette démarche et rien ne m'agacerait plus, pour reprendre la thèse de Pascal Bruckner, qu'une société d'assistés où un malheur ouvrirait droit à des privilèges indus et permanents. C'est pourquoi j'ai tant bataillé en créant S.O.S. Attentats. Il me semblait que c'était en niant la souffrance, en refusant d'entendre parler des victimes d'attentats qu'on les inscrivait dans une douleur silencieuse et chronique. Pour en sortir, il fallait d'abord assumer d'être une victime et le dire, haut et fort.

J'ai compris, au début des années quatre-vingt-dix, que si l'on voulait effacer tous les maux, il fallait intervenir en même temps sur les trois plans : psychologique, social et juridique. C'est mon cheval de bataille, j'aimerais même que les spécialistes de ces trois disciplines travaillent ensemble. À S.O.S. Attentats, j'ai réuni des médecins, des psychologues, des assistantes sociales et des avocats.

Au début, à quelques-uns, nous avons paré au plus pressé, improvisé des aides, des conseils. Mais à partir de 1995, il était évident que des professionnels intervenant à titre bénévole nous étaient indispensables. J'avais indiqué à Alain Juppé l'importance des assistantes sociales. Quand des parents sont sur un lit d'hôpital et que des enfants sont livrés à eux-mêmes, quand une femme est privée d'un mari qui s'occupait de toutes les formalités, quand des montagnes de démarches administratives sont à régler en quelques jours, que des problèmes financiers surgissent, que sais-je encore, il faut que les assistantes sociales soient sur place, près des familles.

Un jour, j'ai reçu une lettre écrite par deux assistantes sociales qui me proposaient leurs services. Éliane Chambon et Josette Groult avaient fait toute leur carrière à Air France où elles étaient devenues amies. De ce fait, elles disposaient d'une solide expérience des dégâts innombrables que provoque une catastrophe aérienne. Elles étaient en préretraite mais en bonne santé, pleines de vie, d'énergie et de volonté, elles voulaient aider S.O.S. Attentats. Quelque temps après, elles m'ont téléphoné :

— Alors, qu'est-ce qu'on peut faire ?

Si je les avais écoutées, elles auraient démarré le lendemain matin. Malheureusement, à l'automne 1995, la promesse de Pierre Pasquini n'avait pas encore produit ses effets, nous n'avions pas de locaux pour recevoir les victimes.

— Vous êtes des femmes de terrain, j'imagine que vous auriez du mal à travailler par téléphone.

Elles avaient branché le haut-parleur, je les entendis acquiescer.

— Je vous propose de vous contacter dès que j'aurai les locaux qu'on m'a promis.

En 1996, au moment de l'attentat de Port-Royal, Éliane et Josette nous ont rejoints. À nouveau, les ministères m'avaient demandé, devant le nombre important de blessés, de collaborer avec l'Inavem. J'étais échaudée depuis Saint-Michel mais, après tout, pourquoi pas ? Les 4 et 5 décembre, j'étais obligée de me rendre à un colloque à Amiens. Avant de partir, je demandai à Éliane et Josette d'aller se mettre à la disposition du bureau d'aide aux victimes, rue Ferrus. Les connaissant, je sais qu'elles l'ont fait avec toute leur discrétion, leur humilité, sans la moindre prétention. Le 6 décembre, de retour à Paris, elles me téléphonèrent.

— Dans ces conditions, on ne peut pas continuer à travailler, m'expliquèrent-elles.

Je leur demandai ce qui s'était passé.

— Nous avons été très mal reçues, comme si on

gênait, que l'on venait voler le travail de l'Inavem. On veut bien fonctionner avec vous mais pas dans un climat hostile.

Les mêmes causes produisant les mêmes effets, rien n'avait changé depuis l'été 1995. Le clash s'était même produit plus tôt et, pour une fois, mon mauvais caractère n'était pas en cause. Chez Éliane et Josette, la bonne humeur et la générosité sont une seconde nature, c'est donc qu'il n'y avait rien à faire. Malgré toutes les recommandations ministérielles, l'Inavem ne voulait pas qu'on empiète sur son terrain. J'ai donc décidé qu'on continuerait à travailler entre nous, en complément des pouvoirs publics, malheureusement pas en complicité. Je savais pourtant d'expérience que l'Inavem ne suffisait pas à tout résoudre, surtout après dix-huit heures ou le week-end.

Malgré les deux échecs de notre collaboration, je suis persuadée qu'il n'y a aucune fatalité à ce qu'une association de victimes ne réussisse pas à trouver sa place auprès d'une structure publique. J'en veux pour preuve le travail réalisé en commun avec le Bureau d'aide aux victimes (VIFF), dirigé par le professeur Liliane Daligand, par ailleurs présidente du conseil scientifique de l'Inavem. En 1995, nous avons collaboré en bonne intelligence, au point de tisser des liens d'amitié personnelle. Il est vrai que Liliane est issue des mouvements féministes, qu'au-delà de sa grande compétence professionnelle elle a une âme militante. Son approche pluridisciplinaire, mettant en commun les compétences et les connaissances, ressemble à ce que nous essayons de faire à S.O.S. Attentats.

Après avoir manqué un attentat contre un TGV Paris-Lyon dont la mise à feu, fort heureusement, ne fonctionna pas à cause de la vitesse du train, le réseau lyonnais du GIA dont était issu Khaled Kelkal fut soupçonné d'avoir posé une bombe devant une école juive à Villeurbanne, le 7 septembre 1995. Si l'engin avait explosé dix minutes plus tard, il aurait provoqué des dommages considérables. Les enfants n'étaient pas encore sortis. La quinzaine de blessés se comptèrent surtout parmi les parents. L'un d'entre eux, un employé EDF, eut un bras très abîmé. Chaque jour, Liliane Daligand et moi, nous nous envoyions des fax pour monter les dossiers d'indemnisation des blessés. Chaque soir, nous nous téléphonions pour évoquer les difficultés rencontrées. Cette femme a fait un travail remarquable auprès des enfants, des enseignants et des parents de cette école afin d'éviter qu'une psychose ne s'installe.

Après sa convalescence, le blessé le plus gravement touché de l'école de Villeurbanne, François Doncarli, avait postulé pour un emploi conciliable avec ses blessures. Sa hiérarchie lui refusa cette mutation, préférant lui offrir la solitude d'un placard déprimant. À ses angoisses de grand blessé s'ajoutaient celles d'un homme soudain privé d'utilité sociale. Nous avons, avec Liliane Daligand, appuyé ses demandes, autant que nous l'avons pu. Sans succès. À la suite de ce refus, François Doncarli sombra dans une grave dépression qui mit son couple en péril.

Avec Éliane et Josette, nous avions parfaitement conscience de la grande responsabilité des employeurs dans le retour des blessés à une vie normale. L'étude épidémiologique nous indique d'ailleurs qu'une victime sur cinq a perdu son travail. L'adaptation d'un poste de travail, le fait de pouvoir à nouveau se rendre utile, ne plus rester chez soi, s'occuper des autres au lieu d'être un poids pour les siens, est essentiel à la guérison.

Parmi les trente blessés de l'attentat du RER Orsay en octobre 1995, deux jeunes hommes, Sylvain et Franck, ont été amputés d'une jambe. Franck était passionné par le travail du bois. Alain Juppé, en allant le voir à l'hôpital, lui avait offert un livre magnifique de l'école Boulle sur l'art de l'ébénisterie. Ne pouvant plus rester longtemps debout, Franck réussit à intégrer les rangs d'une société de meubles de luxe qui l'employa comme contremaître. Il a surmonté, à peu près correctement, le choc de vivre avec une prothèse.

Sylvain, en revanche, n'avait pas de formation spécifique. Il était livreur, et ne pouvait évidemment plus exercer ce métier. J'ai essayé de le faire rentrer à la SNCF, sur un emploi réservé, car il avait été blessé sur une ligne de RER gérée par celle-ci. Sylvain fut accepté mais seulement pour un contrat emploi solidarité. Alors qu'il était bien vu de ses supérieurs, il ne fut pas embauché malgré toutes nos interventions et protestations publiques. Sylvain n'a jamais retrouvé sa joie de vivre. La SNCF a pourtant, comme toutes les grandes entreprises publiques, une obligation d'embauche des handicapés, faute de quoi elle encourt des amendes.

Dès qu'un médecin certifie que la personne ne peut plus travailler normalement, qu'elle peut être reconnue comme travailleur handicapé, Éliane et Josette montent des dossiers devant la Commission technique d'orientation et de reclassement professionnel (Cotorep). Mais les entreprises, dans cette affaire, ne jouent pas leur rôle social. Surtout celles qui ont été visées par des attentats. Les vendeuses des Galeries Lafayette éprouvaient une énorme angoisse à se retrouver dans ce sous-sol, où elles avaient été transformées en torches vivantes. Souvent employées par les marques dont elles vantaient les mérites, elles n'avaient pourtant pas d'autre choix. J'ai tenté plusieurs démarches auprès des Galeries Lafayette pour que le magasin en embauche certaines et leur offre la possibilité de travailler ailleurs qu'au sous-sol. Il n'y a rien eu à faire, et les syndicats n'ont pas appuyé ces demandes.

C'est d'ailleurs une énigme pour moi, et un sujet de tristesse : le monde du travail se désintéresse totalement de ces affaires de terrorisme. Peut-être est-ce un problème trop marginal pour ces grandes centrales syndicales. Il a fallu que j'attende 2003, près de vingt ans, pour être sollicitée par les dirigeants d'un syndicat, en l'occurrence la CGT, qui me proposaient un rendez-vous. Il est vrai qu'un de ses responsables, le Néo-Calédonien Lucien Devambez, avait trouvé la mort dans l'attentat de Port-Royal. Les dirigeants de la centrale s'étonnaient qu'il n'y ait pas eu de poursuites judiciaires et de procès, et se demandaient ce qu'ils pouvaient faire. Il m'a semblé qu'ils se réveillaient un peu tard, et pour leur camarade Lucien Devambez dont nous avions entouré la famille, et pour le problème du terrorisme en général.

Je me suis abstenue de leur signifier qu'un appui, même minime, de la part de la principale centrale syndicale française aurait été particulièrement bienvenu pour notre grande cause et notre petite association. C'est vrai, le terrorisme frappe indistinctement riches et pauvres. Mais, en général, ce ne sont pas les plus fortunés qui fréquentent le RER en fin d'après-midi, à la sortie des bureaux.

J'ai déjà expliqué l'importance que j'accordais à la réparation judiciaire. Pendant des années, j'ai souhaité que S.O.S. Attentats travaille avec un avocat spécialisé notamment dans le droit pénal des affaires, dont je savais qu'il serait d'un poids inégalable pour les victimes. Je ne l'avais jamais rencontré, aucuns liens familiaux ou relationnels ne nous unissaient, je ne le connaissais qu'à travers deux articles qui lui avaient été consacrés par un journaliste du *Monde*, Laurent Greilsamer, mais tout ce qu'il avait fait m'allait droit au cœur.

J'avais contacté Georges Holleaux une première fois, quelques années auparavant. Je voulais lui confier le dossier des victimes d'Action directe (AD). Il s'était montré flatté que je pense à lui, avait réfléchi quelques instants puis m'avait dit que c'était impossible. À ses débuts, il avait été commis d'office pour la défense d'un des comparses d'AD. Cela n'avait pas duré très longtemps. Dès la première rencontre, le jeune prévenu s'était mis à insulter son avocat, le traitant de « suppôt du capital ». Georges Holleaux s'était aussitôt récusé, il n'avait défendu ce prévenu que pendant trois jours, n'ayant même pas eu le temps d'ouvrir son dossier, mais, à ses yeux, c'était suffisant pour lui interdire de se retrouver du côté des parties civiles. Il m'avait expliqué qu'il y avait un risque, même minime, de récusation. Je savais que ce n'était que partie remise.

Dans l'après-midi du 25 juillet 1995, Georges Holleaux faisait visiter à des acheteurs potentiels son appartement situé sous les toits, près de la Bastille. Il avait pris la décision de créer son propre cabinet d'avocat et de déménager dans le XVIe arrondissement, où il installerait ses bureaux et se logerait avec sa femme et ses quatre enfants. Alors qu'il faisait admirer la vue splendide, Holleaux vit une noria d'hélicoptères qui fondaient sur les quais de la Seine, à la hauteur du Palais de Justice. Les sirènes d'ambulances et de pompiers s'entendaient jusque chez lui. L'attentat du RER Saint-Michel venait de se produire.

Quelques jours plus tard, après avoir réglé son affaire d'appartement, Georges Holleaux était parti en vacances à la montagne avec sa famille. C'est là que sa secrétaire le dénicha :

— Madame Rudetzki veut vous confier le dossier de l'attentat de Saint-Michel.

Georges Holleaux interrompit ses vacances, remonta à Paris pour me rencontrer, le 17 août dans l'après-midi. Maurice m'accompagna au rendez-vous à son nouveau cabinet, tout proche de la place Victor-Hugo. Deux heures après notre rencontre, une nouvelle bombe explosait, avenue de Friedland, tout près de la place de l'Étoile.

Si j'admirais autant Georges Holleaux, c'est pour le rôle essentiel et pas assez connu qu'il a joué dans l'affaire du sang contaminé. Sans lui, il n'y aurait sans doute pas eu de procès des responsables du Centre national de transfusion sanguine (CNTS) qui, pendant des années, ont continué à diffuser des lots sanguins qu'ils savaient contaminés par le virus VIH.

En décembre 1987, Georges Holleaux avait réussi à faire enregistrer les premières plaintes de cinq jeunes hémophiles contaminés. Ce qui peut aujourd'hui apparaître comme une formalité fut en fait un véritable tour de passe-passe juridique. Une énergie considérable était dépensée par les autorités judiciaires pour éviter un procès. Georges Holleaux, qui pour avoir défendu de nombreux chefs d'entreprise maîtrisait parfaitement le droit commercial et des affaires, lut de très nombreux documents et finit par trouver, dans un rapport d'activité du Centre national de transfusion sanguine de 1982, ce passage qui ne laissait aucun doute sur la conscience qu'avaient Michel Garetta et ses comparses du caractère nocif des lots sanguins vendus par leurs soins : « Il est possible qu'en 1983, nous observions un ralentissement de ces demandes [les commandes de lots sanguins par les hémophiles, ndlr], ne serait-ce qu'en raison d'une nouvelle affection transmissible, le sida, qui est susceptible de freiner l'ardeur des hémophiles et de leurs médecins et de réduire dans une certaine mesure les traitements prophylactiques systématiques qui participent au coût considérable de l'hémophile. »

Cette phrase est la clé de toute l'action judiciaire qui a suivi. On la doit au travail acharné de Georges. Encore fallait-il, même muni de cette preuve, vaincre ceux qui cherchaient à bloquer toute volonté de poursuite. Contrairement à certains de ses confrères qui trouvèrent plus spectaculaire d'attaquer pour « empoisonnement », Holleaux s'en est toujours tenu à la seule voie qui lui paraissait judiciairement raisonnable. Sa connaissance du droit pénal de la consommation lui avait permis de trouver la qualification de « délit de tromperie aggravée par risque pour la santé humaine », dans un article qui datait de la loi de 1905, qualification qui résisterait à toutes les tentatives de blocage judiciaire. Michel Garetta était, à l'époque, un homme d'une grande puissance, dont les appuis dans les milieux médicaux et politiques étaient considérables. Holleaux était bien conscient que les qualifications liées à l'empoisonnement se verraient opposer de multiples arguments par les autorités judiciaires. Il voulait surtout éviter que ses clients soient soumis à des expertises. Les médecins auraient alors eu toute latitude pour contester le lien entre la contamination et les lots du CNTS en opposant aux plaignants d'autres possibilités de contact avec le sida. C'eût été un débat sans fin, un véritable piège. Alors que la qualification de tromperie, passible de cinq ans d'emprisonnement, n'était soumise à aucune expertise.

J'avais suivi avec attention les comptes rendus dans la presse du procès du sang contaminé. Me trouvant à deux reprises au Palais de Justice à l'occasion de réunions sur le terrorisme, j'en avais profité pour pousser la porte de l'audience du tribunal correctionnel où étaient jugés Michel Garetta mais aussi des conseillers du ministre de la Santé. J'avais découvert en Georges Holleaux un homme discret, très à l'écoute de ses clients vers lesquels il se retournait sans cesse, très courtois dans ses questions à l'égard des prévenus, ne cherchant ni la vengeance, ni l'effet de manche facile, parlant sans hargne ni agressivité.

Comme Maya Évrard, Liliane Daligand, Éliane Chambon, Josette Groult et bien d'autres, Georges Holleaux me paraissait parfaitement correspondre à la philosophie de S.O.S. Attentats.

Quand nous avons commencé à travailler ensemble, je lui ai bien sûr exprimé mon admiration pour ce qu'il avait fait dans le domaine du sang contaminé. Son humanisme, cette façon de combattre pour les victimes humbles et anonymes, me paraissaient proches de ce que nous essayions de faire en matière de terrorisme.

Nous avons, depuis, mené tant de combats, assisté ensemble à tant de réunions, défendu la cause des victimes dans tant de procès liés aux attentats de 1995, pas loin d'une dizaine pour les réseaux de Lyon et de Paris... Parfois, nous nous retrouvions le midi dans un bistrot, où Holleaux avait déjà ses quartiers pour le procès du sang contaminé. Après chaque audience, je suis trop nouée pour avaler autre chose que des miettes et un café. Holleaux, qui passe ses nuits à potasser son dossier, mange comme un ogre pour combattre l'épuisement. Les serveurs le connaissent et lui apportent systématiquement deux entrées et deux plats.

C'est dans ce bistrot qu'il emmenait à l'époque ses clients, qu'il leur faisait rencontrer les avocats de Garetta et des autres responsables de leur contamination. « Chacun a le droit d'être bien défendu, explique-t-il souvent. C'est l'honneur d'une démocratie de réserver ce droit, même aux pires crapules. Et c'est une grande fierté de gagner un procès contre de bons avocats. » Holleaux avait réussi à ce que ses jeunes hémophiles serrent la main et parlent avec les défenseurs de ceux dont le cynisme et la vénalité les avaient condamnés à une mort certaine.

Je n'ai dit que très récemment à Georges que mon sang aussi était contaminé.

Le mémorial

Si l'on m'avait dit qu'un jour je me battrais pour obtenir la construction d'un mémorial et pour y organiser des cérémonies, j'aurais demandé à celui qui me faisait cette prédiction d'arrêter ses sottises. Je ne suis pas d'une génération à l'esprit « ancien combattant ». Je comprends parfaitement qu'on veuille se retrouver entre vétérans pour échanger des souvenirs et des nouvelles. Mais les fanfares, la levée des couleurs, les discours interminables... J'appartiens si peu à cet univers qu'après avoir fait adopter, en 1990, le statut de victime civile de guerre dans le cas des actes terroristes, je n'ai jamais voulu en bénéficier. Autant j'étais ravie d'avoir permis à tous ceux qui en avaient besoin d'obtenir cet avantage et les droits afférents, autant je n'éprouvais pas la nécessité de transporter dans mon sac à main une carte tricolore.

Ceci étant dit, j'ai tout de même passé plus d'une année à faire édifier ce mémorial pour les victimes du terrorisme où nous nous réunissons chaque 19 septembre, jour anniversaire de l'attentat contre le DC-10 d'UTA. Il n'y a pas de fanfare, ou alors dans les très grandes occasions, pas de levée des couleurs. Nous nous efforçons de prononcer des discours qui ne soient pas interminables, ne serait-ce qu'en raison des difficultés qu'ont certains d'entre nous à rester longtemps debout.

L'idée de ce mémorial m'est venue un peu par hasard. Il se trouve qu'il y avait en plusieurs endroits de la capitale des plaques commémoratives. Cette dispersion finissait par devenir un inconvénient. Chacun voulait sa plaque et je n'aime pas les entreprises individuelles. Il me semblait qu'il fallait offrir un lieu de mémoire central. J'avais depuis quelque temps cette idée dans un coin de ma tête, sans plus.

Un matin du début de l'été 1997, j'avais rendez-vous pour un petit déjeuner avec Jean-Pierre Masseret, le nouveau secrétaire d'État aux Anciens Combattants, nommé après la victoire de la gauche aux élections législatives et la constitution du gouvernement Jospin. Question rituelle de la part du nouveau ministre :

— Que puis-je faire pour S.O.S. Attentats, chère madame ?

Je savais que Jean-Pierre Masseret m'interrogerait sur les besoins de l'association, c'était bien le moins pour une prise de contact, mais je dois avouer que le matin même, avant de me rendre au rendez-vous, je n'avais pas la moindre idée de ce que j'allais lui demander. Plusieurs de nos requêtes avaient été satisfaites dans le passé, notamment celle de l'obtention d'un local aux Invalides. L'association n'avait pas les finances à la hauteur de ses responsabilités, mais le secrétaire d'État ne pouvait pas grand-chose pour nous sur ce plan. Soudain, face à mon café, cette idée du mémorial me revint. Peut-être à cause d'une réflexion que m'avait faite Jean-Pierre Chevènement plusieurs années auparavant, et qui ne m'avait pas plu.

Il était ministre de la Défense, je voulais faire apposer dans l'hôtel des Invalides une plaque à la mémoire des cent soixante-dix victimes du DC-10 d'UTA. Après tout, au premier étage, sous les arcades de la cour d'honneur des Invalides, il y avait bien d'autres plaques en l'honneur de personnes mortes pour la France, par exemple les cinquante-huit militaires français cibles d'une voiture piégée du Hezbollah en octobre 1983 à Beyrouth, dans l'immeuble le Drakkar. Le projet de la plaque du DC-10 était très avancé, la cérémonie avait été programmée pour le mois suivant quand j'avais eu cet échange avec Jean-Pierre Chevènement :

— Mais madame, cette plaque, c'cst impossible.

Devant ma surprise, il m'avait sorti cette phrase inouïe :

— Mais oui, ces gens ne sont pas morts pour la France.

Je n'avais pu m'empêcher de lui rétorquer :

— Certes, monsieur le ministre, ils ne sont pas morts pour la France mais ils sont morts à cause de la France.

L'intransigeance de Chevènement avait été contournée, une plaque pour les victimes de l'attentat du Ténéré avait été apposée dans la cour du secrétariat des Anciens Combattants, rue de Bellechasse. Mais cet incident ne m'était pas sorti de l'esprit. Un lieu de mémoire pour les victimes du terrorisme témoignerait de l'engagement de tout le pays. Je commençais à trouver l'idée intéressante, Jean-Pierre Masseret l'approuva sans réserve.

— Il faut vous mettre en quête d'un lieu, me conseilla-t-il.

Je n'ai pas tout de suite saisi la portée prémonitoire de cette remarque.

Je n'aurais jamais imaginé qu'il était aussi compliqué, dans cette France découpée en grandes féodalités administratives, de faire édifier une statue, de la faire installer dans un jardin inoccupé des Invalides et de la faire inaugurer par les plus hautes autorités de l'État. Les premières fois que j'exposai mon projet, je vis des yeux se lever au ciel en se demandant quelle mouche m'avait encore piquée. Un général m'assura que jamais je ne réussirais dans mon entreprise ; c'est le genre de défi qui me stimule. Ce général avait pourtant raison de me mettre en garde, car je ne mesurais pas la somme des difficultés que j'allais rencontrer malgré le soutien ministériel. L'association a manqué de mettre la clé sous la porte mais je me suis entêtée.

Les Invalides paraissaient l'endroit idéal pour le mémorial. Je ne savais pas encore que cet hôtel était le champ clos de grandes luttes d'influence. Chaque autorité y disposait d'une zone réservée : il y avait l'Institut national des Invalides, autrement dit l'hôpital, les deux grands musées, le domaine du gouverneur militaire de Paris, et j'en oublie très certainement. Chaque général à la tête d'un sous-ensemble disposait d'un territoire bien à lui. Il fallut d'abord me familiariser avec cette géopolitique très particulière, faire le tour de l'endroit à de multiples reprises avant de trouver une solution.

À l'arrière de l'hôtel des Invalides, en face de la place Vauban, deux jardins étaient parfaits pour l'accueil d'un tel mémorial. Mais on me fit vite comprendre que l'un d'entre eux, le jardin de l'Institut, ne paraissait pas très indiqué : les cérémonies auraient pu indisposer les malades en quête de repos. À l'expérience, je me suis aperçue que cela n'est pas tout à fait exact : les pensionnaires, à l'affût de la moindre distraction, nous rejoignent souvent lors des cérémonies. Restait du côté de l'avenue de La Tour-Maubourg un petit jardin très calme, à l'écart, planté de plusieurs rangées de tilleuls, qui pouvait constituer un lieu propice au recueillement. Cela tombait bien, ce jardin de l'Intendant dépendait du gouverneur militaire de Paris, autorité au-dessus des parties et plus sensible que d'autres au feu vert de Jean-Pierre Masseret, le projet avait toutes les chances d'aboutir.

Il fallut ensuite nommer une commission présidée par le général Bertrand de Lapresle, le gouverneur des Invalides. Eh oui ! Une commission pour gérer l'édification d'une modeste statue ; par instants, je me demandais si je ne rêvais pas. Lors de la première réunion de cette commission, le général de Lapresle fut franc avec moi.

— Madame, il faut que vous sachiez que je suis là pour jouer les empêcheurs de tourner en rond.

En fin de compte, je n'eus qu'à me louer de son soutien, de ses conseils précieux, de ses encouragements. Mais j'aurais dû comprendre qu'à travers cette phrase il me signalait qu'une grande partie des institutions militaires et de la culture ne ferait rien pour que le projet aboutisse.

Quand Jean-Pierre Masseret m'avait demandé comment je voyais le mémorial, j'avais été bien en peine de lui répondre. Heureusement, une amie, Marie-Lucie, spécialiste du marché de l'art, m'emmena un dimanche après-midi faire le tour de Paris avec un appareil photo. À Bercy, plusieurs statues signées de grands noms ornent les douves du ministère de l'Économie. Près de Notre-Dame, dans le square de Saint-Julien-le-Pauvre, une sculpture de Jean Cau est aussi entourée d'eau. Cette idée m'a aussitôt séduite. Une statue-fontaine me semblait idéale pour un mémorial. Si l'on y organisait des cérémonies, il fallait que la vie y soit présente autant que l'hommage aux disparus. Pour cela, l'eau, symbole de la vie, me paraissait un élément indispensable. Près du théâtre Marigny, nous sommes allées voir d'autres sculptures de Jean Cau. Un très beau monument aux hommes de l'ombre, dédié à Jean Moulin, m'a donné quelques idées sur l'esthétique que je recherchais.

C'est alors que mon amie m'a fait rencontrer Nicolas Alquin. Cet homme d'une quarantaine d'années travaillait alors sur le thème de la parole : paroles des vents, des sables, des chemins, parole guerrière, parole de terre ou de paix... *Paroles de victimes*, c'était aussi, depuis quelques mois, le titre de notre journal. Chrétien par sa mère, juif par son père, Nicolas Alquin est un homme empreint de sagesse et de spiritualité. Il a traversé de nombreux pays, fréquenté de nombreuses cultures, il s'est imprégné de nombreuses mythologies.

En visitant son atelier, j'ai découvert qu'il aimait particulièrement sculpter des têtes, des épaules, des bustes, sièges de l'esprit, de la parole, de la pensée. Cet érudit m'a parlé de l'importance des têtes coupées dans les mythologies antiques (Judith, Salomé, les *praxidikké* grecques, Méduse), africaines (les Dogons), sud-américaines (les Jivaros), océanes, médiévales et chrétiennes (saint Denis) ou même tibétaines. Moi avec mon eau, lui avec ses têtes... Lors de ses recherches, Nicolas Alquin a constaté que, dans de nombreuses civilisations, la tête coupée est le symbole de la parole portée. Il avait réalisé un modèle en cire, une femme portant sa tête à bout de bras. Si cette statue devenait fontaine, elle serait le symbole d'une parole ainsi transmise aux survivants à travers l'eau qui coule sans discontinuité. Le projet associait la douleur et l'espoir d'une parole portée au-delà de la mort. Le sculpteur est venu, lors de l'assemblée générale, en janvicr 1998, nous présenter sa maquette. L'accord des adhérents de l'association a été spontané, unanime et même débordant d'enthousiasme.

Quelques semaines plus tard, j'avais rendez-vous avec un conseiller de madame la ministre de la Culture, Catherine Trautmann. Celui-ci, sceptique, m'a demandé de lui présenter le projet d'Alquin. Le conseiller, un homme élégant, cultivé, très distingué, a hésité un peu avant de se lancer.

— Je voulais vous dire... Ce projet est très intéressant...

Il se frottait les mains, dodelinait de la tête.

— Très intéressant... Mais...

— Mais quoi ?

Je préfère qu'on dise les choses franchement.

— ... Je me demandais si vous n'aviez pas pensé à quelque chose... disons... de plus... avant-gardiste ?

J'ai regardé le conseiller droit dans les yeux. Je n'avais aucune intention de discuter histoire de l'art avec lui, je n'en avais aucune compétence. J'aime profondément la peinture, la musique, le spectacle vivant. Mais je pensais à toutes les embûches évitées, au calendrier qui se resserrait, j'avais prévu qu'on inaugure ce mémorial à la fin de l'année, pour commémorer l'anniversaire de l'attentat de Port-Royal, le 3 décembre. De toute façon, un an et demi pour une statue, cela me semblait un délai plus que raisonnable. Alors, tout recommencer à zéro pour satisfaire l'inclination artistique de tel ou tel...

— Monsieur, je comprends parfaitement votre remarque, ai-je répondu au conseiller.

Celui-ci a souri, persuadé d'avoir remporté la partie.

— J'aime beaucoup l'art contemporain, ai-je continué. Mais si vous vous sentez la force de venir expliquer la pertinence d'une œuvre d'avant-garde aux victimes du terrorisme qui cherchent à symboliser le souvenir... Si vous le souhaitez, je vous invite très volontiers à l'une de nos réunions et je vous laisserai la parole.

Le conseiller s'est rembruni.

— Parce que moi, je ne saurai pas le faire. Pour l'instant, les adhérents de S.O.S. Attentats ont trouvé que ce projet correspondait à ce qu'ils recherchaient, mais si vous êtes capable de les faire changer d'avis...

Et j'ai souri de la façon la plus courtoise possible.

— Non, non... Bien madame, faites comme vous voulez.

Je n'ai plus jamais entendu parler du conseiller de madame Trautmann. Je me réjouissais, une nouvelle étape était franchie. Je n'avais pas tout vu.

J'avais eu plusieurs réunions présidées par le général de Lapresle où siégeait l'homme le plus puissant de toute cette affaire, l'architecte en chef des Monuments historiques. Une personnalité de poids qui rassemble dans son domaine de compétence les Invalides évidemment mais aussi le Grand Palais et le château de Versailles, entre autres joyaux. Dans les premiers temps, nos rapports ont été à peu près normaux. Nous nous étions mis d'accord sur un cahier des charges pour la statue qui correspondait *grosso modo* au projet de Nicolas Alquin. En visitant l'atelier du sculpteur, monsieur l'architecte a sans doute considéré que l'œuvre respectait trop bien le cahier des charges. Il a commencé à chercher la petite bête, posant mille questions.

Il fallut ensuite se battre pour que le mémorial, situé un peu à l'écart dans l'hôtel des Invalides, soit visible à quelques mètres de distance. Monsieur l'architecte a proposé des spots au sol, je n'étais pas contre mais je trouvais son projet trop saillant, éventuellement dangereux pour les passants et finalement trop facile à voler. Mais à toutes nos propositions, monsieur l'architecte me rétorquait qu'il fallait respecter la tranquillité des riverains, des habitants du boulevard de La Tour-Maubourg. En regardant de façon approfondie son plan de refonte du jardin de l'Intendant, je me suis aperçue qu'il avait positionné un lampadaire dans le mauvais sens, ce qui aurait eu comme conséquence de fortement éclairer pendant leur sommeil lesdits habitants du boulevard. Ces négociations permanentes, pendant lesquelles j'ai dû céder sur la plupart des points, se déroulèrent dans un climat constant de pinaillage. Au total, aujourd'hui, le mémorial n'est quasiment plus éclairé, les fibres optiques ayant été dérobées comme je le craignais, et les inscriptions se sont enfoncées dans le sol jusqu'à ne plus être du tout lisibles.

Il y eut plus grave. Depuis que j'ai créé S.O.S. Attentats, j'ai toujours veillé à ne jamais m'écarter d'une gestion très prudente. Dès que je le peux, je mets de l'argent de côté, en prévision des procès toujours plus nombreux contre les groupes terroristes. J'avais donc prévu pour le mémorial un budget serré mais réaliste. L'œuvre en bronze nous coûtait 300 000 francs. Pour les prix habituellement pratiqués sur le marché de l'art, le tarif était très raisonnable. En potassant mes livres de droit lors de mes nuits d'insomnie, j'avais repéré dans le code général des impôts une disposition juridique qui voulait que la construction de monuments aux morts soit dispensée de TVA. Ce n'était peut-être pas grand-chose mais si je n'avais pas découvert cet alinéa, personne ne m'aurait fait cadeau de la taxe sur la valeur ajoutée. Enfin, tout avançait pour le mieux. Nous tenions un calendrier jugé irréaliste au départ. Le budget et le projet étaient arrêtés. Il me restait à lancer les invitations pour l'inauguration du 3 décembre 1998.

Au début de l'été, lors d'une réunion de commission, le général de Lapresle m'interrogea.

— Comment voyez-vous, madame, l'inauguration du mémorial ?

— Je pense qu'il faut que cela se fasse en présence du président de la République et du Premier ministre.

On était en pleine cohabitation, un an après la dissolution manquée de l'Assemblée. Qui dit cohabitation dit trois fois plus de tracas pour réunir en même temps les responsables des camps opposés.

— Bien, poursuivit le général. Et j'imagine que vous avez déjà lancé vos invitations.

J'hésitai un instant.

— Non, absolument pas, répondis-je en regardant tout le monde comme par défi. Je ne jurerais pas ne pas avoir provoqué certains sourires.

J'ai profité de la garden-party du 14-Juillet, à l'Élysée, pour m'occuper des invitations. Tout le monde était persuadé que le délai serait trop court, tout le monde se trompait. J'eus rapidement de nombreux accords, je sentais que cette cérémonie serait un succès, je reprenais confiance, quand une dernière catastrophe, la plus rude, advint. Monsieur l'architecte me fit convoquer pour m'annoncer que l'adduction d'eau de la statue-fontaine ne pouvait plus s'effectuer comme prévu dans les plans initiaux.

J'étais partagée entre la colère et le désespoir. Un point d'eau existait tout près de l'emplacement prévu pour le mémorial mais, au dernier moment, on avait découvert que des impondérables techniques, au demeurant parfaitement obscurs même pour les entreprises chargées des travaux, interdisaient de se brancher sur cette source. Il fallait donc éventrer tout le jardin, creuser une tranchée de plusieurs dizaines de mètres pour aller chercher l'eau en dehors du jardin de l'Intendant. Diable ! Entre le 22 juillet et le 21 octobre, le coût des travaux avait été multiplié par 2,5. Décourageant quand on sait que les plus hautes autorités de l'État, Jacques Chirac et Lionel Jospin en tête, avaient prévu de se déplacer pour le mémorial.

J'étais dans une impasse. Impossible de reculer, de toute façon des tranchées avaient déjà été percées par les bulldozers, il faudrait payer. Impensable en même temps de mettre les finances de l'association dans le rouge. J'avais fait appel à de grandes entreprises visées par le terrorisme afin qu'elles jouent un rôle de mécène. La RATP, EDF, Air France, les Pompes funèbres générales avaient donné leur accord mais la somme totale était ridicule et sûrement pas susceptible de sauver le projet. De leur côté, les grands magasins, premières cibles des bombes, la Fnac, les Galeries Lafayette, le Printemps, Marks & Spencer n'avaient pas daigné faire le moindre geste ni trouvé le temps de seulement répondre à nos courriers. La Régie Renault, dont un PDG, Georges Besse, fut assassiné par Action directe, justifia son refus. Je reçus une lettre signée du président Louis Schweitzer qui me signalait que « malheureusement, Renault s'est fixé comme règle absolue de maintenir la plus grande rigueur budgétaire et de ne se concentrer que sur les initiatives directement liées à notre activité de constructeur ». Je saluai la franchise. Effectivement, les dépenses de mécénat, comme en Formule 1, devaient être une source – au moins indirecte – de profits.

Pour ces grandes entreprises, le demi-million de francs qui me manquait était une petite somme. Je ne savais plus comment faire quand l'idée me vint d'appeler Patrick Poivre d'Arvor que je considère comme un parrain de cœur de l'association. À chaque étape importante, il a été là pour nous donner la parole. Peut-être pourrait-il faire quelque chose, cette fois encore ?

Sans coup férir, il proposa à l'un des reporters de TF1, Maurice Werner, spécialisé dans les affaires culturelles, de venir tourner un sujet sur le projet de mémorial et ses difficultés financières. Celui-ci filma l'atelier de Nicolas Alquin. Le sujet fut diffusé le 2 novembre, jour des Morts, un mois avant la date prévue pour l'inauguration. Des chèques arrivèrent aussitôt à l'association, des sommes conséquentes pour ceux qui les signaient, 100 ou 200 francs à chaque fois, mais sûrement pas de quoi sauver le mémorial. C'est alors que le miracle se produisit.

Le général Salvan, président de l'Association des Gueules cassées, me téléphona pour m'informer qu'il avait appris par la presse mes difficultés et qu'il allait proposer au bureau de m'accorder une somme qu'il estimait à 450 000 francs, ce qui me permettait de boucler *in extremis* mon budget. Créée pendant la guerre de 1914-1918, l'Union des blessés de la face et de la tête, autrement dit « les Gueules cassées », touche 7 % des bénéfices non pas de la Loterie nationale comme on le croit trop souvent mais de l'ensemble des activités de la Française des Jeux. En contrepartie, l'Union finance nombre d'actions et projets comme le service de chirurgie maxillo-faciale de l'hôpital Saint-Joseph ou une partie de l'appareillage de radiologie de l'Institut national des Invalides. Je n'ose écrire que le général Salvan m'a permis de sauver la face parce que c'était bien plus qu'une question d'honneur et de comptabilité : l'association aurait pu ne jamais se relever de cet épisode.

L'inauguration prouva que l'idée n'était finalement pas sotte et que, malgré tous les tracas d'éclairage ou les controverses autour des contrats d'entretien qui m'opposent aujourd'hui encore à la Mairie de Paris, le mémorial joue depuis un rôle incontestable. Chaque 19 septembre, un ministre vient y assurer les victimes du terrorisme du soutien de la nation.

Le 3 décembre 1998, il faisait grand froid. Les jours précédents, mon dos était complètement bloqué. Un osthéopathe m'évita d'inaugurer le mémorial en chaise roulante. La veille, j'étais malade, une flambée infectieuse, les particules élémentaires du Grand Véfour se rappelaient à mon mauvais souvenir. J'avais été épuisée par ce long combat remporté à l'arraché, sans doute l'un des plus compliqués que j'aie dû mener. Pour cette inauguration, nous attendions tout ce que la République française compte de représentants les plus émérites. Je pouvais me permettre une petite fièvre. Et puis, ces tilleuls, je ne sais pourquoi, me faisaient penser à ceux d'un autre mois de décembre, 1983 celui-là, au Palais-Royal. Je pressentais qu'une page du combat se tournait, non pas que tout était gagné, loin de là, mais qu'enfin S.O.S. Attentats sortait d'une certaine fragilité.

C'est donc bourrée d'antibiotiques que je reçus, le jeudi 3 décembre 1998, le président Jacques Chirac, « son » Premier ministre Lionel Jospin, de nombreux ministres (Catherine Trautmann, Jean-Pierre Masseret, Émile Zucarelli, Jean-Jack Queyranne), les présidents de deux assemblées (Laurent Fabius et Christian Poncelet), le maire de Paris Jean Tiberi, le préfet Massoni, le médiateur Bernard Stasi, mais aussi des personnalités dont la présence m'honorait au plus haut point comme Simone Veil, le grand rabbin René Samuel Sirat, des représentants de toutes les Églises de France, plusieurs magistrats et policiers (Jean-Louis Bruguière, Martine Monteil...) et des représentants de l'armée dont mon plus fidèle soutien, le général Bertrand de Lapresle. Si j'allonge cette liste pourtant non exhaustive, c'est qu'elle me paraît être un hommage aux victimes d'attentats que j'avais fait installer au premier rang et dont beaucoup ont pris la parole lors de cette cérémonie.

Ces questions d'organisation furent, là aussi, le fruit d'une longue négociation, mais ce n'était pas la moindre de mes victoires que d'avoir permis à des anonymes, des personnes simples, de prendre la parole devant le président et le Premier ministre.

Et pour bien prouver que rien n'est jamais acquis, je veux faire une parenthèse avec une cérémonie plus récente, en 2002, où Jean-Pierre Raffarin, nouveau Premier ministre de Jacques Chirac, nous honorait de sa présence. Il était prévu que les employés de la Direction des constructions navales de Cherbourg, victimes de l'attentat d'Al-Qaïda à Karachi au Pakistan, soient placés au premier rang, aux côtés des représentants de l'État et des corps constitués. Quand j'arrivai, une heure avant le début de la cérémonie, avec quelques adhérents de l'association, nous nous aperçûmes que nos préparatifs n'avaient servi à rien, que les victimes étaient reléguées derrière les personnalités. Avec le temps, j'ai compris que l'inertie de la machine étatique française ne tient pas à la couleur du gouvernement en place. Que vous discutiez avec les interlocuteurs les mieux intentionnés du monde ne change rien à l'affaire. À l'arrivée, les consignes n'ont pas été retransmises, ou mal adressées. Il y a toujours une raison pour laquelle les services administratifs font comme cela se pratique depuis des décennies et même des siècles. Comme si la République française était une monarchie avec d'immuables préséances.

À quelques-uns nous commençâmes à déplacer les chaises des victimes, les décalant pour qu'elles ne soient pas derrière mais sur un côté, c'était mieux que rien. Cela fit évidemment hurler les services de sécurité mais nous nous assîmes, fermement décidés à n'en plus bouger. Finalement, les victimes purent écouter et voir Jean-Pierre Raffarin sans être obligées de se contorsionner.

Pour l'inauguration de la sculpture-fontaine en 1998, cette fois, l'ordre des places n'avait pas été modifié. J'introduisis la cérémonie par un discours de dix minutes qui commençait par ces mots : « *Parole portée*, sculpture-fontaine réalisée par Nicolas Alquin, est dédiée à la mémoire des victimes du terrorisme, elle est un témoignage de la solidarité et un hommage rendu aux victimes civiles d'une nouvelle forme de guerre qui menace les démocraties. Guerre en temps de paix, violence aveugle contre les peuples. Violence qui tue et blesse souvent les plus humbles. [...] De l'attentat du drugstore Saint-Germain, le 15 décembre 1974, à celui de la station du RER Port-Royal, le 3 décembre 1996, les actes de terrorisme commis sur le sol français ou contre des Français à l'étranger ont fait trois cent soixante-quatre morts et près de trois mille blessés. [...] Ce mémorial permettra, nous l'espérons, à certains, de progresser sur le chemin du deuil, en leur offrant un lieu propice au recueillement et à la méditation, un lieu de rencontre, d'échange et d'apaisement. "Un peuple qui oublie son passé est un peuple qui est condamné à le revivre", nous enseigne Élie Wiesel. » Et je concluais ainsi : « Nicolas Alquin, soyez-en remercié, vous avez inscrit notre parole dans le bronze afin qu'elle ne s'envole plus, qu'elle ne puisse plus jamais se taire. Parole symbolique et éternelle parce que, fontaine, elle coulera et s'écoulera dans le temps, à travers les ans, les décennies et les siècles, dans ce lieu chargé d'Histoire. Parole musicale, grâce à cette eau, parole végétale grâce à ces tilleuls, parole minérale grâce à ce sable, parole humaine qui nous survivra et qui ne s'arrêtera plus. Parole de justice et de vérité, parole mémorable parce que associée à ce mémorial. »

Jacques Chirac prononça un discours plein de solennité et de hauteur de vue : « S'il est une lâcheté, une abjection, un crime auquel nous ne devons jamais céder, et qui doit être combattu sans faiblesse, c'est bien le terrorisme. [...] Vous avez été, Madame, aux yeux des Français, un porte-parole éloquent des victimes auprès de l'État qui leur doit, et leur exprime, sa solidarité. Nous avons parcouru une grande partie de ce chemin ensemble. J'ai été votre interlocuteur dans des moments très douloureux, de par les responsabilités qui étaient alors les miennes. Ces images de bruit et de fureur, de larmes et de sang sont gravées dans nos mémoires. [...] Si l'action associative occupe une place importante dans la sensibilisation de l'opinion aux drames causés par le terrorisme, il revient aux pouvoirs publics de prendre toutes leurs responsabilités dans ce combat. Il ne faut pas s'y tromper, le terrorisme vise directement la démocratie et cherche à porter atteinte à notre République, fondée sur l'État de droit. [...] Il est désormais universellement admis qu'aucun motif, pas même le combat pour la liberté, ne peut justifier le recours au terrorisme. Cette condamnation de principe ne suffit pas pour éradiquer le fléau. Il faut se donner le moyen de prévenir, de poursuivre, de punir, ceux qui s'y livrent où qu'ils se trouvent. » Après avoir détaillé le combat législatif au plan national et international depuis cette fameuse année 1986 jusqu'aux efforts de l'ONU, de l'Europe, il conclut ainsi son discours : « Il y a trois siècles, Louis XIV élevait ce bâtiment pour accueillir les soldats blessés qu'il avait menés au combat. Aujourd'hui, celles et ceux qui tombent sous les coups du terrorisme sont les victimes d'une nouvelle forme de guerre, une guerre au visage particulièrement hideux qui se livre dans l'ensemble du monde. Soyez assurés, vous qui souffrez dans votre corps, dans votre âme, dans vos affections, familles, amis, proches, de la détermination de l'État et de la solidarité de la nation. »

Je n'aurais pas su trouver un mot avec lequel je fusse en désaccord.

Les victimes, avec leurs mots, leur trac, leurs maladresses, leur sincérité, émurent profondément l'assistance. Nous avions pris garde que les intervenants représentent toutes les origines ethniques, culturelles et sociales de l'association. Je voudrais ici retenir deux messages. L'un d'abord, écrit par Jean-Paul Kauffmann à l'occasion de cette cérémonie, dans lequel l'écrivain, ancien otage, a su déceler ce que la parole des innocents a de subversif.

« C'est le propre des évidences de n'être jamais évidentes. L'une d'elles a la vie dure depuis que l'humanité existe : ce n'est pas en coupant la tête d'un être humain qu'on le ramène à la raison – il s'agit bien sûr de la raison du bourreau. La sculpture de Nicolas Alquin nous rappelle le caractère évident, éternel, éclatant de cette vérité : on ne fait pas taire un homme en le supprimant. [...] Mais les bourreaux ont été de tout temps des gens naïfs. Au départ, ils ne mesurent pas que ces morts-là vont être terriblement vivants. Ils ne tardent pas à s'apercevoir que leurs victimes parlent, qu'elles pensent, qu'elles jugent, qu'elles agissent, qu'elles accusent. De manière autrement plus efficace que nous savons le faire, nous pauvres vivants. [...] En voulant s'emparer de la parole par la terreur, ces gens ne s'aperçoivent pas combien ils se sont fourvoyés. Ils ont voulu imposer un silence de mort. Et, il est vrai que seul le silence est la vraie mort. La vérité est qu'ils ont fait tout le contraire en libérant la parole des innocents. Ils l'ont rendue encore plus intelligible, plus puissante, plus véhémente, plus persuasive. Cette parole-là, qui fait taire les bourreaux en proclamant la victoire du sens contre la force, est bien plus subversive que la leur. »

Un Camerounais de cinquante ans s'avança vers la tribune, gêné par ses béquilles dues à une maladie invalidante. Monsieur Mana Toukour a perdu, dans l'attentat du DC-10, sa femme, Iza Ahmed, ses enfants, Ibrahim, Abdoul, Ashta et Haman, et une cousine, Adama Maindar. Il commença à parler, avec difficulté, plusieurs fois arrêté par des sanglots vieux de neuf ans.

« L'ampleur du sinistre dont ont été victimes les passagers de cet avion cache mon drame personnel, ma détresse, à l'âge de quarante et un ans, de voir gommer en une seconde tout un passé, son mariage, son histoire, ses agréments et ses servitudes. Tous les enfants issus de ce mariage, décimés sans trace avec leur maman comme un éclair. À la nouvelle, j'ai encore en mémoire les chambres qui n'étaient pas rangées, les lits dont les draps n'étaient pas encore changés, les bols des enfants encore sur la table avec le reste de la bouillie abandonnée sous la fièvre de l'approche de l'heure du départ, malheureusement pour l'éternité sans adieu. Je ne peux retenir aujourd'hui mes larmes en regardant les dessins d'anniversaire peints par les mains innocentes de ma fille. La tendresse des propos des lettres retrouvées ne semble pas apte à me consoler, ni à m'encourager à continuer à chercher d'autres traces de ma famille, effacée par Allah tout-puissant. »

Après ces mots, pendant un long moment, personne n'osa rompre le silence. Je sentais le cœur de certains battre à tout rompre. Pour la première fois, j'ai vu des larmes couler sur le visage d'hommes politiques.

Contre Kadhafi

Quand le téléphone a sonné, j'ai décroché machinalement, en continuant d'écrire l'article que je destinais au journal de l'association. Je reçois tellement d'appels que j'empoigne parfois le combiné sans y penser. Il faut les premiers mots de mon interlocuteur pour que je réalise qu'une conversation s'engage et que je lâche ce que j'étais en train de faire. Cette fois, c'était une femme. Elle parlait très calmement mais sa voix était assez mystérieuse. Mon esprit s'est aussitôt mis en alerte.

— Je vous appelle de Monaco, je représente les intérêts d'une personne qui s'intéresse au dossier du DC-10.

Avec le temps, j'ai appris à me méfier des coups de téléphone étranges : des gens qui assurent qu'ils possèdent des informations capitales et confidentielles, qu'ils ont des révélations extraordinaires à faire. À chaque fois, je pose de nombreuses questions pour tester la fiabilité de la personne. S'il s'agit d'une affaire que je connais, je tente de procéder à des recoupements. Si je continue à douter, je suggère alors d'appeler la police. Après tout, c'est le meilleur moyen de faire connaître des éléments nouveaux sur une enquête.

En général, je n'entends plus jamais parler de ces imaginations fertiles. Cette fois, ce n'était pas pareil.

— Quel est le nom de la personne dont vous défendez les intérêts ?

— Je n'ai pas l'autorisation de vous le révéler. J'agis comme intermédiaire.

— Vous ne pouvez pas m'en dire plus ?

— Si, mon client est américain. Il a besoin d'informations sur la procédure en cours dans l'affaire du DC-10.

— Écoutez, qui que vous soyez, je ne peux rien faire si vous ne m'en dites pas plus.

Et j'ai raccroché. Dès qu'il s'agissait du dossier du DC-10, ma prudence était décuplée. Nous étions en 2002. Depuis 1989 et l'attentat au-dessus du désert du Ténéré, il y avait eu tant d'embûches, tant de manipulations...

Quelques jours plus tard, je reçus un e-mail de l'intermédiaire monégasque, Cristina, qui voulait reprendre contact, puis un second qui me précisait que son client américain recherchait des renseignements sur la procédure engagée depuis treize ans par le juge Bruguière, et sur les victimes américaines de cet attentat. Nous avons fini par nous reparler au téléphone, et je lui ai alors précisé mes exigences.

— Je veux absolument rencontrer votre client. Je n'agirai qu'à cette condition.

Je n'avais pas affaire à une mythomane, j'en étais certaine, mais je craignais d'être approchée par des intermédiaires libyens qui agiraient pour discréditer notre cause ou par souci de vengeance. Il convenait de prendre de sérieuses garanties. Après de nouveaux échanges d'e-mails et de coups de téléphone, j'ai fini par apprendre que le client américain dirigeait en fait une société, Interlease, qui louait des avions pour les lignes des pays arabes et africains. Il était le propriétaire du DC-10 désintégré.

— Pourquoi ne s'est-il jamais manifesté auparavant ? demandai-je à Cristina.

— Il ne souhaitait pas que son nom devienne public, il ne le souhaite d'ailleurs toujours pas, me répondit-elle. Et je vous demande de respecter la confidentialité de ce contact.

J'acquiesçai.

— S'il entame maintenant ces démarches, continua-t-elle, c'est parce que la loi fédérale aux États-Unis a changé.

Cristina m'cxpliqua que Bill Clinton avait fait adopter de nouvelles dispositions dans le cadre des mesures antiterroristes : si un citoyen américain était gravement lésé par un État classé terroriste, il pouvait se retourner contre l'État en question devant la justice américaine. Peu de temps auparavant, l'épouse de l'ancien Premier ministre du shah d'Iran, Chapour Bakhtiar, avait entamé une procédure auprès de la cour fédérale de Washington. Elle obtiendra ainsi de très fortes indemnités pour l'assassinat de son mari, à Paris, par un commando de tueurs à la solde de Téhéran. Ces sommes seront prélevées par les autorités américaines sur les avoirs iraniens gelés aux États-Unis.

Le propriétaire du DC-10 souhaitait lancer une procédure similaire. Pour cela, il avait besoin de retrouver les familles des passagers américains morts dans l'attentat afin d'intenter une action collective. Il souhaitait aussi que je l'aide dans la présentation de son dossier judiciaire. J'ai rencontré cet homme à Paris, dans des conditions de grande discrétion. Je lui ai accordé ma confiance, j'ai même fondé en lui de nombreux espoirs, sachant qu'une bataille longue de treize années s'était terminée en 1999 sur une impasse. Nous n'avions pratiquement plus d'atouts dans notre jeu contre le colonel Kadhafi. Cet Américain arrivait-il à point nommé pour relancer l'affaire ?

Avec Béatrice de Castelnau, nous avons vite compris que rien ne serait simple dans ce dossier et que le soutien des autorités françaises ne nous serait accordé qu'avec parcimonie. Deux ans après l'attentat, alors que la responsabilité libyenne avait déjà été largement démontrée, nous étions reçus au Quai d'Orsay par Roland Dumas, ministre des Affaires étrangères. C'était la première fois que je conduisais une délégation de victimes dans un ministère. Je me souviens que les parents d'un des deux commandants de bord, ainsi que le père et le frère d'une des hôtesses de l'air nous accompagnaient.

Malgré toute la souffrance exprimée par ces familles, les Hennequin et les Claisse, par Béatrice aussi dont la sœur, Laurence, avait péri dans l'attentat, Roland Dumas n'avait pu s'empêcher de nous sortir son numéro de charme. Je me suis laissé dire qu'il était coutumier du fait mais, cette fois, c'était particulièrement malvenu. Les parents des victimes étaient venus chercher un peu de compassion, l'expression de la solidarité d'un responsable de l'État français, pas des minauderies narcissiques, brillantes mais totalement déplacées.

Roland Dumas parla de lui, encore de lui, toujours de lui : lui et sa connaissance des arcanes proche et moyen-orientales ; lui et ses souvenirs de la douleur – son père avait été fusillé comme otage pendant la Seconde Guerre mondiale – ; lui et la Résistance qu'il pratiqua, si jeune, en mémoire de ce père. Je ressens à nouveau, en me remémorant cette scène, l'agacement qui m'étreignit en l'entendant pérorer. En réalité, toutes ces anecdotes complaisamment étalées n'avaient pour but que de dévaloriser notre démarche. Le message subliminal avait le mérite d'être limpide : nous, pauvres victimes, n'avions pas le monopole de la souffrance, ni du sens du combat, et nous n'entendions rien à ces mystères réservés à ceux qui servent la raison d'État.

Après toutes ces vanités, persuadé de nous avoir ensorcelés sous le poids de ses bons mots, de ses confidences à mi-voix et de ses regards entendus, il nous délivra ce conseil, cette phrase qui nous hante encore : « Il faut savoir tourner la page. »

Tourner la page alors qu'aucune action de fermeté n'avait été engagée par l'État français contre la Libye du colonel Kadhafi en dehors de vagues communiqués de condamnation du terrorisme ? Tourner la page alors que la procédure judiciaire du juge Bruguière était loin d'être terminée ? Oui, nous avions bien entendu : « tourner la page ». C'était l'injonction de ceux qui souhaitaient voir dégager toute responsabilité libyenne dans cet attentat qui causa la mort de cent soixante-dix personnes, la plus meurtrière action terroriste jamais commise contre des intérêts français, je n'aurais de cesse de le répéter.

C'est un mystère que je ne m'explique toujours pas, quinze ans après. Quels puissants intérêts, officiels ou souterrains, politiques ou financiers, ont conduit tant de responsables à vouloir exonérer la Libye ? Pourquoi la France n'adopta-t-elle pas la même attitude que la Grande-Bretagne et les États-Unis qui, confrontés à un attentat similaire – celui de Lockerbie qui vit périr, le 21 décembre 1988, les deux cent quarante-trois passagers d'un avion de la PanAm, les seize membres de l'équipage et onze habitants du village écossais –, agirent puissamment contre le régime terroriste du colonel Kadhafi ? Cette différence d'attitude est directement à l'origine des énormes disparités d'indemnisations consenties par la Libye dans ces deux affaires, dont je parlerai plus loin.

Comment expliquer que tant de ministres et de députés français se précipitèrent à Tripoli pour discuter, voire parader, aux côtés des responsables de l'État libyen ? J'ai en mémoire un exemple criant : aussitôt après l'attentat, un député de l'opposition d'alors, le RPR Jacques Godfrain, m'avait téléphoné pour m'assurer de sa pleine solidarité dans l'épreuve, de sa disponibilité pour mener le combat nécessaire contre les auteurs de cet acte ignoble. Godfrain ne manquait pas de raisons d'être à ce point sensibilisé : son épouse avait été hôtesse de l'air chez UTA, elle avait changé de compagnie avant l'attentat mais elle aurait aussi bien pu se trouver parmi l'équipage du DC-10 désintégré par une valise Samsonite bourrée d'explosifs. Quelques années plus tard, malgré ces déclarations de principe, Jacques Godfrain, comme tant d'autres, ferait le voyage pour Tripoli, le plus officiellement du monde.

« Tourner la page » ! Pourquoi si vite ? Roland Dumas avait bien raison de nous faire comprendre que nous ne savions pas tout : c'est évident, il me manque des détails, des explications pour appréhender les mystères de la raison d'État.

Mais je pressens que ces nobles raisons ne sont pour l'essentiel que des petits secrets peu ragoûtants, des motivations intéressées. Des journalistes, des chercheurs, des historiens y trouveront un jour matière à de croustillantes découvertes. L'examen attentif des relations souterraines franco-libyennes se révélera un sujet en or massif. Pour ma part, j'ai toujours préféré me tenir à distance des allées du pouvoir, et mener mon combat sans prêter attention à ce qui se disait en coulisses.

Dans cette affaire, la France, jusqu'à ces derniers mois, s'est comportée en petit pays aux minuscules ambitions, courbant l'échine, se montrant docile et arrangeante avec des terroristes, à la suite de quoi les intérêts des familles du DC-10 s'en sont trouvés considérablement affaiblis.

En sortant de notre entretien avec le ministre des Affaires étrangères, nous étions, tous les six, révoltés par cette phrase. Il était hors de question de renoncer, de « tourner la page », avant que tous les éléments de vérité et de réparation n'aient été fournis. C'est pourquoi nous nous sommes tant battus. C'est pourquoi le DC-10 est un combat exemplaire pour S.O.S. Attentats, aujourd'hui encore. Rien, pas même l'exhortation d'un ministre, fût-il aussi puissant que Roland Dumas l'était à l'époque, pas même quelques vagues promesses financières, ne nous ferait taire.

Au moins, le ministre eut-il un mérite : il nous a si vite affranchis que notre vigilance dans ce dossier fut rarement prise en défaut. Avec notre avocat, Francis Szpiner, grand connaisseur des affaires africaines, nous avons anticipé plus d'une chausse-trape.

L'attitude timorée de la France s'explique d'autant moins qu'à l'époque nous possédions de puissantes armes politiques et juridiques. Le 21 janvier 1992, le Conseil de sécurité de l'Organisation des Nations unies avait pris une résolution imposant des sanctions économiques contre la Libye. D'autres résolutions avaient suivi afin d'obtenir de ce pays une coopération judiciaire dans l'enquête sur les attentats de Lockerbie et du Ténéré. Le gouvernement français aurait pu se servir de ces résolutions comme d'un puissant levier, unir son combat avec celui des États-Unis et de la Grande-Bretagne. Il n'en fut rien.

Une semaine après l'adoption de cette première résolution de l'ONU, je me suis rendue à New York. Avec des représentants des associations de victimes de Lockerbie, j'ai rencontré le sous-secrétaire général de l'ONU, Ronald Spiers. Nous souhaitions que la France, les États-Unis et la Grande-Bretagne lancent des démarches communes pour le règlement des deux attentats. Le responsable de l'ONU nous a assurés que les Nations unies feraient pression sur la Libye, mais rien de plus ne serait possible. Des contacts avec les milieux diplomatiques m'ont fait comprendre qu'un accord verbal avait été passé entre les trois pays concernés : il n'y aurait aucun front commun pour les deux attentats, les États-Unis et la Grande-Bretagne s'occuperaient de l'affaire de Lockerbie ; la France du DC-10. Chacun chez soi...

L'attentat de la PanAm a donné lieu à de très fortes pressions internationales sur la Libye, à une bataille diplomatique de grande ampleur. Les États-Unis et la Grande-Bretagne souhaitaient qu'un procès se déroule en Écosse mais Kadhafi refusait et proposait qu'il soit organisé en Libye. Après de nombreux contacts informels et l'appui constant des responsables des Nations unies, une solution originale fut trouvée : un procès serait organisé en terrain neutre, si j'ose dire, dans une ancienne base militaire aux Pays-Bas, à Zeist, cédée symboliquement le temps du procès par le gouvernement néerlandais à l'Écosse. Les deux Libyens, poursuivis dans cette affaire, des employés de la compagnie Libyan Arab Airlines, furent extradés et jugés par la justice écossaise à Zeist. L'un des deux prévenus fut condamné à la prison à vie, l'autre fut acquitté. Avec Béatrice de Castelnau, nous avons assisté à la première audience. La différence avec le procès du DC-10 nous parut criante, et cruelle pour la justice française.

J'ai raconté précédemment la patiente et difficile recherche de la vérité par le juge Bruguière, les étapes qui ont permis aux familles des victimes de l'attentat de faire une partie de leur deuil. En 1991, Jean-Louis Bruguière lançait quatre mandats d'arrêt internationaux contre trois membres des services de renseignement libyens impliqués dans la fourniture au Congolais Apollinaire Mangatany de la valise Samsonite tapissée de pentrite, et contre le propre beau-frère du colonel Kadhafi, Abdallah Senoussi, numéro deux des services secrets libyens. Ce coup d'éclat judiciaire se produisit trois jours seulement après la petite phrase de Roland Dumas sur la nécessité de passer l'éponge. Deux ans plus tard, Bruguière lançait deux autres mandats d'arrêt contre deux collaborateurs de Senoussi.

En 1996, la Libye, désireuse de sortir de l'isolement international, avait amorcé un début de coopération judiciaire. Jean-Louis Bruguière avait été enfin autorisé à se rendre à Tripoli pour interroger les suspects. Le colonel Kadhafi avait écrit une lettre à Jacques Chirac dans laquelle il rappelait que le droit libyen, à l'égal du droit français, n'autorisait pas l'extradition de ses nationaux mais que « si l'appareil judiciaire français, à l'objectivité duquel nous avons tout lieu de croire, devait parvenir à la conviction que les citoyens libyens sont coupables dans cette affaire, rien ne devrait l'empêcher alors de les juger par contumace, si le droit français permet un tel procès. La Libye s'acquittera, dans ce cas, de ses obligations, si toutes les conditions prévues par la loi sont requises ».

Le 8 mars 1999 s'ouvrit le procès des six Libyens devant la cour d'assises de Paris, composée d'un jury de magistrats. Ordinairement, un procès par contumace, c'est-à-dire en l'absence des prévenus, est expédié en deux ou trois heures, sans la présence des avocats. La frustration des familles des victimes était telle que j'avais bataillé pour obtenir, après discussion avec les autorités judiciaires, que le procès dure trois jours. On y lirait l'acte d'accusation et le réquisitoire mais, en plus, les avocats plaideraient. L'avocat général, Gino Necchi, rendit hommage dans son réquisitoire à « une enquête exemplaire » : « Le juge d'instruction n'a pas cherché à privilégier une piste ou une autre, la piste libyenne s'est imposée d'elle-même grâce à des éléments objectifs confortés par des auditions scrupuleusement recoupées dans différents pays et à des sources multiples... Plusieurs autres pistes ont été suivies : Iran, Syrie, Liban. Ces recherches n'ont pas abouti. »

Pour S.O.S. Attentats, Francis Szpiner évoqua le destin tragique des victimes et de trois cent treize de leurs parents. J'avais demandé aux membres de l'association de l'aider dans sa tâche en préparant des petits CV des disparus. Il s'attacha ensuite à la démonstration dc la culpabilité libyenne. Le verdict fut sans surprise : les six Libyens furent condamnés à la réclusion à perpétuité. La troisième journée du procès fut consacrée à l'audience civile où seraient discutées les réparations exigées. Le tribunal condamna les six Libyens à verser aux familles des indemnités allant de 20 000 à 200 000 francs, sans aucun préjudice économique contrairement à nos demandes. Ces sommes apparaissent dérisoires, comparées aux millions de dollars d'indemnités consentis ultérieurement par l'État libyen pour classer le dossier Lockerbie. Mais elles correspondent aux barèmes en vigueur dans les tribunaux français en cas de décès.

Il est regrettable que l'État français ne se soit pas mobilisé pour un crime aussi grave. Les gouvernements américain et anglais se sont battus pour que le procès de Lockerbie se déroule en présence des prévenus libyens, ils ont engagé des négociations avec Tripoli pour le règlement financier de l'attentat. Au prétexte que le droit français ne prévoit pas la possibilité d'extrader ses nationaux, le gouvernement français ne réclama pas l'extradition des responsables libyens renvoyés devant les assises, se conformant aux souhaits et au droit libyens. Paris attendit passivement que le colonel Kadhafi tienne ses engagements et livre à la justice française les six Libyens condamnés afin qu'ils purgent leur peine. En vain.

En revanche, l'exécution des condamnations civiles fut réglée en quelques semaines, sans qu'à S.O.S. Attentats nous en soyons seulement avertis. Les autorités françaises prirent contact en catimini avec l'État libyen, qui décida de se substituer aux six condamnés. Les sommes ridicules attribuées par la cour d'assises et le remboursement des indemnités déjà versées par le Fonds de garantie furent prestement acquittés par Tripoli. Ce qui permettait de clore définitivement le contentieux franco-libyen, de reprendre les échanges commerciaux et politiques, de « tourner la page ». Nous ne l'entendions pas ainsi.

Aussitôt terminé ce procès escamoté, nous nous étions promis avec Béatrice de Castelnau, Francis Szpiner et quelques autres de trouver les moyens de relancer l'action judiciaire. Même si certaines familles étaient moralement fatiguées par cette procédure longue de dix ans, nous ne voulions pas nous en tenir à cette conclusion bâclée.

En mai 1999 je suis retournée à New York, avec des

représentants des syndicats de pilotes de ligne concernés par l'attentat du DC-10, rencontrer l'adjoint de Kofi Annan à l'ONU, Hans Correll. C'est lui qui, aux Nations unies, était chargé du dossier libyen, c'est lui qui était alors en train de mettre sur pied la solution originale du procès de Lockerbie en « terrain neutre ». Dans cette situation de blocage, je souhaitais qu'il intervienne comme médiateur. Il avait le profil pour rechercher des solutions novatrices au plan du droit international.

À notre grande surprise, Hans Correll se montra mal à l'aise devant notre refus de toute absolution du régime libyen et de la fin de l'embargo. Le numéro deux de l'ONU nous expliqua que le dossier Lockerbie était en voie de règlement puisque les deux suspects libyens avaient été livrés à la justice écossaise et qu'ils passeraient bientôt en procès. Nous lui rétorquâmes que si l'État libyen avait accepté de régler les indemnités financières dans l'affaire du DC-10, les six condamnés échappaient toujours à l'exécution de leur peine.

L'embarras du fonctionnaire de l'ONU ne fit que croître. À bout d'arguments devant nos protestations, il nous montra un courrier du gouvernement français qui nous scandalisa : les autorités françaises assuraient l'ONU qu'elles ne s'opposeraient pas à la levée de l'embargo puisque la Libye avait, selon les termes de ce courrier, rempli ses engagements envers la France. Nous étions deux mois seulement après le verdict de la cour d'assises de Paris. Des pressions auraient pu encore s'exercer jusqu'au dernier moment mais la France ne les envisageait même pas.

C'est cette attitude de renoncement qui a rendu le dossier du règlement judiciaire et financier de l'affaire du DC-10 inextricable.

Je peux comprendre que la partie française n'était pas aisée. Outre l'énorme pression diplomatique exercée par les États-Unis et la Grande-Bretagne, le dossier de Lockerbie était plus simple à dénouer : les deux Libyens impliqués n'étaient que des employés d'une compagnie d'aviation. L'instruction de Jean-Louis Bruguière mettait en cause, elle, des diplomates, des espions et le beau-frère de Kadhafi. C'est pourquoi il était illusoire de penser obtenir un quelconque compromis sans la moindre action politique et diplomatique. C'est pourtant ce qui s'est passé : le gouvernement français n'a pas fait le moindre geste pour obtenir que les décisions de la justice de son pays soient appliquées, au moins en partie. Lors de mon séjour américain de mai 1999, une rencontre au département d'État américain avec des membres de la cellule antiterroriste, une autre avec l'ambassadeur de France à l'ONU me confirmèrent que rien ne bougerait plus. À moins que...

Dès 1991, Francis Szpiner avait lancé un ballon d'essai dans une interview au *Nouvel Observateur* : « Pendant un moment, les familles des victimes ont envisagé de porter plainte contre Kadhafi lui-même. Nous y avons renoncé pour ne pas avoir l'air de rechercher un coup médiatique. Mais rien ne dit que nous ne le ferons pas... » Cette idée revint à l'esprit de Francis. Cela paraissait le bon moyen pour relancer la procédure. Le 16 juin 1999, Béatrice de Castelnau et S.O.S. Attentats portèrent plainte contre le colonel Kadhafi pour complicité d'homicides volontaires. D'autres victimes auraient souhaité s'y associer mais il paraissait préférable, pour éviter d'accroître la charge de travail du juge d'instruction, qu'une seule personne soit concernée par cette plainte. Béatrice de Castelnau avait la carrure, le cran personnel pour se retrouver en première ligne contre Kadhafi.

Quelques semaines plus tard, dans un délai anormalement rapide au regard de la lenteur habituelle de la justice française, le procureur Jean-Pierre Dintilhac refusa que notre plainte soit instruite, sous prétexte que « le droit coutumier international » interdirait de poursuivre un chef d'État dans l'exercice de ses fonctions. Son pouvoir conférait à Kadhafi une immunité de fait. S'il avait été en retraite, c'eût été une autre affaire. Quelle hypocrisie !

Quand la chambre des Lords britannique avait accepté la demande d'extradition par la justice espagnole de l'ancien dictateur chilien Augustó Pinochet, Jacques Chirac et Lionel Jospin avaient approuvé la démarche. Mais pour Kadhafi, il n'y avait rien à faire. Il est vrai que Pinochet n'était plus en exercice, à la différence de son homologue libyen. Dans le journal de l'association, Francis Szpiner exprimait notre colère : « Nous sommes priés d'accepter l'aumône des assassins, de nous en réjouir et de tourner la page, pour que les affaires reprennent entre la Libye et la France. Nous n'avons pas mené dix ans de combat pour en arriver là. Le dossier démontrait la responsabilité personnelle du colonel Kadhafi. »

Nous fîmes appel et la chambre d'accusation de la cour d'appel nous donna raison, « étant donné la gravité des actes commis... ». « L'immunité ne couvre que les actes de puissance publique ou d'administration publique accomplis par le chef de l'État, à condition qu'ils ne soient pas considérés comme des crimes internationaux. » La chambre autorisa donc Jean-Louis Bruguière à instruire notre plainte. C'était pour moi une décision historique qui considérait le terrorisme comme « un crime international » suffisamment grave pour que soient poursuivis non seulement ses exécutants mais jusqu'à ses commanditaires, fussent-ils chefs d'État.

Le procureur Dintilhac ne renonça pas et introduisit un pourvoi contre cette décision. C'est la Cour de cassation, la juridiction suprême, qui déciderait si la France souhaitait une forme de justice internationale ou non. Pendant l'audience de la Cour de cassation, je compris très vite qu'elle nous serait défavorable. L'avocat général, en effet, commença par rendre hommage à l'action de S.O.S. Attentats, ce qui était parfaitement incongru lors d'un exposé juridique devant cette instance aussi prestigieuse. J'en eus vite la confirmation. La Cour de cassation, après délibération, rendit en mars 2001 un arrêt qui interdisait toute poursuite : « La coutume internationale s'oppose à ce que les chefs d'État en exercice puissent, en l'absence de dispositions internationales contraires s'imposant aux parties concernées, faire l'objet de poursuites pénales d'un État étranger. »

Je n'ai pas d'avis définitif sur le niveau de culpabilité du chef d'État libyen, je voulais seulement que cette question soit examinée. La justice française s'y opposait mais laissait transparaître, entre les lignes, qu'il faudrait réformer le droit international, considérer le terrorisme comme un crime contre l'humanité, par exemple, si l'on voulait poursuivre un chef d'État à l'échelle internationale. Ne nous avouant pas vaincus, nous avons porté plainte devant la Cour européenne des droits de l'homme de Strasbourg.

C'est à ce moment que Cristina, l'intermédiaire monégasque, se manifesta auprès de moi.

Depuis un moment, je pressentais que la solution pourrait venir de la partie américaine. Mes deux visites à l'ONU et mes rencontres régulières avec les associations des victimes de l'attentat de Lockerbie m'avaient confirmé que la pugnacité se situait de ce côté de l'Atlantique. La volonté politique, le système judiciaire américains y étaient nettement plus favorables aux victimes du terrorisme.

Lors du procès de 1999 à Paris, j'avais essayé d'approcher l'ambassadeur américain, Vernon Pugh, dont l'épouse avait péri dans l'attentat du DC-10. Je voulais lui suggérer de déposer une plainte devant la justice américaine, seul ou avec les six autres familles américaines. Mais il était constamment entouré de plusieurs *special agents* de la CIA. Il me fut impossible de m'entretenir avec lui. Très curieusement, la justice française fit une exception le concernant. L'ambassadeur ne s'était pas joint au combat de l'association, il avait son propre avocat. Son défenseur avait réclamé un préjudice économique mais il avait formulé sa requête en anglais. Depuis le XVIe siècle et l'édit de Villers-Cotterêts signé par François Ier qui supprimait le latin des jugements et actes notariés, la justice française n'est autorisée à recevoir que des demandes écrites en français. L'examen du dossier Pugh fut donc renvoyé après le procès, l'avocat fit traduire sa demande. Un an plus tard, la justice française accorda au civil 500 000 francs d'indemnités, au titre du préjudice professionnel, à payer par l'État libyen. Je ne me suis jamais expliqué pourquoi la justice française n'avait, malgré nos demandes, accordé un préjudice professionnel qu'à l'ambassadeur américain pour la mort de sa femme. C'était très injuste pour toutes les autres victimes.

Ayant échoué dans ma tentative de sensibiliser Vernon Pugh, je vis arriver l'action du propriétaire américain de l'avion avec la plus grande bienveillance. Je réussis à le mettre en contact avec les représentants des sept familles des Américains tués dans le DC-10. Tous, même l'ambassadeur désormais en retraite, acceptèrent, après bien des réticences, de se joindre à sa plainte. Nous discutâmes avec le propriétaire du choix d'un cabinet d'avocats spécialisés, ce ne fut pas simple. Après avoir penché pour le cabinet Motley, spécialisé dans les procédures contre les fabricants de tabac mais aussi dans les poursuites contre Al-Qaïda, nous avons préféré opter pour un cabinet spécialisé depuis plus longtemps dans les affaires de terrorisme moyen-oriental : Stuart H. Newberger, associé du cabinet de Washington Crowell Moring, est l'avocat qui a négocié les millions de dollars de dommages et intérêts pour les otages américains au Liban. Conseil de Terry Anderson et de nombreuses victimes du terrorisme, Stuart a réussi à obtenir un arrêt crucial de la justice américaine qui tenait pour responsable de ces prises d'otages des années quatre-vingt l'État iranien.

Afin d'aider l'action de cet avocat, j'ai gravé sur

CD-rom les trente-cinq mille pages de la procédure française qui servirait à introduire l'action judiciaire devant la cour fédérale de Washington. La procédure du juge Bruguière a peut-être ses défauts, c'est vrai qu'elle ne répond pas à toutes les questions, faute de coopération judiciaire de l'État français et peut-être d'une aide plus conséquente des services secrets français, mais la responsabilité d'officiels libyens y est largement démontrée.

Tous ces éléments ont permis au juge Thomas Penfield Jackson de déclarer, fin octobre 2003, que la responsabilité de la Libye et des six Libyens pouvait être recherchée dans l'attentat perpétré contre le vol UT-772. Le juge a rejeté l'argument de l'État libyen qui invoquait son immunité devant les tribunaux américains. Pour cela, il s'est appuyé sur une loi de 1996 qui refuse le bénéfice de toute immunité de souveraineté aux pays figurant sur la liste des « États favorisant le terrorisme ».

La voie est libre désormais pour une action du propriétaire de l'avion et des sept familles afin de prouver la responsabilité libyenne dans l'attentat du DC-10. Le désir de compréhension des victimes européennes et africaines sera peut-être un jour satisfait par la justice américaine.

À Tripoli

Le jeudi 21 août 2003, nous nous sommes envolés pour la Libye à bord d'un Falcon de la République française. Francis Szpiner m'accompagnait. Il y avait aussi le fils d'une des victimes de l'attentat du DC-10, Guillaume de Saint-Marc, sa femme et son cousin avocat. Nous devions rencontrer dans la capitale libyenne des représentants de la Fondation Kadhafi dirigée par Saïf El Islam Kadhafi, l'un des enfants du colonel.

Pendant les trois heures qu'a duré le vol jusqu'à Tripoli, des pensées contradictoires n'ont cessé de traverser mon esprit. Quatorze ans après l'attentat au-dessus du Ténéré, un avion frappé de la cocarde tricolore transportant les porte-parole des victimes allait se poser en Libye ; je ne pouvais qu'en éprouver de la satisfaction. C'était un début de victoire. En même temps, j'avais bien des réticences à participer à des négociations financières. Longtemps, nous avions mené un combat judiciaire ; les préoccupations avaient progressivement changé de nature.

Dans le cas de Lockerbie, tout avait été clair dès le départ : Américains et Britanniques avaient trouvé un accord sur des indemnisations financières avec des représentants officiels de l'État libyen. Cette fois, nous n'avions rendez-vous qu'avec des personnages aux fonctions nébuleuses pour des pourparlers dont je craignais qu'ils se transforment en marchandages.

Jamais, depuis la création de S.O.S. Attentats, je ne m'étais retrouvée dans une telle situation. Nous nous étions battus pour changer la loi française, nous avions introduit des actions judiciaires contre les terroristes, nous avions défendu les dossiers d'indemnisation des victimes devant des organismes officiels mais toutes nos actions étaient restées conformes à quelques principes éthiques.

Je n'étais pas à l'aise mais, depuis la conclusion de l'accord financier pour Lockerbie, plusieurs familles de victimes du DC-10 m'avaient téléphoné, me poussant à m'engager dans une voie similairc. Il faut avouer que le chiffre de dix millions de dollars promis à chaque famille des victimes de l'attentat contre un avion de la PanAm avait de quoi donner le vertige. En réalité, l'accord était plus complexe : d'une part, la somme de dix millions était décomposée en trois tranches, et seul le premier versement de quatre millions de dollars paraissait assuré puisque l'ONU allait lever définitivement l'embargo contre la Libye, dont la suspension avait déjà été décidée en 1999. D'autre part, le cabinet d'avocats américains, Kreindler & Kreindler, qui avait pris le relais des discussions entre États, devait prélever 40 % de ces sommes pour paiement de ses honoraires, et 10 % supplémentaires devaient être payés sous forme de taxes diverses à l'État américain. On aboutissait à un chiffre de deux millions de dollars, tout le reste étant très aléatoire. Cela n'empêchait pas les familles françaises de rêver d'un tel pactole.

La pression était aussi venue du plus haut niveau : Dominique de Villepin nous avait reçus, la veille, au Quai d'Orsay. Informé par Guillaume de Saint-Marc qu'un accord avec les Libyens était sur le point d'être conclu, le ministre des Affaires étrangères avait exigé que S.O.S. Attentats et Francis Szpiner y soient associés.

Ce n'était que justice, nous avions tout de même travaillé sur ce dossier depuis 1989 alors que Guillaume de Saint-Marc, jeune homme au moment de l'attentat, n'avait pris en charge cette affaire que très récemment. J'allais bientôt m'apercevoir que rien n'était réglé. J'aurais dû m'en douter quand Guillaume avait obstinément refusé de nous montrer le préaccord qu'il avait signé au nom de son collectif des familles, lors d'un précédent voyage.

Nous ne serions pas de trop, avec Francis Szpiner, dans ces discussions.

Pour bien comprendre cette ténébreuse affaire, il me faut remonter deux années en arrière. Fin 2001, Béatrice de Castelnau m'avait alertée : Saïf El Islam Kadhafi effectuait une visite à Paris. Le fils du colonel venait inaugurer à l'Institut du monde arabe une exposition de ses peintures. Il devait aussi participer à une conférence organisée par l'Institut français des relations internationales, l'Ifri. Nous décidâmes d'aller l'écouter, de lui porter la contradiction. Je proposai à Guillaume de Saint-Marc de se joindre à nous.

En 1989, Guillaume de Saint-Marc a perdu dans l'attentat son père, Jean-Henri Denoix de Saint-Marc, directeur de Total Afrique. Les Denoix de Saint-Marc sont une vieille et prestigieuse famille française : un oncle a été longtemps secrétaire général du gouvernement avant de devenir vice-président du Conseil d'État. Après l'attentat, je me suis occupée du dossier des Saint-Marc devant le Fonds de garantie, j'ai veillé à ce qu'ils se portent partie civile afin d'être concernés par la procédure judiciaire et d'éventuelles indemnités complémentaires. Quand Guillaume a fondé, plusieurs années après, une société de communication, je lui ai confié la gestion du site Internet de S.O.S. Attentats. J'ai tenu à l'associer à la plupart de nos démarches.

Le jour dit, nous nous sommes donc retrouvés tous les trois au siège de l'Ifri, dans le XVIe arrondissement de Paris. Deux cents personnes étaient réunies, c'était une assemblée plutôt hétéroclite où se côtoyaient des représentants des grandes entreprises intéressées par la reprise des relations commerciales entre la France et la Libye, des habitués des débats de l'Ifri, l'entourage du fils Kadhafi et des militants prolibyens. Saïf Kadhafi a exposé en anglais l'historique des relations franco-libyennes, glissé sur « les difficultés temporaires » qui avaient affecté les rapports entre nos deux pays après « l'accident » du DC-10 ; c'était la terminologie officielle à Tripoli pour éviter de parler d'attentat. Pour terminer, il se félicitait des progrès des relations bilatérales. À l'en croire, une nouvelle ère s'ouvrait entre nos deux pays après l'éloignement temporaire. Si j'avais bien compris, il était l'émissaire de cette amitié renaissante. Des questions anodines lui furent posées sur les possibilités de coopération économique, sur les implantations des investissements français. J'ai levé la main.

— Comment pouvez-vous dire que tous les différends sont aplanis alors que les six Libyens condamnés dans l'attentat du DC-10 ne purgent pas leur peine, contrairement aux promesses du colonel Kadhafi ? C'est une offense et une douleur pour toutes les familles des cent soixante-dix morts de cet attentat. Que compte faire la Libye pour régler ce point de contentieux important ?

J'avais à peine terminé qu'une partie de la salle commença à me conspuer. J'avais bien du mal à reconnaître l'assistance sage et disciplinée qui venait d'écouter religieusement le fils Kadhafi. Plusieurs personnes, dont une femme d'une cinquantaine d'années, me traitèrent de raciste, d'antiarabe, d'antilibyenne. Sans être paranoïaque, les adjectifs étaient trop appuyés pour que je n'y perçoive pas une nuance antisémite. Cette dernière représentait une association musulmane, elle continua pendant un moment à me hurler sa haine.

Je la connaissais déjà. Elle m'avait contactée après le procès en assises des six Libyens. Sa démarche, m'avait-elle expliqué, était entourée du plus grand secret. Elle était porteuse, me disait-elle, d'un message du fils de Kadhafi. Celui-ci dirigeait une fondation caritative et humanitaire, la Fondation Kadhafi, dont elle m'offrit une plaquette qui en exposait les buts. Elle m'avait proposé d'entamer avec la Fondation des pourparlers officieux afin de régler une fois pour toutes le contentieux, et ne plus gêner l'essor des relations entre les deux pays. C'était exactement la démarche dans laquelle Guillaume de Saint-Marc allait bientôt s'investir.

J'avais répondu à ces propositions par une fin de non-recevoir :

— Ce n'est pas avec la Fondation Kadhafi que je souhaite trouver une solution mais avec l'État libyen.

Ma remarque avait mis fin à notre entretien. Cette fois, la dame était nettement plus agressive. Saïf Kadhafi fit un geste de la main afin de calmer l'assistance. Il souhaitait me répondre. Il expliqua qu'il n'était pas un représentant de l'État libyen. Il répéta qu'il venait ici pour inaugurer une nouvelle ère des relations franco-libyennes et que tout ce qui pourrait y contribuer serait le bienvenu. La porte n'était pas fermée.

Après sa conférence, le fils Kadhafi quitta la salle en longeant l'assistance du côté où nous nous trouvions. Guillaume de Saint-Marc, qui était resté debout, le héla et lui expliqua qu'il était le fils d'une des victimes du DC-10 :

— Je voudrais vous dire que pour nous, il est très important que les décisions de la justice française soient appliquées.

Le fils Kadhafi écouta le message avec bienveillance et proposa même à Guillaume de le rejoindre, un peu plus tard, à l'hôtel Crillon, place de la Concorde, pour continuer les discussions. Ce que Guillaume fit en compagnie de sa femme, Emmanuelle. Pendant ce temps, j'avais filé à l'Automobile Club où se déroulait une autre réunion liée au voyage du fils Kadhafi. J'ai vite compris que l'offensive de charme à laquelle je n'avais pas cédé, l'année d'avant, entrait dans une nouvelle phase. Après tout, je n'y voyais pas d'inconvénient majeur, du moment qu'on n'entraînait pas les victimes dans le renoncement de leur exigence de justice et de vérité.

Un an plus tard, nous manifestâmes devant le Quai d'Orsay pour protester contre la venue en France du ministre des Affaires étrangères libyen, Abdel Rahman Chalgham. Une banderole fut déployée avec les noms des cent soixante-dix victimes de l'attentat. En même temps, Guillaume de Saint-Marc continuait d'entretenir des contacts téléphoniques avec des émissaires de cette fameuse fondation humanitaire. Au début de l'été 2003, avec sa femme et son cousin, Valéry, ils furent invités à aller discuter à Tripoli. Ils en revinrent convaincus qu'un accord était non seulement possible mais imminent.

Dans l'avion pour Tripoli, Guillaume de Saint-Marc finit par accepter de nous montrer, à Szpiner et moi, le préaccord qu'il avait signé avec les Libyens. Un mot me choqua aussitôt : on n'y parlait pas de l'attentat mais de « la catastrophe du DC-10 ». Autant dire qu'on « tournait la page »... Je n'étais pas prête à accepter cette abdication.

Dès notre arrivée, nous fûmes conduits à la résidence de Saïf Kadhafi. L'ambassadeur de France à Tripoli, Jean-Jacques Bossou, nous accompagna pour l'introduction des débats. Sa présence, son appui, ses conseils nous furent très précieux. Même s'il ne s'agissait pas de discussions officielles au niveau étatique, le gouvernement français manifestait par l'intermédiaire de son représentant dans la capitale libyenne toute l'importance qu'il accordait à ces pourparlers.

Dominique de Villepin s'était puissamment engagé dans ce dossier, ce qui contrastait avec ses prédécesseurs, de gauche comme de droite. Il avait fait savoir que la France, en cas d'échec des discussions financières sur le DC-10, opposerait son veto, au Conseil de sécurité de l'ONU, à la résolution britannique demandant la levée officielle de l'embargo contre la Libye. Le ministre des Affaires étrangères ne s'était permis ce geste très médiatisé, politiquement lourd de conséquences, que parce que Guillaume de Saint-Marc l'avait assuré que l'accord était quasiment bouclé. Dans l'Histoire, la France n'a brandi son veto qu'en de très rares circonstances. Quelques mois après avoir menacé d'en faire usage pour contrer George Bush et Tony Blair sur la guerre en Irak, il était difficilement concevable de l'utiliser une nouvelle fois. J'ai mis du temps à comprendre que cette arme était un coup de pouce à nos discussions mais qu'elle n'était pas destinée à être utilisée. D'où notre embarras en constatant que l'accord était loin d'être réglé.

Pendant ces trois jours de négociations, du jeudi 21 au dimanche 24 août, le fils Kadhafi resta invisible. Nous n'eûmes affaire qu'au secrétaire général de la fondation, Salah, et à un certain Hassan. Ces deux hommes menaient les discussions, entourés de traducteurs et de juristes. Après l'introduction de l'ambassadeur de France, Hassan prit la parole. Cet homme chauve au crâne parcouru par une très longue cicatrice expliqua, en me désignant du regard, qu'il était impossible de poursuivre les discussions en ma présence.

Jamais il ne prononça mon nom, j'étais pour lui « *this lady* ».

— Si le peuple libyen savait que « *this lady* » est en Libye, le peuple tout entier lui jetterait des pierres, expliqua-t-il à plusieurs reprises.

Je m'efforçai de rester calme, même si l'appel à la lapidation avait de quoi me faire sortir de mes gonds. Dans un pays officiellement laïc, qui s'efforçait de résister à la montée de l'islamisme religieux, cette référence me parut évidemment révoltante et bien étrange. Connaissant mes réactions parfois vives, Francis Szpiner ne cessait de me passer des petits mots, me pressant de me taire. L'ambassadeur de France s'opposa à cette tentative de division : en des termes beaucoup plus diplomatiques que je ne saurais l'exprimer, Jean-Jacques Bossou estima que les Libyens n'avaient pas à choisir leurs interlocuteurs, à décider quelles étaient, pour eux, les bonnes et les mauvaises victimes. Francis Szpiner argumenta longuement sur la légitimité historique de S.O.S. Attentats et s'offrit même ce retournement dialectique qui me fit sourire :

— « *This lady* », comme vous dites, représente des dizaines de familles qui souffrent depuis l'attentat contre le DC-10. Toutes ses actions ont été menées dans le souci de justice exprimé par ces familles. Et si certaines des familles de victimes, qui ne veulent pas d'un arrangement financier, apprenaient sa présence ici, elles manifesteraient, elles aussi, leur colère. En venant ici, « *this lady* » a bravé le courroux de ceux qui ne comprennent pas sa bonne volonté pour discuter.

Le débat sur ce point liminaire dura entre quatre et cinq heures. Je ne cessai de lever le doigt, je désirais m'expliquer, tenter de calmer le jeu. C'était bien la pugnacité de S.O.S. Attentats qui était en cause et gênait les Libyens. Je le pris comme la confirmation de la justesse de notre combat.

Ce qui me troubla, c'est l'absence de soutien de la famille Saint-Marc. Plus tard, Guillaume de Saint-Marc me confirmera qu'il aurait préféré mener seul les négociations jusqu'au bout. J'avais bien senti cette réticence quand Dominique de Villepin imposa la présence de S.O.S. Attentats à la table des négociations.

Mais s'est-il seulement interrogé : aurait-il pu entamer des discussions avec Saïf Kadhafi sans la décennie de combats menés par S.O.S. Attentats, sans les trente-cinq mille pages de procédure judiciaire du juge Bruguière que nous avions constamment soutenu ? Pour ma part, j'en doute fortement.

Je ne suis pas experte en négociations mais si j'ai appris une chose depuis la création de S.O.S. Attentats, c'est que plus le défi est élevé, plus il faut imposer des rapports de force. Ce n'est pas avec des sourires et des gestes amicaux qu'on obtient des accords aussi complexes. Lors d'une réunion avec les familles du DC-10, le 19 septembre 2003, des victimes ont reproché à Guillaume de Saint-Marc ses élans de sympathie pour « Saïf », ses sourires satisfaits quand il s'émerveillait du confort des avions officiels de la République, la maladresse de son cousin qui parlait, lui aussi, de « tourner la page du contentieux ». Ce jour-là, Jean-François Claisse, le frère d'une hôtesse de l'air, s'est demandé si Guillaume de Saint-Marc n'était pas atteint du syndrome de Stockholm.

Quand Guillaume de Saint-Marc m'a avoué que la

présence de Francis Szpiner et la mienne étaient un obstacle à une issue positive, je me suis interrogée. Qu'entendait-il par là ? Était-ce notre judéité qui posait un problème pour conclure avec les Libyens ? Je ne peux le soupçonner d'antisémitisme. Ou bien notre intransigeance ? Avons-nous fait échec à un accord au rabais ? Je me suis en tout cas opposée fermement à ce que des commissions d'avocats soient prélevées sur les indemnisations que toucheraient les victimes. J'ai exigé la transparence la plus absolue et proposé que Joël Thoraval, préfet en retraite dont Francis Szpiner m'a soufflé le nom, un grand commis d'État d'une parfaite rectitude, prenne la tête d'une fondation afin de gérer les indemnités éventuellement versées par la Libye.

Vers minuit, le jeudi 20 août 2003, ma participation aux négociations cessa d'être un point de blocage. Hassan avait exigé, au préalable, que je retire toutes les actions judiciaires entamées par l'association et que je présente mes excuses au guide de la révolution libyenne pour tout le mal que je lui avais causé. J'ai fini par accepter de signer un texte où je m'engageais, en cas d'accord sur l'indemnisation des cent soixante-dix familles, à retirer ma plainte devant la Cour européenne des droits de l'homme de Strasbourg. Et si le colonel Kadhafi s'était senti insulté par nos demandes, je m'en excusais mais j'expliquais que toutes nos actions entraient dans un cadre purement judiciaire et ne visaient en aucun cas la personne en tant que telle.

Nous allions pouvoir enfin commencer à discuter du fond de l'affaire. Pour cette première séance, nous ne nous sommes séparés qu'à cinq heures du matin, neuf heures après le début de la réunion. La suite des négociations s'est déroulée au cinquième étage d'une tour moderne, au siège de la Fondation Kadhafi. Je dois avouer que j'ai l'esprit trop cartésien pour m'être sentie tout à fait à l'aise dans ces palabres interminables, ces discussions où l'on répète sans cesse les mêmes arguments avec des mots différents, où l'où revient inlassablement sur les points de litige, où la dialectique consiste à envelopper les problèmes, avec un art des contours et des détours, au lieu de leur trouver une solution.

En outre, nous étions sans cesse interrompus par les sonneries baroques et stridentes des téléphones portables de nos interlocuteurs qui décrochaient et commençaient à converser devant nous ou, le plus souvent, sortaicnt de la salle. Quand ils n'étaient pas appelés, c'est eux qui passaient des coups de téléphone, à chaque avancée, même minime, de nos échanges. Manifestement, nous n'avions affaire qu'à des personnages de second plan, nullement habilités à décider de quoi que ce soit et qui rendaient compte de la situation tous les quarts d'heure à leurs chefs.

Deux points posaient un problème. Contrairement au préaccord signé par la famille Saint-Marc, nous n'étions pas prêts, Francis et moi, à signer un texte qui utilise le mot « crash » ou « désastre » ou « catastrophe » au lieu d'évoquer clairement « l'attentat ». Le terme employé était essentiel pour la reconnaissance, même implicite, de la responsabilité libyenne. Nous avons eu à ce propos des échanges surréalistes. À en croire nos interlocuteurs, l'avion aurait fini par tomber du ciel par miracle.

Le point le plus difficile à résoudre concernait les six Libyens condamnés par la cour d'assises. Je devrais dire que l'essentiel des litiges portait sur Abdallah Senoussi, le beau-frère de Kadhafi. Je suis persuadée que les autorités libyennes auraient été prêtes à livrer à la justice française tous les comparses de cette affaire, pourvu que celui qui avait été responsable des services secrets et qui, désormais, était le chef de la sécurité du pays, autant dire le ministre de l'Intérieur, échappe à la prison et puisse à nouveau voyager en dehors de ses frontières. Le mandat d'arrêt international consécutif au verdict de la cour d'assises l'en empêche depuis 1999.

Jamais, évidemment, les négociateurs libyens ne nous présentèrent ainsi le problème. Il était question de trouver « une solution humanitaire à la situation de ces six personnes, de leurs familles ». Il fallait prendre en compte « leur souffrance », l'impossibilité qui leur était faite, par exemple, d'accompagner leurs enfants qui avaient besoin de soins dans des hôpitaux étrangers. Dans certains projets rédigés par les Libyens, les victimes de l'attentat et les six Libyens qui l'avaient organisé étaient placés sur le même plan.

Nous avions beau expliquer à nos interlocuteurs qu'en France la justice était indépendante, nous ne pouvions leur faire entendre raison. Ils nous parlaient de grâce présidentielle, de levée de la demande de mandat d'arrêt international, nous ne pouvions leur répondre qu'une seule chose : il fallait que les accusés se présentent devant la justice française, qu'un nouveau procès soit organisé pour purger la contumace, traditionnellement plus sévère pour les accusés absents. Les Libyens pouvaient être assurés que les droits de leur défense seraient très scrupuleusement respectés. Je ne cessai de rappeler cette phrase du colonel Kadhafi, dans sa lettre envoyée à Jacques Chirac avant le procès en assises, sur « l'appareil judiciaire français, à l'objectivité duquel nous avons tout lieu de croire ». Mais cela ne suffisait pas à nos interlocuteurs. Combien d'heures avons-nous passées sur ce point ?

Nous avions bien senti que nos deux interlocuteurs, Salah et Hassan, n'étaient pas sur la même longueur d'ondes. Le premier, proche de Saïf Kadhafi, était prêt à des avancées que le second refusait. Tout ce que nous avons su par la suite nous a convaincus dans l'idée que deux personnes de premier plan, le ministre des Affaires étrangères, Abdel Rahman Chalgham, et le ministre de l'Intérieur, Abdallah Senoussi, étaient hostiles à un accord. Le second défendait ses propres intérêts. Le premier était réellement convaincu que le dossier français n'était pas bon : après le verdict de la cour d'assises et le règlement financier du volet civil, la France avait promis aux Libyens que le contentieux était oublié, que les relations reprenaient comme par le passé. En relançant nos demandes, Chalgham estimait que nous manquions à notre parole. J'ai déjà souligné à quel point l'attitude de l'exécutif français fut, en 1999, d'une légèreté insigne. C'était notre point de faiblesse.

Je n'ai pas l'habitude de me payer de mots. Si je reconnais le mérite à Guillaume de Saint-Marc d'avoir réalisé les premières approches, je n'aurai ni l'illusion ni la vanité de croire que nos multiples rencontres à Paris et à Tripoli ont, à elles seules, débloqué la situation. Les interventions de Jacques Chirac qui s'est entretenu au téléphone avec le colonel Kadhafi, qui a pris le risque d'une déclaration solennelle en visite au Maroc et a rappelé la Libye à ses obligations au sommet de Tunis, les contacts répétés de Dominique de Villepin, le soutien du président algérien Bouteflika, du président égyptien Moubarak qui ont intercédé en notre faveur... Tous ces appuis et d'autres que j'ignore ont permis de rétablir une situation longtemps compromise.

Mouammar Kadhafi doit arbitrer la lutte de clans puissants qui se disputent déjà sa succession. Son fils Saïf Kadhafi, Chalgham voire Senoussi peuvent être intéressés par cette succession. Le ministre des Affaires étrangères Chalgham a menacé de démissionner si un accord était conclu lors des négociations du 20 août. Ultérieurement, il a réussi à faire bloquer l'avion du fils Kadhafi. Celui-ci voulait se rendre à Paris pour rapprocher les points de vue.

Le mardi 26 août, nous devions retourner à Tripoli avec Szpiner et les Saint-Marc. Nous avons attendu des heures l'autorisation d'atterrir dans la capitale libyenne. En vain. Francis Szpiner, dont les contacts dans le monde arabe sont nombreux, a réussi à s'entretenir au téléphone avec Saïf Kadhafi. Le principe d'une rencontre en tête à tête entre les deux hommes a été décidé. Mais le fils Kadhafi a exigé que le rendez-vous soit entouré du plus grand secret et qu'il se déroule en dehors de Tripoli, sans quoi il annulait tout. Szpiner a suivi un périple compliqué avant de retrouver Saïf Kadhafi, quelque part en Libye, loin de la capitale. À la suite de cet entretien de trois heures, nous avons finalement pu nous rendre tous les cinq à Tripoli, le samedi 30 août.

Après une nuit de discussions, nous avons décidé, Francis et moi, de quitter la table des négociations. Nous avions compris que la situation ne se débloquerait plus dans ce seul cadre. Francis Szpiner a pris la parole pour refuser « tout acte de charité méprisant », et nous avons repris l'avion pour Paris. Les Saint-Marc sont restés une journée de plus. Je pressentais que nos rencontres n'étaient que de formels habillages de contacts plus discrets, au plus haut niveau. Je trouvais, dans ces conditions, qu'il fallait jouer profil bas, ne pas donner trop de publicité à tous ces allers et retours. Surtout, je commençais à n'en plus pouvoir de cette tragi-comédie sans fin.

La situation était d'autant plus complexe que la date butoir pour l'examen de la levée de l'embargo au Conseil de sécurité à l'ONU avait déjà été repoussée. Nous avons rencontré à Tripoli le numéro deux de l'ambassade britannique qui avait négocié le règlement de Lockerbie. Sa colère contre la position française était très impressionnante. En septembre, j'aurais voulu discuter à New York avec des représentants américains des associations de victimes de l'attentat contre la PanAm, qui manifestaient devant l'ONU pour exiger l'application de leur accord d'indemnisation, mais j'assistais ce jour-là, à Washington, à l'audience préliminaire du procès des sept familles américaines et du propriétaire du DC-10 contre la Libye. Les comptes rendus de cette manifestation ne laissaient aucun doute sur leur exaspération contre la France qui bloquait le règlement financier de leur situation. Nous n'avions plus beaucoup de marge de manœuvre.

J'ai consulté plusieurs fois les familles du DC-10. Elles étaient très partagées. Certaines étaient hostiles à tous ces contacts avec les Libyens. L'idée de parler d'un « accident » et non d'un « attentat » leur paraissait totalement déplacée, voire inacceptable. Je ne pouvais leur donner tort. S'il n'avait tenu qu'à moi, je n'aurais pas mis les pieds en Libye, j'aurais même souhaité que la France oppose son veto à l'ONU. Mais d'autres familles ne pouvaient se permettre de se passer d'une compensation financière, même inférieure aux indemnités de Lockerbie. Elles me l'ont fait savoir, je ne pouvais les ignorer.

En septembre 2003, pendant que j'étais à New York, un texte a été signé, qui prévoyait la conclusion d'un accord dans le mois suivant la levée de l'embargo contre la Libye. L'honneur était sauf, un compromis était trouvé, la France n'aurait pas à utiliser son veto.

Malgré plusieurs rencontres avec des émissaires libyens, des juristes notamment, les mois de septembre et d'octobre n'ont pas permis d'aboutir. À la fin du mois de novembre 2003, au moment où je mettais la dernière main à ce livre, un accord était sur le point d'être trouvé, avant que de nouvelles difficultés surgissent, côté libyen. Les négociateurs de Tripoli avaient pourtant accepté d'inclure dans leur texte une phrase explicite sur « l'explosion d'une bombe placée à bord du DC-10 », et ne faisaient plus référence au sort des six Libyens. Une réforme à venir des procès par contumace pour se mettre en conformité avec le droit européen pouvait leur laisser quelque espoir. Une somme de un million de dollars devait être versée à chacune des familles du DC-10 en contrepartie de la renonciation à toute poursuite judiciaire contre des citoyens libyens.

Un point supplémentaire était compris dans cet accord que je trouvais très positif : après 1989, malgré tous les efforts de S.O.S. Attentats, nous n'avions pas réussi à retrouver tous les ayants droit des victimes du DC-10, notamment parmi les familles africaines. Tous ceux qui, faute d'avoir été prévenus, ne s'étaient pas portés partie civile avaient été exclus du règlement financier de la cour d'assises. La Libye acceptait de prendre en compte leur situation. En plus du million par famille, trente millions de dollars seraient débloqués afin que chacun soit restauré dans un principe d'équité, parties civiles ou non. C'était un point de justice élémentaire qui me ravissait.

Toutes ces sommes devaient être gérées par une fondation aux critères de transparence draconiens. Je craignais que, dans certaines familles, le partage du million de dollars soit le prétexte à des déchirements, mais je ne doutais pas que la fondation saurait mettre en place des critères impartiaux.

Au dernier moment, en décembre, ce compromis fut à nouveau remis en cause. Il y a eu tellement de revirements depuis le début de cette affaire, tellement de points de blocage que je n'ai plus aucune certitude quant à l'issue de ces tractations.

Même si la nature de ces discussions ne correspondait pas à la philosophie de S.O.S. Attentats, je n'ai pas voulu pratiquer la politique de la chaise vide qui aurait été bien commode. J'ai éprouvé, il est vrai, pendant tous ces mois, un vrai malaise. Se retrouver à négocier des sommes d'argent censées compenser la perte d'un être cher avec ceux qui portent la responsabilité, même collective, de cette disparition, me semble une position inconfortable voire ambiguë. Tant que les indemnités sont fixées par la justice ou des organismes impartiaux comme le Fonds de garantie, cela ne semble poser aucune difficulté. Il y a un médiateur et une instance régie par la loi. Il me paraît malsain, en revanche, que des victimes s'accordent directement avec leurs bourreaux.

Dans le cas du DC-10, les dérapages sont restés limités. Mais je sais que des parents anglais de victimes de l'attentat de Lockerbie se sont rendus à Tripoli, qu'ils sont tombés dans les bras du colonel Kadhafi et d'autres dirigeants libyens avant de discuter des sommes qui leur seraient versées.

Je serais terrifiée si ce mode de règlement devenait la norme à l'avenir. Les victimes y perdraient une partie de leur âme.

J'espère néanmoins qu'au moment où ce livre sera en librairie, les familles du DC-10 auront fini de subir tous ces atermoiements, et que tous ceux qui en ont besoin pourront compter sur un complément d'indemnités non négligeable.

Pour ceux qui, dès le début, furent les plus actifs dans ce combat, le versement de ces nouvelles sommes représenterait une reconnaissance implicite de responsabilité de la part de la Libye et la réparation de la non-exécution des six condamnations à la réclusion criminelle à perpétuité.

Reste à espérer qu'à l'avenir une justice internationale se substitue à ce genre de marchandages afin que le crime ne soit plus jamais impuni.

Après le 11 Septembre

Début septembre 2003, j'ai passé dix jours à New York. Je représentais S.O.S. Attentats à une réunion de l'ONU consacrée aux organisations non gouvernementales (ONG).

C'est la première fois que je retrouvais la ville de ma jeunesse depuis qu'elle a été frappée, le 11 septembre 2001. Un an auparavant, des amis m'avaient assurée que l'odeur des fumées âcres et une atmosphère morbide s'y faisaient toujours sentir. Pour ce que j'en ai vu, je n'ai pas eu la même impression. L'énergie de la reconstruction m'a semblé parcourir New York.

Entre mes réunions à l'ONU, j'ai eu le temps de prendre un taxi pour *Ground Zero*. Des dizaines de camions faisaient des allers-retours sur le site des tours jumelles où on établissait de nouvelles fondations. Je suis restée un moment devant les panneaux où sont inscrits les noms des trois mille victimes du World Trade Center. J'ai trouvé celui de Thierry Saada, l'un des cinq Français à avoir péri dans l'attentat. À la place de ces panneaux, un mémorial sera bientôt érigé. Un concours international a été lancé auquel a participé Nicolas Alquin, le sculpteur de « notre » mémorial aux Invalides.

Le 11 septembre 2001 restera dans les manuels d'histoire comme l'une des dates pivots du XXIe siècle. Ces vingt dernières années, je n'ai jamais cessé de clamer que le terrorisme constituait une menace structurelle. J'étais persuadée que tous ceux qui n'y voyaient qu'une série d'épiphénomènes se trompaient. L'aggravation des déséquilibres Nord-Sud me paraissait devoir nourrir le terrorisme ; tout autant que le choix de certains États d'imposer cette nouvelle forme de guerre. Dès 1986, les attentats de Paris m'avaient démontré que l'arme terroriste n'était pas seulement utilisée par des groupes extrémistes et fanatiques. L'État iranien avait commandité ces actions pour des affaires de contrats d'armement et de nucléaire.

Après m'être recueillie devant ce mur d'identités pulvérisées, j'ai fini par récupérer le taxi qui m'attendait. Je ne pouvais rester debout trop longtemps. Depuis des mois, je souffrais atrocement du dos. Douze années de marche sur une jambe et demie ont fini par endommager plusieurs de mes vertèbres. Je tenais tant bien que mal, à coups de comprimés de Voltarène, consommation qui ne cessait de s'accroître. J'avais consulté, durant l'été, plusieurs chirurgiens. Ils m'assuraient que ma colonne vertébrale nécessitait une opération lourde qui m'immobiliserait plusieurs semaines. Je n'avais pas encore donné mon accord. J'ai si souvent recouru aux services d'ostéopathes, j'avais l'illusion de pouvoir encore dominer la douleur. Et puis mon estomac, par chance, supporte plutôt bien les anti-inflammatoires.

Il a fallu que je me retrouve seule à New York pour

réaliser à quel point mon autonomie s'était à nouveau réduite. À Paris, entre mon domicile et le bureau aux Invalides, je navigue toujours en voiture à boîte de vitesse automatique. Pendant mon séjour américain, j'ai dû traverser à pied quelques-unes des immenses avenues new-yorkaises. J'ai compris qu'au-delà de quelques mètres je ne pouvais plus marcher. L'intervention était inévitable. En attendant, aussitôt rentrée à Paris, Deborah m'a loué une chaise roulante. Depuis 1983, j'ai parfois l'impression d'un perpétuel retour en arrière.

Le mardi 11 septembre 2001, j'étais au bureau de l'association, dans l'hôtel des Invalides. Je travaillais en compagnie de Gaby, une jeune stagiaire, étudiante en droit. Nous classions des dossiers, tâche absolument incontournable dans la pièce de huit mètres carrés qui nous a longtemps servi de local.

Un journaliste m'a téléphoné pour me dire qu'une tour à New York venait d'être percutée par un avion de ligne. J'ai eu bien du mal à le croire mais j'ai aussitôt branché ma radio sur France Info. Nous avons appris qu'il ne s'agissait pas d'une mais de deux tours et puis aussi du Pentagone. Moins de deux heures plus tard, les tours s'effondraient.

Nous n'avons pas réussi, de tout l'après-midi, à nous détacher de la radio. Avec Gaby, nous continuions à ranger quelques dossiers, sans conviction. Nous attendions des explications, des raisons à ce qui paraissait complètement fou. À l'antenne, les journalistes se relayaient, assommés par l'énormité de ce qu'ils avaient à retransmettre, répétant des heures durant les mêmes mots, les mêmes phrases. Ce ressassement avait quelque chose d'utile, comme une sorte d'exorcisation. Il faudrait quelques semaines pour digérer l'impensable. Pour une fois, j'ai trouvé que l'information en continu, souvent exaspérante, avait bien des vertus.

Je pensais à cette ville que j'aime tant, où ma grand-mère, ma tante ont trouvé refuge, où je me promenais si souvent avec mon cousin Larry ; je pensais à Manhattan qui m'a charmée bien avant que Woody Allen n'y plante ses caméras. Je pensais à ces deux tours. Avec Maurice, nous étions montés tout en haut du World Trade Center. C'était après l'attentat du Grand Véfour, je ne remarchais pas encore. L'ascenseur nous avait menés jusqu'au 106e et avant-dernier étage. J'y avais laissé ma chaise roulante, pris mes béquilles, Maurice m'avait soutenue et nous avions gravi les derniers mètres grâce à l'escalator. À quatre cent vingt mètres de hauteur, la vue était évidemment fabuleuse.

Le 11 septembre 2001, j'étais partagée entre ces souvenirs, la stupéfaction et la crainte pour mes proches : Laja, Yaël et Larry n'étaient plus de ce monde, mais j'avais encore Milt et sa famille. À la Libération, comme je l'ai déjà raconté, cet ancien GI avait partagé avec mes parents la vie misérable de l'atelier des Francs-Bourgeois, la douleur du deuil. De tels instants ne s'oublient jamais. Milt allait sur ses quatre-vingts ans, il était toujours avocat d'affaires, ses bureaux sur Park Avenue n'étaient pas très loin du World Trade Center. J'ai aussitôt tenté de le joindre. En vain. À New York, plus un seul réseau téléphonique ne fonctionnait.

Avec Georges Holleaux, nous avions décidé de ne

faire aucune déclaration tant que le caractère terroriste de l'attaque n'était pas démontré. Je repoussai donc les invitations multiples de journalistes. Dans la soirée, les autorités américaines ne laissèrent plus de doute : ce n'était pas un accident mais une action concertée d'une ampleur inégalée. J'ai donc accepté l'invitation de M6. La chaîne avait déprogrammé un débat sur la rentrée scolaire. L'une des fidèles de S.O.S. Attentats, Christiane Daunizeau, était aussi dans le studio. Initialement, elle avait été conviée à raconter les difficultés de scolarisation de sa fille handicapée, mais elle-même avait été victime de l'attentat de Port-Royal, en 1996. Les responsables de la chaîne lui demandèrent de rester pour le débat sur les attentats de New York et de Washington. Elle passa une partie de la soirée à pleurer. Les souvenirs de son attentat, le choc de ce qui venait de se passer la submergeaient...

Dans les jours qui ont suivi le 11 septembre, je n'ai cessé d'appeler New York. Le téléphone a fini par être rétabli. J'ai réussi à joindre Milt. Par bonheur, personne parmi sa famille ou ses amis n'était concerné par l'attaque terroriste mais sa voix, au téléphone, était brisée. Lui, tellement énergique d'habitude, paraissait terriblement las. En l'entendant parler, j'ai songé à mon père qui, à mon chevet après l'attentat du Grand Véfour, avait vu resurgir ses cauchemars de jeunesse. Pour m'expliquer ce qu'il ressentait, Milt n'a trouvé qu'une comparaison : la guerre mondiale à laquelle il avait participé, notamment en débarquant en Normandie. Les fumées qui envahirent New York, l'épouvantable odeur lui faisaient penser à ce qu'il avait vécu sur la plage de Utah Beach. Il avait été l'un des premiers soldats alliés à mettre le pied en France, précédés seulement par les parachutistes qui avaient sauté sur Sainte-Mère-Église. Il avait affronté sur la plage normande un déluge de fer et de feu. Ces scènes de guerre, qu'il avait fini par oublier, lui sont aussitôt revenues à l'esprit.

On peut survivre aux guerres, on n'en revient jamais intact.

Après le 11 septembre 2001, je n'ai pas eu le cœur de rappeler à certains hommes politiques le mépris qu'ils m'opposaient à chaque fois que je parlais des menaces terroristes. Il avait fallu cet incroyable événement pour que chacun convienne que le terrorisme n'était pas l'inévitable prix à payer par les démocraties face aux foyers de tension, mais un défi mondial qui mettrait sans doute des décennies à être vaincu. Il y avait pourtant eu de nombreuses alertes. Al-Qaïda avait frappé deux ambassades américaines en Afrique, une base américaine en Arabie Saoudite et fait savoir, après des bombardements en Afghanistan ordonnés par l'administration Clinton, que la prochaine attaque terroriste serait d'une tout autre ampleur. Comme tout le monde, j'ai été interloquée par l'absence de réactions, face à ces signaux, des services secrets américains qui connaissaient d'autant mieux Oussama Ben Laden qu'ils l'avaient aidé en Afghanistan dans sa lutte contre les Soviétiques.

La riposte choisie par George W. Bush et son équipe m'a pour le moins inquiétée. Après le choc du 11 septembre, nous n'avons pas été nombreux à protester contre les bombardements en Afghanistan. Chasser les Talibans du pouvoir à Kaboul n'était pas un objectif absurde ; démanteler des infrastructures d'Al-Qaïda aux confins de l'Afghanistan et du Pakistan, non plus. Je ne peux néanmoins me faire à l'idée que des populations civiles souffrent à cause de ceux qui les oppriment. Combien de déclarations de principe n'avions-nous pas entendues, après le World Trade Center, sur la nécessité de remettre au travail les services de renseignements et de police judiciaire, de leur donner plus de moyens, de privilégier l'infiltration ?

J'ai le sentiment que la guerre en Afghanistan, à fortiori celle en Irak, ont été des réponses « hors sujet » au défi terroriste d'aujourd'hui. Concernant l'Irak, l'opposition à l'intervention américaine s'est pourtant puissamment fait entendre, par l'intermédiaire de manifestations partout dans le monde mais aussi par la voix d'éminents spécialistes. La traque des terroristes entre l'Afghanistan et le Pakistan a été mise en sommeil. Ben Laden, le mollah Omar et bien d'autres n'ont pas été arrêtés, et la coalition américano-britannique, en intervenant en Irak, a certes chassé un dictateur, mais a aussi ouvert un nouveau front du terrorisme. De nombreux combattants arabes d'Al-Qaïda se sont précipités en Irak.

J'ai lu dans les colonnes du *Journal du dimanche* que la CIA avait monnayé la trahison de hauts responsables de l'état-major irakien afin d'éviter un bain de sang quand l'armée américaine entrerait dans Bagdad. Cette politique des généreuses rétributions n'aurait-elle pas pu permettre d'éviter les bombardements et la guerre, cruels pour les populations civiles ?

Avant le déclenchement du conflit en Irak, Georges Holleaux offrait à ses amis un livre d'un Britannique,

Alistair Horne, *Histoire de la guerre d'Algérie*[1]. L'historien y décrypte toutes les erreurs commises par la France pendant son occupation de l'Algérie. « Si Bush avait lu ce livre, peut-être se serait-il abstenu en Irak », m'a expliqué Holleaux, en prévoyant l'enlisement américain six mois avant qu'il ne se produise.

Si depuis 1996 le terrorisme international n'a plus touché la France, les conséquences de cette nouvelle guerre ont frappé plusieurs Français. S.O.S. Attentats a pris en charge les dossiers des cinq victimes françaises du 11 Septembre, des morts et des blessés des attentats de Bali, de Karachi, de Casablanca, contre la mosquée de Djerba, contre le pétrolier *Limburg*. Un Français a péri dans l'attentat contre le siège de l'ONU à Bagdad en même temps que le haut-commissaire aux droits de l'homme, Sergio Viera de Mello. Une Française, Isabelle, qui travaillait au CICR, a été blessée. Hormis l'attaque de Bagdad, S.O.S. Attentats s'est portée partie civile dans tous ces attentats.

Nous avons accueilli avec satisfaction les conclusions du groupe de travail de l'ONU, qui a déclaré contraire au droit international la détention des prisonniers sur la base de Guantanamo. Nous réclamons l'extradition vers la France des six Français qui y sont détenus afin qu'ils soient jugés dans notre pays, en bénéficiant de tous les droits de la défense.

Le terrorisme est un défi à la démocratie de même ampleur que toutes les formes de totalitarisme du XXe siècle. Il convient de combattre ces dangers sans rien céder sur nos valeurs, sans imiter nos ennemis

1. Paris, Albin Michel, 1980.

dans leur refus du droit, de la justice, des droits de l'homme. Pour S.O.S. Attentats, c'est un principe intangible.

L'an dernier, nous avons été reconnus par les Nations unies comme organisation non gouvernementale (ONG) dotée d'un statut consultatif auprès du Conseil économique et social de l'ONU. En apprenant la nouvelle, j'ai pensé à d'autres ONG prestigieuses, comme Médecins sans frontières ou Médecins du monde. Je suis fière que S.O.S. Attentats se soit hissée à un niveau de crédibilité, de représentativité internationale qui nous ouvre les portes des organismes internationaux. Après tout, nous aurions pu n'être qu'un lobby éphémère. Avant S.O.S. Attentats, de nombreuses tentatives avaient été faites pour fédérer les victimes. Sans succès.

Ce qui m'importe le plus dans cette affaire, c'est qu'au-delà de l'aide aux victimes, de la défense de leurs intérêts, essentielles à mes yeux, nous participions, à notre modeste mesure, à la réflexion sur les enjeux du terrorisme. Plus que la réunion formelle à laquelle j'ai participé en septembre 2003, j'attache de l'importance aux groupes de travail qui se réunissent à Vienne ou à Genève. Avec Ghislaine Doucet, conseillère juridique de l'association, nous y participerons autant que nous le pourrons.

Dans les années quatre-vingt, avant que le terrorisme ne prenne l'essor que nous lui connaissons aujourd'hui, Ghislaine Doucet a travaillé sur ce sujet avec les plus grands spécialistes du droit. Leur sujet de réflexion était centré, déjà, sur « le terrorisme comme forme de la guerre moderne ». Docteur en droit, elle a fait sa thèse sur « le terrorisme et son contentieux ».

Seule, ou avec elle, j'ai écumé nombre de réunions en France ou à l'étranger. Toutes les deux, nous avons organisé un colloque international en février 2002 qui a rassemblé à l'Assemblée nationale les spécialistes les plus éminents du droit et de la criminologie, des magistrats, des représentants de l'ONU, l'ambassadeur Philippe Kirsch, devenu par la suite président de la Cour pénale internationale, et Claude Jorda, qui est l'un des magistrats de cette cour après avoir été président du Tribunal pénal international pour l'ex-Yougoslavie. Un *Livre noir*, recueil des contributions de ce colloque, a été publié par nos soins. À la fin de 2003, Calmann-Lévy a édité *Terrorisme, victimes et responsabilité pénale internationale.* Cet ouvrage collectif poursuit la réflexion sur les possibilités de sanctionner les auteurs d'actes de terrorisme, commanditaires et financiers, tout en respectant un juste équilibre entre la réparation et la justice dues aux victimes et la sauvegarde des droits et libertés de chacun. Crime international grave, le terrorisme demeure souvent impuni, les véritables responsables échappant la plupart du temps aux poursuites ou aux condamnations.

Nous voulons favoriser le débat sur ce sujet complexe mais aussi nous battre avec tous ceux qui le désirent pour faire avancer le droit international, seule arme que les démocraties peuvent opposer au terrorisme. S.O.S. Attentats a appuyé les démarches de ceux qui appellent de leurs vœux la naissance d'un espace judiciaire européen, notamment les magistrats qui ont signé l'appel de Genève. Nous militons pour que la

Cour pénale internationale (CPI) puisse juger des crimes du terrorisme. C'était déjà le sens de nos démarches contre le colonel Kadhafi. Pour l'instant, le terrorisme est exclu du cercle des compétences de cette cour dont les États-Unis, de toute façon, contestent la légitimité.

Il faudrait en réformer les statuts ou, plus sûrement, modifier notre approche judiciaire du terrorisme. Depuis des années, je pense que ce crime atroce devrait être considéré comme un crime contre l'humanité. J'ai longtemps été bien seule sur cette question. Depuis le 11 Septembre, l'opinion de nombreuses personnalités a évolué, notamment celle de Robert Badinter. Une autre solution consisterait à faire du terrorisme un crime international grave qui, au même titre que les crimes de guerre, les génocides et les crimes contre l'humanité, serait du ressort de cette juridiction internationale.

Depuis 1986, le champ d'action et de réflexion de S.O.S. Attentats n'a cessé de s'élargir. Nous avons accompagné le règlement de plus de mille huit cents dossiers d'indemnisation, ce qui s'est souvent traduit par une prise en charge personnelle et psychologique des personnes blessées ou des proches des défunts. Un cas me revient en mémoire, qui m'a particulièrement émue. Le 27 septembre 1990, deux hommes ont lancé des grenades contre le Café de Paris situé en plein centre de Djibouti-Ville, un établissement fréquenté par la communauté française. L'attentat a fait un mort et dix-sept blessés. Un militaire français, Daniel Nervet, était attablé à la terrasse de ce café en compagnie de sa famille. Son fils, Olivier, âgé de six ans, a été tué dans l'attentat. La peine de ses parents m'a beaucoup touchée. Nous avons bataillé, soutenu les magistrats pour obtenir justice dans une affaire où les autorités de Djibouti n'ont pas fait preuve d'une attitude très claire.

L'association est partie civile dans une centaine de procédures judiciaires. Cela va de la vague d'attentats de 1995 et ses nombreux réseaux parisiens et lyonnais, pour lesquels nous avons déjà dépassé dix procès, jusqu'aux attentats commis en Bretagne, dont celui contre le Mc Donald's de Quévert, le 19 août 2000, dans lequel Laurence Turbec a été tuée.

En octobre 2002, Boualem Bensaïd et Aït Ali Belkacem ont été jugés par la cour d'assises de Paris pour les attentats de Saint-Michel, Maison-Blanche et Orsay et condamnés à la perpétuité. En novembre 2003, cette peine a été confirmée pour Bensaïd en appel. Un membre important dcs GIA manquait à l'appel : Rachid Ramda, soupçonné d'avoir financé tous ces attentats et détenu en Grande-Bretagne depuis huit ans. La justice anglaise n'a toujours pas statué sur son extradition en France. Une quarantaine de victimes de ces attentats ont témoigné de leurs souffrances, passées et présentes. Face à leur dignité, face à la pudeur de Marc, Josiane, René, Marylène, Monique, Saïd, Gervaise, Caroline, Didier, Lucie, Annick, Joseph, Dominique, Jean-Claude, Valérie et tant d'autres, Bensaïd s'est montré d'une grande agressivité, allant jusqu'à leur dénier le statut de victimes. Il s'en est pris violemment à l'association, nous accusant de « cultiver la haine et la vengeance ». Aucun de nous n'a voulu répondre à ces provocations.

J'ai repensé, au cours des débats, à un autre procès,

celui des assassins de Chapour Bakhtiar, Premier ministre du shah d'Iran. Un responsable de la télévision iranienne côtoyait dans le box les assassins envoyés par Téhéran. Il était poursuivi pour avoir fourni un certificat d'hébergement. Le procureur avait réclamé contre lui dix ans d'emprisonnement. Je trouvais que c'était bien sévère et Francis Szpiner, lors de sa plaidoirie, fit part de nos doutes. Il est extrêmement rare que des parties civiles réclament une clémence pour les accusés. Nous l'avons fait parce que notre conscience nous le dictait. S.O.S. Attentats n'a rien à faire avec la vengeance.

En 1998, Claude Peyrat m'a succédé à la présidence de l'association. Après douze ans de bénévolat, face à l'ampleur croissante de notre tâche, je suis devenue déléguée générale salariée de S.O.S. Attentats. Claude est un homme méthodique et ordonné. Il me reproche parfois les conditions dans lesquelles nous menons toutes nos activités. Il est vrai que mon sens de l'organisation en déroute certains. J'ai souvent quatre préoccupations en tête et l'esprit d'escalier me conduit parfois à passer de l'une à l'autre, au grand désarroi de ceux avec qui je travaille. J'agace quelques-uns de mes amis en égarant les stylos qu'ils me prêtent quand j'ai perdu les miens, en répondant au téléphone alors que nous sommes en réunion. Ils ne comprennent pas toujours que j'emporte du travail chez moi, soirs et week-ends.

Je suis parfois fatigante pour tous ceux qui sont à mes côtés. Je pourrais plaider ma cause, expliquer que j'ai fait des progrès dans l'art du classement, que je me suis mise sans trop de difficultés à l'informatique, mon précieux ordinateur portable me permettant de continuer à faire avancer les dossiers la nuit chez moi. Mais j'en conviens, tout n'est pas parfait. Mon gendre, Philippe, m'assure en riant que j'émets de mauvaises ondes, le nombre de pannes sur toutes les machines que je touche étant assez impressionnant. Depuis 1986, j'ai gardé quelques manies, comme celle de classer chaque affaire dans des dossiers de couleurs différentes. Je fonctionne encore avec mes vieilles chemises parmi lesquelles je trouve toujours ce que je cherche, souvent au milieu de montagnes de documents.

Pendant des années, nous avons disposé d'un bureau si petit qu'il était exclu d'y travailler à plus de deux. Claude Peyrat y avait installé des étagères jusqu'au plafond. Mais tous les dossiers, quinzc années de procédures judiciaires et de réparations financières, n'y trouvaient plus leur place. Faire des photocopies était toute une aventure, il fallait déplacer des piles de documents. Tout prenait trois fois plus de temps. Il était surtout impossible de s'isoler pour recevoir des victimes qui avaient besoin de parler de leur cas personnel. Éliane et Josette travaillaient chez elles.

Pendant des mois, nous avons réclamé de nouveaux bureaux, plus grands. Les journalistes qui venaient m'interviewer avant le procès de l'attentat de Saint-Michel ont relayé mes demandes, et nous avons obtenu gain de cause. Après ma salle à manger personnelle qui a servi pour l'association pendant dix ans puis le minuscule bureau, nous avons emménagé au printemps dernier dans trois pièces de soixante-dix mètres carrés.

Au début, nous avons eu du mal à nous y retrouver, à nous installer.

Souvent, nous recevons des appels de victimes qui, croyant s'adresser à un standard, nous demandent de leur passer notre service médical ou juridique. Des journalistes réclament le service de presse. Cela m'amuse qu'on nous prenne pour plus grands que nous ne sommes. L'impatience de certaines victimes peut être agaçante mais jamais nous ne mettrons de distance avec ceux qui ont besoin de nous. Je continue d'ailleurs à basculer le téléphone de l'association le soir sur mon mobile.

Je me souviens de réunions où le téléphone sonnait. Je répondais aux multiples questions des victimes, sans doute plus longtemps qu'il n'aurait fallu. Je revois nettement les gestes désespérés de Claude qui, n'en pouvant plus après trois quarts d'heure d'attente, me faisait signe de raccrocher. Excédé, il me répétait : « Coupez, coupez, coupez... » Après les appels, il m'expliquait que l'heure que je venais de consacrer à mon interlocuteur, était autant de perdu pour les autres victimes et tous les dossiers que nous avions à traiter. En termes d'organisation du travail, Claude a sûrement raison. Mais je n'imagine pas un seul instant interrompre la conversation avec une personne qui a besoin d'aide.

Après des années où j'ai assuré moi-même le secrétariat, nous disposons maintenant d'une assistante à plein temps, Sirine, et même d'un mi-temps pour Ghislaine Doucet qui travaille aussi pour le Comité international de la Croix-Rouge. L'association reçoit des subventions de plusieurs ministères mais chaque année, surtout en période d'austérité budgétaire comme actuellement, il faut courir des mois pour récupérer ces crédits. L'essentiel de nos financements provient des pouvoirs publics, ce qui nous confère une certaine fragilité.

Contrairement à ce qui se passe dans les pays anglo-saxons, les entreprises répugnent à soutenir financièrement les associations, surtout quand elles luttent contre le terrorisme. Quand elles l'ont fait, c'était pour de petites sommes. Avant le procès des attentats de 1995, la RATP et la SNCF nous ont alloué chacune 3 000 euros. De petites entreprises nous ont fait des chèques de quelques centaines d'euros. Il me paraissait logique de signaler ce soutien dans le journal de l'association. À ma grande surprise, plusieurs donateurs m'ont fait savoir qu'ils voulaient bien continuer à nous accorder quelques maigres crédits à la seule condition que nous n'en fassions aucune publicité. Je n'arrivais pas à le croire mais c'est ainsi : des entreprises craignent la réaction de groupes terroristes. J'ai noté quelques exceptions à cette attitude frileuse : juste après l'attentat de Quévert qui avait visé l'un de ses fast-foods, la société américaine Mc Donald's nous a attribué un million de francs. Pour nos réunions, un restaurant parisien, L'Ambassade d'Auvergne, nous offre régulièrement le couvert et nous soutient financièrement. Sans se cacher, eux !

Il y a bien les cotisations des adhérents de S.O.S. Attentats, en principe fixées à 25 euros par an. Mais je dois avouer que j'ai bien du mal à réclamer ce paiement. Je sais que des familles ont des difficultés financières et je ne me sens pas le droit d'exiger quoi que ce soit des victimes du terrorisme. Il est vrai que certains, qui ont touché d'importantes indemnités du Fonds de garantie et que nous avons aidés dans leur parcours, ne pensent pas forcément à la pérennité de l'association. Ils sont persuadés que nous sommes un service public, à l'égal des bureaux d'aide aux victimes.

J'observe une évolution dans les mentalités. Il y a bien sûr des exceptions mais l'esprit militant, le souci de la solidarité, le goût du collectif, qui existaient il y a dix ans, se perdent aujourd'hui. C'est peut-être toute la société qui bascule vers l'individualisme.

Ces derniers mois, j'ai été choquée par la manifestation d'un certain égoïsme. Une réforme du système de l'aide juridictionnelle permet, désormais, dans les affaires de terrorisme, de faire prendre en charge par le ministère de la Justice les honoraires des avocats des parties civiles le temps des procès. C'est une précieuse aide pour nos finances. Dans ces dossiers, les procédures peuvent durer dix ans. Les parties civiles se comptent par dizaines. Les avocats qui travaillent pour nous ne ménagent ni leur temps, ni leur investissement personnel. J'ai toujours tenu à payer Francis Szpiner et Georges Holleaux, mais ce n'est pas avec S.O.S. Attentats qu'ils font tourner leur cabinet. Pour eux, c'est le prix d'une conviction forte, je leur en sais gré. L'aide juridictionnelle peut néanmoins constituer, pour les journées d'audiences, un complément appréciable. Celle-ci étant fixée en proportion du nombre de parties civiles dont ils ont la charge, j'avais envoyé des formulaires à remplir aux deux cent douze parties civiles dans les attentats de 1995. Seule la moitié des victimes ont renvoyé ces papiers, ce qui a réduit d'autant les honoraires.

J'espère que cette tendance ne mettra pas en cause les principes de l'association, « par des victimes, pour des victimes ». Je n'imagine pas que S.O.S. Attentats devienne un groupe corporatiste, uniquement motivé par les gains financiers de ses adhérents et sympathisants. Ce n'est pas ma philosophie. Si j'éprouve une satisfaction quand je repense à ces vingt dernières années, c'est d'avoir su conserver notre caractère militant et artisanal.

J'ai parfois l'impression que S.O.S. Attentats est un petit miracle. Même sa naissance tient de l'extraordinaire. Il m'arrive de croiser, dans des colloques ou des cérémonies, le sénateur Pierre-Christian Taittinger. Nous nous évitons soigneusement mais je n'éprouve plus aucune colère à son égard. L'action a apaisé mes ressentiments. Si je suis accompagnée de victimes d'attentats, je leur dis toujours, en aparté, désignant le sénateur, que sans l'attitude de sa famille, je n'aurais sans doute jamais créé S.O.S. Attentats.

Finalement, je ne regrette rien.

Retour au Grand Véfour

Au moment de terminer ce livre, j'ai décidé de retourner, pour la première fois depuis l'attentat, au Grand Véfour. Cela faisait des années que j'avais cette idée en tête mais j'en avais toujours repoussé l'occasion. Je ne me sentais pas assez forte pour affronter les souvenirs.

J'étais repassée une fois devant le restaurant du Palais-Royal. C'était en 1986, au plus fort de la vague terroriste iranienne sur Paris. Un magazine avait demandé à quelques victimes d'aller poser sur les lieux où ils avaient échappé à la mort : Marc Wisniewski en blouson de cuir devant le cinéma Rivoli-Beaubourg ; Marie-France Vilela et sa canne blanche rue de la Baume ; Isabelle Pabion, pour une fois sombre, devant Orly ; Philippe Rouault en survêtement rue Marbeuf ; Roland Perriollat cachant son bras gauche devant la gare Saint-Charles et moi au Palais-Royal. Le photographe avait récupéré des clichés de chacun de nos attentats qu'il avait fait tirer en grand format. Nous devions poser devant son objectif en présentant les tirages de nos malheurs passés.

C'était l'époque où il était plus que nécessaire de faire parler de notre combat. Je ne me prêterai sûrement plus à ce genre de mise en scène. J'ai revu la photo, je suis assise dans ma chaise roulante, ma jambe gauche plâtrée posée sur sa planche en bois. Je porte un pull blanc en V. Maurice se tient derrière moi, il est en costume cravate, comme toujours. Tous les deux, nous avons l'air grave, un peu emprunté. Je montre au photographe ma photo prise le 23 décembre 1983, dans les décombres du restaurant, pendant qu'on m'administre les premiers soins au milieu des gravats. Au fond, on voit l'enseigne « Restaurant Véfour ».

Le jour de la prise de vue, je n'avais ressenti aucune émotion particulière en me retrouvant devant le Grand Véfour. J'étais alors en plein combat, ce qu'on peut aisément deviner à mon regard accusateur. Je luttais pour une cause collective, il n'était pas question de laisser aller mes sentiments. Je n'étais d'ailleurs pas entrée dans la salle de restaurant. Pas question d'aller pactiser avec ceux que je prenais alors pour mes bourreaux, j'étais restée dans la galerie, là où avait été posée la bombe de tolite.

Par un après-midi ensoleillé de l'été dernier, je me suis décidée à pousser la porte du Grand Véfour. Ce jour-là, mon esprit n'était animé d'aucune colère, je n'étais investie d'aucun combat. Je voulais juste voir, savoir, faire resurgir mes sentiments les plus enfouis. Je voulais accomplir un geste auquel j'avais pensé depuis longtemps, sans jamais oser aller au bout de ma démarche. À chaque fois que je songeais à me rendre au Grand Véfour, je me demandais ce que cela m'apporterait. Mon esprit trop cartésien exigeait des réponses précises avant de tenter quoi que ce soit. Évidemment, je n'en avais aucune. Pour renoncer, c'était plus commode. S'il y a une chose que la rédaction de ce livre m'aura apprise, c'est de considérer qu'une intuition peut être juste et même utile à mettre en pratique, sans forcément la faire passer au rouleau compresseur de l'esprit critique. J'ai atteint la cinquantaine mais, avec cette petite leçon toute simple, j'ai l'impression d'avoir fait une découverte inouïe.

J'ai donc pris mon courage à deux mains et ma voiture automatique bardée de la photocopie de mon badge « handicapé » ; j'ai perdu l'original depuis qu'on m'a volé mon ancienne voiture. Je me suis garée dans la rue de Beaujolais, peut-être à l'endroit où Maurice avait laissé notre voiture, en décembre 1983.

En m'approchant du Grand Véfour, j'ai ressenti un sentiment très étrange, tout à fait inhabituel pour moi, un mélange de bouleversement et d'intimidation. Je ne me reconnaissais pas. À nouveau, j'ai hésité, j'ai marché de longues minutes dans le jardin du Palais-Royal, sous les tilleuls frappés d'une maladie qui rendait leurs feuilles jaunes et mitées. Je me suis attablée à une terrasse, j'ai commandé une salade, je n'avais pourtant pas très faim. Comment serais-je accueillie ? Étais-je animée d'intentions morbides ? J'ai réglé l'addition pour cette assiette à peine entamée et je me suis levée.

Au moment d'entrer, j'ai ressenti, devant la lourdeur imposante de la porte d'entrée, la même impression qu'il y a vingt ans. Un maître d'hôtel s'est fort heureusement avancé pour m'aider. Je suis restée quelques secondes à scruter la salle, je cherchais à reconnaître les lieux, à les confronter à mes souvenirs. Mon regard s'est vite posé sur ce double battant de l'issue de secours qui m'a fracassé les jambes.

Le maître d'hôtel m'a demandé, très courtoisement, ce que je désirais. Le personnel terminait le service de la mi-journée, des Américains dégustaient des alcools forts avant de prendre congé. Je me suis présentée, un chef de rang m'avait reconnue. Un peu d'étonnement est passé dans les yeux de ces deux hommes.

— Je ne suis jamais revenue ici, ai-je expliqué. C'est bête mais j'ai envie... J'ai envie de voir, c'est tout...

J'allais me confondre en excuses quand je me suis aperçue que les employés du restaurant étaient plus gênés que moi. Ils bredouillaient, expliquaient que c'était tout à fait normal. Ils étaient désolés pour ce qui m'était arrivé, ravis que je sois venue jusqu'au restaurant. Ils en étaient très fiers, honorés... Je ne sais plus exactement quels mots ils ont employés, j'étais émue. De toute façon, ils n'étaient pour rien dans ma douleur. En 1983, ils ne travaillaient pas ici.

Un employé m'a expliqué qu'à chaque fois que j'intervenais dans des médias, que j'évoquais l'attitude des Taittinger, il recevait de nombreux coups de téléphone de protestations. Il parlait sans acrimonie. Sa confusion, ses attentions un peu maladroites m'ont touchée. Je n'en attendais pas tant. D'ailleurs, je ne sais pas ce que j'attendais. C'est un pressentiment qui m'avait poussée à venir, je n'espérais rien, je ne savais pas ce qui se passerait. Je sentais qu'il fallait que je vienne, c'est tout.

Le maître d'hôtel m'a demandé si, par hasard, je ne voulais pas m'asseoir à la table que j'occupais, il y a vingt ans, le fameux soir. J'ai accepté en tremblant. Si j'avais poussé cette porte, c'était pour éprouver un sentiment inconnu, aller jusqu'au bout de quelque chose. Autant me laisser guider jusqu'à cette table. Cet homme jeune, très mince, m'a conduite jusqu'au fond de la salle où nous avions fêté notre anniversaire de mariage avec Maurice.

J'ai senti alors une grande tristesse m'envahir. J'ai contemplé à nouveau cette double porte qui avait été pulvérisée par la bombe. C'est étrange mais cette vision ne m'a pas bouleversée. Dans mon souvenir, la porte était plus loin de moi, un peu décalée sur la gauche. La mémoire amplifie les distances. Quand le responsable du restaurant m'a accompagnée au fond de la salle, il s'est trompé. Il m'a désigné la table « Victor Hugo », la plus proche de la porte, là où le poète ripaillait fréquemment et toujours du même menu, vermicelle, poitrine de mouton et haricots blancs. Le lointain successeur d'Henri Dubourgnon ne savait pas qu'à cette table, le 23 décembre 1983, dînait un couple de jeunes retraités, qui avaient eu bien de la chance d'être venus tôt et d'être partis une demi-heure avant l'explosion. Je me suis laissée faire, ne voulant pas détromper mon hôte. Je me suis assise sur la banquette, juste à la droite de la table « Alexandre Dumas père », que nous occupions avec Maurice. Après tout, cette erreur était peut-être un signe du destin.

J'ai senti les larmes monter et je déteste pleurer. Une grande fatigue m'a envahie, l'émotion me tétanisait. Depuis que j'étais entrée dans cette salle, je n'avais pas pensé une seule fois à mes blessures, à la souffrance qui m'avait envahie à 22 h 37 très exactement. C'est Martial Rambaud, chef de rang à l'époque, qui m'a assurée que le sismographe de la Banque de France avait enregistré l'explosion à cet instant précis. Le Véfour possédait une très belle pendule ancienne qui ne fonctionnait plus. Quand le restaurant a rouvert, Martial a tenu à placer les aiguilles de cette antiquité sur 22 h 37.

Non, mes larmes n'étaient pas dues au souvenir de ma jambe à moitié perdue. Depuis que j'étais entrée dans ce restaurant, je n'avais qu'une pensée en tête : je songeais à mon couple qui avait vécu ce soir-là les derniers instants d'un bonheur de douze années. Je pensais à Maurice, mon mari, dont je suis désormais séparée ; Maurice qui m'accompagnait ce soir-là, assis à mes côtés ; Maurice dont je revois nettement les blessures après l'attentat et le regard hébété... Cette pensée, le souvenir des jours heureux, j'en ai eu le souffle coupé, mes larmes se sont faites plus pressantes.

Le maître d'hôtel m'a proposé un dessert que j'ai refusé. Je n'ai pas l'esprit de pèlerinage, je n'allais pas consommer le gâteau au chocolat dont la bombe m'avait privée, il n'est de toute façon plus sur la carte depuis bien longtemps. Un nouveau chef, Guy Martin, a repris la maison et lui a redonné du lustre. J'ai pris un café, quelques petits fours, excellents au demeurant. J'ai grappillé un peu de chocolat noir, sans conviction. C'est pourtant ma drogue préférée. Les nuits de souffrance ou de cafard, je peux en avaler des tablettes entières. La porcelaine de la tasse à café m'a rappelé ces centaines d'éclats qui parsèment mon corps.

Longtemps, nous avons cru, Maurice et moi, que nous serions assez forts pour effacer les traces de l'attentat. C'est pourquoi j'ai refusé l'amputation. Je m'étais persuadée que je remarcherais. Je pensais même que la chirurgie esthétique me rendrait une jambe gauche à peu près normale. Plusieurs visites à d'éminents spécialistes ont ruiné cet espoir.

Maurice et moi nous nous sommes séparés une quinzaine d'années après l'attentat. Mon mari a été admirable, il n'a cessé de me soutenir, de m'entourer, de m'encourager dans mes épreuves médicales. Soixante anesthésies générales, des années de combat... Il a enduré tous les doutes, tous les découragements. Il a accepté que je sois handicapée. Il était prêt à me donner son péroné. Il a partagé les premières années du combat de S.O.S. Attentats, même si je sentais une réticence inavouée, des débuts d'agacement dus à la place que cette cause avait prise dans notre famille.

En revoyant ces photos où il pousse mon fauteuil pour des rencontres officielles, des conférences de presse, des interviews où il restait ensuite à mes côtés, m'enveloppant d'un regard bienveillant, sans jamais s'exprimer ou très rarement, je réalise le rôle ingrat qu'il a dû assumer. Il n'était pas homme à se plaindre, il a surmonté toutes ces épreuves en silence.

Maurice n'a pas fui comme tous ces hommes qui, dans les mois qui suivent un attentat, quittent leur femme, incapables de supporter la beauté entamée, les blessures, la fragilité, l'infériorité de celle qui partage leur vie. Les études que nous avons menées, à l'association, nous ont démontré que les séparations viennent souvent des hommes, que les femmes supportent plus facilement de continuer à vivre avec un mari diminué. D'où vient ce caractère tellement sacré de la beauté féminine sans laquelle les hommes ont bien du mal à vivre ? Dans toutes ces épreuves, Maurice a été d'une grande dignité, d'une parfaite élégance.

Maurice était un homme solide, intellectuellement très impressionnant. Très brillant à l'université, très entreprenant dans le commerce, il était, avant notre rencontre, un boxeur de toute première force. Je crois que ce qui m'avait le plus attirée en lui, c'était justement ce mélange de puissance et de délicatesse. Il réussissait à peu près tout ce qu'il entreprenait, dans une bonne humeur quasi générale. Je ne peux pas dire que j'étais effacée, j'ai toujours eu un caractère assez affirmé, mais j'étais mariée avec un homme solide. Nous avions chacun nos pans de domination, notre couple s'équilibrait ainsi. L'attentat a tout brisé.

Je me suis souvent interrogée sur ce qui a fini par nous séparer. Mes blessures nous ont interdit d'avoir un autre enfant mais, après Deborah, nous n'en avions jamais éprouvé le désir. Nos vies très actives nous paraissaient incompatibles avec l'éducation de plusieurs enfants. Ceci dit, je ne pourrais jurer que la brutalité de cette soudaine impossibilité n'ait pas constitué une difficulté.

Comment un couple amoureux peut-il survivre, pendant des années, soudain privé de toute relation intime, de cette sensualité, de cette tendresse qui nous unissaient auparavant ? J'ai bien du mal à m'étendre sur ce sujet ; c'est pourtant l'un des points cruciaux qui séparent certains couples frappés par le terrorisme. Je lisais, ces dernières semaines, dans un magazine féminin, l'admirable témoignage d'une pédiatre devenue paraplégique après un accident de voiture en Islande. Son courage m'a bouleversée. Elle raconte la modification de son corps, de ses sensations intimes, les obstacles que son accident a dressés entre son mari et elle. Je n'ai pas été paralysée mais j'ai ressenti, comme elle, que « le fauteuil isole de l'autre ». La séropositivité puis le sida, évidemment, ont constitué un second motif d'éloignement.

Longtemps, j'ai attendu des mots, des témoignages, j'ai espéré entendre que l'attentat ne changeait rien, que Maurice m'aimait comme avant. Aujourd'hui, forte de ces mois de réflexion et d'écriture, j'en suis venue à penser que, pour naturel qu'il ait été, mon espoir était absurde. C'est peut-être l'inverse qu'il aurait fallu espérer : admettre que mon mari ne m'aimait plus comme avant puisque tant de choses avaient changé mais que nous allions pouvoir réinventer cet amour. Pour reprendre cette fameuse phrase du *Guépard* de Lampedusa : « Tout changer pour que rien ne change. »

Nous n'avons jamais cessé de nous aimer, j'en suis certaine. Même séparés, nous n'avons pas éprouvé le besoin de divorcer, et aucun de nous n'a refait sa vie. Nos sentiments mutuels étaient intacts ; ce que nous n'avons pas su faire, c'est donner à cet amour une nouvelle existence, de nouveaux plaisirs. Il aurait fallu parler, ouvrir chacun notre cœur, trouver une nouvelle intimité, d'abord par les mots. Il m'aura fallu toutes ces pages pour en prendre conscience.

Avant l'attentat, nous avions vécu sans soucis majeurs. Nous avions, tous deux, beaucoup d'énergie, de courage, de désirs, de capacités au plaisir, nous nous battions pour être heureux mais sans avoir besoin d'en parler. Rien, ensuite, ne pouvait se reconstruire sans des heures de conversations mutuelles, d'échanges réciproques, de murmures partagés. Seule la parole pouvait retisser ces liens brisés par la bombe. Mais il y eut tellement d'autres priorités : que je survive, que je remarche, que j'exprime cette immense colère, ce sentiment d'injustice collectif qui déboucha sur S.O.S. Attentats.

Pendant ces premiers mois, j'étais entièrement mobilisée par ces combats. Comment Maurice aurait-il pu me prendre un peu de ce temps, de cette énergie vitale pour me parler de notre amour mais aussi de ce qui s'était réellement passé pendant l'attentat et qui m'avait échappé ? Peut-être même cela m'aurait-il privé des forces nécessaires à ma guérison. Je sais pourtant, aujourd'hui, que c'eût été la seule chance de redonner vie à notre passion.

J'ai tellement occulté de choses jusqu'à aujourd'hui, j'ai tellement manqué d'éléments de vérité sur l'attentat du Grand Véfour, par exemple. Je réalise seulement maintenant à quel point ce silence sur ce qui m'est arrivé m'a fait souffrir. En commençant ce livre, je le pressentais à peine. Je suis stupéfaite de l'apaisement que m'a procuré l'écriture : je n'imaginais pas les bienfaits de ces mois passés à enquêter sur les années noires qu'ont vécues mes parents, à rechercher les auteurs probables et les mobiles de l'attentat du Grand Véfour, à fouiller ma mémoire défaillante, à reconstituer et associer des éléments épars de ma vie pour mieux comprendre quelles avaient été les motivations profondes de mon engagement au sein de l'association. Je l'avoue avec gêne, j'aurais aimé que Maurice, à l'époque, fasse ce travail de recherche sur l'attentat du Grand Véfour, qu'il réunisse des éléments, qu'il oblige le juge à enquêter, à me recevoir.

Je l'ai déjà dit, je n'ai jamais ressenti le moindre désir de vengeance. Que les auteurs de l'attentat croupissent en prison ne m'aurait apporté aucune paix, aucun bienfait. Savoir qui et pourquoi, oui ! Aujourd'hui encore, malgré les zones de probabilité dessinées par Claude Calisti et les policiers interrogés, je ne suis qu'à moitié satisfaite. Une part de doute existe toujours. J'ai rêvé parfois de rencontrer ceux qui ont posé la bombe du Grand Véfour. J'aurais aimé parler avec eux, pas pour pardonner, absoudre, mais pour comprendre. Je n'ai pas perdu cet espoir. La lecture de ce livre réveillera peut-être quelques mauvaises consciences. Depuis vingt ans, d'anciens militants, qui ont quitté l'action clandestine, vivent avec ce poids. J'imagine parfois qu'ils pourraient me contacter, la prescription les met à l'abri de toute poursuite : je n'ai besoin que d'explications, rien de plus.

Je sais que Maurice n'approuve pas forcément ce genre d'attitude. J'ai revu une interview réalisée lors des premières années de S.O.S. Attentats. Nous étions, tous deux, assis autour de notre grande table de la rue Daru. Pour une fois, Maurice s'était exprimé devant la caméra. Quand j'y songe, comment a-t-il vécu toutes ces heures passées à m'écouter, lui si brillant dans la conversation ? Pour une fois donc, il avait osé interrompre mon laïus. Je venais d'expliquer, maladroitement, l'importance de comprendre pourquoi « de tels hommes peuvent être capables de faire de tels gestes ».

Maurice prit alors la parole. D'une voix mesurée, il estima « que, en l'occurrence, on a peut-être le droit de ne pas être les sociologues de notre propre cas, laissons ça à d'autres ». J'ai été très émue en découvrant ces images : son art des mots, des phrases complexes, des incises, des euphémismes et des litotes lui a toujours permis d'exprimer avec tact des opinions parfois rudes. Quand on le connaît, on sait que cette phrase, qui peut apparaître comme une simple nuance entre nous, est en fait l'expression d'une vraie divergence.

Il a toujours considéré que la priorité était mon rétablissement physique. Il ne me parlait jamais de l'attentat, pensant que cela me perturberait, m'empêcherait peut-être de guérir. Je sais maintenant que c'était tout le contraire. Je sais aussi qu'au-delà de ces raisons Maurice était tout simplement incapable d'évoquer ce moment de tragédie. Le récit du pompier arrivé le premier sur les lieux, son témoignage sur la prostration de mon mari, m'ont fait comprendre à quel point l'attentat l'a bouleversé. Il m'a vue mourir devant lui. Il n'a jamais évacué cet instant de terreur. Nous n'avons jamais réussi à en sortir, tous les deux. Peut-être le revivons-nous, par effet de miroir, à chaque fois que nous nous voyons.

C'est pourquoi nous avons fini par nous séparer sans avoir cessé de nous aimer.

J'ai cinquante-cinq ans. Je suis épuisée avant l'âge. Les combats de S.O.S. Attentats ont fini par me prendre trop de forces. La marche déséquilibrée a usé mon genou droit, mes vertèbres. Avant la sortie de ce livre, je me suis fait opérer de la colonne vertébrale, j'ai revécu ces semaines d'immobilisation qui m'ont rappelé tant de mauvais souvenirs. Je sais que, dans les années qui viennent, je devrai à nouveau subir certaines des interventions importantes qui m'ont permis de remarcher. Me retrouver dans une chambre d'hôpital, murée dans une chaise roulante, un plâtre, une coque, même pour quelques semaines seulement, me paraît au-dessus de mes forces, surtout privée du soutien de Maurice.

Avant de me décider à écrire, j'ai été attaquée un soir par deux malfrats qui m'ont braquée, menacée à la seule fin de me dérober ma voiture. Cet incident, qu'autrefois j'aurais digéré en quelques semaines, m'a profondément déprimée. C'est au plus fort de ma mélancolie que j'ai franchi le pas et commencé à rédiger ce livre.

On pourrait me rétorquer que je vis la situation de tant de femmes seules. Malgré une vie plus qu'occupée, de nombreux amis fidèles, ma fille, son mari Philippe, tous ceux qui m'aiment, j'ai beaucoup de mal à assumer cette solitude affective.

Une fois par mois, elle me pèse plus particulièrement : quand je dois me rendre à l'hôpital Bichat pour acheter les médicaments de la trithérapie. Il faut descendre au deuxième sous-sol de l'hôpital, traverser des couloirs à peine éclairés, des salles aux murs crasseux, suivre les panneaux qui mènent à la morgue. La pharmacie centrale est située juste à côté. Deborah, quand elle le peut, me soulage de cette corvée. À chaque fois, des dizaines de personnes attendent un très long moment avant de pouvoir accéder au bureau. À chaque fois, j'essaie de mobiliser mon esprit sur des pensées positives. J'en ai honte mais j'ai bien du mal à affronter le regard des malades au corps amaigri, au visage creusé. Je pense à ces articles, que j'évite le plus possible mais qui finissent toujours par me tomber sous les yeux, qui expliquent que les trithérapies finiront par perdre leur efficacité, que le virus est tellement diabolique qu'il mute pour résister à tous les traitements, que l'espérance de vie moyenne des malades du sida est de vingt ans. Cela fait justement vingt ans que j'ai été contaminée.

Quand enfin c'est mon tour, je dois affronter une infirmière pas toujours aimable, sans doute fatiguée d'avoir à passer ses journées à distribuer des médicaments à des malades. À chaque fois, je mets plusieurs jours à me remettre de ces visites dans les sous-sols du désespoir. Je me raisonne, je me dis que mon virus est moins actif que d'autres, sinon il ne m'aurait pas laissée mener cette existence débordée. Hormis un zona, il n'a jamais entraîné chez moi de maladie opportuniste. Je me dis que les statistiques sont des données abstraites, que la recherche finira par aller plus vite que le mal. J'ai parfois des difficultés à m'en convaincre. Il n'y a pas une journée sans que je ne pense à cette maladie. L'action, le travail de l'association finissent toujours par dissiper ces nuages.

Au moment où je suis sortie du Grand Véfour, l'été dernier, j'ai ressenti un peu d'apaisement. L'accueil empressé des employés du restaurant m'avait fait du bien. J'étais ravie d'avoir trouvé le courage de faire cette visite, mais j'aurais tellement préféré que Maurice m'accompagne, qu'il revive avec moi ces moments douloureux pour les exorciser. En vingt ans, je crois avoir surmonté bien des épreuves. J'ai sauvé ma jambe, vaincu partiellement le handicap, j'ai fait bouger des gouvernements, affronté des terroristes. Mais ce qui me tenait le plus à cœur, mon amour avec Maurice, je n'ai pas su le sauver. Je ne réussirai jamais à m'en consoler.

Merci à tous ceux qui m'ont aidée à remonter le fil de ma mémoire : les professeurs et docteurs Sam Benayoun, Maya Évrard, Alain Gilbert, Thierry Judet, Sylvie Legrain, Christian Petitjean mais aussi Brigitte Beral, Colette Bonnivard, Claude Calisti, Béatrice de Castelnau, Éliane Chambon, Najat Chraïba, Michel Desessard, Michel Desfarges, Charles Diaz, Ghislaine Doucet, Henri Dubourgnon, Jean Espitalier, Marie-Jo Grandjean, Josette Groult, Gisèle Grunberg, Georges Holleaux, Jean-Paul Kauffmann, Saïd Kherbouche, Yves Labrousse, Bruno Laffargue, la famille Le Morvan, Philippe Madelin, Marie-Claude Martin, Marie-Jo Maubuisson, François Mesnage, Christian Monfouga, Guillaume Morel, Claude Peyrat, Mathieu Polak, Martial Rambaud, Lydia Supercchi, Francis Szpiner, Anne de Tienda, Michel Tissier. Merci à Ali Boroumand, Vincent Lejeune et Olivier Chatain, qui ont fait leur service civil à S.O.S. Attentats et restent fidèles à l'association. Et bien sûr, merci à William et Deborah.

Table

Avant-propos 13

L'attentat 19
Ceux qui m'ont sauvée 32
Vivre 50
La douleur 64
« Plus de bruit que de mal » ? 80
Handicapée 92
La loi du silence 110
L'association 122
Changer la loi 142
Mon secret 163
Guerre en temps de paix 181
Triple peine 206
DC-10, vol UT 772 230
Marcher 253
Mon père 273
La bataille des prétoires 292
À mon juge 317
Otages 339
Saint-Michel 364
Maya, Éliane, Josette, Georges et les autres 385

Le mémorial 409
Contre Kadhafi 429
À Tripoli 448
Après le 11 Septembre 468
Retour au Grand Véfour 486

Remerciements 501

Composition réalisée par NORD COMPO

Imprimé en France sur Presse Offset par

BRODARD & TAUPIN

GROUPE CPI

La Flèche (Sarthe).
N° d'imprimeur : 28187 – Dépôt légal Éditeur : 54527-02/2005
Édition 1
LIBRAIRIE GÉNÉRALE FRANÇAISE – 31, rue de Fleurus – 75278 Paris cedex 06.
ISBN : 2 - 253 - 11140 - 6